Ashley Carrington

Valerie
Flammen über Cotton Fields

Roman

Weltbild

Die Originalausgabe des Romans *Valerie – Flammen über Cotton Fields*
von Ashley Carrington erschien 1990 in der Verlagsgruppe Droemer Knaur
GmbH & Co. KG, München

Besuchen Sie uns im Internet:
www.weltbild.de

Genehmigte Lizenzausgabe für die Weltbild Retail GmbH & Co. KG,
Steinerne Furt, 86167 Augsburg
Copyright © 2015 by Rainer M. Schröder (www.rainermschroeder.com)
Dieses Werk wurde vermittelt durch AVA international GmbH, München.
www.ava-international.de
Umschlaggestaltung: *zeichenpool, München
Umschlagmotiv: www.shutterstock.com
Druck und Bindung: CPI Moravia Books s.r.o., Pohorelice
Printed in the EU
ISBN 978-3-95569-689-4

2018 2017 2016 2015
Die letzte Jahreszahl gibt die aktuelle Ausgabe an.

Für
R.M.S.,
dessen Träume gleich meinen nie enden.

1.

Travis Kendrik liebte es, Aufsehen zu erregen, was ihm an diesem Spätnachmittag im März des Jahres 1861 auch zweifellos gelang. Seine Kutsche als extravagant zu bezeichnen, wäre einer starken Untertreibung gleichgekommen. Sie war einfach spektakulär – sogar für New Orleans, und in dieser pulsierend weltstädtischen Metropole des Südens war man in der Hinsicht eine Menge gewohnt.

Die Equipage trug eine vielschichtige Lackierung, die im Farbton zwischen poliertem Kupfer und rotfarbenem Gold lag. Ihr Schimmer changierte mit dem wechselnden Tageslicht. Bei Nacht im Schein der Laternen glänzte der Lack wie verlöschende Glut. Und sogar noch bei strömendem Regen schien ein geheimnisvolles Leuchten von der Kutsche auszugehen.

Kutschbock und Gepäckhalter waren aus bestem Ebenholz gearbeitet und trugen kunstvolle Schnitzereien, die Pferde und Kutschen darstellten. Auf dem Bock thronte Joshua, ein schwarzer Riese, der kaum weniger Aufsehen erregte als das Gefährt, trug er doch eine schneeweiße Livree mit goldenen Tressen und Knöpfen, einen weißen seidenbespannten Zylinder auf dem massigen Schädel und weiße Handschuhe. Scheinbar reglos wie eine Statue und mit einem arroganten

Gesichtsausdruck, der dem des Anwalts täuschend ähnlich war, saß er auf dem Kutschbock und lenkte das Gespann mit kaum wahrnehmbaren Bewegungen aus den Handgelenken heraus.

Das Gespann, das aus zwei rassigen weißen Wallachen bestand und das Herz eines jeden Pferdekenners schneller schlagen ließ, komplettierte den atemberaubenden Blickfang, den die Kutsche bot. Das Fell der Tiere wurde auf Anweisung des Anwalts vor jeder Ausfahrt gründlich geweißelt, um auch noch die kleinsten farblichen Nuancen im Haar verschwinden zu lassen. Travis Kendrik bestand außerdem darauf, dass große Sorgfalt auf das Schwärzen der Hufe gelegt wurde, um so einen besseren Kontrast zu erzielen.

Auf ihrem Weg von der Middleton Street Nummer 13, wo Travis Kendrik seine Anwaltskanzlei und zugleich auch seinen Wohnsitz hatte, durch das *Vieux Carré*, die französisch geprägte Altstadt, hinunter zum Hafen erregte die Kutsche staunende Aufmerksamkeit und neidvolle Blicke, wo immer sie auftauchte.

Aber es gab auch einige gut gekleidete Gentlemen, die sich demonstrativ abwandten oder gar in Richtung der Kutsche ausspuckten und »Niggeradvokat!« riefen. Diese Männer trugen fast ausnahmslos die Abzeichen der frisch gegründeten Konföderation der Südstaaten an den Revers ihrer Jacken.

Travis Kendrik berührten diese Schmähungen nicht. Er scherte sich den Teufel darum, was andere von ihm dachten oder über ihn sagten. Durchschnittlichkeit und Konformismus waren ihm stets ein Greuel gewesen. Gerade das, was andere nicht zu tun wagten – ob nun aus Mangel an intellektuellen Fähigkeiten oder aus Furcht vor gesellschaftlichen Nachteilen –, reizte ihn besonders. Nicht von ungefähr hatte er, ein unbestritten brillanter Anwalt, eine steile Karriere bei Gericht oder in der Politik ausgeschlagen und sich stattdessen der Verteidigung von Schwarzen verschrieben. Seine überragende Intelligenz und sein Scharfsinn waren so berühmt wie seine Scharfzüngigkeit und seine Überheblichkeit. Er machte eben keinen Hehl daraus, dass er sich für einen außergewöhnlichen Mann mit außergewöhnlichen Fähigkeiten hielt.

Die Natur hatte ihn mit geistigen Gaben in der Tat sehr reich beschenkt, ihn dafür aber recht stiefmütterlich behandelt, was sein äußeres Erscheinungsbild betraf. Er war von kleiner, gedrungener Statur, neigte schon mit seinen knapp dreißig Jahren zu Übergewicht. Um sein welliges Haar zu zähmen, bedurfte es einer gehörigen Portion Pomade. Sein schmales Gesicht mit den zu dünnen Lippen, der zu breiten Nase und den zu nah beieinanderstehenden Augen hatte eine gewisse Ähnlichkeit mit dem einer Spitzmaus, wie man ihm gehässigerweise nachsagte. Doch auch ein objektiver Betrachter musste bei seinem Anblick zu dem Ergebnis kommen, dass es ein Gesicht war, in dem die Proportionen nicht ganz stimmten. Mit dieser

Benachteiligung der Natur hatte Travis Kendrik sich jedoch längst abgefunden. Minderwertigkeitsgefühle, welcher Art auch immer, waren ihm völlig fremd. Als Joshua auf die breite, dicht bevölkerte Hafenstraße einbog, beugte sich Travis Kendrik vor und schaute hinaus. Ein Meer von Masten reckte sich in den Himmel. Die Flaggen fast aller seefahrenden Nationen waren vertreten.

Wie der Zufall es wollte, fiel sein Blick auf einen prächtigen Raddampfer mit leuchtendroten Schaufelkästen und weißen Decksaufbauten. Es war die berühmte RIVER QUEEN, ein elegantes schwimmendes Hotel und Spielkasino, das auf dem Mississippi regelmäßig zwischen New Orleans und St. Louis pendelte. Sein Besitzer war Captain Matthew Melville, dem auch der schnittige Dreimaster ALABAMA gehörte, ein schneller Baltimoreclipper, der nur wenige Kais weiter vertäut lag.

Travis verzog unwillkürlich das Gesicht. Ausgerechnet zu diesem Zeitpunkt an seinen Kontrahenten erinnert zu werden, schmeckte ihm wenig. Es war ihm ein Rätsel, was Valerie, deren Urteilsvermögen doch sonst so vortrefflich war, bloß an ihm fand. Schön und gut, er war eine attraktive Erscheinung, groß, gut aussehend und ausgesprochen männlich. Aber er würde sein Leben lang ein unzuverlässiger Spieler und Abenteurer bleiben, als der er seine Karriere zur Zeit des Goldrauschs in Kalifornien auch begonnen hatte. Zwar war er clever genug gewesen, das Gold jener Jahre in zwei solide Schiffe zu investieren, und genoss als Captain einen erstklassigen Ruf, aber deshalb taugte er noch längst nicht für Valerie. Wie charmant und männlich er auch sein mochte, so blieb er letztlich doch ein unsteter Geist, den immer wieder das Abenteuer lockte und den es unweigerlich hinauszog.

Also was wollte Valerie mit einem Mann wie ihm? Sah sie denn nicht, dass Matthew Melville ihre tiefe Bindung zu Cotton Fields niemals würde teilen können? Und wie konnte sie mit einem Mann leben, den nicht auch diese Leidenschaft mit ihr verband?

Travis seufzte und sagte sich, dass Valerie schon noch beizeiten den Unterschied zwischen Katzengold und echtem Gold erkennen würde. Und dann würde sie auch ihn, Travis Kendrik, mit anderen Augen sehen und sich ihm zuwenden. Ja, davon war er felsenfest überzeugt. Matthew mochte über seinen unausgesprochenen Anspruch auf Valerie mitleidig lächeln, das kümmerte ihn nicht. Auch seine älteren, etablierten Anwaltskollegen hatten so manchesmal mitleidig gelächelt, wenn er einen angeblich totsicher hoffnungslosen Fall übernommen hatte. Dieses Lächeln war ihnen jedoch vor Gericht jedes Mal vergangen, denn er hatte bisher nicht einen Prozess verloren. Wirklich hoffnungslos war ein Fall erst dann, wenn *er* nach reiflicher Überlegung entschied, dass er ihn nicht übernehmen würde. Doch wenn er sich für eine Sache einsetzte, dann ging er auch als Sieger daraus hervor. So war es immer gewesen, und daran würde sich auch in Zukunft nichts ändern. Und Valerie war weit davon entfernt, ein wirklich hoffnungsloser Fall zu sein, was seine höchst privaten Ambitionen betraf. Er war ein Mann, der sich seiner Fähigkeiten bewusst war und warten konnte. Matthew Melville würde das mitleidige Lächeln früher oder später vergehen, daran hegte er nicht den geringsten Zweifel!

Die Kutsche bahnte sich einen Weg durch den dichten Verkehr am Hafen und hielt dann auf der Höhe der Dumaine Street vor einem lang gestreckten Gebäude. MARLOWE'S COTTON COMPANY stand in großen Lettern über den beiden hohen Toren, die in das Lagerhaus führten.

Travis Kendrik stieg aus. Er liebte die Extravaganz auch in der Kleidung und bevorzugte bunte, glänzende Stoffe in einer geradezu gewagten Farbzusammenstellung. Doch an diesem Tag war er für seine Verhältnisse sehr zurückhaltend in der Wahl seiner Garderobe gewesen. Er trug einen burgunderroten Anzug über einem cremeweißen Hemd mit einer Krawatte, die denselben Farbton aufwies wie der Anzug. Ausgefallen war allein die Seidenweste, die in einem Pastellrosa gehalten und von weißen Magnolienblüten übersät war.

Das bunte, geschäftige Treiben um sich herum keines Blickes würdigend, ging er mit kurzen energischen Schritten auf den Anbau zu, in dem sich die Geschäftsräume von James Marlowe, den man auch den »Baumwollbaron« nannte, befanden. Von dem Ausgang dieses Gesprächs mit James Marlowe hing eine Menge ab – für Valerie und auch für ihn. Er hütete sich jedoch, sich allzu großen Hoffnungen hinzugeben.

Wenig später betrat er ein Vorzimmer, das mit seinen bequemen Sitzmöbeln, geschmackvollen Teppichen und Ölbildern ein gemütlicher Salon hätte sein können, wenn nicht eine hüfthohe Balustrade das hintere Drittel des Raums von dem vorderen Teil getrennt hätte. Dort stand ein älterer Mann in einem dunklen Anzug und mit Ärmelschonern an einem Schreibpult. Dem Schreibpult gegenüber war ein Fenster in die Wand eingelassen, durch das man in das eigentliche Kontor von James Marlowe schauen konnte, wo Kauf- und Frachtverträge ausgestellt und die Bücher von einem halben Dutzend Angestellten geführt wurden.

Der Mann hinter der Balustrade erkannte den Anwalt sofort. »Einen schönen guten Tag, Mister Kendrik!«, grüßte er respektvoll, legte die Feder aus der Hand und öffnete die Schwingtür in der Abtrennung. »Mister Marlowe erwartet Sie schon. Wenn Sie mir bitte folgen wollen?«

Travis nickte nur gnädig.

Der Kontorvorsteher führte ihn in das holzgetäfelte und mit exquisiten Möbeln eingerichtete Büro des Baumwollbarons und zog sich diskret zurück. Zigarrenrauch schwebte unter der Decke.

»Pünktlich auf die Minute, wie es die Höflichkeit gebietet«, sagte James Marlowe mit einem spöttischen Unterton und kam hinter seinem Schreibtisch hervor. Er war ein kräftiger Mann Anfang fünfzig mit hellen, aufmerksamen Augen in einem Gesicht mit markanten Zügen. In seinem dunklen, noch vollen Haupthaar fanden sich nur wenige graue Strähnen, während sein Schnurrbart jedoch schon stark davon durchsetzt war. Sein eleganter Anzug, der aus rauchblauem Flanell gearbeitet war, stammte vom exklusivsten Schneider der Stadt, und eine schwarze Perle steckte in seiner grauen Krawatte.

»Pünktlichkeit ist weniger eine Form der Höflichkeit als ein Charakterzug, Mister Marlowe«, erwiderte Travis Kendrik trocken und wechselte einen kurzen, kräftigen Händedruck mit ihm.

»Ich weiß nicht, wo da der Unterschied liegt, aber Sie werden ihn mir gewiss erklären«, meinte Marlowe und deutete einladend auf zwei Ledersessel vor dem Kamin, in dem ein kleines Feuer brannte.

»Höflichkeit im Allgemeinen gesehen ist etwas, was man meint, tun zu müssen, auch wenn man manchmal insgeheim den Sinn einer solchen Sitte für zweifelhaft hält. Ein Charakterzug dagegen ist frei von dieser Art der Verlogenheit«, erklärte der Anwalt, während er sich setzte.

»Interessant. Ich werde darüber nachdenken, wenn ich mal Zeit für solche philosophischen Überlegungen habe«, bemerkte James Marlowe amüsiert und drehte seine dicke Zigarre zwischen den Lippen, während er seinen Besucher mit einem fragenden Blick bedachte.

Travis verstand, was sein Gegenüber damit zum Ausdruck bringen wollte, nämlich, dass er, James Marlowe, ein viel beschäftigter Mann sei und er, Travis Kendrik, gefälligst zum Grund seines Besuchs kommen möge.

»Philosophie und Geschäfte müssen sich nicht unbedingt ausschließen«, konnte er sich nicht zu sagen verkneifen und fuhr dann fort: »Das Geschäft, das ich Ihnen anzubieten habe, lässt eine Menge philosophischer Betrachtungen zu – wie auch beachtliche Gewinne.«

»Wenn Sie nichts dagegen haben, möchte ich zu dem letzten Punkt zuerst mehr hören«, sagte Marlowe mit leichtem Spott in der Stimme.

Travis nickte. »Gern. Ich biete Ihnen die Vorfinanzierung von mindestens tausend Ballen Baumwolle einer erstklassigen Plantage zu einem Vorzugspreis an.«

James Marlowe, der größte Baumwollagent in ganz Louisiana, hob die Augenbrauen und nahm die Zigarre aus dem Mund. »Wie sollen die Konditionen aussehen?«, fragte er knapp, doch mit hörbarem Interesse.

»Was bringt ein Ballen Baumwolle zurzeit?«, antwortete Travis mit einer rhetorischen Gegenfrage, war er doch über die Preise nur zu gut informiert.

»Etwas über siebzig Dollar.«

»Aber der Preis wird steigen, nicht wahr?«

»Das ist nicht völlig von der Hand zu weisen«, räumte der Baumwollbaron vorsichtig ein.

»Ach was, das ist so sicher, wie es Krieg geben wird!«, erklärte der Anwalt mit einem Anflug von Gereiztheit, die jedoch nicht Marlowe, sondern den leidenschaftlichen Anhängern der Sezession galt. Er begriff die Realitätsferne seiner Landsleute einfach nicht, die wahrhaftig davon überzeugt waren, die Konföderation habe eine Zukunft und könne dem Norden die Stirn bieten. »Seit sich der Süden letztes Jahr vom Norden losgesagt hat, sind die Preise ständig gestiegen, weil jeder mit einem Krieg und daher mit einer Verknappung von Baumwolle rechnet.«

Marlowe machte eine skeptische Miene. »Darüber ist das letzte Wort noch nicht gesprochen. Lincoln wird nicht so dumm sein, uns mit Waffengewalt wieder in die Union zurückzwingen zu wollen. Es wird vielleicht Boykotte und Blockaden geben, aber ob es auch zum Krieg kommt, erscheint mir doch noch sehr fraglich.«

Travis hatte Mühe, sich seine Geringschätzung über die Kurzsichtigkeit dieses doch sonst so gewieften Geschäftsmannes nicht anmerken zu lassen.

»Erlauben Sie mir, dass ich da eine andere Meinung vertrete. Der Krieg lässt sich nicht mehr abwenden, Mister Marlowe. Lincoln hat erst vor gut einer Woche, am

4. März, sein Amt als Präsident angetreten, doch er hat schon in den Monaten vor seinem Amtsantritt keinen Zweifel gelassen, dass er die Abspaltung der Südstaaten nicht akzeptieren wird. Und haben Sie nicht gelesen, was er in seiner Antrittsrede an die Adresse der Konföderation gesagt hat?« Und wortwörtlich rezitierte er aus dem Gedächtnis: »»In euren Händen, meine missvergnügten Landsleute, und nicht in meinen liegt die ungeheure Frage eines Bürgerkriegs. Die Regierung wird euch nicht angreifen. Ihr könnt keinen Kampf haben, ohne selbst die Angreifer zu sein. Von euch kennt man im Himmel keinen Eid, mit dem ihr euch verpflichtet hättet, die Regierung zu zerstören, während ich den feierlichsten Eid abgelegt habe, sie zu erhalten, zu beschützen und zu verteidigen!‹ Das waren seine Worte.«

»Ja, ich erinnere mich«, antwortete der Baumwollaufkäufer gelassen. »Aber im Gegensatz zu Ihnen kann ich daraus keine Kriegsdrohung lesen. Im Gegenteil. Er sagt doch ausdrücklich, dass der Norden niemals den ersten Schuss abgeben wird.«

Travis Kendrik bezwang seine intellektuelle Ungeduld. Wäre er nicht wegen Valerie gekommen, wäre seine Antwort weniger konziliant ausgefallen.

»Aber aufgrund der Tatsache, dass Lincoln weiterhin darauf besteht, die Union für unantastbar und die Abspaltung der Südstaaten deshalb für verfassungswidrig zu halten, wird die Konföderation gezwungen sein, den Krieg zu eröffnen.«

Verständnislos runzelte James Marlowe die Stirn. »Das sehe ich aber nicht als zwingend.«

»Mir scheint, Sie haben Fort Pickens in Florida und Fort Sumter in Charleston, South Carolina, vergessen«, hielt Travis ihm vor. »Die meisten Stützpunkte und Depots hat die US-Armee ja ohne Widerstand den Staatstruppen der Konföderation überlassen, da sie nur schwach besetzt waren und jeder Widerstand sinnlos gewesen wäre. Doch Fort Pickens und Fort Sumter befinden sich noch immer in der Gewalt von Yankee-Truppen, und Lincoln hat in seiner Rede klar und deutlich zum Ausdruck gebracht, dass Unionstruppen zwar nicht angreifen, diese beiden Forts aber auch nicht räumen werden. Und das wird den Süden dazu zwingen, den Krieg zu eröffnen. Denn wie könnte die Konföderation auf ihrem Territorium zwei Stützpunkte der US-Armee tolerieren? Dadurch würde sie ja ihren Anspruch auf volle Souveränität aufs Spiel setzen. Fort Sumter in der Hand von loyalen US-Truppen in Charleston, der Hochburg der Sezessionsbewegung? Das ist doch undenkbar!"

Marlowe stieß eine Rauchwolke aus, einen nachdenklichen Ausdruck auf dem Gesicht. »Mhm, da ist etwas dran. Aber wer weiß, vielleicht lenkt der Norden doch ein und räumt auch diese beiden Forts kampflos.«

»Unmöglich!«

»Was macht Sie so sicher, Mister Kendrik?« Die Sicherheit des Anwalts irritierte ihn allmählich.

»Genauso wie der Süden seinen Anspruch auf Souveränität nicht gefährden kann, indem er US-Truppen auf seinem Territorium duldet, genauso kann der Norden die Forts nicht räumen, ohne seinerseits das Gesicht zu verlieren und damit praktisch die Sezession als vollendete Tatsache zu akzeptieren«, erklärte Travis. »Doch der Norden kann warten, während der Süden mit jedem Tag stärker in Zugzwang gerät. Und Fort Sumter wird fallen – unter dem Beschuss aus Kanonen der Konföderation. Wie ich es schon sagte, der Krieg ist unvermeidlich, und letztlich ist es gleich, wer den ersten Schuss abgibt.«

James Marlowe vermochte sich der Logik von Travis Kendriks Argumentation nicht zu entziehen, und sein Blick ruhte nun mit Respekt auf ihm. »Ich muss zugeben, dass aus dieser Perspektive ein Krieg tatsächlich unausweichlich sein kann«, sagte er. »Aber unsere Diskussion über das Schicksal der Konföderation und Lincolns mögliches Handeln hat uns doch ein gutes Stück vom eigentlichen Thema unseres Gesprächs fortgeführt, wie mir scheint.«

»Ganz und gar nicht«, widersprach der Anwalt forsch, »ging es uns doch darum, den zukünftigen Baumwollpreis zu ermitteln. Da wir uns nun einig sind, dass der Ballen schon in wenigen Monaten gut und gern auf neunzig Dollar und mehr steigen kann, können wir unser Gespräch von dieser gesicherten Ausgangslage fortsetzen.« Marlowe verzog das Gesicht zu einem Schmunzeln. »Wir sind hier nicht vor Gericht, mein Bester«, ermahnte er ihn, »und es besteht Ihrerseits auch nicht die Notwendigkeit, sozusagen ein Plädoyer zu halten – zumal ich noch gar nicht weiß, ob mich das Geschäft, das Ihnen vorschwebt, überhaupt interessiert.«

Travis warf ihm einen belustigten Blick zu. »Wie ich Sie einschätze, wird ein Profit von mindestens zwanzigtausend Dollar bei so gut wie keinen Risiken Ihr Interesse mit Sicherheit wecken.«

Marlowe beugte sich vor. »Und wie sollen diese zwanzigtausend Dollar Profit zustande kommen?«

»Indem Sie einen Kredit auf die nächste Baumwollernte meines Klienten in Höhe von fünfzig Prozent geben, bezogen auf tausend Ballen zum Vorzugspreis von sechzig Dollar, versehen mit der Option, die gesamte Ernte zu diesem Vorzugspreis zu erstehen«, teilte der Anwalt ihm mit. »Und Sie können davon ausgehen, dass die Plantage bedeutend mehr als tausend Ballen Baumwolle abwirft. Im letzten Jahr erbrachte die Ernte über sechzehnhundert Ballen, der Schnitt der letzten fünf Jahre liegt immer noch bei vierzehnhundert.«

»Das klingt in der Tat interessant«, gab Marlowe nun zu. »Doch wo liegt der Haken, Mister Kendrik? Und sagen Sie nicht, es gibt keinen. Wäre dem so, wäre Ihr Klient schon längst mit seinem bisherigen Baumwollaufkäufer handelseinig geworden, denn eine Ernte bereits kurz nach der Aussaat aufzukaufen, wird von allen

Händlern praktiziert, kleinen wie großen. Also, kommen wir zum Haken.«

»Der liegt mehr im Philosophischen als im Geschäftlichen«, gab der Anwalt ausweichend zur Antwort. »Mein Klient ...«

»Wer ist Ihr Klient, der so dringend einen Vorschuss auf die nächste Baumwollernte braucht?«

Travis wappnete sich innerlich auf die zu erwartende Reaktion des Baumwollbarons. »Miss Duvall«, lautete seine knappe Antwort.

»Sie meinen doch nicht etwa diese *Valerie* Duvall?« fragte Marlowe gedehnt nach. »Von COTTON FIELDS?«

»O doch, von ihr und COTTON FIELDS ist hier in der Tat die Rede.«

Marlowes Gesicht zeigte Enttäuschung, und er lehnte sich zurück. »Vergessen Sie es, Mister Kendrik. Sie hätten sich die Mühe und mir die Zeit sparen können. An diesem Geschäft bin ich nicht interessiert.«

»Reagieren Sie nicht ein wenig vorschnell? Ich denke, dass zwanzig- bis vierzigtausend Dollar Profit schon einige Gedanken mehr wert sind.«

»Mister Kendrik, Sie stehen im Ruf, ein vorzüglicher Anwalt zu sein. Die Tatsache, dass Sie den Prozess um COTTON FIELDS gewonnen und die Tochter einer Sklavin zur Herrin der Plantage gemacht haben ...«

»Ich habe sie nicht dazu gemacht«, warf der Anwalt korrigierend ein. »Ich habe ihr allein zu ihrem testamentarisch verbrieften Recht verholfen.«

»... spricht für Ihre Fähigkeiten«, fuhr Marlowe unbeirrt fort. »Aber im Baumwollgeschäft weiß ich von uns beiden besser Bescheid. Aus dem Handel wird nichts! Mir sind da leider die Hände gebunden.« Er sagte das ohne Verbissenheit, jedoch sehr bestimmt im Ton. Dass er nicht zu den Verfechtern der »besonderen Institution« zählte, wie die Sklaverei beschönigend in den besseren Kreisen der Südstaatengesellschaft bezeichnet wurde, war kein Geheimnis. Wäre es anders gewesen, hätte der Anwalt ihn auch erst gar nicht aufgesucht.

»Valerie ist nicht der Bastard einer Sklavin, sondern die in England aufgewachsene legitime Tochter von Alisha, einer sehr hellhäutigen freien Schwarzen, und Henry Duvall, dem im letzten Jahr verstorbenen Master von COTTON FIELDS. Sie waren rechtmäßig verheiratet, und dass Henry Duvall die Plantage Valerie vererbt hat und nicht den Kindern aus seiner zweiten Ehe mit Catherine, ist sein gutes Recht gewesen, wie das Gericht hinreichend festgestellt hat.«

»Mag sein, aber hier geht es nicht um Rechtsfragen, Mister Kendrik.« James Marlowe erinnerte sich daran, was er über Valerie gelesen und gehört hatte, nämlich, dass sie eine umwerfende Schönheit sei, der man die Abstammung von einer Farbigen überhaupt nicht ansah, da ihre Haut nur eine ganz leichte Tönung aufwies.

»Sondern?«

»Um Fingerspitzengefühl im Umgang mit meinen Kunden. Valerie Duvall kann tausendmal zu Recht Herrin auf Cotton Fields sein, es ändert doch nichts daran, dass fast alle Pflanzer sie nicht in dieser Position anerkennen. Für sie ist und bleibt sie ein Mischling, ein Niggerbastard, und wenn ihre Haut auch noch so weiß wäre«, erklärte Marlowe ganz offen. »In ihren Augen gehörte die Plantage eigentlich Henry Duvalls Sohn Stephen.«

»O ja, diese ehrenwerten Gentlemen ergreifen aus verletztem Stolz blind Partei für einen jungen haltlosen Mann, den sein Vater aus gutem Grund von der Erbfolge ausgeschlossen hat – und der zusammen mit seiner nicht weniger skrupellosen Mutter Catherine und seiner Schwester Rhonda vor keinem noch so abscheulichen Verbrechen zurückgeschreckt ist, um Valerie aus dem Weg zu räumen! Eine feine Art von Südstaatenehre ist das!«, stieß Travis mit bitterem Sarkasmus hervor.

»Ich habe nicht behauptet, dass ich Sympathie für das Vorgehen von Stephen Duvall habe, den ich übrigens persönlich ebenso wenig kenne wie seine Mutter und seine Schwester, um das deutlich zu machen, sondern ich habe einen tatsächlichen Zustand beschrieben, von dem ich als Kaufmann nun mal ausgehen muss«, stellte Marlowe klar. »Denn ein Großteil dieser Pflanzer zähle ich zu meinen Kunden, die es nun mal empörend finden, dass das Gericht eine so bedeutende

Plantage wie COTTON FIELDS dieser Frau, die Sie vertreten, zugesprochen hat. Sie können sich gewiss vorstellen, was passiert, wenn ich mit dieser Person ein Geschäft abschließe, nicht wahr? Man würde es mir ernsthaft übel nehmen, und der Schaden wäre gewaltig. Zumal es einige neidvolle Kollegen gibt, die schon seit Langem nur darauf warten, dass ich einen Fehler begehe. Aber einen solchen Kardinalfehler werde ich nicht machen. Entschuldigen Sie meine Offenheit, Mister Kendrik, aber ich bin weder Richter noch Moralist, sondern in erster Linie Geschäftsmann. Und kaufmännisch macht es nun mal absolut keinen Sinn, gute Geschäftsbeziehungen zu mehreren Dutzend langjährigen und verlässlichen Kunden für einen einzigen neuen aufs Spiel zu setzen. Ich denke, darin werden Sie mir beipflichten müssen, nicht wahr?«

Diese Einwände hatte Travis Kendrik schon mehrfach von anderen Händlern und Bankdirektoren gehört, wenn auch selten so offen und schon gar nicht so moderat in der persönlichen Einstellung, was Valerie und COTTON FIELDS betraf. Aber unter dem Strich blieb das Ergebnis gleich: Niemand dachte daran, Valerie einen Kredit einzuräumen, und ohne diesen würde es ihr unmöglich sein, die Plantage zu halten, dafür war sie zu groß und zu aufwendig in den Bewirtschaftungskosten.

»Ich gebe zu, dass Sie ein gewisses Risiko eingehen würden. Aber es war schon immer so, dass manche Geschäfte mehr Mut als andere verlangen«, antwortete Travis ein wenig provokativ.

Marlowe kniff die Augen zusammen. »Hören Sie, ich habe ein vernünftiges Risiko nie gescheut! Aber ich jage mir doch das Messer nicht eigenhändig in die Brust!«, sagte er gereizt.

»Das hat auch niemand von Ihnen erwartet, Mister Marlowe«, lenkte Travis Kendrik rasch ein. »Aber ich an Ihrer Stelle würde mir dennoch Gedanken machen, wie ich mir diesen Profit von mindestens zwanzig-, eher aber doch dreißig- bis vierzigtausend Dollar sichern könnte, ohne dabei meine angestammte Kundschaft vor den Kopf zu stoßen. Ein Mann mit Ihrer langjährigen Erfahrung und Ihrer Geschäftstüchtigkeit müsste doch einen solchen Weg finden. Ich meine, bei so einer Summe ...« Er lächelte. Marlowe schnippte den Aschekegel von seiner Zigarre in den Kamin. »Mein Gott, sicherlich würde ich das Geld gern einstreichen. Zumal COTTON FIELDS stets erstklassige Baumwolle auf den Markt gebracht hat«, sagte er mit ehrlichem Bedauern. »Aber wenn Sie darauf anspielen, dass ich doch den stillen Geldgeber im Hintergrund spielen könnte, so muss ich Sie enttäuschen. Das ließe sich vielleicht auf beiden Seiten eine Zeit lang geheim halten, doch spätestens bei der Übernahme der Baumwolle würde herauskommen, wer die Ernte von COTTON FIELDS gekauft hat. Denn eine so große Menge Ballen kann man nicht bei Nacht und Nebel abtransportieren und verschwinden lassen. Diese

Abwicklung erstreckt sich über Wochen, wie Sie ja selbst wissen. Es tut mir leid, aber so verführerisch der Köder auch ist, den Sie mir da vor die Nase halten, so werde ich doch nicht danach schnappen. Er würde mir nicht gut bekommen – ganz besonders nicht in diesen Zeiten, in denen unsere Landsleute im Überschwang ihrer Begeisterung für die Konföderation manchmal recht merkwürdige Maßstäbe an Patriotismus und Südstaatenehre anlegen. Nein, auch an eine stille Finanzierung ist nicht zu denken.«

Travis Kendrik nickte. Diesen Einwand hatte er erwartet, und er war darauf vorbereitet. Ihr bisheriges Gespräch war von ihm aus gesehen nichts weiter als ein Vorgeplänkel gewesen, ein vorsichtiges Abtasten, ob er sich in seiner Einschätzung des Baumwollbarons nicht getäuscht hatte. Er hatte vorher diskrete Erkundigungen über ihn eingezogen und erfahren, dass James Marlowe zwar ein waschechter Südstaatler war, jedoch viele Jahre im Norden verbracht und dort ein erstes kleines Vermögen gemacht hatte, bevor er mit Anfang dreißig nach New Orleans zurückgekehrt und in den Baumwollhandel eingestiegen war. Zu Reichtum gekommen und neuen Erfahrungen gegenüber sehr aufgeschlossen, hatte er in den folgenden beiden Jahrzehnten mehrere ausgedehnte Reisen nach Europa unternommen.

Geschäftlich eisenhart, privat überaus gemäßigt und liberalem Gedankengut sehr zugeneigt – so in etwa ließ sich das zusammenfassen, was Travis über ihn in Erfahrung gebracht hatte. Dennoch war Vorsicht angeraten gewesen, denn es gab nur ein einziges Urteil, dem er absolut vertraute: nämlich den eigenen aus persönlicher Erfahrung gewonnenen Eindruck!

Dass James Marlowe niemals offen als Kreditgeber in Erscheinung treten konnte, war ihm von Anfang an klar gewesen. Diese Hoffnung hatte er schon vor Wochen als aussichtslos zu den Akten gelegt. Indessen hatte er einen neuen Plan ausgebrütet, der jedoch nur funktionieren konnte, wenn der Baumwollbaron keine Ressentiments gegen Valerie hegte. Die Art ihres Gesprächs hatte ihn mittlerweile zu der Überzeugung gelangen lassen, dass James Marlowe persönlich auf dem neutralen Boden eines nüchternen Geschäftsmannes stand, was Valerie und COTTON FIELDS sowie die Auseinandersetzungen mit Stephen, Rhonda und deren Mutter Catherine betraf. Deshalb konnte er es wagen, ihm seinen Plan zu unterbreiten, ohne fürchten zu müssen, dass James Marlowe ihn ablehnte *und* ihn an die Gegenseite weitergab.

»Aber über einen Dritten ließe sich das Geschäft abwickeln«, wandte Travis nun ein. »Eine entsprechende Lagerhaltung, deren Anmietung erst einmal unter meinem Namen laufen könnte, hätte ich schon an der Hand.«

Marlowe schüttelte den Kopf und winkte zudem noch mit der Hand ab, wobei die Zigarre zwischen

Zeige- und Mittelfinger dünne Rauchlinien in die Luft zeichnete. »Sie werden in ganz New Orleans ..., ach, was sage ich da, im ganzen Süden keinen Händler finden, der sich darauf einlassen würde. Und wenn Sie an sich selbst gedacht haben, so vergessen Sie das besser gleich wieder. Sie bekämen nicht einen Ballen Baumwolle aus dem Hafen. Man würde Ihnen die Lagerhalle über dem Kopf anstecken. Bei Ihrer Tätigkeit könnte ich mir denken, dass Sie in gewissen Kreisen zehnmal verhasster sind als Ihre Klientin. Nein, das wäre ein Geschäft wie russisches Roulett, und das ist nicht mein Stil.«

»Ich habe weniger an mich als an einen englischen oder französischen Händler gedacht«, erwiderte Travis. »Wenn es zum Krieg kommt, wird der Süden auf das Wohlwollen und die tatkräftige Unterstützung Englands und Frankreichs bitterlich angewiesen sein, nicht wahr?«

»Ja, das sehe ich auch so«, pflichtete Marlowe ihm bei. »Ich rechne fest damit, dass wir sie als Verbündete gewinnen können.«

Travis war sich dessen gar nicht sicher, aber darum ging es in diesem Moment auch nicht. »Niemand in New Orleans wird es deshalb wagen, einem ausländischen Baumwollaufkäufer Schwierigkeiten zu machen, richtig?«

James Marlowe legte die Stirn in Falten. Dann huschte ein anerkennendes Lächeln über sein Gesicht. »Eine interessante Überlegung, das muss ich schon sagen. Über einen ausländischen Dritten ließe sich so ein Handel vermutlich in der Tat abwickeln. Aber warum wenden Sie sich denn nicht direkt an einen solchen Mann?«, fragte er herausfordernd.

Travis erwiderte das spöttische Lächeln. »Ich denke, die Antwort kennen Sie so gut wie ich.«

»Ich würde sie gern aus Ihrem Mund hören.«

»Kein ausländischer Geschäftsmann wird das Risiko eingehen, eine Ernte schon auf dem Halm zu kaufen, wenn er sich an den Fingern einer Hand ausrechnen kann, dass bis zum Herbst schon längst der Krieg ausgebrochen ist und New Orleans sich dann mit hundertprozentiger Sicherheit unter Seeblockade befindet«, erklärte Travis. »Dann liegt die Baumwolle hier fest. Nein, dieses Risiko, das weiße Gold des Südens durch die Blockade zu bringen, wird er klugerweise den Blockadebrechern überlassen.«

James Marlowe nickte mit einem leichten Lächeln auf den Lippen. »Ich teile Ihre Einschätzung voll und ganz, Mister Kendrik.«

»Aber wenn ich Ihnen einen akzeptablen Geschäftsmann beschaffe, der gegen eine angemessene Beteiligung nach außen hin das Geschäft abwickelt, hätten Sie dann noch Einwände?«, fragte Travis.

»Was ist mit dem Risiko, sollte die Ernte – aus welchen Gründen auch immer – vernichtet werden? Ich hätte dann gut dreißigtausend Dollar in COTTON FIELDS investiert, ohne mich jedoch schadlos halten zu können, da ich ja nicht als Gläubiger in Erscheinung treten kann.«

»Sollte die Ernte vernichtet werden, ob nun durch eine Laune der Natur oder einen verbrecherischen Anschlag, wäre meine Klientin ruiniert und müsste COTTON FIELDS notgedrungen verkaufen, denn wer würde ihr dann noch einmal mit einem Kredit unter die Arme greifen?«, räumte Travis ein. »Zudem kann man einen Zugriff auf die Plantage bei vernichteter Ernte in den Vertrag mit aufnehmen. Sie gehen dabei nicht das geringste Risiko ein, ganz im Gegenteil. Denn sollte der von Ihnen angesprochene Fall eintreten, lassen Sie einfach verlauten, dass Sie es als Ihre Pflicht angesehen hätten, die Schuldverschreibungen aufzukaufen, die Sie in Wirklichkeit schon vom ersten Tag an in Ihrem Besitz haben, um COTTON FIELDS nicht noch einmal in die Hände einer Person fallen zu lassen, die die geringsten Anrechte auf diese Plantage habe. Sie können Valerie damit zum Verkauf der Plantage zwingen und von Mistress Catherine Duvall das Doppelte Ihres Einsatzes verlangen, denn sie wird jeden Preis zahlen, um COTTON FIELDS wieder in ihren Besitz zu bringen. Sie hätten dann nicht nur ein tolles Geschäft gemacht, sondern ständen auch noch als wahrer Südstaatler und Held da.«

Mit sichtlicher Verblüffung hatte James Marlowe seinen Ausführungen gelauscht. Nun zeigte sich ein breites Grinsen auf seinem Gesicht. »Donnerwetter, das nenne ich einen raffinierten Schachzug! Ich muss gestehen, dass ich beeindruckt bin.«

»Beeindruckt genug, um auf diesen Handel einzugehen?«, fragte Travis gespannt.

»Es ist ein verlockendes Angebot, Mister Kendrik, und ich bin geneigt, Ihnen schon jetzt meine Zusage zu geben. Doch die Erfahrung hat mich gelehrt, dass es oft sehr ratsam ist, sich gewisse Entscheidungen noch einmal in Ruhe durch den Kopf gehen zu lassen und nach Schwachstellen zu suchen, die man in der ersten Begeisterung zu übersehen geneigt ist.«

»Mein Plan hat keine derartigen Schwachstellen. Sie gewinnen immer, wie das Blatt auch fällt.«

»Gut, dann haben Sie ja auch keinen Grund, mich zu einer Entscheidung zu drängen, nicht wahr?«, James Marlowe lächelte und erhob sich.

»Nein, den habe ich nicht.«

Der Baumwollbaron begleitete ihn zur Tür. »Ich werde Sie unterrichten, sowie ich zu einer Entscheidung gekommen bin.« Er schenkte ihm ein beinahe verschwörerisches Lächeln, als er zum Abschied noch hinzufügte: »Sie sollten sich in der Zwischenzeit schon mal um den ausländischen Händler kümmern, der bereit ist, für uns als Strohmann zu fungieren.«

Travis Kendrik trat kurz darauf mit dem sicheren Gefühl auf die Straße, die Schlacht schon jetzt siegreich geschlagen zu haben. Die Bedenkzeit, die sich der Baumwollbaron ausbedungen hatte, brauchte er nicht zu fürchten. James Marlowe würde sich dieses lukrative Geschäft, das in der Tat ohne jedes Risiko für ihn war, nicht entgehen lassen! Damit waren Valerie und COTTON FIELDS gerettet! Der Anwalt atmete tief durch und lächelte im Hochgefühl seines Erfolgs. COTTON FIELDS war für ihn von fast ebenso großer Bedeutung wie für Valerie. Denn das Einzige, was wirklich zwischen ihr und Matthew Melville stand, war diese Plantage. Verlor Valerie COTTON FIELDS, würde diese Kluft zwischen ihnen nicht mehr existieren – und er würde damit Valerie verlieren.

Und das musste er verhindern, um jeden Preis!

2

Die mehr als eine Meile lange, schnurgerade Allee, die zum Herrenhaus von COTTON FIELDS führte, bestand aus uralten Roteichen. Dick und knorrig ragten die Stämme mit ihren weit ausladenden Kronen in den sich aufhellenden Himmel des anbrechenden Tages. Hoch oben über der sandigen Zufahrtsstraße trafen die weitgreifenden Äste der Bäume zusammen und bildeten ein dichtes Flechtwerk. Noch hatte das junge Grün nicht alle Zweige mit seinem Blätterkleid bedeckt. Doch wenn der Sommer Einzug hielt und Tag für Tag eine glühende Sonne über Louisiana stand, würde das Laub der Eichen ein fast undurchdringliches Dach bilden und die Allee auch zur ärgsten Mittagshitze in kühlen Schatten tauchen. Und die wenigen Sonnenflecke, die dann an jenen Stellen den Boden sprenkelten, wo oben ein bisschen Sonnenlicht durch das Blattwerk zu sickern vermochte, würde der herrlichen Allee ihren ganz besonderen Zauber verleihen.

Die Roteichen, die schon Generationen von Duvalls als Kinder spielen und vom Alter gezeichnet in Kutschen vorbeifahren gesehen hatten, mündeten in weitläufige Parkanlagen und Gärten, die das Herrenhaus umgaben. Die sandige Straße der Allee ging in eine Auffahrt über, die mit weißem Kies bestreut war und um eine große saftig grüne Rasenfläche mit Blumenbeeten und Magnolien in ihrer Mitte vor das Herrenhaus führte. Zur rechten Hand sah man einen wunderbaren Rosengarten, an den sich ein aufwendiges Heckenlabyrinth anschloss.

Das Herrenhaus der Plantage, die sich über fast viertausend Morgen Land erstreckte, bot einen beeindruckenden Anblick. Die ganze Macht und Arroganz, aber auch die Lebensfreude der Baumwollaristokratie der Südstaaten kam in diesem Bauwerk deutlich zum Ausdruck. Und die Duvalls, seit Generationen die Herren von COTTON FIELDS und Baumwollpflanzer mit großem Einfluss, hatten keine Kosten gescheut, um den Machtanspruch ihrer Familie und die Bedeutung ihrer Plantage jedem Besucher nachdrücklich vor Augen zu führen.

In einem beinahe blendenden Weiß leuchteten die sechs gewaltigen Säulen, die in wohlproportionierter Eleganz vor dem Portal aufragten und das flache Giebeldach trugen. Sowohl im Erdgeschoss als auch im ersten Stockwerk gingen jeweils acht Sprossenfenster zur Allee hinaus. Unter dem Dach lagen noch sechs weitere Fenster, die zu den Kammern der Haussklaven gehörten. Alle waren von grün gestrichenen Lamellenblenden eingefasst. Eine überdachte Galerie, die das ganze Haus umlief, fand sich unten wie oben.

Auf der Ostseite des herrschaftlichen Gebäudes lag das Küchenhaus, in sicherem Feuerabstand zum Haupthaus und von Bäumen und Sträuchern verdeckt. Ein überdachter Laubengang verband die beiden Gebäude.

Auf der anderen Seite, ein gutes Stück hinter dem Herrenhaus und durch eine Reihe moosbehangener Zypressen von diesem auch optisch abgesetzt, bildeten Stallungen, Remisen, Scheunen und andere Nebengebäude einen kleinen Komplex für sich. Das Haus des Verwalters und die Sklavensiedlung waren vom Herrenhaus aus nicht zu sehen. Beide lagen hinter einem schmalen Waldgürtel.

Nur mit einem gesteppten Morgenmantel bekleidet, stand Matthew Melville im ersten Stock des Hauses am Fenster von Valeries Schlafzimmer. Er war ein Mann von großer, schlanker Gestalt, der auf dem Deck seines Clippers in Ölzeug eine genauso gute Figur machte wie im eleganten Abendanzug auf dem Kasinodeck seines Raddampfers River Queen. Salz und Sonne hatten sein dunkelblondes Haar gebleicht und sein Gesicht, dessen ausdrucksstarke Züge eine Frau so leicht nicht vergaß, gezeichnet und gebräunt. Seine Augen, die von einem warmen Braun waren und unter kräftigen Brauen lagen, schauten voller Nachdenklichkeit auf die Allee hinunter.

Im Geäst und zwischen den Bäumen hingen noch die Schatten der Nacht. Der neue Tag dämmerte gerade im Osten herauf. Doch bis die ersten Sonnenstrahlen den Morgentau auf Blättern und Gräsern glitzern und die Frühlingspracht der Magnolien und Azaleen aufleuchten ließen, dauerte es noch etwas.

Er spürte eine vertraute Unruhe in sich, zu der die friedvolle Stille des jungen Tages ihren Teil beitrug. An Bord eines Schiffes war es nie wirklich still, selbst wenn der Wind auf hoher See einschlief und man in eine Flaute geriet. Auch dann noch gluckste und schwappte das Wasser gegen die Bordwand. Und das Holz, das einen an Bord eines Schiffs umgab, lebte und machte sich mit den ihm eigenen Geräuschen zu allen Tages- und Nachtzeiten bemerkbar. Dasselbe galt von der Takelage und dem Rigg. Ja, diese vertrauten Geräusche fehlten ihm, wie er auch den ganz eigenen Geruch eines Schiffs und den salzigen Geschmack auf den Lippen vermisste. Er war wirklich schon lange nicht mehr mit der Alabama auf großer Fahrt gewesen. Und wenn der Clipper demnächst aus New Orleans auslief, würde er wohl kaum auf dem Achterdeck stehen und das Kommando führen. Obwohl ...

Nein, das könnte ich Valerie nicht antun; nach alldem, was sie in den letzten Wochen durchgemacht hat, braucht sie meinen Beistand mehr denn je – und ich brauche sie, ging es ihm durch den Kopf, und er schämte sich fast seiner inneren Unruhe.

Er hörte hinter sich ein schläfriges Seufzen und wandte sich um. Sein Blick ging zum Himmelbett hinüber. Vier geschnitzte Pfosten trugen einen sanft geschwungenen Baldachin, der mit feinstem perlgrauen Satin bespannt war. Aus demselben Stoff war auch das Bettzeug gearbeitet.

Valerie öffnete die Augen und sah ihn am Fenster stehen. Sie streckte die Hand nach ihm aus. »Matthew, du bist ja so weit weg von mir«, sagte sie vorwurfsvoll und räkelte sich unter der Decke. »Ich mag es nicht, wenn ich aufwache und dich nicht neben mir spüre.«

Er kam zu ihr, nahm ihre Hand und setzte sich auf den Bettrand. »Habe ich dich geweckt?«

Sie schüttelte den Kopf. »Nein, ich habe nur schlecht geträumt.«

»Was war das denn für ein Albtraum?«

»Ich weiß es nicht mehr, und ich will es auch nicht wissen. Es genügt, dass mich diese Bilder im Traum verfolgen. In unserem Leben haben sie keinen Platz«, sagte sie und lächelte ihn zärtlich an.

Er erwiderte ihren Blick mit derselben Zärtlichkeit. Es gab Momente, da erschien es ihm wie ein Wunder, dass ihm ihre Liebe und Leidenschaft gehörten. Schon vom ersten Augenblick ihrer Begegnung an, in jener Nacht im Hafen von Bristol, war er von ihr fasziniert gewesen.

»Findest du nicht auch, dass es noch viel zu früh ist, um das Bett zu verlassen?«, fragte sie verführerisch. Ihre Hand glitt dabei unter seinen Morgenmantel und fuhr über seine nackte, muskulöse Brust.

Ein Schauer der Erregung ging durch seinen Körper, als er ihre Fingerkuppen auf seiner Haut spürte. Es erstaunte ihn immer wieder, wie stark er auf ihre Zärtlichkeiten reagierte. Valerie brauchte ihn oftmals nur flüchtig zu berühren, um sein Verlangen zu wecken. Manchmal genügte auch nur ein Blick oder eine Bewegung, um ihm das Blut in die Lenden zu treiben, wie es ihm in diesem Moment widerfuhr.

»Das kommt ganz darauf an.«

Sie lächelte, während sie ihre Hand tiefer wandern ließ.

»So? Worauf denn?«

»Nun, was mich im Bett erwartet«, gab er sich ahnungslos.

»Ich glaube nicht, dass du Albträume zu befürchten hast, mein Liebling.« Sie öffnete den Gürtel, schlug seinen Morgenmantel zurück und streichelte ihn voller Begehren. »Und ich auch nicht, wie ich sehe.«

»O Gott, Valerie!« Er stöhnte lustvoll auf, als sie die Decke von sich schob, sich über seinen Schoß beugte und ihn mit ihrem warmen, feuchten Mund liebkoste.

Er zerrte sich den Morgenmantel von den Schultern und vergrub seine Hände in ihrem vollen, schulterlangen Haar.

Eine Weile ließ er sie gewähren und gab sich ganz den wollüstigen Gefühlen hin, die ihre Lippen und ihre Zunge ihm verschafften.

Dann aber entzog er sich ihr und drückte sie sanft in die Kissen zurück. »Ich muss aufpassen«, sagte er auf ihren ebenso fragenden wie belustigten Blick hin, »sonst verliere ich noch die Kontrolle über mich, und du verschlingst mich, ehe ich weiß, wie mir geschieht.«

»Und? Wäre das so schlimm?«, fragte sie leise und hielt ihn noch immer mit ihren Händen umschlossen. »Du weißt, ich mag es, dich so zu spüren, wenn es dich übermannt. Es gibt mir das Gefühl, dich ohne Vorbehalt zu besitzen und dir zu zeigen, wie sehr ich dich liebe.«

»Ja, ich weiß«, sagte er mit bewegter Stimme. »Aber auch ich möchte dich spüren lassen, wie sehr ich dich liebe.«

»Das klingt fast so, als hätten wir Probleme und müssten eine schwere Entscheidung treffen, findest du nicht auch?«, neckte sie ihn. »Ich denke, um diese Probleme würde uns so manches Paar beneiden.«

Es wäre der Himmel auf Erden, wenn das unsere einzigen Probleme wären, dachte er und antwortete sowohl auf ihre Frage als auch auf seinen Gedanken, als er sagte: »Egal, welche Probleme wir haben, wir werden sie gemeinsam lösen.«

»Ja, lass uns nicht allzu lange damit warten, Matthew«, flüsterte sie voller Verlangen. »Und wenn mich nicht alles täuscht, liegt die Lösung des drängendsten Problems im Augenblick in meinen Händen.«

»Wie kannst du nur so schamlos sein?«, gab er sich entrüstet.

»Hast du vergessen, dass ich noch Jungfrau war, als du mich verführt hast? Und dass du es gewesen bist, der diese wunderbare Schamlosigkeit in mir geweckt hat?«

»Das mit der Verführung habe ich aber völlig anders in Erinnerung.«

Sie schmunzelte. »Komm, lass uns deine Erinnerungen ein wenig auffrischen!«

»Ach, Valerie ...«

Er blickte auf sie hinab. Wie wunderschön sie aussah! Sie war nur mit einem perlweißen Batistgewand bekleidet, das ihr bis zu den anmutigen Fesseln ihrer langen, geschmeidigen Beine reichte und unter ihren vollen, hohen Brüsten mit drei fliederfarbenen Satinbändern verschlossen war. Der Stoff verhüllte ihren atemberaubend schönen Körper kaum. Statt ihre erregende Nacktheit unter dem Gewand zu verbergen, betonte es sie vielmehr auf verführerische Weise.

Valerie bot sich ihm dar, ohne Scham und mit einem zärtlichen Lächeln auf dem Gesicht, das ihr Begehren verriet. Das dunkle Vlies ihres Venushügels schimmerte ebenso verlockend durch das zarte Gewebe wie ihre schlanke Taille und die Knospen ihrer Brüste, deren herrliche Konturen der Stoff förmlich nachzeichnete. Das Nachthemd war ein Stück hochgerutscht und zeigte die nackte Haut ihrer schönen Beine.

Er verschlang sie mit den Augen. Sie trug ihr langes Haar offen. Es fiel ihr in einer blauschwarzen Flut bis auf die schlanken Schultern und umrahmte ein Gesicht, wie er es sich betörender nicht hätte vorstellen können.

Die wohlgeformte Nase, die makellosen Linien ihres vollen sinnlichen Mundes und die Augen, die unter dichten schwarzen Wimpern und sanft geschwungenen Brauen lagen, gaben ihrem Gesicht eine Ausdruckskraft, die mehr war als reine Schönheit. Ungewöhnlich war das Grau ihrer Augen, in dem winzige Goldflocken zu schwimmen schienen. Und ihre Haut wies eine wunderbare leichte Tönung auf, wie Creme, der man einen winzigen Tropfen Schokolade beigerührt hatte.

Diese Haut! Er konnte es nicht erwarten, Valerie in seinen Armen zu halten, ihre nackte Haut unter seinen Händen und Lippen zu spüren – und ihre Schenkel um seinen Leib, wenn sie sich ihm öffnete und ihn in sich aufnahm. Er legte sich zu ihr, und ihre Lippen verschmolzen zu einem langen, leidenschaftlichen Kuss, während sich ihre Körper aneinanderdrängten.

Valerie zog ein Bein an und legte es ihm über die Hüfte. Sie spürte seine harte Männlichkeit durch den dünnen Stoff ihres Nachthemds hindurch. Es pochte gegen ihren Schenkel. Es war ein erregendes Gefühl, und als seine Zunge zärtlich zwischen ihre Lippen glitt, stöhnte sie leise auf. Ein Prickeln durchlief sie. Es konzentrierte sich in ihrem Schoß und in den Spitzen ihrer Brüste.

Seine kräftigen Arme hielten sie eine Weile fest umfangen, ohne dass sich ihre Lippen und Zungen voneinander lösten. Sie hatte das wunderbare Gefühl, in diesem endlosen Kuss zu versinken wie in einem warmen Meer der Zärtlichkeit. Fast war ihr, als könnten sein Mund und seine Lippen und die Nähe seines Körpers sie jeden Moment zum Höhepunkt bringen.

Ihre Hand glitt über seine Schultern, wanderte den Rücken hinab und legte sich dann auf sein Gesäß. Wenig später gab sein Mund den ihren frei.

»O Matthew, was machst du nur immer mit mir?«, stieß sie in atemloser Erregung hervor.

»Dich lieben«, antwortete er schlicht und öffnete nun die Schleifen unter ihrer Brust. Er schob den dünnen Stoff zurück und beugte sich über ihre linke entblößte Brust, deren dunkle Warze sich zu ihm reckte. Er umschloss sie mit seinen Lippen.

Sie gab einen erstickten Laut des Entzückens von sich und krümmte sich ihm unwillkürlich entgegen, als er ihre Brustspitze in seinen Mund sog und gleichzeitig eine Hand zwischen ihre Schenkel legte. Er umfasste ihren Schoß und übte nur einen leichten Druck aus.

Es ging ihr durch und durch.

»Zieh es mir aus!«, bat sie dann.

Er schob ihr das Nachthemd über die Hüften, streifte es ihr über den Kopf und warf es hinter sich. Die Vollkommenheit ihres nackten Körpers überwältigte ihn immer wieder aufs Neue.

Jetzt gab es nur noch Haut auf Haut.

Matthew bedeckte ihren Busen mit tausend verzehrenden Küssen und ließ zur selben Zeit seine Hände auf eine zärtliche Reise über ihren Körper gehen. Es zog sich wollüstig in ihr zusammen, wenn er mit den Fingerspitzen über ihren flachen Bauch strich, bis sie ihre Schamhaare erreicht hatten, oder ganz langsam mit der gespreizten Hand über die Innenseiten ihrer gespreizten Schenkel streichelte.

Sein Mund folgte bald der Route, die seine Hände zuvor schon erkundet hatten. Die Lust riss sie fort, als seine Zunge ihr zartes Fleisch teilte und er sie küsste, dass sie meinte, ihr Schoß wäre ein Hort glühender Lava sinnlicher Seligkeit.

Sie bäumte sich noch einmal auf, als er nun endlich in sie eindrang. Ihr war, als fühlte sie sein hartes und gleichzeitig doch so samtenes Glied mit jeder Faser ihres Körpers. Und als er sich in ihr bewegte, meinte sie, es bis in ihre Zehen hinunter und hoch zu ihren Brüsten spüren zu können.

Valerie schlang ihre Arme um seinen Hals und die langen, geschmeidigen Beine um seine Hüften, damit er so tief in sie eindrang, wie es nur möglich war. Mit Leidenschaft nahm sie seinen Rhythmus auf, und bald ließ ein zweiter Höhepunkt, der noch berauschender war als der erste, ihren Körper erzittern. Sie presste ihr Gesicht an seine Schulter, um das Stöhnen zu ersticken, das sie nicht unterdrücken konnte, während Wellen der Lust durch ihren Körper wogten und sie eine kurze Ewigkeit Raum und Zeit vergessen ließen.

Matthew schob eine Hand unter ihre Schulter und die andere unter ihren Po, um sie fest an sich zu pressen, als er spürte, dass auch er nicht mehr weit davon entfernt war, den Höhepunkt zu erleben. Er küsste sie nun wieder auf den Mund, und sie sog seine Zunge in demselben Rhythmus zwischen ihre Lippen, wie sein Glied sich in ihr bewegte.

Und dann verströmte er sich in der feuchten Enge ihres Schoßes, der ihn so bereitwillig und leidenschaftlich umfangen hielt.

Lange blieben sie so eng umschlungen liegen, bis ihr rasender Pulsschlag sich beruhigte. Sie sprachen kein Wort, weil ihre Gefühle in diesem Moment jenseits jeglicher Beschreibung waren. Was immer ihnen auch über die Lippen gekommen wäre, es hätte im Vergleich zu dem, was sie in sich an Glück und Erfüllung spürten, flach und irgendwie abgedroschen geklungen.

Es war auch nicht nötig, dass sie redeten. Ihre Augen sagten sich alles, was sie in sich empfanden, und die Sprache ihrer Lippen und Hände und ihrer ineinander verschlungenen Körper übertraf an tiefer Ausdruckskraft alles andere.

Sie rollten sich schließlich auf die Seite, ohne einander freizugeben. Valerie wollte ihn so lange wie nur irgend möglich in sich spüren, und er streichelte ihr Gesicht und ihre Brüste, als sie sich dann an ihn schmiegte und ihren Kopf auf seine Brust legte.

So schlief sie noch einmal ein, und kein schlechter Traum verfolgte Valerie diesmal. Bevor auch ihm die Augen zufielen und er in den Schlaf wohliger Ermattung sank, regte sich in den Tiefen seines Unterbewusstseins ein Gedanke, der wie ein böser Stachel war.

Es war der Gedanke an Madeleine – und die Gewissheit, dass der Tag, an dem er Valerie mit der bildhübschen Tochter des Richters betrügen würde, schon in naher Zukunft lag.

3

»Soll ich das Haar hochstecken, oder möchten Sie, dass ich Ihnen mal wieder einen Zopf flechte, Miss Valerie?«

»Was steht mir denn besser, Fanny?«

»Ach, Ihnen steht doch alles. Mit Ihnen hat es jede Zofe leicht. Sogar mit einer kurzen Jungenfrisur sähen Sie noch bezaubernd aus.«

»Du kannst es mit deinen Schmeicheleien fast schon mit Mister Kendrik aufnehmen, weißt du das?«

»Mister Kendrik schmeichelt Ihnen nicht, er bewundert Sie und ...«

»Schon gut, Fanny! Der Tag ist viel zu schön, um mit dir zu streiten. Ich habe so wunderbar geschlafen ... Weißt du was? Heute bin ich in der Stimmung, mein Haar so offen wie möglich zu tragen. Also keinen Zopf und auch keine hochgesteckte Frisur. Kämm mein Haar nur glatt nach hinten und fass es im Nacken mit einer Schleife zusammen. Du verstehst dich doch auf diese wunderschönen Schmetterlingsschleifen.«

»Gern, Miss Valerie. Aber erlauben Sie mir, dass ich noch einmal auf Mister Kendrik zurückkomme ...«

»Muss das sein? Ich weiß, dass du es zehnmal lieber sähest, wenn ich ihn statt Matthew lieben würde. Aber dem ist nun mal nicht so. Gut, ich mag ihn und schätze ihn als Freund und Berater, aber ich könnte mir nie vorstellen, seine Frau zu sein. Und sosehr ich dich auch als Zofe und Freundin hochachte, meine beste Fanny, so sinnlos ist es doch, mir meinen Matthew ausreden zu wollen. Ich liebe ihn nun mal, und da erübrigt sich jede Diskussion.«

»Ich wollte ja auch nur sagen, dass Mister Kendrik

nie etwas äußert, was er nicht auch genauso denkt und meint.«

»Da hast du recht. Auch ich bewundere seine Kompromisslosigkeit und Ehrlichkeit. Doch damit schafft er sich nicht bloß Freunde! So, und nun mach dich an die Arbeit. Ich will Matthew nicht zu lange warten lassen.«

»Wie Sie möchten, Miss Valerie.«

Die Sonne hatte sich schon über die Felder und bewaldeten Hügelketten im Osten erhoben und übergoss das blühende Land mit ihrem leuchtenden Fluten. Wie ein fröhlicher Morgengruß mit der Verheißung eines strahlend blauen Frühlingstages fiel ein kräftiger Lichtstrahl von doppelter Handbreite durch den Spalt zwischen den Gardinen in Valeries Frisier- und Ankleidezimmer, das durch eine tapezierte Schiebetür mit ihrem Schlafgemach verbunden war. Das Sonnenlicht legte einen hellen Balken über den seidenen Teppich aus dem Orient, der das Parkett bedeckte.

Valerie saß auf einem zierlichen Polsterstuhl mit halbhoher Rückenlehne vor dem Frisiertisch aus Rosenholz. Sie trug erst ihr mit Spitzen verziertes Leibchen aus anschmiegsamem Musselin und ein Höschen, das aus demselben Material gearbeitet war. Es reichte ihr bis über die Knie und hatte wie das Oberteil einen feinen Spitzensaum.

Fanny Marsh fand, dass diese Länge ihrer Leibwäsche dem Gebot der Schicklichkeit entsprach. Die

Höschen, die Matthew Valerie geschenkt hatte und die mit ihren ganz kurzen gerüschten Beinen den Schnitt der Pariser Mode kopierten, legte ihre Zofe nie von sich aus heraus. Dass anständige Frauen so etwas trugen, wollte sie einfach nicht glauben, ließen sie doch die ganzen Schenkel unbedeckt! Außerdem lagen sie zu sehr am Körper an und waren so hauchzart wie Gaze!

Valerie lächelte unwillkürlich und musterte Fanny im dreiteiligen Spiegel, dessen Mittelteil sich noch kippen ließ. Ihre Zofe war eine etwas mollige, kleine Person mit einem roten Lockenschopf, der wunderbar zu ihrem fröhlichen Wesen und ihrem Gesicht passte, das trotz ihrer siebenundzwanzig Jahre noch gewisse mädchenhafte Züge besaß. Sie war flink, betriebsam und schon in England ihre Zofe gewesen – und in den mehr als acht Jahren zu einer Art Freundin und Vertrauten geworden, die mit ihr Freud und Leid geteilt hatte und mit der sie über alles reden konnte. Dass Fanny mit ihrer persönlichen Meinung nicht hinter dem Berg zurückhielt und sich nicht scheute, unter vier Augen auch mal sehr kritische Äußerungen von sich zu geben, tat ihrer Freundschaft keinen Abbruch.

Während Fanny nun zu Bürste und Kamm griff und sich über ihre schwarze Flut hermachte, lächelte Valerie ihr Spiegelbild an. Ihr Körper gab ihr noch immer das Gefühl, Matthew in sich zu spüren, und ihr war, als müsste man ihr vom Gesicht ablesen können, wie wunderbar der Morgen für sie und ihn begonnen hatte.

Wenn er doch nur immer bei mir bleiben und Cotton Fields so lieben könnte wie ich, dachte sie mit einem Anflug von Wehmut, als ihr zu Bewusstsein kam, dass er wohl schon bald nach New Orleans zu seinen Schiffen zurückkehren würde. Obwohl er sich alle Mühe gegeben hatte, es sie nicht spüren zu lassen, war ihr doch nicht entgangen, dass die alte Rastlosigkeit ihm von Tag zu Tag stärker zu schaffen machte. Manchmal war er mit den Gedanken sehr weit weg von ihr. Nur wenn sie in seinen Armen lag und sie sich liebten, gehörte er ihr wirklich ganz und gab sich ihr bedingungslos mit Leib und Seele. »Ach, Sie wissen ja gar nicht, was mir heute Morgen schon Ungeheuerliches widerfahren ist«, riss Fanny sie aus ihren Gedanken.

Valerie kam die Ablenkung ganz gelegen, und so fragte sie: »Hast du Matthew etwa dabei ertappt, wie er aus meinem Zimmer geschlichen ist?« Sie zwinkerte ihr mit fröhlichem Spott im Spiegel zu.

Fanny setzte eine ernste Miene auf. »Machen Sie sich nur über mich lustig, Miss Valerie. Ich bleibe dennoch dabei, dass ein wahrer Gentleman das Schlafzimmer der Frau, die er liebt, erst dann betritt, wenn er sie vor Gott und der Welt zu seiner rechtmäßigen Ehefrau gemacht hat und sie seinen Ring und Namen trägt!«

Eine leichte Röte stieg Valerie bei der Rüge ihrer Zofe ins Gesicht, und sie bereute sofort, sie mit ihrer Bemerkung herausgefordert zu haben. Fanny hatte sehr fest umrissene und vor allem unerschütterliche

Prinzipien, was diese Dinge betraf. Schicklichkeit und Ehre gingen ihr über Leidenschaft und Liebe. Die Sicherheit war ihrer Meinung nach im Zweifelsfall stets einer Liebe mit ungewisser Zukunft vorzuziehen, und dem guten Ruf einer ehrbaren, aber in ihrer Ehe unerfüllten Ehefrau war das rauschhafte Glück der Leidenschaft ohne Ehre und kirchlichen Segen zu opfern.

Fanny hatte nie verstanden, dass Valerie sich mit Matthew eingelassen hatte und sogar das Bett mit ihm teilte, ohne seine angetraute Frau zu sein. Zwar verachtete sie sie deshalb nicht, doch sie ließ keinen Zweifel an ihrer Überzeugung, dass Valerie einen großen Fehler beging und dafür eines Tages einen hohen, bittern Preis bezahlen würde.

»Auch wenn Matthew mir noch nicht den Ring an den Finger gesteckt hat, bleibt er doch ein Gentleman«, erwiderte Valerie.

Fanny hob die Augenbrauen. »*Noch* nicht?«, wiederholte sie. »Heißt das, dass er Ihnen endlich einen Antrag gemacht und die Absicht hat, seiner Beziehung zu Ihnen den längst überfälligen äußeren Rahmen von Ehre und Legitimität zu geben?«

Valerie fühlte sich in die Defensive gedrängt, und dieses Gefühl behagte ihr gar nicht, besonders nicht nach dem beglückenden Zusammensein mit Matthew vor wenigen Stunden. »Ach, Fanny, fang doch nicht wieder damit an. Ehre und Legitimität! Was bedeutet das denn schon?«

»Es sind Wegweiser, auch in den heftigsten Stürmen des Lebens, denen man unbeirrt folgen sollte.«

Valerie lachte bitter auf. »Ich habe früher auch daran geglaubt, genau wie du. In England hätte ich nach einem harmlosen Kuss schon die Verlobung erwartet, und die Ehe war mir als einzig erstrebenswertes Ziel erschienen, als Sinn meines Lebens. Haushalt, Ehemann und Kinder – ein Leben in Sicherheit und Wohlanständigkeit, so malte ich mir das Bild meiner Zukunft, und es erschien mir wie ein Naturgesetz, dem ich mich auch willig untergeordnet habe.«

Fanny nickte nachdrücklich. »Daran gibt es auch nicht das Geringste auszusetzen, Miss Valerie. Ich wüsste nicht, was es für eine Frau Erstrebenswerteres als die Ehe geben könnte.«

Das Glück, um seiner selbst willen geliebt zu werden!, dachte Valerie spontan, antwortete ihrer Zofe jedoch: »Das hat auch einmal auf mich zugetroffen. Aber inzwischen gehört all das zu einer anderen, verlorenen Welt, Fanny, in die ich nicht mehr zurückkann. Ich bin nicht mehr die unschuldige, gutgläubige Valerie aus Bath, die an das Gute im Menschen geglaubt und Ehre und Anstand zum Maßstab allen Handelns gemacht hat. Man hat mich entführt, in die Sklaverei verkauft und nach meiner Flucht von MELROSE PLANTATION zwingen wollen, in einem Freudenhaus zu arbeiten. Und mehrfach haben Catherine und Stephen versucht, mich umbringen zu lassen. Und nicht die Wohlanständigkeit hat mich gerettet, sondern der Wille zu überleben – und Matthew!«

Fannys Gesicht nahm einen weicheren Ausdruck an. »Ja, es ist schrecklich, was Sie haben erdulden müssen.«

»Und wenn Matthew nicht gewesen wäre ...« Valerie ließ den Satz unvollendet.

»Gewiss, Mister Melville hat Sie beschützt und einiges für Sie getan«, räumte Fanny widerstrebend ein. »Aber dass Sie Ihr Erbe haben antreten können und Herrin von COTTON FIELDS sind, verdanken Sie Mister Kendrik.«

»Ich weiß, dass du es nur gut meinst. Aber ich glaube nicht, dass du Grund hast, dich um meinen guten Ruf zu sorgen, denn einen solchen habe ich hier nie besessen, sodass ich ihn auch nicht verlieren kann«, sagte Valerie mit einem bitteren Lächeln. »Dass ich, die Tochter einer Schwarzen, es gewagt habe, mein Erbe einzuklagen und damit Mistress Catherine Duvall mit ihren Kindern von der Plantage zu jagen, hat mich von vornherein zu einer Aussätzigen gemacht. Kaum einer käme auf den Gedanken, mir überhaupt so etwas wie Ehre, gute Erziehung und Anständigkeit zuzubilligen.«

»Mister Kendrik ...«, setzte Fanny zu einer Erwiderung an. Valerie winkte ab und fiel ihr sofort ins Wort. »Er zählt doch gar nicht, Fanny, auch wenn er in der Tat zu den wenigen wahren Gentlemen gehört. Er gilt als ›Niggeranwalt‹, und damit ist er doch selber ein Außenseiter. Ich könnte einen Senator oder gar Jefferson

Davis, den Präsidenten der Konföderation, heiraten und würde dennoch für die Gesellschaft weiterhin das verachtete Niggermädchen sein. Dagegen bleibt Stephen Duvall ein ehrenwerter Gentleman, obwohl er vor keinem noch so abscheulichen Verbrechen zurückgeschreckt ist. Und auch seine Mutter genießt weiterhin als Dame die Achtung und den moralischen Beistand der Gesellschaft, obwohl sie für das, was sie mir angetan hat, von einem ordentlichen englischen Gericht zum Tod durch den Strang verurteilt worden wäre.«

Fanny nickte mit finsterer Miene. »Das ist nur zu wahr, Miss Valerie.«

»Vielleicht verstehst du jetzt, dass ich unter diesen Umständen nicht mehr viel auf die Ehre und Wohlanständigkeit dieser Leute gebe und mir die Freiheit nehme, mein Leben so zu gestalten, wie ich es für richtig erachte.«

»Nun ja, so ganz unrecht haben Sie damit wohl nicht«, gab Fanny zu, dachte jedoch nicht daran, ihre Prinzipien zu revidieren. »Aber vor sich selbst und vor dem Allmächtigen gelten doch andere Gesetze, und da mir Ihr Wohlergehen sehr am Herzen liegt, kann ich immer nur sagen ...« Erneut ließ Valerie ihre Zofe nicht ausreden. »Ich schätze deine Besorgnis um meine Person sehr, Fanny, ziehe es im Augenblick jedoch vor, so schnell wie möglich von dir frisiert und angekleidet zu werden.« Sie war des Themas überdrüssig. Fanny konnte mit Engelszungen reden, Matthew würde sie ihr dennoch nicht ausreden können. Was immer es auch an unterschiedlichen Auffassungen zwischen ihr und Matthew gab, sie liebten sich, und das allein war entscheidend. Alles andere würden sie schon in den Griff bekommen!

Fanny seufzte und machte eine betrübte Miene. »Ich werde mich beeilen.«

»Hast du mir nicht erzählen wollen, was dir heute Morgen widerfahren ist?«, erinnerte Valerie sie, um kein betretenes Schweigen aufkommen zu lassen. »Ich bin wirklich gespannt, was das gewesen ist. Nun erzähl schon!«

Fanny zierte sich einen Augenblick, während sie vorgab, sich besonders auf das Haar ihrer Herrin zu konzentrieren. Doch dann gab sie ihr Schmollen auf und sagte im Tonfall einer ungeheuerlichen Eröffnung: »Ich hatte eine Auseinandersetzung mit Ihrem neuen Verwalter.«

»Mit Jonathan Burke?«, fragte Valerie überrascht.

»Ja. Ich traf ihn vor dem Küchenhaus, das heißt vielmehr traf er mich, und das im wahrsten Sinne des Wortes ... nämlich mit seiner Hand auf meinem ... Gesäß«, sagte sie ebenso empört wie verlegen. »Ich ging ganz ahnungslos an ihm vorbei und wünschte ihm sogar noch einen schönen guten Morgen, als er sich diese Unverschämtheit herausnahm. Ich war im ersten Moment wie vom Donner gerührt, dass er das wirklich getan hatte. Und dazu kam noch, dass er dabei sagte, ich hätte gleich nach Ihnen den hübschesten ... nun ja, Sie wissen schon.« Sie wurde hochrot im Gesicht.

Valerie wusste im ersten Moment nicht, ob sie darüber lachen oder sich entrüstet zeigen sollte. Ein Schlag auf den Po, begleitet von einem solch derben Kompliment! Und das ihrer doch recht prüden Fanny. »Das ist ja wirklich kaum zu glauben!«, sagte sie kopfschüttelnd, während ein Lächeln um ihre Mundwinkel zuckte. »Und wie hast du auf diese ... Ungeheuerlichkeit reagiert?«

»Ich habe ihm zwei Ohrfeigen gegeben. Eine für den empörenden Schlag, die andere für die Entgleisung seines Mundes.«

»Das hast du richtig gemacht. Und wie ich dich kenne, sind diese Ohrfeigen bestimmt nicht von schlechten Eltern gewesen, nicht wahr?«

»Worauf Sie sich verlassen können! Er ist zwei Schritte rückwärts gewankt und hat ein ganz schön schmerzverzerrtes Gesicht gemacht!« Grimmige Genugtuung sprach aus ihrer Stimme. »Und wissen Sie, was er dann gesagt hat?«

»Nun?«

Fanny versuchte die rauchige Stimme von Jonathan Burke zu imitieren. »›Und ich dachte, ich wäre schon ganz nüchtern. Ist wohl ein Irrtum gewesen. Aber jetzt fühle ich mich wirklich wach. Besten Dank, Miss Marsh.‹ Das waren wirklich seine Worte! Ich war so perplex, dass ich darauf nichts zu erwidern wusste.«

»Ich werde nachher mit ihm reden und ihm deutlich zu verstehen geben, dass ich eine Wiederholung dessen nicht dulden werde«, versprach Valerie.

»Ach, lassen Sie nur. Ich glaube nicht, dass er sich diese Frechheit noch einmal herausnehmen wird. Die Ohrfeigen hatten es nämlich in sich. Und wo Sie diesen Mann doch so dringend brauchen, wäre es gewiss nicht ratsam, ihm mit Kündigung zu drohen. Ich weiß mich meiner Haut schon zu wehren. Mit diesem Mister Burke werde ich mit links fertig.«

»Ich danke dir, Fanny.« Sie berührte kurz die Hand ihrer getreuen Zofe und tauschte ein Lächeln mit ihr im Spiegel.

Dass sie auf Jonathan Burke angewiesen war, entsprach nur zu sehr den Tatsachen, denn sie verstand von der Bewirtschaftung einer Baumwollplantage mit all ihren Problemen so wenig wie von der Führung eines Clippers. Travis hatte ihn für sie aufgetrieben, nachdem James Inglewood, der frühere Verwalter von COTTON FIELDS, nicht im Traum daran gedacht hatte, sie als neue Besitzerin der Plantage zu akzeptieren. Er hatte sie als Niggerhure bezeichnet und ihr prophezeit, dass sie für ihn keinen Ersatz finden würde.

In gewisser Weise hatte er recht behalten. Unter normalen Umständen hätte sie Jonathan Burke noch nicht einmal über die Schwelle ihres Hauses gelassen, geschweige denn auch nur die Möglichkeit in Erwägung gezogen, ihm die verantwortungsvolle Aufgabe der

Verwaltung von COTTON FIELDS anzutragen. Denn er besaß keine Referenzen, die seine Behauptung belegten, auf Plantagen in Florida und in den Carolinas gute Arbeit geleistet zu haben. Dass er keine Empfehlungsschreiben vorzuweisen hatte, war kein Wunder, gab er doch offen zu, ein Säufer zu sein und deshalb immer wieder seine Stellung verloren zu haben. Er brauche die Flasche nun mal, wie er offen heraus erklärte, und sie müsse damit rechnen, dass er immer mal wieder für ein paar Tage ausfalle.

Dennoch hatte sie ihn eingestellt – und zwar für tausend Dollar Jahreslohn, was der Bezahlung eines erstklassigen Mannes mit ausgezeichneten Referenzen entsprach. Sie hatte gar keine andere Wahl gehabt. Denn Jonathan Burke war der Einzige gewesen, der sich um die freie Stelle beworben hatte – und bereit war, das Risiko auf sich zu nehmen, das er als ihr weißer Verwalter einging. Was zählten im Vergleich zu gar keinem Verwalter ab und zu ein paar Tage Arbeitsausfall, weil er zu betrunken war, um auf die Beine zu kommen, und seinen Rausch ausschlafen musste?

Gut, Jonathan Burke war ein Säufer und ein grober Klotz, wie der Zwischenfall mit Fanny bewies – und doch brauchte sie ihn. Die Situation war schon mit einem Verwalter, der sein Geschäft verstand, schwierig genug. Ohne einen solchen Fachmann würde sie COTTON FIELDS auch dann nicht halten können, wenn sie ihre finanziellen Schwierigkeiten in den Griff bekam.

Wenn er auch nur halb so gut ist, wie er behauptet hat, kann ich schon dankbar sein. Und dann will ich ihm auch so manche Grobheit durchgehen lassen!, dachte Valerie, und der Gedanke an die vielfältigen Probleme, die dringend einer Lösung harrten, trübte das Glücksgefühl, das sie bis dahin erfüllt hatte.

Wenig später legte Fanny Kamm und Bürste aus der Hand und half ihrer Herrin in die leichten Unterröcke. Die Temperaturen stiegen tagsüber schon hoch genug, sodass die warmen Unterkleider aus Winterflanell und Rosshaar nicht mehr vonnöten waren.

»Ach, wie sind Sie um Ihre Taille zu beneiden!«, seufzte Fanny bewundernd, als sie ihr das Mieder reichte und die Seidenbänder im Rücken schloss. »Jede Frau, die ich kenne, muss sich kräftig einschnüren lassen, um auch nur annähernd so schlank in der Taille zu wirken wie Sie. Dabei verdient der Korsettmacher nicht einen Cent an Ihnen! Ich wünschte, ich hätte auch nur ein wenig von Ihrer Figur.«

Valerie lachte. »Du hast keinen Grund, dich zu beklagen, Fanny. Die Natur hat zum Glück viele Möglichkeiten gefunden, einer Person Ausstrahlung und Liebreiz zu verleihen – und was das betrifft, bist du wahrlich nicht zu kurz gekommen. Sie hat dich nicht benachteiligt, sondern eine andere Ausdrucksform gewählt als bei mir.«

»Das haben Sie nett gesagt.«

»Es entspricht den Tatsachen«, beteuerte Valerie und

setzte zwinkernd hinzu: »Die sogar einem Mann wie Jonathan Burke ins Auge gefallen sind.«

Fanny verzog das Gesicht. »Auf die Komplimente eines Mannes von seinem Schlag kann ich verzichten – und auf die Art, sie zum Ausdruck zu bringen, allemal!«

Valerie lächelte belustigt. »Darin gebe ich dir recht.«

Die Zofe holte nun das Taftkleid, das dem strahlenden Frühlingstag auf bezaubernde Weise Rechnung trug. Es leuchtete in dem warmen Gelbton blühender Fresien und war mit dezenten Paspelierungen besetzt, die in dem Pastellton jungen Blattgrüns gehalten waren. Mit einem etwas stärkeren Grün war die Spitze gefärbt, die den Saum am Rockende, an den ellbogenlangen Ärmeln und am V-förmigen Ausschnitt zierte. Aus demselben gelben Taft wie das Kleid war auch das Band, mit dem Fanny ihr das Haar im Nacken zusammengebunden und mit einer Art Schmetterlingsschleife geschmückt hatte.

Endlich hatte Fanny ihr im Rückenteil die gut zwei Dutzend Haken in die verdeckten Ösen gedrückt und ihr die leichten Schnürstiefel geschlossen, die ihr über die Knöchel reichten.

»So, bereit für einen neuen Tag!«, sagte Fanny abschließend und musterte Valerie voller Stolz und Zufriedenheit. Sie fand, dass niemand schöner aussehen konnte als ihre Mistress.

Der Meinung war auch Matthew, als er sie die Treppe

herunterkommen sah. Er stand in der Halle und versuchte gerade, einen Streit zu schlichten, der wegen einer Lappalie zwischen Albert Henson, dem auf Cotton Fields in treuen Diensten ergrauten schwarzen Butler, und Mabel Carridge entbrannt war, einer resoluten Schwarzen von kräftiger Statur, die schon seit über fünfzehn Jahren als Hauswirtschafterin ihrer verantwortungsvollen Tätigkeit im Herrenhaus nachging und deren Mutter diese prestigeträchtige Position vor ihr innegehabt hatte.

»Der Schlüssel zum Weinkeller war immer am Bund der Wirtschafterin! Schon zur Zeit meiner seligen Mutter! Und da wird er auch bleiben, Albert!«

»Deine Starrköpfigkeit raubt mir die letzten grauen Haare, Mabel!«, erregte sich Albert. »Es geht mir doch nur darum …«

»Worum es dir geht, weiß doch der letzte dumme Feldsklave!«, fuhr Mabel ihm schroff ins Wort und verriet mit ihrer abfälligen Bemerkung, wie stark das hierarchische Denken auch unter den Schwarzen ausgeprägt war. Ein einfacher Feldsklave bekleidete den untersten Rang. Wer es auf den Feldern zum sogenannten *driver* brachte, einer Art Aufseher und Antreiber, wurde ebenso beneidet wie gefürchtet. Die in den Werkstätten arbeitenden Schwarzen blickten wie die Haussklaven geringschätzig auf die Männer und Frauen hinab, die auf den Feldern und Äckern schuften mussten. Die einfache Küchenhilfe fühlte sich jedem noch so tüchtigen Feldarbeiter überlegen, und es gab keine größere Strafe, als seine Arbeitsstelle im Umkreis des Masters und der Mistress zu verlieren und aufs Feld geschickt zu werden.

Aber es gab natürlich auch unter den Haussklaven eine gestrenge Hierarchie von Befehl und Gehorsam, an deren Spitze zwei Personen darum konkurrierten, wer von ihnen denn nun die wichtigste Stellung bekleidete und wem damit das letzte, entscheidende Wort zustand – sofern nicht der Master oder die Mistress die Entscheidung traf. Dabei handelte es sich um die Hauswirtschafterin und den Butler. Jeder hielt sich für die wichtigste Person im Haushalt, und je nach Persönlichkeit neigte sich die Waage auf der einen Plantage zugunsten des dominierenden Butlers, während sie auf der anderen der Hauswirtschafterin das stärkere Gewicht zumaß. Trafen zwei sich ebenbürtige, gleichstarke Persönlichkeiten aufeinander, wie das auf Cotton Fields der Fall war, ging aus diesem Ringen um die Vormachtstellung unter den Haussklaven meist derjenige als Gewinner hervor, der sich der Unterstützung der jeweiligen Köchin gewiss war. Denn die Köchin war unumstrittene Herrscherin in ihrem Reich und hatte, sofern sie gut war, ein gewichtiges Wort mitzureden.

Doch Theda, die korpulente Köchin von Cotton Fields, dachte gar nicht daran, für einen von ihnen Partei zu ergreifen – weder für Albert noch für Mabel.

Sie war viel zu schlau, um sich in die Auseinandersetzung der beiden verstricken zu lassen. Wenn sie Albert den Rücken stärkte, würde sie sich Mabel zum Feind machen – und umgekehrt. Und weshalb sollte sie das tun? Solange beide in etwa gleich mächtig waren, konnte keiner von ihnen das große Wort führen – und waren zudem beide darum bemüht, sich mit ihr gutzustellen. Besser konnte sie es doch gar nicht haben. Und deshalb kamen Albert und Mabel mit ihrem Vorhaben, den Verantwortungsbereich des anderen zu beschneiden und ihn sich unterzuordnen, auch nicht von der Stelle.

»Auch der einfältigste Feldsklave kann nicht halb so halsstarrig und rechthaberisch sein wie du, Mabel! Und da mit dir nicht vernünftig zu reden ist, ziehe ich es vor, diese Angelegenheit auf sich beruhen zu lassen«, erwiderte Albert nun betont von oben herab, denn er sah Valerie in Mabels Rücken die Treppe herunterkommen. Ihre Auseinandersetzung fand damit zwangsläufig ein Ende, denn die Mistress und Mister Melville würden sich jetzt kaum für ihren Kleinkrieg interessieren. Somit kam es in dieser Situation einem kleinen moralischen Sieg gleich, wenn *er* den Streit beendete.

»Ich denke, damit seid ihr beide gut beraten«, sagte Matthew, den Blick schon voller Bewunderung auf Valerie gerichtet.

»Ich habe ja nicht ...«, setzte Mabel zu einer grimmigen Erwiderung an, hörte dann aber hinter sich das

Rascheln von Taft und brach im Satz ab, während sie sich umdrehte. Ihr verkniffenes Gesicht hellte sich auf und bekam einen freundlichen Ausdruck. »Oh! Welch ein mächtig hübsches Kleid, Mistress!«

Albert neigte den Kopf und wünschte ihr einen schönen Tag. Auch in seinen Augen stand unverhohlene Bewunderung.

Valerie dankte ihnen mit einem freundlichen Gruß, und während die beiden Kontrahenten sich trennten, ging Matthew auf sie zu.

»Du siehst umwerfend aus, mein Schatz«, sagte er und sah sie mit einem Blick an, in dem Zärtlichkeit und Begehren lagen. »So strahlend wie der blühende Frühling – und so verführerisch, dass ich glatt auf das Frühstück verzichten und wieder mit dir nach oben gehen könnte.«

Sie strahlte ihn an. »Wir lassen es doch besser beim Frühstück, Matthew. Gerade weil ich dich liebe, muss ich dafür sorgen, dass du bei Kräften bleibst«, sagte sie und fügte leise hinzu: »Denn nur wenn du stark und kräftig bist, kannst du mich so wunderbar schwach machen.«

»Das klingt ja direkt berechnend«, raunte er. »Ich glaube, ich sollte vor dir auf der Hut sein.«

Ihre Lippen kräuselten sich. »Du kannst es ja zumindest versuchen.«

Er lachte, nahm ihren Arm und führte sie ins Esszimmer, das lichtdurchflutet war. Der ovale Tisch wartete schon gedeckt auf sie, und das schwarze Mädchen eilte mit frischem, noch ofenwarmen Brot ins Zimmer.

Ihre Unterhaltung plätscherte eine ganze Weile dahin. Matthew erzählte ihr von dem Streit zwischen Albert und Mabel, während Valerie ihn mit ihrem Bericht über Fannys »ungeheuerliches Erlebnis« und ihre Empörung über das Benehmen von Jonathan Burke zum Lachen brachte. »Die feine englische Art ist das natürlich nicht«, räumte er vergnügt ein, »aber wenn ich mir deine Zofe vorstelle, wie sie da im wahrsten Sinne des Wortes der Schlag trifft und ihm in ihrer Empörung zwei Ohrfeigen verpasst ... Sei mir nicht böse, aber ich würde einiges darum geben, wenn ich das hätte mit ansehen können.«

»Da ist Burke bei ihr an die Richtige geraten. Ich werde ihn mir nachher mal vorknöpfen«, sagte sie, und ein ernster Zug trat nun auf ihr Gesicht. »Es ist sowieso Zeit, dass ich mich einmal mit eigenen Augen davon überzeuge, was er schon geschafft hat. Während der letzten Wochen habe ich mich ja kaum um die Plantage kümmern können.«

»Wie willst du dich denn um die Plantage kümmern, wenn du davon überhaupt nichts verstehst?«, fragte er mit leichtem Unverständnis und Vorwurf.

»Das ist es ja, Matthew. Es wird höchste Zeit, dass ich mich an die Arbeit mache und meine Verantwortung, die ich auf mich genommen habe, ernst nehme. Und dazu gehört, dass ich anfange, mich mit dem ganzen Ablauf der Baumwollproduktion vertraut zu machen.«

Er faltete seine Serviette zusammen. »Zäumst du das Pferd nicht vielleicht von hinten auf?«

Valerie sah ihn stirnrunzelnd an. »Wie meinst du das?«

»Wäre es nicht sinnvoller, erst einmal abzuwarten, ob du COTTON FIELDS überhaupt halten kannst, bevor du dich in die Arbeit stürzt?«

»Daran zweifle ich nicht!«, erklärte Valerie mit Nachdruck. Es versetzte ihr einen solchen Stich, dass er ihr Vertrauen nicht teilte. Manchmal hatte sie den schmerzlichen Eindruck, als ginge er nicht nur davon aus, dass sie COTTON FIELDS nicht würde halten können, sondern als hoffte er das geradezu.

»Aber bisher sind Travis Kendriks Bemühungen, einen Kredit für dich bei einer Bank oder einem Händler zu erreichen, noch nicht viel Erfolg beschieden gewesen.«

»Noch ist nicht aller Tage Abend, Matthew!«

»Aber du weißt doch selbst, dass die Chancen ausgesprochen schlecht stehen!«, hielt er ihr vor, einen Anflug von Unwillen in der Stimme.

»Täusche ich mich, oder klingst du wirklich so, als ob dir das sehr willkommen ist?«, fragte sie verletzt.

Matthew griff nach ihrer Hand. Sie wollte sie ihm entziehen, doch er hielt sie fest. »Valerie! Du tust mir mit dieser Unterstellung unrecht. Ich möchte dich nur vor Illusionen bewahren. Ich liebe dich. Aber jemanden zu lieben bedeutet doch nicht, die Augen vor der Wirklichkeit zu verschließen und zu allem Ja und Amen zu sagen.«

Valerie seufzte. »Du hast nie Ja zu Cotton Fields gesagt. Und du hast auch nie meine Liebe zu diesem Land und meine Entschlossenheit verstanden, um mein Erbe zu kämpfen und mich von keinem in die Knie zwingen zu lassen.«

»Diese Liebe hat dich in Gefahr gebracht, Valerie! Sie kann dich eines Tages dein Leben kosten, denn deine Gegenspieler sind skrupellos und können sich auf die sowohl tatkräftige als auch moralische Unterstützung der hiesigen Gesellschaft stützen!«, beschwor er sie. »Allein deshalb kann ich deine Begeisterung für Cotton Fields nicht teilen.«

»Setzt du nicht auch dein Leben aufs Spiel, wenn du mit der Alabama auf große Fahrt gehst?«, fragte sie ihn eindringlich. »Einen gefährlichen Sturm auf hoher See habe ich erlebt, Matthew, erinnerst du dich noch? Wir alle waren dem Tod nahe. Doch du hast dich von der erschreckenden Gewalt des Meeres nicht erschüttern lassen, sondern hast dem Toben ruhig ins Auge geschaut und getan, was getan werden musste, um dem Sturm die Stirn zu bieten. Dafür habe ich dich bewundert. Ich habe auch nie von dir verlangt, dass du die Seefahrt aufgibst, mir ist klar, wie viel dir die Planken eines Schiffs bedeuten. Obwohl du weißt, dass immer wieder Stürme auf See dich und dein Schiff zu vernichten trachten, liebst du das Meer doch und kommst nicht von ihm los.«

»Ja, das ist richtig«, gab er zu. »Aber dennoch hinkt der Vergleich sehr stark. Denn den Gefahren der Natur zu trotzen, mit denen man aufgrund langjähriger Erfahrungen umzugehen weiß, ist etwas völlig anderes, als den verbrecherischen Machenschaften einer Gruppe von Menschen ausgeliefert zu sein, die keine Skrupel kennt.«

»Auch das ist nur eine Frage des Standpunkts.«

»Von dem du nicht um einen Inch abrückst. Doch von mir erwartest du, dass ich meinen Standpunkt aufgebe und mir deinen zu eigen mache. Aber weder kann ich das mit meiner Überzeugung vereinbaren, noch finde ich das fair von dir.«

»Ja, du hast recht, reden wir nicht länger darüber. Es ist wirklich nicht fair«, räumte sie ein und fügte in Gedanken hinzu: Wie so vieles im Leben nicht fair ist!

Valerie wünschte, sie beide hätten dieses Thema vermieden. Doch es war nun mal geschehen, und es hatte wirklich keinen Sinn, die Augen vor der Realität verschließen zu wollen. Man musste vielmehr versuchen, mit ihr, so gut es ging, zu leben, wenn es einem nicht gelang, sie nach den eigenen Vorstellungen zu verändern.

Deshalb wich sie jetzt auch nicht länger der Frage aus, die sie sich in den letzten Tagen schon des Öfteren insgeheim gestellt hatte, sondern sprach sie aus, indem sie gleichzeitig das Thema wechselte.

»Es wird so viel vom Krieg geredet, und die Zeitungen sind voll davon. Meinst du auch, dass es zu einem Bürgerkrieg kommen wird?«

Mit kaum verhohlener Erleichterung nahm er dieses Gesprächsthema auf. »Wenn das meiste, was in den Zeitungen zu lesen ist, auch haarsträubend dummes Zeug ist, so ist eines doch sicher: Der Krieg wird kommen. Er ist unvermeidlich geworden. Die Emotionen sind auf beiden und von beiden Seiten so hochgepeitscht worden, dass eine friedliche Lösung des Konflikts nicht mehr möglich ist. Der Süden wird die Konföderation niemals zurücknehmen, und der Norden wird die Abspaltung nicht hinnehmen. Der Krieg ist damit nur noch eine Frage der Zeit. Eigentlich kann er jeden Tag ausbrechen.«

»Und was wirst du dann tun?«, wollte Valerie wissen, einen bangen Blick in ihren Augen.

Er zögerte. »Was kann ich schon groß tun?«, versuchte er, einer direkten Antwort auszuweichen.

Doch Valerie ließ sich mit dieser vagen Äußerung nicht abspeisen. »Du kannst eine ganze Menge tun – oder auch lassen, Matthew. Und wie ich dich kenne, hast du dir schon längst Gedanken darüber gemacht, wie du dich dazu stellen wirst, wenn es zum Krieg kommt.«

Er zuckte die Achseln. »Ich bin nun mal Südstaatler,

Valerie, und was bleibt mir da anderes übrig, als für meine Heimat Partei zu ergreifen? Ich bin nie für die Sezession gewesen, obwohl es außer Frage steht, dass der Norden den Süden wirtschaftlich wie politisch sehr benachteiligt hat. Aber wenn es hart auf hart kommt, gehört meine Loyalität doch dem Süden, und ich werde mein Bestes geben, damit die Konföderation nicht vor den Yankees in die Knie gehen muss.« Aus seiner Stimme sprach nicht die flammende Begeisterung jener kurzsichtigen Patrioten, die den heraufziehenden Krieg innerhalb eines Sommers beendet sahen und den Sieg über die Yankeetruppen nur für eine Angelegenheit von ein paar heroischen Reiterattacken der Kavallerie hielten, sondern die nüchterne Entschlossenheit eines Mannes, der sich mit zwiespältigen Gefühlen in einer verfahrenen Situation für das kleinere von zwei Übeln entschlossen hatte.

»Dann wirst du zur Kriegsmarine gehen und die ALABAMA mit Kanonen ausrüsten lassen?«, fragte Valerie bedrückt.

»Nein!« Seine Antwort kam schnell und heftig. »Nein, das könnte ich nicht mit meinem Gewissen vereinbaren, Valerie. Du kannst ganz unbesorgt sein, ein Kriegsschiff werde ich niemals kommandieren! Jeder Krieg ist ein Verbrechen, in dem die Politiker die Bevölkerung mit ihrem Blut für die Versäumnisse und Fehler ihrer Machtpolitik bezahlen lassen. Wenn mich jemand beleidigt oder mit mir persönlich einen Streit anfängt, bin ich bereit, meinen Mann zu stehen und zu kämpfen. Aber die Kanonen auf ein Schiff oder ein Fort zu richten und als Angreifer auf mir fremde Menschen zu schießen, die mir nichts getan haben, ist etwas, was mir zutiefst widerstrebt. Nein, die ALABAMA wird zwar unter der Flagge der Konföderation segeln, aber nicht als Kriegsschiff, sondern wie bisher als Handelsschiff.«

Dass er nicht der Kriegsmarine beitreten würde, nahm ihrer Besorgnis den ärgsten Druck. Doch sie kannte Matthew gut genug, um zu wissen, dass er die Gefahren gewiss nicht meiden, sondern sie im Gegenteil als nervenkitzelnde Herausforderung annehmen würde. Fanny hatte in dieser Hinsicht völlig recht: Er war von Natur aus ein Abenteurer.

»Die Häfen werden unter Blockade stehen. Heißt das dann nicht, dass du dich auch auf Kämpfe mit der Flotte der Union einstellen musst, wenn du diese Blockade durchbrechen willst? Schon um dich zu verteidigen, wirst du dein Schiff mit Kanonen bestücken müssen. Und was unterscheidet die ALABAMA dann noch von einem Kriegsschiff?«

»Eine ganze Menge, mein Liebling.« Er lächelte sie beruhigend an. »Sicherlich werde ich einige Geschütze an Bord nehmen müssen. Aber wenn ich mit der Kutsche eine längere Reise unternehme und deshalb einen Revolver zu meinem Schutz bei mir trage, macht mich das noch lange nicht zu einem Straßenräuber. Sollte die ALABAMA auf ihren Fahrten als Blockadebrecher angegriffen werden, werde ich mich gewiss nicht auf ein reguläres Feuergefecht einlassen, schon weil es sinnlos wäre. Die Kanonen werden allein die Aufgabe haben, uns in der kritischen Phase, wenn wir die feindlichen Linien durchbrechen, die Gegner vom Hals zu halten.«

Valerie sah ihn skeptisch an. »Wie willst du ein reguläres Kriegsschiff, das ganze Breitseiten abfeuern kann, mit ein paar Geschützen beeindrucken?«

Er schmunzelte. »Die stärkste Waffe der ALABAMA ist ihre Schnelligkeit, und auf diese Waffe werde ich bauen. Man versucht ja zudem nicht, die Sperre der gegnerischen Flotte bei hellem Sonnenschein zu durchbrechen, sondern im Schutz der Nacht. Du darfst dir eine Blockade auch nicht so vorstellen, dass da ein schwer bewaffnetes Schiff neben dem anderen liegt. Der Norden ist mit Kriegsschiffen nicht so reich gesegnet, als dass eine hermetische Abriegelung aller Südstaatenhäfen zu befürchten wäre. Vielmehr werden viele kleine, behäbige und nicht so stark bewaffnete Schiffe im Verbund mit ein, zwei Kriegsschiffen die Bewachung eines Hafens übernehmen. Es kommt dann darauf an, die Lücken in der Überwachung ausfindig zu machen und am besten unbemerkt durch diese oftmals großen Maschen des Blockadenetzes zu schlüpfen. Dabei zählen Wendigkeit und Schnelligkeit des Schiffs viel mehr als Feuerkraft. Außerdem wird keine noch so starke Yankeeflotte jemals in der Lage sein, das Mississippi-Delta so effektiv abzuriegeln, dass kein schneller Segler mehr die Linien kreuzen könnte. So ein Unterfangen ist so gut wie unmöglich. Und auf hoher See ist kein Kriegsschiff der Union schnell genug, um der ALABAMA den Wind aus den Segeln zu nehmen und sie aufzubringen. Du siehst, du machst dir also völlig grundlos Sorgen.«

»Ich glaube nicht, dass ich mir grundlos Sorgen mache«, erwiderte sie ernst. »Ich denke vielmehr, dass du die Gefahren, die dich erwarten, stark verharmlost. Ich werde ständig um dich in Angst sein, das weiß ich schon heute.« Er streichelte ihre Hand, während sein Blick voller Zärtlichkeit auf ihr ruhte.

»Aber das musst du wirklich nicht«, versicherte er eindringlich. »Die ALABAMA ist schnell und meine Crew erfahren. Ich sage dir, wir werden noch nicht einmal einen Kratzer abbekommen. Und Lewis Gray, mein Erster Offizier, kennt das Delta wie seine eigene Westentasche.«

»Ach, Matthew.« Sie seufzte schwer. So vieles lag ihr auf der Seele. »Reicht es denn nicht, dass ich mich um COTTON FIELDS sorgen muss? Kannst du das Kommando denn nicht deinem Ersten überlassen und mit der RIVER QUEEN auf dem Mississippi bleiben?«

»Nein, das geht nicht. In einer solch schweren Zeit gehöre ich auf das Achterdeck der ALABAMA«, sagte er sanft, aber bestimmt. »So wie du ja auch COTTON

Fields nicht deinem Verwalter überlässt, wenn sich die Probleme vor dir auftürmen. Dabei könntest du so unbeschwert und sorgenfrei in unserem hübschen Haus in der Stadt leben.«

»Ist das nicht doch etwas anderes?«, fragte sie leise, und in ihrer Stimme schwang ein Unterton mit, den man als Vorwurf deuten konnte. »Von hier nach New Orleans sind es nur ein paar Stunden mit der Kutsche oder zu Pferd. Aber wenn du wieder das Kommando auf der Alabama übernimmst, werden wir zwischen deinen Fahrten für lange Zeit getrennt sein. Du wirst Wochen, ja manchmal sogar viele Monate fort von hier sein, und ich werde noch nicht einmal Briefe von dir erhalten, denn wer weiß, wann ein Blockadebrecher dann wieder einmal einen Postsack nach New Orleans bringt?«

»Die Trennung wird auch mir zusetzen«, versicherte er mit ernster Miene. »Aber wir können nichts daran ändern. Ich kann mich meiner Verantwortung nicht entziehen, Valerie. Würde ich allein meinen privaten Wünschen folgen, würde ich meine Selbstachtung aufs Spiel setzen – und letztlich auch deine Liebe. Denn sosehr du dich auch um mich sorgen magst, sosehr würdest du mich irgendwann verachten, wenn ich mich wie ein Feigling auf die River Queen verkriechen und mich weiterhin mit Vergnügungsfahrten auf dem Mississippi für Kriegsgewinnler beschäftigen würde.«

Valerie senkte den Blick, um die Tränen in ihren Augen vor ihm zu verbergen. »Warum nur muss es Krieg geben?«, sagte sie mit erstickter Stimme. »Warum nur können die Menschen nicht in Frieden miteinander leben?«

Darauf wusste auch Matthew keine Antwort. Er stand auf und trat zu ihr. »Sei nicht traurig, mein Liebling. Was immer für Probleme auch auftauchen mögen, wir werden sie gemeinsam lösen. Aber hüten wir uns davor, die Zukunft schon jetzt in den schwärzesten Farben zu malen. Nehmen wir jeden Tag für sich, und dieser Tag ist doch wahrlich nicht dafür gemacht, um niedergeschlagen zu sein. Sieh hinaus, wie alles blüht und wie blau der Himmel ist. Ein Frühlingstag wie aus dem Bilderbuch. Und er hat doch auch so wunderbar begonnen, wie ein Tag meiner Überzeugung nach beglückender gar nicht beginnen kann, findest du nicht auch?«

Ein zaghaftes Lächeln wagte sich auf ihr Gesicht. »O ja, das hat er! Und ich möchte, dass die Tage immer so wunderbar beginnen. Aber wenn du ...«

Matthew beugte sich zu ihr hinunter und legte ihr einen Finger auf die Lippen. »Schst! Kein Wort mehr davon! Lass uns den Tag genießen!« Er küsste sie auf ihre nackte Schulter. »Was hältst du davon, wenn wir eine lange Ausfahrt mit dem Landauer machen? Dafür ist es schon warm genug. Wir können Decken mitnehmen und Theda kann uns einen Picknickkorb zusammenstellen. Wir suchen uns ein romantisches Plätzchen, wo wir ganz allein sind. Und ich habe schon eine Idee, womit wir das Picknick krönen könnten. Soll ich es dir ins Ohr flüstern, oder kannst du es dir auch schon vorstellen, woran ich dabei gedacht haben könnte?« Seine Hände liebkosten ihren Hals und mit den Fingerspitzen berührte er die Ansätze ihrer Brüste.

Valerie errötete leicht und lachte auf, während ein herrlicher Schauer durch ihren Körper ging. »O Matthew, du bist wirklich unverbesserlich! Merkst du nicht, dass du mir die Schamröte ins Gesicht treibst? Fanny würde empört sein, wenn sie wüsste, welche Art Anträge du mir da stellst!«

»Sie steht dir ausgezeichnet und macht dich noch begehrenswerter. Und mit Fannys Empörung kann ich ganz gut leben, solange du sie dir nicht zu eigen machst. Nun, wie findest du meinen Vorschlag?«

»Ihm wahrsten Sinne des Wortes verführerisch«, sagte sie vergnügt und bereit, die Sorgen zu verdrängen und die Zeit, die ihr mit ihm verblieb, zu genießen.

»Gut, dann sage ich Theda ...«

Matthew kam nicht mehr dazu, den Satz zu beenden. Denn in diesem Moment erschien Albert in der offen stehenden Tür des Esszimmers und machte sich durch ein dezentes Räuspern bemerkbar.

Matthew nahm die Hände von Valeries Schultern.

Der Schwarze blickte an ihm vorbei. »Ich bitte, die Störung zu entschuldigen, Mistress ...«

»Ja, was ist, Albert?«

»Soeben ist Mister Kendrik mit seiner Kutsche eingetroffen«, teilte ihr der grauhaarige Butler mit. »Er bittet, Ihnen seine Aufwartung machen zu dürfen.«

»Travis Kendrik?«, fragte Valerie verwundert. »Ich habe die Kutsche überhaupt nicht die Auffahrt hochkommen hören. Du vielleicht?« Sie wandte sich zu Matthew um.

»Nein«, antwortete er kurz angebunden und mit verdrossener Miene. Travis Kendrik hatte ihm an diesem Tag gerade noch gefehlt!

»Bitte ihn in den Salon, Albert«, wies Valerie den Butler an und fragte sich, was wohl der Grund seines Besuchs sein mochte. »Wir kommen sofort.«

»Sehr wohl, Mistress.«

»Albert?«

Der Butler blieb stehen und sah sie fragend an.

»Ich ziehe es vor, nicht ständig Mistress genannt zu werden. Miss Duvall reicht vollkommen.«

»Sehr wohl, Mist ... Miss Duvall.«

Valerie gab einen Stoßseufzer von sich, als sie sich vom Tisch erhob. »Ich fürchte, die Ausfahrt und das Picknick müssen wir verschieben.«

»Ja, das fürchte ich auch«, brummte Matthew, und nicht zum ersten Mal wünschte er den Anwalt insgeheim zum Teufel.

4

Die Arme auf dem Rücken verschränkt, den Kopf schräg in den Nacken gelegt, stand Travis Kendrik im Salon vor einem Gemälde von Willard Singer Robinson. Es hing rechts vom Kamin über der mit rauchblauem Chintz bezogenen Sitzgruppe und zeigte eine idyllische Landschaft, die man nur im Süden finden konnte. Denn im Vordergrund ragten Zypressen in das Bild, von denen Spanisches Moos als grünblaues Geflecht herabhing, und ein gewaltiges Baumwollfeld in seiner vollen erblühten Pracht kurz vor der Ernte erstreckte sich von der Mitte aus und verlor sich in der Tiefe der weiten Landschaft. Im linken Drittel tauchte eine Reitergruppe, zwei elegant gekleidete Gentlemen und eine nicht weniger modische Dame, aus dem Zypressenwald auf. Einer der Männer streckte die Hand aus, als erklärte er seiner Begleitung die Ausdehnung des Baumwollfeldes. Ein Vogelschwarm zog über den fast wolkenlosen Himmel. Sklaven waren jedoch nirgends auf dem Bild zu entdecken.

»Es soll zu den Lieblingsbildern meines Vaters gehört haben, wie Albert mir berichtet hat«, sagte Valerie in seinem Rücken. »Mein Ururgroßvater, André Duvall, hat es in Auftrag gegeben. Gefällt es Ihnen?«

Der Anwalt drehte sich um, das mausschmale Gesicht zu einem ihm eigenen Lächeln verzogen. »Valerie!«, rief er erfreut. Er kam auf sie zu, ergriff ihre Hand und führte sie in einem vollendeten Handkuss an seine Lippen. Dabei nahm er Matthew, der mit ihr den Salon betreten hatte, scheinbar überhaupt nicht zur Kenntnis. Sein Blick galt nur ihr, und seine Augen leuchteten vor Bewunderung.

»Was sich meinen Augen darbietet, ist wie immer ungewöhnlich bezaubernd und von einem betörenden Liebreiz, dem kein noch so begnadeter Maler gerecht werden könnte«, sagte er, ohne den Blick von ihrem Gesicht zu nehmen.

Sie lachte geschmeichelt. Seine Komplimente waren stets von einer ganz besonderen Güte und so leicht nicht zu übertreffen. »Meine Frage galt dem Gemälde, das Sie so intensiv betrachtet haben, Travis.«

Er gab sich verständnislos, indem er die Augenbrauen hochzog und fragte: »Soll es in diesem Raum noch etwas geben, was es wert wäre, dass ich auch nur einen Moment den Blick von Ihnen abwende? Nein, eine solche Möglichkeit entzieht sich meiner Vorstellungskraft.«

Matthew hatte den Wortwechsel mit wachsendem Unmut und grimmiger Miene verfolgt. Er mochte Travis Kendrik nicht, obwohl und in einer gewissen Hinsicht auch *weil* er eine Menge für Valerie getan hatte und ein exzellenter Anwalt war. Seine ganze Art ging ihm gegen den Strich. Die Arroganz dieses Mannes, der sich in jeder Beziehung für einmalig und unübertrefflich hielt, weckte in ihm starke Aggressionen. Dass

Travis Kendrik zudem die Dreistigkeit besaß, Valerie in seiner Gegenwart den Hof zu machen und so zu tun, als wäre seine, Matthews, Beziehung zu ihr eine flüchtige Affäre und keiner Rücksichtnahme wert, trug nicht dazu bei, seinen Groll auf ein erträgliches Maß zurückzuschrauben.

Er klatschte nun dreimal kurz und trocken in die Hände, als wollte er applaudieren. »Bravo, Mister Kendrik. Das haben Sie wirklich gut einstudiert. Und wenn Sie noch ordentlich üben, werden wir irgendwann von Ihren Schauspielkünsten vielleicht doch noch mal richtig beeindruckt sein«, sagte er mit beißendem Spott. »Nur sollten Sie Ihre Texte ein wenig umschreiben. Es sei denn, Sie gehen davon aus, dass Valerie zu jenen einfältigen Frauen gehört, bei denen man mit überspannten Komplimenten Eindruck schinden kann.«

»Aber Matthew!«, sagte Valerie leise und mit ein wenig Zurechtweisung in der Stimme.

Travis Kendrik war nicht so leicht aus der Fassung zu bringen. Ohne dass sich das Lächeln von seinem Gesicht verlor, wandte er sich ihm zu, und sein Lächeln nahm nur einen Ausdruck von Überraschung an, als er sagte: »Oh, Captain Melville!« Es klang so, als wollte er sagen: Oh, Sie hier? Sie habe ich wirklich nicht bemerkt.

Das allein war schon Unverschämtheit genug, wie Matthew fand. Doch der Anwalt setzte noch eins drauf, als er mit gleichbleibend lächelnder Freundlichkeit fragte: »Haben Sie irgendetwas von sich gegeben, worauf Sie von mir eine Antwort erwarten, Captain?« Mit dieser Frage gab er ihm zu verstehen, dass er es für unter seiner Würde hielt, auf Matthew Melvilles höhnische Bemerkungen einzugehen.

Matthew zog sich vor Wut der Magen zusammen. Doch er beherrschte sich und zwang sich gleichfalls zu einem Lächeln, das so falsch war wie das seines Kontrahenten. Der Anwalt sollte ja nicht glauben, dass nur er die Kunst der Überheblichkeit beherrschte. »Wie bitte?«, fragte er verwundert zurück. »Es tut mir leid, Sie enttäuschen zu müssen, Mister Kendrik, aber meine Erwartungen an Sie halten sich auf einem überaus niedrigen Niveau.«

Travis nickte, das Lächeln jetzt mehr gefroren als selbstsicher. »Nun ja, jeder muss wissen, auf welchem Niveau er sich wohlfühlt, Captain«, konterte er.

Matthew musterte den extravaganten Anzug seines Gegenübers mit kaum verhohlener Geringschätzung. »Ach, da Sie gerade davon sprechen: Irgendwann müssen Sie mir Name und Adresse Ihres Schneiders nennen, Mister Kendrik. Zum nächsten Kostümball möchte ich gern als eine Mischung aus Clown und Quasimodo gehen.«

Nun hatte Travis doch Mühe, seine Gelassenheit zu bewahren. »Ich würde Ihnen eher zum Kostüm eines verantwortungslosen Vagabunden raten, Captain. Ich denke, diese Rolle werden Sie ohne große Anstrengung mit beeindruckender Überzeugung spielen. Irgendwie liegt sie Ihnen im Blut.«

Der verbale Schlagabtausch wurde von beiden Männern mit einer Schnelligkeit und Scharfzüngigkeit geführt, dass Valerie im ersten Moment zu überrascht und auch zu betroffen über die Heftigkeit der gegenseitigen Angriffe war, um ihnen noch rechtzeitig Einhalt zu gebieten. Jetzt aber griff sie ein, das Gesicht vor Ärger und Beschämung gerötet.

»Matthew! Travis! So bitte nicht.« Sie klang deutlich verstimmt. »Es sei denn, ihr wollt mich beleidigen!« Sie schaute mit wütendem Blick von einem zum anderen.

»Sollte ich Sie mit irgendeiner meiner Äußerungen verletzt haben, so sehen Sie mich untröstlich und voller Reue, dass ich mich dazu habe hinreißen lassen, denn nichts liegt mir mehr am Herzen als Ihr Wohlergehen«, gab Travis sich zerknirscht, vermochte sich jedoch nicht einen Seitenhieb auf Matthew zu verkneifen, denn er fügte noch hinzu: »Sie haben mein Wort, dass ich mich in Zukunft in Ihrer Gegenwart auch von noch so dümmlichen Bemerkungen nicht provozieren lassen werde.«

»Ein löblicher Vorsatz, dem ich mich nur anschließen kann«, sagte Matthew grimmig und legte Valerie in einer spontanen Geste seine Hand auf die Schulter. Er spürte, dass sie ihm ob seiner verletzenden Worte zu Travis zürnte, denn sie versteifte sich unter seiner Berührung, die dem Anwalt nachdrücklich vor Augen führen sollte, zu wem Valerie gehörte. Doch sie entzog sich seiner Hand nicht, und das gab ihm wieder seine Gelassenheit zurück, die der Anwalt mit seinem arroganten Gebaren kurzzeitig erschüttert hatte. »Doch nun bin ich gespannt, welcher Anlass Mister Kendrik zu uns geführt hat, du nicht auch?« Valerie sagte sich, dass es das Beste war, die Angelegenheit auf sich beruhen zu lassen und so zu tun, als hätte es diese unschöne Auseinandersetzung zwischen Matthew und Travis nicht gegeben. Sie atmete tief durch. »Selbstverständlich bin ich gespannt. Aber was immer Sie nach Cotton Fields geführt hat, Travis, wir brauchen das gewiss nicht im Stehen zu bereden. Bitte, nehmen Sie doch Platz. Und darf ich Ihnen etwas servieren lassen?«

»Sehr freundlich von Ihnen, aber ich habe ausgiebig gefrühstückt, bevor ich zu Ihnen aufgebrochen bin«, lehnte Travis ihr Angebot dankend ab und setzte sich in einen Sessel, während Valerie und Matthew auf der Couch Platz nahmen.

»Nun, was bringen Sie für Nachrichten?«, fragte Valerie und sah ihn mit banger Erwartung an.

»Sie wissen, dass ich die Sezession der Südstaaten für die größte Dummheit unserer Politiker halte und den Krieg, der daraus resultieren wird, für ein sinnloses Blutvergießen verblendeter Menschen, die Brudermord mit Heldenmut verwechseln. Wobei Heldenmut sowieso schon ein Zustand ist, der ein großes Maß an

Dummheit oder Blutrünstigkeit voraussetzt, und oft trifft man das eine ja auch in der Gesellschaft des anderen«, antwortete Travis ausschweifend.

»Was die Sezession und die Dummheit unserer Politiker betrifft, stimme ich Ihnen zu«, erwiderte Matthew kühl. »Zum Thema Heldenmut fallen mir jedoch einige andere Stichworte ein als nur Dummheit und Blutrünstigkeit. Ich glaube allerdings nicht, dass Valeries Interesse an einer derartigen Erörterung groß ist. Wenn ich mich nicht irre, fragte sie auch nicht nach Ihrer politischen Lagebeurteilung, sondern welcher Art die Nachrichten sind, die Sie bringen.«

»Es mag Sie überraschen, Captain, aber meine politische Lagebeurteilung steht in einem unmittelbaren Zusammenhang mit meinen Nachrichten«, antwortete Travis süffisant und fuhr selbstherrlich fort: »Und wäre ich nicht in der Lage gewesen, die Situation so genau zu durchschauen und zu bewerten, wäre es mir auch nicht gelungen, James Marlowe zu überzeugen, dass sich eine Investition in COTTON FIELDS für ihn auszahlen wird.«

Valerie riss die Augen ungläubig auf. »Haben Sie James Marlowe gesagt, Travis?«

»In der Tat, das habe ich.« Er lächelte über ihr ungläubiges Staunen.

»Und er will mir ...« Sie stockte, denn es erschien ihr unwahrscheinlich, dass ausgerechnet der Baumwollbaron von New Orleans ihr einen Kredit einräumen wollte.

»So ist es, Valerie. Ich habe James Marlowe, den Baumwollbaron, vor einer Woche aufgesucht und ihm die Vorfinanzierung der Baumwollernte von COTTON FIELDS angeboten. Ich habe mit ihm einen Kreditrahmen von dreißigtausend Dollar ausgehandelt. Damit ist die weitere Bewirtschaftung der Plantage gesichert und der Boykott der anderen Bankiers und Baumwollaufkäufer gescheitert! Sie brauchen nicht aufzugeben und schon gar nicht an Catherine Duvall und ihre verbrecherische Brut zu verkaufen!« Travis wusste, was seine Nachricht für COTTON FIELDS und damit für Valerie bedeutete – nämlich Triumph und Erlösung. Er hatte nie daran gezweifelt, dass er allen Hindernissen zum Trotz letztendlich doch noch einen Weg finden würde, um die drohende Katastrophe abzuwenden. Matthew Melville dagegen hatte es nicht für möglich gehalten, dass er einen Finanzier finden würde, und Valerie deshalb immer wieder beschworen, COTTON FIELDS zu verkaufen und sich so von Gefahren und Sorgen zu befreien. Seine Genugtuung, dass er sein scheinbar großmäuliges Versprechen eingelöst und den Captain damit widerlegt hatte, konnte in diesem Augenblick daher gar nicht größer sein. Er war es, der COTTON FIELDS für Valerie rettete! Zum zweiten Mal!

Valerie reagierte so, wie der Anwalt es sich vorgestellt hatte. Ihre Augen glänzten und ihr Gesicht erstrahlte. Die Erleichterung und Freude, die seine Worte in ihr auslösten, waren überwältigend. Unwillkürlich sprang sie auf und trat zu ihm, der sich lächelnd aus dem Sessel erhob. »Mein Gott, ist das tatsächlich wahr, Travis? Wir bekommen wirklich das Geld, um weitermachen zu können? Haben wir es endlich geschafft? Ich muss also nicht verkaufen?«, stieß sie atemlos hervor und ergriff seine Hände. »Nein, Sie müssen nicht verkaufen, Valerie. Sie bleiben Herrin von COTTON FIELDS!«, bekräftigte er, und die Freude, die er in diesem Moment mit ihr empfand, war tief und frei von jeglichem Hintergedanken.

Einen Moment lang stand Valerie dicht vor ihm, hielt seine Hände und schaute ihm mit einem Ausdruck unsäglicher Dankbarkeit in die Augen.

Matthew wehrte sich gegen die Beklemmung und die wütende Eifersucht, die dieser Anblick in ihm hervorrief. Insgeheim mahnte er sich, jetzt bloß nicht die Beherrschung zu verlieren und der Versuchung zu erliegen, die Uneigennützigkeit des Anwalts infrage zu stellen.

»Ich muss gestehen, dass ich überrascht bin, Mister Kendrik. Und beeindruckt.« Es kostete ihn große Überwindung, diese anerkennenden Worte auszusprechen. »Dass Sie ausgerechnet diesen James Marlowe als Kreditgeber gewonnen haben, ist wirklich so etwas wie ein kleines Wunder.«

Valerie lachte erlöst und freute sich über Matthews Lob. Sie wusste, wie schwer es ihm fiel, seine Antipathie zu überwinden und die Leistung des Anwalts zu würdigen. »Ja, das finde ich auch. Ich weiß wirklich nicht, wie ich Ihnen danken soll.«

Travis lächelte nur.

»Würden Sie uns auch verraten, wie Sie das geschafft haben, dem Baumwollbaron die Kreditzusage abzuringen, da doch alle anderen Bankiers und Händler sich strikt geweigert haben, Valerie auch nur einen Cent Kredit zu gewähren?«, forderte Matthew ihn auf. »Nicht einmal ein Mann wie er kann es sich leisten, mit ihr Geschäfte zu machen, will er seine übrige Kundschaft nicht verlieren und selbst Zielscheibe von Boykott und Drohungen werden.«

Travis nahm wieder Platz und schlug die Beine in einer Bewegung übereinander, die Matthew geziert fand. »Sie haben damit völlig recht«, räumte er fröhlich ein. »Aber Marlowe wird selbst auch gar nicht in Erscheinung treten. Offiziell wird ein britischer oder französischer Händler als Finanzier und Baumwollhändler auftreten.« Er erläuterte ihnen nun seinen Plan, dem der Baumwollbaron nach wenigen Tagen Bedenkzeit zugestimmt hatte, und die vereinbarten Konditionen, die natürlich beträchtlich über dem Marktüblichen zugunsten von James Marlowe lagen. Dennoch würde sich das Geschäft auch für Valerie lohnen.

»Travis, Sie sind wirklich ein Teufelskerl!«, rief sie begeistert, als er seine Ausführungen abgeschlossen hatte. »Auf diesen raffinierten Dreh zu kommen! Dabei liegt es auf der Hand, dass niemand es wagen wird, einem wichtigen ausländischen Händler Schwierigkeiten zu machen!«

»Ja, dieser gerissene Plan steht Mister Kendrik gut zu Gesicht«, pflichtete Matthew doppeldeutig bei und handelte sich damit einen zurechtweisenden Blick von Valerie ein. Er tat so, als bemerkte er ihn nicht. »Doch wenn ich ihn richtig verstanden habe, ist dieser Plan noch längst nicht in die Tat umgesetzt und dir damit der Kredit auch noch nicht sicher. Denn die geplante Täuschung kann ohne diesen britischen oder französischen Mitspieler nicht verwirklicht werden. Und da Sie keinen konkreten Namen erwähnt haben, liegt der Schluss nahe, dass diese wichtige Person für Ihren Plan erst noch gewonnen werden muss. Daraus ergibt sich weiterhin, dass damit Marlowes Einverständnis nichts weiter als eine Absichtserklärung und somit auch der Kredit in Wahrheit noch gar nicht garantiert ist.«

Valeries Miene verlor ein wenig von ihrer überschwenglichen Fröhlichkeit. »Stimmt das, Travis?«

Der Anwalt schoss Matthew einen zornigen Blick zu. »Ich habe sein Wort, Valerie!«, versicherte er. »Und ich werde schon einen geeigneten Strohmann finden! Lassen Sie das mal meine Sorge sein!«

»Sie werden schon erlauben müssen, dass nicht nur Sie allein sich um Valerie sorgen!«, erwiderte Matthew kühl, und unerbittlich bohrte er nach: »Wie ich Sie einschätze, sind Sie doch schon seit jenem Tag, als Sie

Marlowe das Angebot unterbreitet haben, auf der Suche nach so einem Ausländer, der seine Rolle auch glaubhaft zu spielen vermag, nicht wahr? Ich kann mir zumindest nicht vorstellen, dass Sie diese wichtige Aufgabe vernachlässigt haben.«

»Natürlich nicht«, antwortete Travis kurz angebunden.

Matthew lächelte dünn. »Aber sagten Sie nicht, Sie hätten Marlowe das Angebot schon vor gut einer Woche gemacht? Das bedeutet doch, dass Sie trotz aller Bemühungen innerhalb dieser Zeit noch keine geeignete Person haben finden können.«

Valerie sah ihn erwartungsvoll an.

»Nun ja, ich habe gewisse Sondierungen vorgenommen und meine Fühler in verschiedene Richtungen ausgestreckt«, sagte Travis ausweichend und wurde hektischer in seinen Gesten. »Das ist eine diffizile Aufgabe, und ich kann schlecht von einem zum anderen gehen und fragen, ob er für Marlowe als Strohmann fungieren will. Dafür muss man sich Zeit nehmen und viel Fingerspitzengefühl beweisen.«

»Was nichts daran ändert, dass Sie noch keinen gefunden, ja noch nicht einmal einen geeigneten Kandidaten in Aussicht haben!«, stellte Matthew fest und konnte sich eines starken Gefühls der Schadenfreude nicht erwehren, als er sah, wie Travis sich wand. Endlich hatte er diesen überheblichen Anwalt in der Zange! »Oder sehe ich das falsch?«

»Sie sehen eine Menge falsch, Captain! Aber wenn ich etwas in die Hand nehme, dann führe ich es auch zu Ende!«, blaffte er gereizt. »Valerie weiß das! Ich habe ihr noch nie Versprechungen gemacht, die ich nicht halten konnte. Ganz im Gegensatz zu anderen, die noch nicht einmal den Mut haben ...«

Valerie fürchtete, Travis könnte sich vergessen und etwas Beleidigendes zu Matthew sagen, was den Streit zwischen ihnen wieder entflammen würde. Deshalb fuhr sie ihm hastig ins Wort und sagte mit einem gezwungenen Lächeln: »Immerhin ist es ja ein hoffnungsvoller Beginn, dass Marlowe überhaupt willens ist, sich auf so ein Geschäft einzulassen. Und wenn Sie sagen, dass Sie den Strohmann schon noch finden werden, so glaube ich Ihnen das.« Die Enttäuschung, dass die Zeit des Bangens doch noch nicht ihr Ende gefunden hatte, war Valeries zuversichtlichen Worten zum Trotz ihrer Stimme jedoch deutlich anzuhören.

Travis nickte. »Ich werde Sie nicht enttäuschen, Valerie. Ich werde den Abschluss noch rechtzeitig unter Dach und Fach kriegen.«

Matthew rang einen Moment in Gedanken mit sich selbst. Dann fiel sein Blick auf Valeries trauriges Gesicht. Er wollte, dass sie glücklich war, und offenbar war dieses Glück ohne COTTON FIELDS für sie nicht denkbar. Besser, er fand sich damit ab und tat das Seine, damit sie die Plantage nicht aufgeben musste.

»Sie können sich die Mühe sparen, Mister Kendrik!«,

sagte er knurrig, denn es fiel ihm nicht leicht, dem Anwalt in die Arme zu arbeiten. Aber hier ging es ja nicht in erster Linie darum, von wem der Plan stammte, sondern um das Ziel, Valerie zu ihrem Glück zu verhelfen.

»Wie darf ich das verstehen, Captain?«, fragte Travis reserviert.

»Ich kann Ihnen einen geeigneten Ausländer vermitteln, der für die Rolle des ausländischen Aufkäufers ideal wäre«, erklärte Matthew. »Vorausgesetzt natürlich, Ihr Stolz verbietet es Ihnen nicht, Hilfe von mir anzunehmen.«

Am liebsten hätte Travis diese Hilfe verächtlich von sich gewiesen, doch das hätte Valerie nicht verstanden und ihm in dieser kritischen Lage wohl nicht verziehen. Deshalb musste auch er über den großen Schatten springen, den sein Stolz warf.

»Weshalb sollte ich etwas gegen hilfreiche Unterstützung haben?«, fragte er grimmig. »Es muss sich aber erst zeigen, wie viel sie taugt.«

Matthew verzog spöttisch das Gesicht. »Ich schätze, dass noch nicht einmal Sie etwas gegen meinen Strohmann einzuwenden haben. Oder können Sie einen Mann aufbieten, der ein waschechter Earl ist?«

Nun zeigte sich Travis Kendrik zum ersten Mal verblüfft – und Valerie wieder voller neuer Hoffnung. »Ein Earl? Ist das dein Ernst?«, fragte sie aufgeregt. »Meinst du wirklich, so ein Adeliger würde diese Täuschung mitmachen?«

Matthew nahm ihre Hand und lächelte ihr beruhigend zu. »Vom Titel allein kann man nicht leben, mein Liebling, und auch die besten Umgangsformen machen aus Schulden kein Guthaben. Sir Rupert Berrington ist auf jeden Fall käuflich, und ich muss es wissen, denn er ist oft genug Gast auf der RIVER QUEEN.«

»Wirst du mit ihm sprechen und uns helfen, ihn als Strohmann zu gewinnen, Matthew?«

Er lachte unwillkürlich und vergaß den Anwalt für einen Augenblick. »Aber natürlich! Wenn mir nichts daran läge, dass du aus deiner finanziellen Notlage kommst und dir der Plantage endlich sicher sein kannst, hätte ich Sir Rupert wohl kaum erwähnt.«

Zärtlich blickte sie zu ihm auf. »Ja, ich weiß. Aber wirklich erleichtert werde ich erst sein, wenn Marlowe *und* sein Strohmann alle nötigen Papiere unterzeichnet haben«, sagte sie, zwischen Zuversicht und Skepsis hin und her gerissen.

»Er wird sich so ein gutes Geschäft, das für ihn ja ohne jegliches Risiko und auch ohne jeden Arbeitsaufwand ist, garantiert nicht entgehen lassen«, sagte Matthew.

»Was hindert uns daran, noch heute mit diesem Sir Rupert zu sprechen?«, machte sich Travis nun wieder bemerkbar.

»Das übernehme ich schon. Er hat Vertrauen zu mir, nicht zu Ihnen«, erwiderte Matthew kühl.

»Und wann werden Sie die Güte haben, sich nach

New Orleans zu begeben, mit diesem Mann zu sprechen und uns über den Ausgang dieses Gesprächs zu informieren, damit ich ein Treffen mit ihm und Marlowe arrangieren kann?«, fragte der Anwalt mit herausforderndem Sarkasmus.

»Heute noch!«, gab Matthew schroff zur Antwort. Aus ihrem romantischen Picknick würde dank der Penetranz dieses herausgeputzten Schwächlings nichts werden. Doch noch mehr ärgerte es ihn, dass er ihm wieder einmal eine Entscheidung aufgezwungen hatte.

Travis lächelte, wohl wissend, dass er ihm gar keine andere Wahl gelassen hatte. »Sehr gut. Rasches Handeln ist in dieser Stunde auch geboten. Wenn Sie sich mit dem Packen beeilen, nehme ich Sie gern in meiner Kutsche mit, Captain«, bot er ihm an. »Bei dem, was wir an interessantem Gesprächsstoff auszutauschen haben, wird die Fahrt gewiss sehr kurzweilig.«

»Das mag sein. Doch ich möchte Ihnen durch meine Anwesenheit nicht das Vergnügen stehlen, dass das Gaffen der Leute nur Ihnen allein gilt«, antwortete er sarkastisch und teilte noch einen besonders gemeinen Hieb aus, indem er hinzufügte: »Außerdem glaube ich nicht, dass Sie so lange zu warten bereit sind, bis ich abreisefertig bin. Die Art Abschied, die mir vorschwebt, wird mich und Valerie doch geraume Zeit in Anspruch nehmen.«

Valerie schoss das Blut ins Gesicht, während Travis die Lippen zu einem dünnen Strich zusammenpresste und sich eine Erwiderung versagte.

Einen Moment lang herrschte peinliches Schweigen im Salon. Dann überwand Valerie ihre Verlegenheit und bat Travis, ihr noch einmal Konditionen und Risiken des Geschäfts darzulegen, was er bereitwillig tat. Eine halbe Stunde später brach er auf. Während Valerie sich mit großer Herzlichkeit bei ihm bedankte und ihn bis zur Kutsche brachte, tauschten die Männer nur ein knappes Nicken und einen eisigen Blick. Schon früher waren sie sich nicht grün gewesen. Doch jetzt waren sie zu Feinden geworden.

»Du warst sehr beleidigend und verletzend zu ihm«, machte Valerie ihm Vorwürfe, als sie wieder mit Matthew allein war. »Ihn mit einem Krüppel wie dem Glöckner von Notre-Dame zu vergleichen, ist eine gemeine Entgleisung gewesen! Das hat er wirklich nicht verdient!«

»Ich habe ihn nicht mit Quasimodo verglichen, sondern von einem Kostüm gesprochen, das ...«

Sie fiel ihm gereizt ins Wort. »Ja, gesprochen hast du von einem Kostüm, doch wen und was du in Wirklichkeit damit gemeint hast, klang so deutlich aus deinen Worten, dass du es auch ganz offen hättest aussprechen können!«

»Er hat es herausgefordert, Valerie«, verteidigte er sich, ohne ein schlechtes Gewissen zu haben. »Allein schon seine Begrüßung war eine ausgesprochene Frechheit. Er kommt hier mit großer Geste hereinspaziert, macht dir Komplimente, die weit über das gebührliche

Maß hinausgehen und einen anderen als mich schon längst dazu veranlasst hätten, ihm eine gehörige Tracht Prügel zu verpassen, und legt zudem auch noch die Unverschämtheit an den Tag, mich wie Luft zu behandeln.«

»Nun ja, da hast du nicht ganz unrecht. Travis hat dich wirklich provoziert«, räumte sie ein, und ihr Gesicht nahm einen versöhnlichen Ausdruck an. »Seine überspannte Art ist manchmal schwer zu ertragen.«

»Mit seiner überspannten Art komme ich schon sehr gut zurecht. Sein blasiertes Gerede und sein arrogantes Auftreten würden mich normalerweise nicht berühren«, sagte er grimmig und schnippte mit den Fingern. »Was mir jedoch sehr gegen den Strich geht, ist die Tatsache, dass sich die Unverschämtheit, die er mir gegenüber an den Tag legt, zwangsläufig auch gegen dich richtet.«

Valerie sah ihn überrascht an. »Gegen mich?«

»Natürlich. Oder lässt es dich kalt, wenn er so tut, als müsste er nicht die geringste Rücksichtnahme auf deine Gefühle nehmen?«, machte er ihr klar. »Denn indem er sich mir gegenüber so dreist benimmt, bringt er doch zum Ausdruck, wie wenig er deine Entscheidung und deine Liebe zu mir respektiert.«

Valerie musste sich eingestehen, dass sie Travis Kendriks Benehmen unter diesem Aspekt noch nicht betrachtet hatte. Und die logische Folgerung, die Matthew gezogen hatte, gefiel ihr ebenso wenig wie ihm.

»Du hast recht«, sagte sie nachdenklich. »Travis geht manchmal einen Schritt zu weit.«

»Es sind Schritte von Meilenlänge! Und ich habe den unangenehmen Eindruck, dass er sich von Mal zu Mal mehr Frechheiten mir gegenüber und Freiheiten dir gegenüber herausnimmt.«

Sie seufzte betrübt. »Ja, er wird irgendwie besitzergreifend. Ich muss ihn wohl in seine Schranken weisen – auch wenn mir das noch so schwerfällt, denn ich schulde ihm so unendlich viel. Und ich bin überzeugt, dass er im Grunde genommen ein herzensguter, einsamer Mensch ist.«

»Sein wahrer Charakter interessiert mich wenig«, sagte Matthew unverblümt. »Das Einzige, was ich verlange, ist, dass er endlich aufhört, sich zwischen uns drängen zu wollen und Missstimmungen zu säen!«

»Sich zwischen uns zu drängen, wird niemand schaffen!«, versicherte Valerie mit weicher Stimme. »Dafür liebe ich dich zu sehr. Weißt du, als du das gerade mit dem langen Abschied zu Travis gesagt hast, war ich im ersten Moment richtig verlegen und auch ein wenig ärgerlich auf dich. Doch jetzt bin ich froh, dass du es gesagt hast.«

»Nur froh, dass ich es *gesagt* habe, oder auch begierig darauf, dass wir es in die Tat umsetzen?«, fragte er.

Valerie legte einen Arm um seinen Nacken und schmiegte sich an ihn. »Weißt du denn nicht, wie sehr ich den Mann der Tat in dir liebe?«, fragte sie ebenso scherzhaft wie zärtlich zurück.

»Meinst du, du könntest mir eine Kostprobe davon geben?«

»O ja!«, hauchte sie und zog seinen Kopf zu sich herunter. Ihre Lippen verschmolzen zu einem innigen Kuss, der schnell an Leidenschaft gewann.

»Komm, lass uns nach oben gehen«, sagte er wenig später mit belegter Stimme.

»Ja, mein Liebster!«, raunte sie mit glänzenden Augen, die voller Liebe und Hingabe auf ihm ruhten.

Stunden später gab Matthew auf der Veranda des Herrenhauses Valerie einen letzten Kuss, schwang sich in den Sattel seines Rotfuchses und jagte die sonnengesprenkelte Allee im gestreckten Galopp hinunter.

Kaum jedoch hatte er die Landstraße erreicht, da ließ er das Pferd in einen gemächlichen Trab fallen. Er hatte es ganz und gar nicht eilig, nach New Orleans zu kommen. Eher traf das Gegenteil zu. Je länger er brauchte, um in die Stadt zu gelangen, desto lieber war es ihm.

Eigentlich hätte er voller Ungeduld darauf brennen müssen, wieder zum Hafen zu kommen und sich endlich um seine Schiffe kümmern zu können, hatte er seine Arbeit doch lange genug vernachlässigt. Ihm fehlten auch wirklich die Schiffsplanken unter den Füßen und der salzige Wind in den Haaren. Doch aus gutem Grund, der nicht allein in seiner Liebe zu Valerie zu finden war, hatte er seine Abreise immer wieder hinausgezögert. Denn auf COTTON FIELDS war er sicher gewesen, während in New Orleans Madeleine auf ihn wartete – und damit ein unseliges Versprechen der Vergangenheit.

5

Der Tag war wie geschaffen für einen romantischen Spaziergang durch die blühenden Gartenanlagen von DARBY PLANTATION. Die gewundenen Wege führten nicht nur an üppigen Blumenrabatten, duftenden Sträuchern und kunstvoll beschnittenen Hecken vorbei, sondern tauchten auch ein in Laubengänge aus langen Reihen weiß gestrichener Rundbögen, die abwechselnd von weißen und dunkelroten Kletterrosen dicht berankt waren. Fröhlich und vielstimmig war das Vogelgezwitscher, das aus den Bäumen und Sträuchern kam. Vom Küchenhaus, das jenseits des Gartens lag, drang leise die melodische Stimme eines Schwarzen herüber, der im Rhythmus seiner Holzscheite spaltenden Axt ein Lied sang, das von nun an wieder öfter überall auf den Baumwollfeldern der Plantagen zu hören sein würde. Es handelte von der Aussaat und der harten, Rücken beugenden Arbeit auf den meilenweiten Feldern, wo das weiße Gold des Südens unter schwarzen Händen dem Tag der Ernte entgegenwuchs.

Edward Larmont registrierte die Stimme des Sklaven nur im Unterbewusstsein. Sein ganzes Denken und Fühlen konzentrierte sich allein auf Rhonda Duvall, die mit ihrem älteren Bruder Stephen und ihrer Mutter Catherine nun schon mehrere Monate als Gast im Haus von Justin Darby wohnte.

Er hielt sich an ihrer Seite, blieb aber ab und zu einen Schritt hinter ihr, weil er sie so besser mit den Augen verschlingen konnte. Er vermochte sich gar nicht sattzusehen an ihr. Wie wunderbar ihr blondes Haar mit den kunstvoll gedrehten Korkenzieherlocken im Sonnenlicht leuchtete! Wie seidiges Gold! Aber ganz besonders verliebt war er in ihr puppenhaft hübsches Gesicht, das ohne Makel war und ihm wie der wunderbarste Ausdruck von Reinheit, Unschuld und Schönheit auf Erden erschien. Er liebte auch die Anmut ihrer Bewegungen, die zugleich so voller Sinnlichkeit waren. Das veilchenblaue Seidenkleid war zwar züchtig hochgeschlossen, wie es die Schicklichkeit einer jungen unverheirateten Frau von gerade achtzehn Jahren an einem frühen Nachmittag vorschrieb, verbarg jedoch nicht ihre betörend schlanke Figur. Mehr als einmal musste er sich zwingen, seinen Blick nicht zu lange auf ihren Brüsten verharren zu lassen, die den zarten Stoff auf so erregende Weise wölbten und spannten.

Rhonda war stehen geblieben, hatte sich eine Blume gepflückt und hielt sich die Blüte unter die Nase, während sie ihm einen koketten Blick zuwarf.

»Warum so nachdenklich heute, Mister Larmont?«, fragte sie und hatte Mühe, sich ihre Langeweile und Verdrossenheit nicht anmerken zu lassen. Dass sie mit ihm diesen Spaziergang machte, verdankte er nur dem Drängen ihrer Mutter.

»Sie wissen ja gar nicht, wie viel mir diese kostbaren Minuten, die ich hier mit Ihnen allein sein darf, bedeuten, Miss Duvall«, sagte er auf seine pathetische Art, die aus jeder Alltäglichkeit etwas schrecklich Besonderes machte. »Sie ... Sie geben mir die Kraft, mich den schweren Aufgaben zu stellen, die in Baton Rouge meiner harren, und den Erwartungen, die das Volk von Louisiana, ja das des ganzen stolzen Südens, in Männer wie mich setzt, voll und ganz gerecht zu werden.«

Rhonda hätte am liebsten die Augen verdreht und herzhaft gegähnt. Wie wichtig er sich doch nahm! Und vermutlich glaubte er auch noch, sie mit seinem gestelzten Gerede über die Wichtigkeit seiner Person gehörig zu beeindrucken. Wenn er wüsste, wie öde sie ihn und sein Gewäsch fand! Doch sie gedachte der Ermahnungen ihrer Mutter und sagte scheinbar geschmeichelt: »Es gibt wohl keine aufrichtig empfindende Frau, die sich bei diesen Worten nicht geehrt fühlen würde, Mister Larmont. Doch ich fürchte, in Wahrheit messen Sie meiner bescheidenen Person eine Bedeutung zu, die mir gewiss nicht zukommt.«

»Sie irren, Miss Duvall. Ich kann Ihnen gar nicht sagen, welch bedeutende Stellung Sie in meinem Denken und Fühlen einnehmen!«, versicherte er ihr und sah sie eindringlich an. Einen Augenblick lang war er versucht, ihre Hand in die seine zu nehmen, doch zu diesem Schritt fehlte ihm der Mut. Zu einer solch vertraulichen Geste war die Zeit noch nicht reif. Er durfte nicht zu forsch vorgehen, wollte er sie nicht erschrecken. Zudem war bekannt, wie schnell ihre Stimmung wechseln und sie zu einer Rose mit sehr spitzen, schmerzhaften Dornen werden konnte. Dass sie überhaupt schon zugestimmt hatte, mit ihm allein einen Spaziergang durch den Garten zu machen, war ihm nach ihrer Zurückhaltung der letzten Monate wie ein beglückendes Wunder vorgekommen. Endlich ging sie auf sein Werben ein. Doch er durfte nichts überstürzen, sondern musste behutsam vorgehen. »Sie verstehen sich wahrlich darauf, einer Frau das Gefühl zu geben, wichtig zu sein«, erwiderte Rhonda mit einem koketten Augenaufschlag und schaffte es doch tatsächlich, zu erröten.

»Ich gebe nur meinem innigsten Gefühl Ausdruck«, sagte er leise und hielt im nächsten Moment den Atem an, denn damit hatte er sich ihr so gut wie erklärt, und das erschien ihm zu diesem Zeitpunkt ihrer Beziehung doch ein recht gewagter Schritt zu sein.

Rhonda ahnte, was in ihm vorging, und im Stillen lachte sie ihn aus. Er bettelte um ein zärtliches Wort, einen verheißungsvollen Blick oder eine als zufällig getarnte Berührung. Und während sie die keusche Unschuld spielte, die mit Zeichen ihrer Zuneigung geizte, weil sie ein zu forsches Vorgehen für nicht schicklich hielt, machte sie sich in Wirklichkeit Gedanken darüber, wie er wohl im Bett sein mochte. Vermutlich so langweilig wie als Unterhalter! Wilde Leidenschaft und hemmungslose Lust waren ihm bestimmt ebenso fremd wie jeder andere Hang zu Ausschweifungen. Sollte sie ihn wirklich zum Ehemann nehmen, würde sie sich nach einem potenten Liebhaber umsehen müssen.

Edward Larmont war absolut nicht der Typ Mann, den sie sich als ihren Ehemann vorstellen konnte. Einmal ganz davon abgesehen, dass er schon mit seinen dreißig Jahren ein etwas schwammiges Gesicht besaß und schweißige Hände hatte, was sie auf den Tod nicht ausstehen konnte, war er in ihren Augen ein unsäglicher Langweiler. Seit er ein Abgeordnetenmandat errungen hatte und als aufstrebender Politiker galt, dem man allgemein eine blendende Karriere in der neu gegründeten Konföderation voraussagte, war er noch aufgeblasener und als Gesprächspartner noch ermüdender geworden. Bei ihm drehte sich alles nur noch um Politik und um das, was er in verantwortungsvoller Position zum Wohle des Südens alles in Bewegung zu setzen gedachte.

Aber er entstammte einer traditionsreichen und zudem noch vermögenden Familie, sodass ihr an seiner Seite eine bedeutende Stellung in der Gesellschaft gewiss war – trotz des hässlichen Skandals, den es um Valerie und COTTON FIELDS gegeben hatte und der viele ihrer anderen Verehrer, die attraktiver als Edward Larmont waren, dazu bewogen hatte, ihr Werben um sie einzustellen.

Rhonda wollte ihn weder sonderlich ermutigen, sein derzeitiges Tempo zu beschleunigen, noch wollte sie sein ernsthaftes Interesse an ihr aufs Spiel setzen. Daher schenkte sie ihm ein reizendes, scheinbar verlegenes Lächeln, das ihr auch gut gelang. Es sollte ihre vorgebliche Freude sowie mädchenhafte Verwirrung zum Ausdruck bringen.

»Sie wissen gar nicht, was Sie mit diesen Worten in mir anrichten«, gab sie sich innerlich aufgewühlt und senkte den Kopf, als fürchtete sie, ihre Augen könnten mehr von ihren Gefühlen verraten, als ihr in diesem Moment lieb war, was sogar der Wahrheit entsprach. »Ich ... ich weiß nicht, was ich Ihnen darauf antworten soll, Mister Larmont. Ich ... ich bin es nicht gewohnt, mir über meine ... tiefen Empfindungen Rechenschaft abzulegen, und ich habe noch nie mein ... mein Herz auf der Zunge getragen.«

Edward Larmont strahlte vor Glück über ihre scheinbar von zärtlicher Verwirrung diktierten Worte. Doch als Gentleman des Südens, der einer Frau gegenüber stets ganz besonderer Ritterlichkeit verpflichtet war, verbot er es sich, noch weiter in sie zu dringen. »Niemand verlangt so etwas von Ihnen, Miss Duvall, am allerwenigsten ich. Ich bin einfach nur dankbar, dass ich mit Ihnen zusammen sein kann und Sie meine Gegenwart sosehr schätzen wie ich Ihre – und dass ich darauf hoffen kann, in Zukunft häufiger das Vergnügen Ihrer zauberhaften Gesellschaft zu haben.«

»Sie wissen, dass Sie auf Darby Plantation stets willkommen sind«, erwiderte Rhonda und lenkte ihre Schritte schon zum Herrenhaus zurück. Sie konnte es nicht erwarten, ihn in seinen Einspänner einsteigen und wegfahren zu sehen.

»Ich schätze die Gastfreundschaft von Mister Darby sehr. Doch der Stern, der mich an diesen Ort zieht, trägt einen anderen Namen«, entgegnete er bedeutungsschwer. »Ahnen Sie, wie dieser Name lautet?«

Sie gab ihm keine Antwort, sondern warf ihm nur einen verstohlenen Blick zu, als wollte sie sich vergewissern, dass sie ihn richtig verstanden hatte. Dabei drehte sie die Blume zwischen ihren Fingern, sodass die Blütenblätter über ihre vollen roten Lippen strichen. Wie erotisch diese Bewegung auf ihn wirkte, kam ihr trotz aller Berechnung nicht zu Bewusstsein, denn sie suchte fieberhaft nach einer Antwort, die alles in der Schwebe beließ. Sie dachte gar nicht daran, sich schon jetzt an ihn durch eine unüberlegte Äußerung zu binden. Zwar hielt ihre Mutter es für an der Zeit, dass sie mit ihren achtzehn Jahren eine Ehe fest ins Auge fasste, aber ihr war es damit gar nicht eilig. Die Vorstellung, den Rest ihres Lebens mit Edward

Larmont verbringen zu müssen, ließ sie innerlich erschaudern.

»Muss denn alles und jedes einen Namen tragen?«, fragte sie ausweichend zurück, während der Schatten eines mit Kletterrosen bedeckten Laubengangs über sie fiel. »Ist es nicht viel aufregender, wenn manches ein Geheimnis bleibt, das nur wenigen bekannt ist, bis die Zeit reif ist, damit an die Öffentlichkeit zu treten, besonders in … Angelegenheiten des Herzens? Und ein Stern, dessen Glanz klar und stark ist, verblasst nicht so schnell, als dass man fürchten müsste, dass er nicht mehr da ist, wenn man für eine Weile die Augen nicht auf diesen Stern hat richten können.«

Er war entzückt von ihren Worten. »Wie empfindsam, ja wie poetisch Sie sich auszudrücken vermögen!«, rief er zutiefst bewegt und ahnte nicht, dass sie seinen glücklichen Gesichtsausdruck mit dem eines dummen Schafes verglich. »Jetzt wird mir die Reise nach Baton Rouge leichter und die Zeit meiner Abwesenheit nicht so entsetzlich schwerfallen.«

Rhonda neigte nur huldvoll den Kopf, während sie die letzten bewachsenen Rundbögen hinter sich ließen und die Seitenfront des Herrenhauses von DARBY PLANTATION vor ihnen in den blassblauen Himmel wuchs. Wehmut und Zorn erfassten sie, als sie unwillkürlich an COTTON FIELDS dachte. Das Haus von Justin Darby war stattlich und konnte sich sehen lassen, aber mit der herrschaftlichen Pracht von COTTON

Fields vermochte es sich nicht zu messen. Und doch durften sie sich glücklich schätzen, dass sie unter diesem Dach gastfreundliche Aufnahme gefunden hatten. Zwar nannte ihre Mutter ein beträchtliches Vermögen ihr eigen, das es ihnen mit Leichtigkeit erlaubt hätte, in New Orleans oder an jedem anderen Ort der Welt ein Leben in Sorglosigkeit und Luxus zu führen, doch ein solcher Umzug wäre ihnen allen wie eine Kapitulation vorgekommen. Denn noch hatten sie den Kampf gegen Valerie und um Cotton Fields nicht aufgegeben! Und da Darby Plantation eine gemeinsame Grenze mit Cotton Fields hatte, war dieser Ort ideal, um auch weiterhin ihren Anspruch auf die Plantage zu dokumentieren und Pläne zu schmieden, wie Valerie doch noch beizukommen war. Aber das war die Aufgabe ihrer Mutter und ihres älteren Bruders. Keiner stand dem anderen an Skrupellosigkeit und Gemeinheit nach, wenn es um Cotton Fields ging. Sie, Rhonda, wollte damit nichts zu tun haben.

Ihre Mutter Catherine und Justin Darby waren auf der überdachten Veranda, als Edward Larmont mit Rhonda an seiner Seite aus den blühenden Gartenanlagen zum Herrenhaus zurückkehrte.

»Ich hoffe, Ihre werte Frau Mutter wird mich nicht tadeln, dass ich ihre bezaubernde Tochter so lange ohne die Begleitung einer Anstandsdame in den Garten entführt habe«, bemerkte der junge Südstaatenpolitiker mehr scherzhaft als ernstlich besorgt, wusste er doch, dass Catherine Duvall sein Werben um Rhonda mit größtem Wohlwollen sah.

»Ich werde sie schon zu beschwichtigen wissen, Mister Larmont.« Rhondas Blick ging zu ihrer Mutter, die mit ihren vierzig Jahren noch immer eine ungemein attraktive Frau war. Und so konnte man auch verstehen, dass der verwitwete Besitzer von DARBY PLANTATION ihr den Hof machte und sich wohl mit dem Gedanken trug, mit ihr eine zweite Ehe einzugehen. Sie hatte sich eine gute Figur bewahrt, und ihre Zofe brauchte nur ab und an ein paar graue Haare aus ihrer naturblonden Fülle zu zupfen. Rhonda wünschte sich nur, ihre Mutter würde öfter einmal lächeln und Lebensfreude zeigen. Doch kühle Reserviertheit und Strenge charakterisierten nicht nur ihr Wesen, sondern auch ihre Kleidung. Sie war stets konservativ im Schnitt, gedeckt in den Farben bei einer Vorliebe für Seidengrau und Mitternachtsblau, aber teuer und exklusiv in den Stoffen und der Verarbeitung.

»Würden Sie das wirklich für mich tun, ... Rhonda?«, setzte er zögernd hinzu, blieb stehen und sah sie fast erschrocken an, als fürchtete er, einen Schritt zu weit gegangen zu sein. »Ich darf Sie doch Rhonda nennen, ja? Bitte erlauben Sie mir diesen Vorzug, Sie bei Ihrem Vornamen nennen zu dürfen. Er klingt so bezaubernd weich und verlockend.« Bei seinen kühnen Worten flog ihm die Hitze ins Gesicht. Rhonda legte den Kopf auf die Seite, nahm den Knöchel ihres linken Zeigefingers zwischen ihre perlweißen Zähne und betrachtete ihn in dieser aufreizenden Pose einen Augenblick, als wäre sie unschlüssig, ob sie seiner Bitte entsprechen sollte oder nicht. Dabei wusste sie, dass ihr gar nichts anderes übrig blieb. Denn verweigerte sie ihm diese vertrauliche Anrede, würde er das dahingehend auslegen, dass sie ihn nicht als Bewerber um ihre Hand ernstlich in Erwägung zu ziehen gedachte. Und dann war damit zu rechnen, dass er es vorzog, nicht mehr nach DARBY PLANTATION zu kommen.

»Ich weiß nicht, ob es klug ist, was ich da tue, Mister Larmont, aber ich kann der Verlockung, es Ihnen zu erlauben, einfach nicht widerstehen«, gab sie sich kokett. Er strahlte sie an und berührte kurz ihren Arm, dort, wo keine Seide ihre milchig straffe Haut bedeckte. »Wenn Sie wüssten, wie glücklich Sie mich damit machen, Rhonda! Doch dann müssen Sie der Gerechtigkeit halber auch Edward zu mir sagen.«

Sie schlug kurz die Augen nieder. »Wenn Sie es so möchten ... Edward.«

»Ach, Rhonda!«, seufzte er selig. »Ich wünschte, ich müsste nicht das nächste Schiff erreichen, um in Baton Rouge meinen Pflichten nachzukommen. Aber unser Land steht vor einer schweren Bewährungsprobe, und wenn einen der Ruf ereilt, das Schicksal unserer stolzen Nation mitzugestalten und die Gefahren abzuwenden, die unserer unverletzlichen Konföderation von dem niggerfreundlichen Norden unter der Führung dieses

Kriegshetzers Lincoln drohen, dann wird nur ein ausgemachter Feigling und Vaterlandslump diesem Ruf nicht folgen. Doch nun wird es mir leichter sein, diese gewaltige Bürde zu tragen. Mit der Gewissheit, dass uns beide mehr verbindet als unsere Liebe zu diesem Land ...«

Rhonda hörte kaum hin. Ihr Blick wanderte zu dem kräftigen Schwarzen hinüber, der den Einspänner von Edward Larmont vorgefahren hatte und das rassige Pferd, das ein nervöses Schnauben von sich gab, am Kinngurt hielt. Beruhigend redete er auf das Tier ein und klopfte ihm mit der anderen Hand auf den eleganten Hals. Als er den Kopf wandte und ihren Blick auf sich ruhen sah, schaute er schnell wieder weg.

Ein spöttisches Lächeln huschte über ihr Gesicht. Dann bemühte sie sich um einen Ausdruck sittsamer, zurückhaltender Freude, als ihnen ihre Mutter mit Justin Darby ein Stück entgegenkam. Sie war froh darüber, dass Edward in seinem pathetischen Redestrom unterbrochen wurde. »Ich dachte schon, Sie wollten Ihre Reise nach Baton Rouge vielleicht doch noch verschieben«, sagte Justin Darby zu ihm, und gutmütiger Spott lag in seiner dunklen Stimme. Er ging schon auf die sechzig zu, war aber bei bester Gesundheit und sah auch dementsprechend aus. Seine mittelgroße, kräftige Statur und sein offenes, ansprechendes Gesicht weckten auf Anhieb Sympathie. Graue Strähnen durchzogen sein dunkles Haar und standen ihm gut zu Gesicht. Er legte auf sorgfältige Kleidung und ein gepflegtes Äußeres großen Wert. Und seit Catherine Duvall unter seinem Dach lebte, verwandte er noch mehr Sorgfalt auf seine Erscheinung und seine Garderobe.

»Ich wünschte, ich könnte es. Gewichtige Gründe dafür gäbe es zur Genüge«, erwiderte Edward mit einem Seufzer und warf Rhonda einen vielsagenden schmachtenden Blick zu. Und er erlag der Versuchung, sie an seiner Genugtuung und Freude teilhaben zu lassen, dass Rhonda ihm die vertrauliche Anrede beim Vornamen gestattet hatte. Denn er setzte, schon ganz wie ein Verlobter, hinzu: »Ich denke, Rhonda versteht mich schon.«

Catherine Duvall lächelte verhalten und suchte kurz Augenkontakt mit ihrer Tochter, um ihr zu verstehen zu geben, wie zufrieden sie mit ihr war. Dann sagte sie: »Wir werden das Gewicht Ihrer Worte daran messen können, wie viele Wochen ins Land gehen, bis wir Sie wiedersehen, Mister Larmont.«

»Ginge es danach, bliebe ich ohne Zögern, Mistress Duvall!« Justin Darby fand, dass der hintersinnigen Bemerkungen nun genug gewechselt waren, und drängte seinen jungen, vielversprechenden Gast zum Aufbruch. »Ich glaube nicht, dass das Schiff auf Sie warten wird.«

»Noch nicht!«, verstieg sich Edward zu einer Zukunftsprognose.

Er erntete teils herzliches, teils höfliches Lachen. Endlich saß er in seinem Einspänner und griff nach den Zügeln. Als der Schwarze das Pferd freigab und sich entfernen wollte, machte Rhonda ihm ein kaum merkliches Zeichen mit dem Kopf.

»Du wartest! Bei der Heckenschnecke!«, raunte sie ihm zu. Er gab weder durch einen Blick noch durch ein Wort zu verstehen, ob er sie gehört hatte, und wenn ja, ob er diesem Befehl nachkommen würde.

Rhonda jedoch zweifelte nicht daran. Er war ein Nigger und sie eine weiße Missy! Und während ihr dieser Gedanke durch den Kopf ging, erwiderte sie Edwards Winken. »Ich schätze, dieser junge Mann wird es in der nächsten Zeit schwer haben, seinen Kopf für die Dinge freizuhalten, die ihn nach Baton Rouge gerufen haben«, sagte Justin Darby mit einem wohlwollenden Schmunzeln. »Würde mich auch nicht wundern, wenn er wirklich schon bald wieder unser Gast wäre. Nun, was gibt es Schöneres, als wenn ein Gast von allen herzlich willkommen geheißen wird.« Er zwinkerte Rhonda zu.

Catherine nahm ihre Tochter beiseite. »Hat er sich dir erklärt?«, fragte sie begierig.

»Nicht direkt.«

»Aber ihr nennt euch schon beim Vornamen.«

Sie nickte. »Er bat mich darum.«

Catherine lächelte triumphierend. »Das ist so gut wie ein Antrag!«

Rhonda hielt es für klüger, nicht anzumerken, dass sie an einem solchen eigentlich so wenig interessiert war wie an Ausschlag. Und irgendwann musste sie sich ja doch fügen und sich den Ring über den Finger streifen lassen.

»Du hast das sehr geschickt angestellt, mein Kind. Endlich wirst du vernünftig. Mit Edward Larmont machst du eine blendende Partie! Aus diesem Mann wird noch mal ein Senator, ja vielleicht sogar ein Gouverneur. Das Zeug dazu hat er, wie du von allen hörst, die sich in der Politik auskennen. Und den Namen und das nötige Geld besitzt er von Haus aus! Du hättest es also gar nicht besser treffen können«, begeisterte sich Catherine.

»Ja, das hätte ich wohl wirklich nicht«, meinte Rhonda ohne jeden Nachdruck. Doch ihre Mutter merkte das in ihrer Begeisterung darüber, dass sie endlich ihren Widerstand gegen eine Verbindung mit dem jungen Larmont aufgegeben hatte, gar nicht.

Endlich kehrte sie zu Justin ins Haus zurück, und Rhonda gab sich den Anschein, als schlenderte sie in die Gartenanlagen, um den Spaziergang mit Edward noch einmal in romantischer Versunkenheit nachzuwandern. Doch kaum war sie dem Blickfeld des Herrenhauses entzogen, da lenkte sie ihre Schritte zielstrebig in Richtung jener mannshohen Hecke, die zu einer Schnecke geformt war. Ein kiesbestreuter Weg führte bis in die Mitte der Heckenschnecke und endete dort vor einer Nymphe, die ein Vogelbecken in ihren Händen hielt und damit ihren Schoß bedeckte.

Rhonda stieß schon nach einem halben Bogen auf den Sklaven. Sie lächelte, als sie ihn erblickte. Er trug eine verschlissene Hose und ein ärmelloses Hemd, das ihm verschwitzt am Leib klebte. Er war etwa in ihrem Alter, groß und muskulös und mit einem ansprechenden Gesicht. Doch in seinen Augen stand ein unruhiger Blick und sein Adamsapfel tanzte auf und ab.

»Warum so nervös, Jamie?«, fragte sie ihn scheinbar verwundert, obwohl sie wusste, was in ihm vorging.

»Ich muss in den Stall zurück!« Benjamin Crest war Stallknecht. »Wenn man mich hier mit Ihnen sieht, Missy ...«

»Niemand sieht uns hier«, erwiderte sie, den Blick auf den Teil seiner schweißglänzenden Brust gerichtet, der nicht vom Hemd bedeckt war. Der herbe Geruch, der von ihm ausging, erregte sie ungemein. Jamie war zwar nur ein Nigger, aber sie hatte nun mal eine große Schwäche für kräftige, willfährige Nigger.

»Morris wird sich fragen, wo ich bleibe! Und er wird jemanden schicken, der nachsieht, wo ich stecke!«, stieß Jamie beschwörend hervor und wich zurück, als sie auf ihn zutrat. Was sie mit ihm im Stall getan hatte, hatte ihm eine ebenso große Wollust verschafft wie Angst eingejagt. Schon eine weiße Frau lüstern anzublicken, konnte einem Schwarzen einige Dutzend Peitschenhiebe einbringen. Wurde man mit ihr jedoch in einer eindeutigen Situation ertappt, bedeutete das zumeist Auspeitschung bis an die Grenze des Todes und dann den Strick. Doch wenn er sich ihr widersetzte, musste er damit rechnen, dass sie ihre Drohung wahr machte und ihn bezichtigte, versucht zu haben, sie unsittlich zu berühren. Dann war ihm der Strick genauso gewiss.

Rhonda wusste, dass sie ihn in ihrer Hand hatte, und sie wollte ihn. Auf der Stelle. Keine Spielereien mehr! Jetzt wollte sie ihn richtig, so wie Bernard und Tom, die sie auf COTTON FIELDS zu ihren schwarzen Liebhabern gemacht hatte. Am liebsten hätte sie die Röcke hochgeschlagen, sich das Höschen von ihm herunterzerren lassen und sich am Vogelbecken abgestützt, während er sie von hinten nahm. Doch sie wusste, dass das jetzt nicht möglich war. Morris war der Stallmeister auf DARBY PLANTATION, und der ließ seinen Knechten nichts durchgehen. Es war tatsächlich damit zu rechnen, dass er Jamie suchen ließ, und das war ein Risiko, das nicht einmal sie einzugehen gewillt war, wie sehr es sie auch nach ihm gelüstete.

»Also gut, du kannst wieder in den Stall ...«

Erleichterung trat auf sein Gesicht, und er wollte schnell an ihr vorbei, um jedes weitere Gespräch unmöglich zu machen.

Doch Rhonda hielt ihn zurück. Sie fühlte feste, muskelharte Haut unter ihren Fingern. »Warte! Ich bin noch nicht mit dir fertig, Jamie.«

»Missy, bitte ...«

Sie fuhr sich aufreizend mit der Zunge über die Lippen. »Ich habe eine Überraschung für dich. Na, bist du nicht gespannt?«

Er schluckte heftig. »Ein Nigger wie ich ist froh, wenn es keine Überraschungen nicht gibt.«

Sie lachte. »Aber diese wird dir gefallen, das weiß ich.« Sie ließ seinen Arm los und strich mit der flachen Hand über seinen Schoß. Sein Körper reagierte augenblicklich. Sie spürte, wie er unter ihrer Hand wuchs. Er ließ es geschehen und rührte sich nicht von der Stelle, als stände er unter einem magischen Bann, was in einer gewissen Weise auch zutraf.

»Heute Nacht kommst du zu mir!«, flüsterte Rhonda.

Er sah sie verständnislos an.

»Wir werden es in meinem Schlafzimmer machen. Kein hastiges Gefummel in der Sattelkammer oder in einem muffigen Feldschuppen. Wir werden die ganze Nacht haben – und ein großes, breites Bett!« Ihre Stimme zitterte vor Erregung und freudiger Erwartung. »Da wollte ich dich schon immer haben. Es wird dir gefallen. Bestimmt hast du noch nie in einem Himmelbett gelegen und es auch noch nie auf seidenen Laken getrieben, nicht wahr?«

Ihre Augen funkelten spöttisch.

Er schüttelte entsetzt den Kopf, und seine Erregung fiel so plötzlich in sich zusammen, wie sie in ihm aufgewallt war. »Das ... das geht nicht, Missy!«, stieß er hervor.

»Und ob das geht, Jamie!« Sie lachte, als sie die Angst in seinen Augen sah. Die Angst ihrer schwarzen Liebhaber war etwas, was ihre Lust noch steigerte.

»Kein Stallknecht nicht darf ins Herrenhaus! Darauf steht die Peitsche! Wenn ich erwischt werde, wird man glauben, ich wollte etwas stehlen. Massa Darby wird mich bis aufs Blut auspeitschen lassen!«

Und wenn schon! Edward Larmont würde für mich sogar ohne zu zögern in feindlichen Kugelhagel reiten, nur um mir seine Hingabe und Männlichkeit zu beweisen. Was fallen da schon ein paar Dutzend Peitschenhiebe ins Gewicht, wenn er sich ungeschickt anstellt und erwischt wird!, dachte Rhonda höhnisch und antwortete Jamie bestimmend: »Du kommst hinten durch den Dienstboteneingang! Wenn du dich spät in der Nacht ins Haus schleichst, wird dich schon keiner erwischen!«

»Missy, ich flehe ...«

Sie ließ seine Einwände nicht gelten und schnitt jeden weiteren Protest ab, indem sie mit befehlsgewohnter Stimme fortfuhr: »Lass das! Es ist ein Kinderspiel. Ich bin früher selber schon oft genug nachts aus dem Haus geschlichen, ohne dass jemand etwas davon gemerkt hat. Man muss nur aufpassen und sich nicht wie ein Tölpel anstellen. Tut man es doch, hat man die Strafe auch verdient.«

Jamie wagte keine Widerworte, sondern biss sich auf die Lippen.

»Du wirst sehen, es wird ganz leicht sein. Ich habe mein Zimmer gleich rechts im Obergeschoss, wenn du die Hintertreppe hochkommst. Ich werde die Tür einen Spalt offen stehen lassen«, fuhr Rhonda in der Gewissheit fort, dass er sich ihren Wünschen nicht zu widersetzen wagen würde. »Meine Mutter und Master Darby gehen immer früh zu Bett, und mein Bruder amüsiert sich mit Freunden in Rocky Mount oder New Orleans. Der kommt erst im Laufe des morgigen Tages nach Hause. Wenn alle zu Bett gegangen sind, werde ich mich hinunterschleichen und die Hintertür für dich entriegeln. Du achtest auf das Fenster meines Zimmers. Wenn ich die Schlagläden vorziehe, heißt das, dass die Luft rein ist und du kommen sollst. Hast du das behalten?«

Jamie nickte stumm.

»Gut.« Rhonda schenkte ihm ihr verführerischstes Lächeln und schob ihre Hand kurz unter sein Hemd. Verlangend glitten ihre Fingerspitzen über seine Haut. »Du wirst sehen, es wird der Himmel auf Erden sein.«

Jamie schloss für einen Moment die Augen. Dann entzog er sich ihrer Hand und rannte davon, als wäre der Teufel hinter ihm her.

Rhonda lachte, und dieses Lachen war dunkel von wollüstigem Begehren. Wenn es doch nur schon tiefe Nacht wäre auf DARBY PLANTATION!

6

Dichte rußschwarze Wolken spuckten die Schornsteine der Fähre aus, die im Licht der untergehenden Sonne den Mississippi nach Algiers überquerte. Sie kreuzte dabei den Kurs von mindestens einem Dutzend Raddampfern und Segelschiffen, die auf der Höhe von New Orleans die Flussschleife bevölkerten. Die meisten von ihnen wollten noch vor Einbruch der Dunkelheit sicher im Hafen vor Anker liegen.

Die ALABAMA war schon vor gut einer Stunde von ihrer Fahrt nach Biloxi zurückgekehrt, und Matthew, der ihre Ankunft von der Brücke der RIVER QUEEN aus beobachtet hatte, begab sich unverzüglich an Bord seines Clippers. Nun stand er an Deck und verfolgte mit fachmännisch kritischem Blick das Segelmanöver einer französischen Brigg, die gerade in den Wind drehte. Segel flatterten mit lautem Knallen, während das Schiff sichtlich an Fahrt verlor. Doch die Mannschaft, die in die Takelage aufgeentert war, hatte das flatternde Segeltuch blitzschnell unter Kontrolle. Wenig später klatschte der Buganker in die schlammigbraunen Fluten des Flusses.

»Gar nicht mal so schlecht für einen Franzmann«, kommentierte Victor Tempest, der Zweite Offizier der ALABAMA, das Manöver ein wenig selbstgefällig.

»Auch ein erfahrener amerikanischer Captain würde sich mit dieser Leistung gewiss nicht blamieren«, meinte Matthew und verkniff sich ein spöttisches Grinsen. Noch vor einem halben Jahr wäre seinem Zweiten vermutlich der kalte Schweiß ausgebrochen, hätte er auf dem dicht befahrenen Mississippi bei New Orleans die Verantwortung für solch ein Manöver getragen. Es war erstaunlich, welche Erfahrung und Sicherheit Victor Tempest in den letzten Monaten gewonnen hatte, in denen er das Kommando geführt hatte.

Matthew war mit ihm die Frachtbriefe durchgegangen, hatte einige schiffsinterne Belange mit ihm besprochen und beabsichtigte nun, auf die RIVER QUEEN zurückzukehren, um sich auf das Treffen mit James Marlowe und Sir Rupert vorzubereiten, das endlich in dieser Nacht an Bord seines Raddampfers stattfinden würde. Travis Kendrik hatte darauf bestanden, als Valeries Anwalt an dieser Zusammenkunft teilzunehmen, was ihm gar nicht schmeckte, aber nicht zu ändern war.

»Wenn Sie mit unserem Frachtagenten gesprochen haben, melden Sie sich bei mir«, trug Matthew seinem Zweiten auf.

»Aye, aye, Captain!«

Als Matthew sich der Reling zuwandte und von Bord gehen wollte, fiel sein Blick auf einen stämmigen, breitschultrigen Mann mit dunklem Haar und wettergegerbtem Gesicht, der mit dem eigentümlichen Gang eines Seemanns die Gangway zur ALABAMA hochkam, gefolgt von einem schwarzen Träger, der sich das Gepäck dieses Mannes, eine schwere Seetruhe, auf die Schulter gewuchtet hatte.

»Träume ich schon am hellichten Tag, oder sind Sie es tatsächlich, Gray?«, rief Matthew in freudiger Überraschung.

Lewis Gray, der Erste Offizier des schnellen Dreimasters, verzog das Gesicht zu einem breiten Grinsen. »Keine Sorge, auf Ihre Augen ist noch Verlass, Captain.« Er trat an Deck. »Melde mich zum Dienst zurück.«

Der Gepäckträger setzte die Truhe neben ihm ab, und bevor sein Erster noch in die Rocktasche greifen konnte, hatte Matthew dem Schwarzen eine Münze zugeschnippt, die dieser so geschickt aus der Luft fischte wie ein Frosch ein vorbeisirrendes Insekt.

Die beiden Männer tauschten einen kräftigen, herzlichen Händedruck. Dabei schaute Matthew ihm forschend ins Gesicht. »Haben Sie Ihre Malaria auch wirklich richtig auskuriert?«, fragte er skeptisch, denn Lewis Gray hatte noch immer eine sehr kränkliche Gesichtsfarbe, und seine Augen sahen auch noch nicht so aus, als hätte er diese verteufelte Krankheit, die ihn immer wieder heimsuchte, überstanden.

»Das Schlimmste habe ich hinter mir, Captain. Ich halte es einfach nicht länger aus, im Bett zu liegen – und zwar in einem Bett, das an Land steht«, gab er freimütig zu. »Die Wochen bei meinen Verwandten in

Charleston waren fast so anstrengend wie ein Malariaanfall. Manchmal ist die Herzlichkeit und Fürsorge lieb meinender Menschen schwerer zu ertragen als ihr Gegenteil.«

Matthew schmunzelte. Es war typisch für seinen Ersten, dass er seinen Genesungsurlaub schon früher als geplant abbrach. Er kannte nur ein wahres Zuhause, und das war seit vielen Jahren die ALABAMA.

»Und wie geht es Ihrem Arm, Gray?«

Dieser schlug kräftig auf seinen rechten Arm, den er sich vor Wochen bei einem Sturm im Golf von Mexiko gebrochen hatte. »Alles wieder im Lot!«

»Das sind wirklich gute Nachrichten.« Nachdem Lewis Gray den Zweiten Offizier begrüßt hatte, der aus verständlichen Gründen die Rückkehr des Ersten mit sehr gemischten Gefühlen aufnahm, musste er doch nun wieder ins zweite Glied zurücktreten, begaben sich Matthew und er unter Deck.

»Ich muss gestehen, dass ich überaus froh bin, dass Sie wieder zurück sind«, sagte Matthew ganz offen, als sie in der geräumigen Eignerkajüte unter sich waren. Auch wenn Lewis Gray nie den nötigen Respekt vermissen ließ, der ihm als Eigner und erster Captain der ALABAMA zustand, so war ihr Verhältnis doch keines von Befehl und Gehorsam, sondern vielmehr ein sehr freundschaftliches, das von gegenseitigem Vertrauen und gegenseitiger Wertschätzung bestimmt war. Er hätte schon längst ein eigenes Schiff befehligen können. Doch er zog es vor, auf der ALABAMA zu bleiben und seine Kommandogewalt an ihn, Matthew Melville, wieder abzutreten, wann immer ihm der Sinn danach stand, eine Reise mitzumachen. Der Baltimoreclipper war zwar ein außergewöhnliches Schiff, elegant in den Linien und schnell wie ein Sturmvogel, doch wenn sie sich nicht so gut verstanden hätten, hätte auch die ALABAMA einen Mann wie Lewis Gray nicht halten können, nicht einmal bei doppelter Heuer. Und darauf konnten sie beide stolz sein.

»Wie hat sich denn Tempest während meiner Abwesenheit gemacht?«, wollte Gray wissen.

»Tüchtig. Er ist ein Mann, der mit seinen Aufgaben wächst und gewissenhaft ist. Doch er ist noch zu jung und unerfahren, als dass ich ihm das Kommando über die ALABAMA für eine große Fahrt hätte anvertrauen können. Und da ich hier gebunden war und das Kommando nicht selbst übernehmen konnte, habe ich das Schiff im kleinen Küstenhandel eingesetzt.« Er zögerte kurz und sagte dann mit einem fast entschuldigenden Schulterzucken: »Frachten von und nach Biloxi etwa.«

Gray verzog das Gesicht. »Nach Biloxi mit einem Baltimoreclipper?« Der Vorwurf in seiner Stimme war unüberhörbar. »Dafür lohnt es ja noch nicht einmal, Segel setzen zu lassen! Das ist ja so, als würde im Teich vom Hyde Park die RIVER QUEEN einen Fährdienst verrichten wollen!«

Matthew bekam tatsächlich das unangenehme Gefühl, wegen Vernachlässigung eines so prächtigen Schiffes wie der ALABAMA vor einem Seegericht zu sitzen und sich verteidigen zu müssen. Aber für einen der See bedingungslos verschworenen Mann wie Lewis Gray zählte eine Frau nicht als mildernder Umstand. Deshalb erwähnte er die Ereignisse, die ihn dazu bewogen hatten, so lange bei Valerie auf COTTON FIELDS zu bleiben, mit keinem Wort.

»Ich kann nur auf einem Schiff Captain sein, Gray. Und in den letzten Wochen war New Orleans ein wahrer Hexenkessel. Sie sehen ja selbst, wie die Leute in die Stadt drängen, Aufkäufer, Agenten, Spekulanten, Journalisten, Spieler und der ganze andere Rattenschwanz. Und dementsprechend blendend laufen auch die Geschäfte auf der RIVER QUEEN.«

Der Erste Offizier schien seinen Einwand überhaupt nicht zur Kenntnis genommen zu haben. Unbeirrt fuhr er mit freundschaftlicher Empörung fort: »Biloxi, das ist doch nur was für alte Schoner, die sich nicht mehr außer Sichtweite der Küste wagen, aber doch nichts für die ALABAMA! Schon gar nicht in dieser hektischen Zeit, in der genügend lukrative Fracht darauf wartet, zu den Bahamas und nach Europa verschifft zu werden, bevor der Bürgerkrieg ausbricht und die Häfen unter Blockade liegen.«

»Nun, das wird sich ja ändern, da Sie wieder an Bord sind, Gray. Und nun regen Sie sich ab. Eigentlich sind

Sie ja an allem schuld! Denn wenn Sie sich nicht diesen verdammten Armbruch zugezogen und sich zudem noch mit Malaria bei Ihren Verwandten ins Bett gelegt hätten, wäre der Alabama die Schändung durch diese kurzen Handelsfahrten erspart geblieben«, drehte Matthew den Spieß geschickt um.

Gray grinste. »Vergessen wir Biloxi, Captain. Ich werde mich sofort um eine anständige Fracht und Fahrt bemühen, die der Alabama gerecht wird!«, versicherte er entschlossen.

»Tun Sie das, ich werde diese Reise dann mitmachen, sodass Sie sich noch ein wenig werden schonen können, Gray. Aber vorher werden auch Sie einmal nach Biloxi müssen, denn wir stehen bei Morton & Webster Shipping Company noch mit einer Tour im Wort.«

Gray verdrehte die Augen. »O nein! Womit habe ich das verdient!«

»Betrachten Sie es als erste Erholungsfahrt für einen kaum genesenen Malariakranken, die keine großen Anforderungen an ihn stellt«, scherzte Matthew.

Gray warf ihm einen leidenden Blick zu. »Das hat man nun davon, wenn man den Fuß vom Schiff setzt. Aber gut, wenn es denn sein muss, werde ich eben nach Biloxi segeln. Ich werde dem Dritten Gelegenheit geben, sich im Delta zu beweisen.«

Matthew nickte zustimmend. »Eine gute Idee. Edwards wird sich darüber freuen, wenn Sie ihm das

Kommando übertragen – auch wenn es nur ein Katzensprung für ein Schiff wie die ALABAMA ist.«

Sie lachten, tranken einen Brandy und unterhielten sich noch eine Weile angeregt, wie es häufig der Fall war, wenn sie beisammensaßen und Zeit für ein Gespräch fanden.

Die Dunkelheit war schon hereingebrochen, als Matthew schließlich von Bord des Clippers ging, den er nun wieder in den allerbesten Händen wusste. Es war ein beruhigendes Gefühl, dass Lewis Gray zurück war und die ALABAMA ihre großen Fahrten wieder aufnehmen konnte, ob nun mit oder ohne ihren Eigner auf dem Kommandodeck. In Gedanken versunken, ging er an den langen hohen Lagerhallen vorbei, die tiefschwarze Schatten warfen. Nur die wenigsten lagen im Lichtschein heller Lampen. Am liebsten hätte er den Kontrakt, den er mit MORTON & WEBSTER geschlossen hatte, gebrochen und wäre so schnell wie möglich mit der ALABAMA mit Fracht für Europa in See gestochen. Doch das war indiskutabel, auch wenn sie ihre Absprache nur mündlich und unter vier Augen getroffen hatten. Sein Ehrenwort war ihm heilig. Er würde sich in Geduld üben und warten müssen, bis das Schiff aus Biloxi zurückgekehrt war und neue Fracht an Bord genommen hatte. Gute anderthalb bis zwei Wochen konnte es schon noch dauern, bis der Golf von Mexiko vor seinen Augen und New Orleans hinter ihm lag.

Er war jetzt schon sechs lange Tage und unruhige Nächte in der Stadt, und das Gefühl der Beklemmung hatte ihn seit seiner Rückkehr von COTTON FIELDS nicht verlassen. Im Gegenteil. Es war sogar noch stärker geworden. Er fürchtete stündlich, Madeleine könnte ihm über den Weg laufen, zufällig oder absichtlich. Deshalb hatte er sich kaum in der Stadt sehen lassen und beschränkte auch seine Rundgänge durch die Salons und Kasinoräume der RIVER QUEEN auf das Notwendigste. Dabei wusste er, wie lächerlich dieses Verhalten war. Er konnte sich nicht vor ihr verstecken. Wenn Madeleine ihn finden wollte, würde sie es auch tun.

Und dennoch, er hätte viel darum gegeben, wenn seine Vermittlertätigkeit zwischen Sir Rupert und James Marlowe bereits hinter ihm läge und er New Orleans und all seinen Sorgen für eine Zeitlang an Bord der ALABAMA schon entflohen wäre.

Wie schön wäre es doch, wenn Valerie mich begleiten würde – so wie damals, als wir von England nach Amerika segelten und auf Madeira das erste Glück unserer Liebe erlebten, ging es ihm durch den Sinn, während er dem Kai zustrebte. Das war die traditionelle Anlegestelle der RIVER QUEEN, wann immer sie nach New Orleans kam. Sie erstrahlte mit ihren drei weißen Decks, verschnörkelten Schornsteinen im Glanz unzähliger Lichter. In roten Lettern, die mit Schwarz abgesetzt waren, prangte der Name des Raddampfers auf der Längsfront des mittleren Decks. Der

Abend war mild, und so flanierten auch auf den Promenadendecks zahllose Männer und Frauen, deren Garderobe der verschwenderischen Pracht der Kabinen, Spielsalons und allgemeinen Aufenthaltsräume entsprach. Kein noch so feudales Hotel hätte einen größeren Komfort bieten können.

Matthew begab sich an Bord, tauschte im Vorbeigehen mit einigen Leuten höfliche Grüße und betrat wenig später im zweiten Deck den großen Spielsalon, in dem man an einem Dutzend Tischen Roulette, Blackjack und Würfel spielte. Die Einrichtung der einzelnen Räume, die durch breite Rundbögen miteinander verbunden waren, hatte ein Vermögen gekostet.

Mit einem routinierten Blick stellte er zu seiner Zufriedenheit fest, dass alle Tische gut besetzt waren, und das fröhlich erregte Stimmengewirr der elegant gekleideten Besucher beiderlei Geschlechts verriet, dass alles reibungslos lief und nirgends mit Ärger zu rechnen war. Ein kaum merkliches Kopfnicken seiner Croupiers bestätigte sein Urteil.

Er ging zur Bar und setzte sich auf den letzten Stuhl in der Ecke. Von dort aus konnte er den ganzen Raum im Auge behalten.

»Wild Turkey pur, Hector!«, rief er unnötigerweise dem schwarzen Barkeeper zu, der in einer weißen Uniform steckte und seit Jahren wusste, was Captain Melville zu trinken wünschte, wenn er sich zu ihm an die Bar begab. »Kommt sofort, Cap'n!«

Kaum stand der Whiskey vor Matthew auf der spiegelblanken Theke, da trat Travis Kendrik durch die Tür. Er schaute sich mit abgehackten Kopfbewegungen um, die Matthew an die eines nervösen Huhns erinnerten, das einen Fuchs in der Nähe fürchtete.

Er wandte ihm den Rücken zu, doch da hatte der Anwalt ihn schon bemerkt. Den Whiskey goss er auf einen Zug hinunter. Im Barspiegel beobachtete er seinen leidigen Kontrahenten mit Ingrimm.

»Jede Stunde hat ihre Prüfungen. Also noch mal dasselbe, Hector!«, sagte Matthew laut genug, dass auch Travis ihn noch verstehen konnte. Und ohne sich zu ihm umzuwenden, sagte er: »Sie sollten sich von Ihrem nächsten Honorar eine zuverlässige Uhr kaufen. Sie sind um einiges zu früh, Mister Kendrik.«

»Das sehen Sie falsch, Captain, was mich aber nicht verwundert. Ich bin nicht zu früh, sondern ich komme nicht zu spät«, erwiderte Travis schlagfertig. »Ich komme übrigens nie zu spät. Ziele, die ich mir setze, beinhalten für mich niemals die Unsicherheit, *ob* ich sie auch werde erreichen können, sondern einzig und allein die spannende Frage, wann sie Wirklichkeit werden. Sie verstehen doch, was ich sagen will, nicht wahr?« Und in einem Atemzug rief er Hector zu: »Champagner!«

»Wissen Sie, was Sie sind?«, fragte Matthew wütend und drehte sich nun zu ihm um.

»Aber gewiss doch, Captain«, antwortete er mit einem herausfordernden Lächeln, »Ihnen haushoch überlegen natürlich.«

Matthew starrte ihn an. »Ich sollte Ihnen eigentlich etwas auf die Nase geben und Ihnen das große Maul stopfen!«, zischte er aufgebracht. »Aber da es in Ihrem Gesicht ja nichts mehr zu verderben gibt und ich mir an aufgeblasenen Wichten wie Ihnen noch nie die Hände schmutzig gemacht habe, verzichte ich darauf, Ihnen die Tracht Prügel Ihres Lebens zu verpassen!«

»Ja, davon bin ich auch ausgegangen. Ihr Ehrgefühl steht Ihnen im Weg und dient mir als Schutz. Wäre doch eine Dummheit, würde ich mir das nicht zunutze machen, nicht wahr? Sich der Fehler und Schwächen der Gegenpartei zum eigenen Vorteil zu bedienen, ist eine Lektion, die man als Anwalt stets beherzigen soll, wenn man gewinnen will, und ich bin nun mal ein permanenter Gewinner, wie Sie ja wissen«, sagte Travis seelenruhig, nahm das Glas Champagner entgegen und prostete ihm zu.

»Eines Tages treiben Sie es zu weit, und dann erleben Sie Ihr blaues Wunder!«, drohte Matthew.

»Warten wir es ab. Doch bevor wir zu sehr ins Persönliche abgleiten, wäre ich Ihnen dankbar, wenn Sie mich ein wenig näher über diesen Ausländer informieren würden, der in *meinem* Plan die Rolle des Strohmanns übernehmen soll«, wechselte Travis das Thema. »Ihre Ausführungen auf COTTON FIELDS waren sehr knapp, und in den Tagen Ihres Aufenthalts hier in New Orleans waren Sie ja angeblich nie zu sprechen.«

»Ihre guten Ratschläge waren mir einfach zu teuer, Mister Kendrik«, höhnte Matthew, »sonst hätte ich Sie sicher um Ihre Meinung gebeten.«

»Ich hätte mir denken können, dass Sie Dilettantismus dem durchdachten Kalkül eines Fachmanns vorziehen«, antwortete der Anwalt, der nie um eine schlagfertige und sarkastische Bemerkung verlegen war. »Nebenbei bemerkt hat es ja reichlich lange gedauert, bis ich von Ihnen die Nachricht erhielt, dass das Treffen mit James Marlowe endlich stattfinden kann. Valerie wird sich gewiss schon Sorgen gemacht haben. Aber bereits auf COTTON FIELDS drängte sich mir der Verdacht auf, dass Sie mehr versprochen haben, als Sie halten können.«

Matthew nippte an seinem Wild Turkey. »Valerie ist längst unterrichtet«, erwiderte er kühl. »Und was unseren Mann betrifft, so hielt er sich außerhalb der Stadt auf. Ihn zu finden war ein größeres Problem, als ihn für Ihren Plan zu gewinnen. Womit sich Ihr Verdacht als lächerlich erwiesen hat – wie so vieles andere, was Sie in Ihrer peinlichen Selbstüberschätzung gelegentlich von sich geben.«

»Das Urteil fällt die Geschichte und nicht ein kleiner Statist«, konterte Travis. »Aber bleiben wir doch bei Ihrem Mann. Wären Sie vielleicht endlich so freundlich, mir die gewünschten Auskünfte über ihn zu erteilen?«

»Hören Sie, Ihnen bin ich keine Rechenschaft schuldig!«

Der Anwalt lächelte süffisant. »Sie irren, Captain, und derartige Irrtümer unterlaufen Ihnen ständig.«

Matthew hatte genug. Er rutschte vom Barhocker. »Der Einzige, der Ihr aufgeblasenes Gequatsche wohl schadlos ertragen kann, ist Ihr Spiegelbild. Ich lasse Sie mit ihm allein, Mister Kendrik. Wir sehen uns in einer halben Stunde oben in meinem Privatquartier – und dann beschränken Sie sich bitte auf das Geschäftliche.«

Travis legte ihm die Hand auf den Arm. »Sie bleiben besser, Captain.«

Matthew funkelte ihn kalt an. »Nehmen Sie Ihre Patschhand weg, wenn Sie nicht wollen, dass ich sie Ihnen breche!«

Der Anwalt lächelte. »Sie werden gar nichts tun, Sportsfreund, ausgenommen mir Auskunft über Ihren blaublütigen Ausländer geben. Denn Sie scheinen vergessen zu haben, dass ich Valeries geschäftliche Interessen vertrete, seit ich den Prozess um COTTON FIELDS für sie gewonnen habe. Ich allein befinde mich im Besitz einer Vollmacht, die ihre Unterschrift trägt. Und wenn ich meine Zustimmung zu diesem Geschäft nicht erteile, wird es dieses Geschäft nicht geben – und Valerie wird dann COTTON FIELDS nicht halten können.«

»Als ob Sie zulassen würden, dass Valerie die Plantage verliert!«, sagte Matthew verächtlich. »Sie sind es doch, der ihr den Rücken stärkt und sie dazu ermuntert, sich um jeden Preis an ihr Erbe zu klammern. Nein, Sie lassen das Geschäft nicht platzen, Kendrik!«

»Ich liebe Gegner wie Sie – sowohl im Gerichtssaal als auch im privaten Leben –, die keinen Sinn für Strategie haben und nur an den nächsten Schachzug denken«, spottete der Anwalt. »Ein bewusst eingegangenes Opfer ist oft genug der Anfang des Sieges, Captain. Sie haben mein Wort, dass ich das Geschäft platzen lassen werde, wenn Sie meiner Forderung nicht unverzüglich nachkommen. Ich sähe es sehr ungern, wenn Valerie COTTON FIELDS verkaufen müsste. Aber das wäre es mir schon wert, wenn ich Sie damit aus ihrem Leben streichen könnte. Denn Sie wird es Ihnen nie verzeihen, dass Sie sie um ihre Plantage gebracht haben, weil Sie sich weigerten, mit mir zusammenzuarbeiten!«

»Sie sind ja verrückt! Sie würden Valerie damit um COTTON FIELDS bringen!«

Travis lächelte höhnisch. »Aber ich bitte Sie, Captain! Niemand, der mich kennt, geschweige denn Valerie, würde je auf den Gedanken kommen, dass ich COTTON FIELDS aufs Spiel setzen würde, habe ich doch so verbissen darum gekämpft. Sogar Sie haben doch gerade gesagt, dass ich so etwas nie tun würde. Und wenn Sie schon davon überzeugt sind, wie soll dann Valerie auch nur den geringsten Verdacht an meinen Worten hegen, dass *Sie* das geplatzte Geschäft zu verantworten haben, damit sie endlich frei für Sie ist, und dass *Sie* nun die

Dinge bewusst verdrehen, um mir die Schuld in die Schuhe zu schieben. Aber natürlich wird Valerie Ihnen nicht glauben, und das wäre für Sie beide das Ende.« Er runzelte die Stirn. »Mhm, ob Sie mir nun Auskunft erteilen oder nicht, ich wäre wirklich klug beraten, den Handel auf jeden Fall platzen zu lassen. Dann können Sie wieder ganz unbeschwert von persönlichen Bindungen zur See fahren.«

Matthew sah ihn verdutzt an und brauchte einen Augenblick, um zu begreifen, dass der Anwalt tatsächlich einen gefährlichen Trumpf in der Hand hielt.

»Sie würden Valerie wirklich so hintergehen?«, fragte er beinahe erschüttert.

»Sie bedienen sich eines falschen Vokabulars, mein Bester. Ich müsste zwischen zwei Übeln wählen, und da ich Sie für das größte Übel halte, das Valerie überhaupt widerfahren kann, ist der Verlust von COTTON FIELDS zwar eine schmerzliche Angelegenheit, aber doch gerechtfertigt.«

»Sie sind ein charakterloses Schwein!«

»Das kommt Ihnen nur so vor, Captain«, antwortete Travis Kendrik nicht im Mindesten beleidigt. »Sie müssen ja so und nicht anders über mich urteilen, um selbst das strahlende Licht des Reinen und Guten beanspruchen zu können. In Wirklichkeit wissen Sie, dass ich sehr wohl ein Mann von Ehre und Charakter bin. Ich gebe zu, dass ich mich gelegentlich recht unkonventioneller Methoden bediene, um an mein Ziel zu gelangen. Doch niemals waren es moralisch verwerfliche Mittel. Weshalb auch? Ein Mann von meinem Format ist darauf nicht angewiesen. Dass ich nicht attraktiv bin, weiß ich. Doch ich weiß auch, dass von mir eine besondere Faszination ausgeht. Und noch ein Wort zu Ehre und Charakter, Captain: *Meine* Ehre würde es niemals zulassen, dass ich der Frau, die ich zu lieben vorgebe, das Bett *vor* dem Ehering anbiete.«

»Das reicht!«, stieß Matthew scharf hervor.

»Meine Liebe zu Valerie ist stark und gefestigt und wird Männer wie Sie überdauern«, fuhr der Anwalt ernst und nachdrücklich fort. »Und genau das spüren Sie, Captain. Sie hassen mich, weil Sie mein Einfluss auf Valerie mit wütender Eifersucht erfüllt und Sie insgeheim doch fürchten, Valerie als Ihre Mätresse zu verlieren, wenn sie erst erkennt, dass sie fälschlicherweise Ihre Leidenschaft für Liebe gehalten hat.«

Matthew starrte ihn in sprachlosem Zorn an, die Hände zu Fäusten geballt. Es drängte ihn danach, sich auf ihn zu stürzen und der Gewalt freie Bahn zu lassen.

Travis wich seinem stechenden Blick nicht aus, obwohl er genau spürte, wie es in Matthew brodelte. Sein Puls schnellte hoch, doch stärker als die Angst, zu weit gegangen zu sein, war die Spannung, ob er auch diesmal seinen Gegenspieler richtig eingeschätzt hatte und aus diesem Duell als Sieger hervorgehen würde.

»Wer ist dieser Rupert Berrington, und wie weit ist ihm wirklich zu trauen?«, fragte er mit fast beiläufigem

Tonfall, als stände ein gewalttätiger Ausbruch nicht auf des Messers Schneide.

Diese von ebenso totaler Selbstbeherrschung wie Selbstsicherheit bestimmte Frage bewirkte bei Matthew ein merkwürdiges Gefühl der Ernüchterung. Seine Fäuste öffneten sich, und die Anspannung wich aus seinem Körper.

»Vielleicht habe ich Sie bis zu diesem Tag tatsächlich unterschätzt, Mister Kendrik«, sagte er mit rauer Stimme. »Sie sind gefährlich, das weiß ich jetzt, weil Sie in Ihrem Urteil über sich selbst und andere unerschütterlich sind. Ich werde mich darauf einstellen.«

Travis Kendrik neigte scheinbar wohlwollend den Kopf. »Gut, tun Sie das, Captain. Und am besten fangen Sie damit an, indem Sie mir nun berichten, wer Ihr Mann ist und woher er kommt.«

Matthew akzeptierte seine Niederlage mit verkniffener Miene und kam nun der Aufforderung des Anwalts nach. »Er entstammt einer Familie, deren männliche Mitglieder sich auf dem Schlachtfeld blutiger Kriege stets erfolgreicher zu bewähren wussten als in den Auseinandersetzungen geschäftlicher Feldzüge.«

»Kurzum: kein Talent, Geld zu verdienen.«

»Und noch viel weniger Talent, verdientes oder ererbtes Vermögen zu halten, geschweige denn zu vermehren«, bekräftigte Matthew. »Sir Rupert, Junggeselle und letzter Spross der Familie, hat mit dreißig sein Erbe angetreten und es geschafft, es innerhalb von fünf

Jahren durchzubringen. Er liebt wohl die große kostspielige Geste und hält ein sorgloses Leben im Luxus für ein natürliches Anrecht seiner Klasse. Er ist ein sehr charmanter, unterhaltsamer Mann, nur hat er es versäumt, sein Geld gewinnbringend anzulegen. Als er merkte, dass von seinem Vermögen nicht mehr viel geblieben war und er mit seinen adligen Freunden nicht mehr mithalten konnte, nahm er das Angebot eines befreundeten amerikanischen Geschäftsmanns aus St. Louis an, als Teilhaber bei ihm einzusteigen. Die Reise nach Amerika lockte ihn per se, und er glaubte, dass sein Part in dieser Teilhaberschaft allein darin bestünde, einige Tausend Pfund und seinen guten Namen zu investieren. Das stellte sich bald als Irrtum heraus. Sein Freund, der die Freundschaft so weit nun doch nicht zog, entschied sich für sein Geschäft und gegen eine Partnerschaft mit einem Mann, der das Leben für ein einziges amüsantes Spiel hält.«

Travis machte eine geringschätzige Miene. »Parasiten! Und wie haben Sie ihn kennengelernt?«

»Als ich mit der RIVER QUEEN in St. Louis war. Er war ein regelmäßiger Gast – am Spieltisch, in den Salons und im Ballsaal.«

»An Ihren Spieltischen hat er vermutlich sein letztes Geld verloren!«

»Seine Spielverluste haben ihn nicht so ruiniert wie sein Hang, schönen Frauen teure Geschenke zu machen und eine Gesellschaft von *amerikanischen* Parasiten auszuschalten, die sich sofort in alle Winde zerstreut hat, als er in den Hotels und Bars noch nicht einmal mehr eine Flasche Champagner auf Kredit erhielt.«

Der Anwalt sah ihn spöttisch an. »Ihnen geht das Geschäft auch vor, wie ich sehe.«

»Irrtum. Er wurde bei mir auch danach noch bewirtet, und er wohnte eine Zeit lang sogar kostenlos auf der River Queen, bevor Elenore Halston ihn unter ihre Fittiche nahm und er zu ihr zog.«

Travis hob nur fragend die Augenbrauen.

»Elenore Halston ist eine sehr lebensfreudige Witwe«, erklärte Matthew. »Mit der Wahl ihrer beiden Ehemänner hatte sie wenig Glück, was deren Lebensdauer betraf. Doch sie weiß sich mit dem Vermögen, das sie ihr reichlich hinterlassen haben, sehr gut über den Verlust hinwegzutrösten.«

»Und diese Frau hält unseren Adligen jetzt aus?«

»Gewissermaßen. Sie zeigt sich sehr großzügig, wenn es darum geht, Rechnungen beim Schneider oder sonstwo zu zahlen, geizt aber mit baren Zuwendungen.«

Travis gab ein kurzes spöttisches Lachen von sich. »Und damit hält sie ihn an ihrer Leine! Was für ein Armutszeugnis für einen Mann. Ich mag diesen Rupert Berrington schon jetzt nicht!«

»Wenn ich mich nur mit Leuten zusammensetzen würde, die ich mag, würden weder Mister Marlowe noch Sie an dieser Zusammenkunft teilnehmen!«

Der Anwalt erlaubte sich ein dünnes, mokantes Lächeln, auf das er sich so gut verstand. »Ihrer Gesellschaft entbehren zu müssen, würde ich nicht unbedingt einen schmerzlichen Verlust nennen, Captain.«

»So sehe ich es auch, Mister Kendrik«, gab Matthew kühl zurück. »Haben Sie als Valeries Anwalt sonst noch Fragen?«

»Im Augenblick nicht.«

»Wie beruhigend.« Matthew wandte sich Hector zu. »Der Champagner geht aufs Haus.« Und zu Travis sagte er noch im Weggehen: »Es gibt Gäste, von denen nehme ich grundsätzlich keinen Cent!«

Er verließ das Kasino und begab sich hinauf auf das Oberdeck der RIVER QUEEN, wo seine Privatquartiere lagen. Sein Faktotum Timboy, ein baumlanger Neger, dem er das Leben gerettet hatte, als er ihn vor Jahren aus dem Fluss zog, und der seitdem wie eine Klette an ihm hing, begrüßte ihn im Salon mit einem fröhlichen Grinsen.

»Die Gentlemen können kommen, Massa Melville. Habe alles so vorbereitet, wie Sie's mir aufgetragen haben.«

Matthew nickte ihm zu, mit den Gedanken ganz woanders.

Timboy stutzte und musterte sein bleiches, verkniffenes Gesicht. »Sie sehen ja so mitgenommen aus, als hätten Sie an 'ner mächtig schaurigen Voodoo-Zeremonie teilgenommen, Massa!«

»So was in der Art«, brummte Matthew, immer noch unter dem deprimierenden Eindruck seiner Niederlage.

»Soll ich Ihnen 'n kräftiges Gegenmittel mixen? Ich kenn da so 'nen Rumdrink, gegen den noch nicht einmal 'ne Voodoo-Priesterin ...«

Matthew winkte ab. »Schon gut, Timboy. Ich brauche nur einen Moment Ruhe. Gib mir Bescheid, wenn die Gentlemen kommen. Nur bei Mister Kendrik brauchst du mich nicht zu rufen. Vermutlich wird er der Erste sein. Führe ihn in den Salon, und hol mich erst, wenn einer von den anderen kommt. Sollte er irgendwelche Wünsche haben, ignorierst du sie höflich, hast du mich verstanden?«

»Yassuh, Massa!«

Travis Kendrik traf tatsächlich als Erster ein. Als James Marlowe erschien, kam Matthew aus seinem Arbeitszimmer und begrüßte den Baumwollbaron, der ihn mit unverhohlen kritischer Neugier musterte.

»Mir ist nicht ganz klar, welche Rolle Sie bei diesem Geschäft spielen, Captain Melville. Hätten Sie die Freundlichkeit, mich darüber aufzuklären?«, bat er ihn.

Matthew sah, dass der Anwalt zu einer Bemerkung ansetzte, kam ihm jedoch zuvor. »So wie Mister Kendrik die rechtlichen und geschäftlichen Interessen von Miss Duvall vertritt, so vertrete ich ihre privaten Interessen, Mister Marlowe. Wir stehen uns sehr nahe, Sie wissen, was ich meine?«

»So wie Sir Rupert einer gewissen Elenore Halston nahesteht«, warf Travis bissig ein.

James Marlowe lächelte zurückhaltend. »Ich verstehe.«

»Deshalb habe ich mich bereit erklärt, für einen vertrauenswürdigen Partner zu sorgen, der bei Ihrem Geschäft die Rolle des Strohmanns übernimmt«, fuhr Matthew fort. »Sir Rupert wird diese Nacht deshalb auf meinem Schiff eine sensationelle Glückssträhne am Spieltisch haben, die ihn nach außen hin in die Lage versetzt, eine Menge Geld in Baumwolle zu investieren. Es ist schon alles vorbereitet. Er wird mir angeblich fast fünfzigtausend Dollar abnehmen. Ich denke, das dürfte reichen, um in Geschäftskreisen wieder Beachtung zu finden. Denn ein Mann, der sich von einer vermögenden Witwe aushalten lässt, dürfte kaum glaubhaft in der Rolle auftreten können, die wir für ihn vorgesehen haben.«

»Die Art Ihrer Beziehung zu Miss Valerie Duvall ist bekannt, nicht wahr?« Es war mehr eine Feststellung als eine Frage.

Matthew nickte. »Sicher, ich habe nie einen Hehl daraus gemacht, wie ich zu Valerie stehe.«

»Eine dennoch schwer zu bestimmende Position, will mir scheinen ... und wohl nicht nur mir allein, Captain«, sagte Travis mit einem Anklang von Gehässigkeit.

Der Baumwollbaron zog verwundert die Augen hoch, fing den wütenden Blick auf, den Matthew dem

Anwalt zuwarf, und dachte sich seinen Teil. »Wenn Sir Rupert ausgerechnet hier auf Ihrem Schiff eine derart hohe Summe am Spieltisch gewinnt, könnte das nicht Verdacht wecken, Captain?«

»Nein, ganz im Gegenteil. Sir Rupert ist bisher als charmanter Lebemann und gescheiterter Geschäftsmann bekannt. Da wird man sich natürlich fragen, wie er plötzlich darauf kommt, sich als Baumwollfinanzier zu betätigen. Doch wenn die Leute hören, dass er zu dieser gewaltigen Summe ausgerechnet an Bord der RIVER QUEEN gelangt ist, werden sie die scheinbar logischen und naheliegenden Schlussfolgerungen ziehen, die ich mit gezielt ausgestreuten Gerüchten natürlich noch unterstützen werde. Dann wird es heißen: Dass dieser Engländer Captain Melvilles Kasinokasse ausgenommen hat, konnte er nicht verhindern. Aber Melville war clever genug, diesem geschäftlich unerfahrenen Adeligen die Finanzierung von COTTON FIELDS nächster Ernte aufzuschwatzen, für die sonst kein Aufkäufer und kein Bankier bereit gewesen ist, auch nur einen Cent lockerzumachen, und so konnte er dem schmerzlichen Verlust doch noch eine erfreuliche Seite abgewinnen.«

»Sie haben recht, so wird das Engagement von Sir Rupert in der Tat verständlich – vorausgesetzt, er hält sich streng an seine Vorgaben.«

»Sie haben mein Wort, Mister Marlowe.«

»Ich hoffe, Ihre Menschenkenntnis ist so erstklassig wie Ihr Ruf als Captain sowie Service und Einrichtung der RIVER QUEEN«, machte James Marlowe ihm ein Kompliment, gab ihm damit aber auch zu verstehen, dass er Erkundigungen über ihn eingezogen hatte.

Dass der Baumwollbaron sich auch über Sir Rupert erkundigt hatte, lag für Matthew damit auf der Hand. »Ich glaube nicht, dass Sie jetzt hier wären, wenn Ihnen über Sir Rupert etwas zu Ohren gekommen wäre, was Ihnen Anlass zu Zweifeln an seiner Tauglichkeit und Vertrauenswürdigkeit hätte geben können«, erwiderte er deshalb.

Marlowe schmunzelte anerkennend. »Sehr wahr, Captain. Ich habe in der Tat nichts Nachteiliges über seinen Charakter in Erfahrung bringen können. Dennoch werde ich mein letztendliches Einverständnis von dem persönlichen Eindruck dieses Mannes auf mich abhängig machen. Dieses Geschäft birgt einfach zu große Risiken, als dass man normale Maßstäbe anlegen könnte.«

»Ich bin sicher, dass Ihr Eindruck ein sehr positiver sein wird«, sagte Matthew.

»Erlauben Sie mir eine vielleicht sehr indiskrete Frage, Captain.«

»Bitte, fragen Sie.«

»Weshalb übernehmen nicht Sie die Finanzierung von COTTON FIELDS? Eine Summe von zwanzig-, dreißigtausend Dollar werden Sie doch zweifellos aufbringen können.«

Die Frage bereitete Melville sichtliches Unwohlsein, und er vermied den spöttischen Blick des Anwalts.

»Der Sachverhalt ist zu kompliziert, und es würde zu viel Zeit in Anspruch nehmen, um Ihnen die Hintergründe im Einzelnen zu erklären, Mister Marlowe. Doch im Kern läuft es darauf hinaus, dass Valerie einen stark ausgeprägten Stolz besitzt und von mir niemals einen Cent für den Erhalt von COTTON FIELDS annehmen würde.«

»Sehr wahr! Einmal ganz davon abgesehen, dass Sie auch bei weniger Stolz auf Valeries Seite nie auf den Gedanken kämen, Ihr Geld in die Baumwolle von COTTON FIELDS zu investieren. Die Spieltische der RIVER QUEEN stehen Ihnen nun mal näher als die Felder der Plantage«, bemerkte Travis voller Sarkasmus.

Matthew starrte ihn an. »Das mag sein!«, antwortete er beherrscht. »Ich kann mich jedoch auch nicht erinnern, aus Ihrem Mund ein entsprechendes Angebot gehört zu haben. Vielleicht ist Mister Marlowe ja bereit, Sie als Partner bei dieser Finanzierung zu akzeptieren.«

Ein belustigtes Lächeln zuckte um die Mundwinkel des Baumwollbarons, der längst begriffen hatte, dass eine heftige Rivalität diese beiden Männer trennte, andererseits es aber gerade ihre Beziehung zu Valerie Duvall war, die sie dazu veranlasste, trotz ihrer starken gegenseitigen Abneigung zum Vorteil dieser Frau an einem Strick zu ziehen. »Eine solche Partnerschaft könnte ich mir gut vorstellen«, sagte er zu Travis Kendrik gewandt.

Dieser lächelte gequält. »Ich weiß die Ehre zu schätzen, Mister Marlowe. Doch leider sehe ich mich derzeit finanziell nicht in der Lage, mich mit einem substantiellen Betrag an der Finanzierung zu beteiligen. Wäre ich besser disponiert, würde ich jedoch keine Sekunde zögern.«

»Aber natürlich. Nicht eine Sekunde würden Sie zögern. Sie sind wirklich der aufrichtigste und selbstloseste Anwalt, der mir je begegnet ist, eine wahre Zierde Ihres Berufsstands, die mich immer wieder zutiefst beeindruckt«, sagte Matthew, doch sein geringschätziger Tonfall strafte seine Worte Lügen.

Wer weiß, wohin dieser Wortwechsel noch geführt hätte, wenn Sir Rupert nicht in diesem Moment eingetroffen wäre. Er war ein gut aussehender schwarzhaariger Mann von schlanker Statur, dessen fröhliche Gesichtszüge einen Hinweis auf seine Sorglosigkeit im Umgang mit Geld gaben. Doch er hatte viel Gespür für die pikante Situation bewiesen, die ihn erwartete, hatte er doch darauf verzichtet, in seiner sonst so modischen Kleidung zu diesem Treffen zu erscheinen. Er trug einen dezenten dunklen Anzug und eine graue Seidenkrawatte.

Sir Rupert gab sich völlig unbeschwert und machte auch keinen Hehl aus seinen finanziellen Nöten, bewahrte dabei jedoch eine in Jahrzehnten anerzogene Gelassenheit und Selbstsicherheit, als wollte er zum Ausdruck bringen, dass Geldprobleme zwar eine unangenehme Sache waren, aber einen Mann seines Standes doch nicht erschüttern konnten.

Und obendrein vermochte er seiner Aufgabe in diesem Geschäft einen ehrenvollen Anstrich zu geben. »Es wird mir ein Vergnügen und eine Ehre sein, Ihnen dabei zu helfen, dieser leidgeprüften Dame die weitere Bewirtschaftung ihrer Plantage zu ermöglichen«, sagte er, nachdem Travis Kendrik ihn ausführlich über die Hintergründe informiert hatte, warum ein Mann wie Mister Marlowe offen keine Geschäfte mit Valerie Duvall abschließen konnte und weshalb er als Strohmann gebraucht wurde.

»Hier geht es weniger um selbstlose Hilfe als um ein riskantes Geschäft«, bemerkte Marlowe, der sich bis dahin mit Äußerungen zurückgehalten und sich auf die Rolle des aufmerksamen Beobachters beschränkt hatte, nun mit nüchterner Offenheit.

Sir Rupert nickte ihm zu. »Gewiss, doch in diesem Fall lässt sich wohl das eine bestens mit dem anderen verbinden. Hätte es sich um ein Geschäft mit negativen Vorzeichen gehandelt, säße ich nicht hier. Ich sehe natürlich, dass es Ihnen allein um die Zahlen geht...«

»Und? Haben Sie dagegen etwas einzuwenden?«, fragte Marlowe leichthin, als wäre die Antwort für ihn ohne jede Bedeutung. Doch Matthew sah seinen Augen, die mit kühlem taxierendem Blick auf Sir Rupert lagen, an, dass von dessen Antwort in Wirklichkeit alles abhing.

»Ich?«, fragte der letzte, verarmte Spross der Berrington-Familie fast heiter. »Wie könnte ich etwas dagegen haben, Mister Marlowe? Ich schätze mich im Gegenteil überaus glücklich, dass Sie geschäftlicher Umsicht und nüchternen Zahlen den Vorzug vor gefühlsmäßigen Entscheidungen geben, wie es bei mir der Fall ist. Denn wäre es anders, hätten Sie das Geschäft mit Miss Duvall ohne Mittelsmann gemacht, und mir wäre dieses Angebot nicht unterbreitet worden. Doch erlauben Sie mir, dass ich es nun mal für besonders erfreulich halte, wenn man ein einträgliches Geschäft mit einer guten Tat verbinden kann. Das erhöht die Freude am Profit.«

Nicht einmal Travis Kendrik konnte sich ob dieser Freimütigkeit ein Lächeln verkneifen.

Matthew warf dem Baumwollbaron einen fragenden Blick zu, der dem persönlichen Eindruck galt, den Marlowe mittlerweile von seinem Strohmann gewonnen hatte. Ein kaum merkliches Nicken verriet ihm, dass Marlowe keine Einwände mehr hatte, die sich auf die Person Sir Ruperts bezogen. Jetzt ging es nur noch um die finanzielle Seite, und auf die kam der Baumwollaufkäufer auch direkt zu sprechen, indem er fragte: »Wie hoch haben Sie sich Ihren Profit denn vorgestellt, damit Sie die Freude an der guten Tat ungetrübt genießen können?«

»Ich habe an eine einmalige Prämie von fünftausend Dollar gedacht sowie an eine zehnprozentige Beteiligung am Gewinn, der sich aus der Differenz zwischen jetzigem Aufkaufpreis und wirklichem Marktpreis zum

Zeitpunkt der Ernte errechnet«, gab Sir Rupert lächelnd zur Antwort.

»Nicht akzeptabel!«, wies Marlowe die Forderung augenblicklich und schroff zurück.

»Sie kaufen den Ballen jetzt für sechzig Dollar, während der tatsächliche Preis im Herbst mindestens bei achtzig stehen wird, wenn nicht gar höher. Dabei ist das noch lange nicht der Preis, für den Sie die Baumwolle nach Europa verkaufen«, hielt Sir Rupert ihm gelassen vor und zeigte, dass er nicht unvorbereitet zu diesem Treffen gekommen war. »Es lässt sich leicht ausrechnen, dass Ihr Gewinn pro Ballen bei gut dreißig Dollar liegen wird, konservativ geschätzt. Bei einer Ernte von etwa dreizehnhundert Ballen ergibt das mindestens vierzigtausend Dollar. Neuntausend für mich halte ich dabei für durchaus angemessen.«

»Neuntausend sind Ihrem finanziellen Einsatz, der ja bei null liegt, und Ihrer Arbeit, die aus einigen wenigen vorgeblichen Inspektionsfahrten nach COTTON FIELDS bestehen wird, absolut nicht angemessen«, widersprach Marlowe. »Denn das geschäftliche Risiko trage allein ich.«

Travis Kendrik griff nun in die Verhandlungen ein. »Ich halte die Forderungen von Sir Rupert für ein wenig überzogen – so wie ich auch Ihre Ansicht, ein geschäftliches Risiko einzugehen, nicht teilen kann. Denn sollte die Baumwolle nicht der vereinbarten Qualitätsklasse entsprechen oder es aus welchen Gründen auch immer nicht zur Ernte kommen, haben Sie einen direkten Zugriff auf Cotton Fields. Das bedeutet, dass Sie Ihren Einsatz plus einen Zins von hundert Prozent auch im allerschlimmsten Fall zurückerhalten werden. Es handelt sich also um ein todsicheres Geschäft.«

»Für das Sie aber jemanden brauchen, der für Sie den Kopf hinhält«, warf Sir Rupert ein. »Und dieses tatsächliche Risiko hat nun mal seinen Preis.«

Marlowe verzog das Gesicht. »Er ist mir aber zu hoch, denn das Risiko ist nur theoretisch. Niemand wird wagen, Hand an Sie zu legen.«

»Mag sein, mag aber auch nicht sein.« Sir Rupert ließ sich von Marlowe nicht über den Tisch ziehen. Die Verhandlungen über seinen Anteil gingen noch über eine halbe Stunde. Schließlich einigte man sich auf viertausend Dollar Sofortprämie und eine Beteiligung von sechs Prozent. Damit waren schließlich alle zufrieden.

Es dauerte jedoch noch eine ganze Weile, bis die Vielzahl der Dokumente, die Marlowe schon hatte ausfertigen lassen, unterschrieben waren und sie sich über ihr weiteres Vorgehen, insbesondere über den Auszahlungsmodus des Kredits, abgesprochen hatten.

»So, jetzt brauchen wir nur noch Miss Duvalls Unterschrift, dann ist der Handel perfekt«, stellte Marlowe am Schluss mit sichtlicher Zufriedenheit fest.

»Ich werde schon morgen mit Sir Rupert nach

Cotton Fields fahren, um sie miteinander bekannt zu machen und sie die Papiere unterschreiben zu lassen«, versprach der Anwalt.

»Ich denke, die Vorstellung übernehme besser ich, Mister Kendrik«, sagte Matthew.

»Wie schön, dass wir uns dann alle auf Cotton Fields wiedersehen werden«, meinte Travis spöttisch. »Denn als ihr Anwalt ist es meine Pflicht, Miss Duvall über die Vereinbarungen, die diese Dokumente beinhalten, in aller Klarheit zu informieren.«

Sir Rupert blickte mit einem Anflug von Verwirrung von einem zum anderen, zuckte dann die Achseln und erhob sich. Auch der Baumwollbaron stand auf.

»Nun, ich höre von Ihnen. Sowie ich die entsprechenden Papiere mit Miss Duvalls Unterschrift vor mir liegen habe, werde ich das Geld wie vereinbart auszahlen«, sagte er und verabschiedete sich.

Travis ging als Letzter. »Ich hoffe, Sie haben heute Nacht keine Albträume, Captain.«

»Sie nehmen sich zu wichtig.«

»Ich habe weniger an mich gedacht als an Cotton Fields. Vielleicht bereuen Sie es, Ihren Teil dazu beigetragen zu haben, dass Valerie die Plantage nicht aufgeben muss. Wenn Sie das verhindert hätten, hätten Sie sich schon einmal einen von Ihren drei Widersachern vom Hals schaffen können.«

»Was Sie nicht sagen. Ich wusste gar nicht, dass ich drei Widersacher habe.«

»Sie wissen eine Menge nicht«, erwiderte Travis trocken.

»Also zwei kenne ich inzwischen schon, nämlich Sie und angeblich COTTON FIELDS. Doch wer könnte bloß der geheimnisvolle Dritte sein? Sie sehen mich zutiefst bestürzt und verängstigt!«, höhnte er. »Sie dürfen mich nicht verlassen, ohne das schreckliche Geheimnis gelüftet zu haben, sonst ist es um meinen Seelenfrieden geschehen. Wer also soll der dritte ominöse Widersacher sein?«

Travis Kendrik legte die Hand auf den Messingknauf und öffnete die Tür. »Seltsam, dass Sie mich das fragen, Captain. Ich dachte, das wüssten Sie längst. Ihr größter Feind sind Sie selbst! Eine gute Nacht noch!«

Matthew hätte ihm am liebsten eine Beschimpfung nachgerufen, doch er tat es nicht, sondern knallte nur wütend die Tür zu. Dann kehrte er in den Salon zurück und trat auf der Seite aufs Deck, die der Stadt abgewandt und dem Fluss zugekehrt war. Er ging zur Reling und blickte hinaus in die Dunkelheit, die über Fluss und Land lag.

Er spürte einen leichten, nachtfeuchten Wind auf seinem Gesicht, der vom Golf herüberkam, und die Luft war erfüllt von den vielfältigen intensiven Gerüchen des Hafens. Ihm fehlte die salzig frische Brise der See.

Die Wut über Kendriks Unverschämtheiten wich langsam von ihm. An ihre Stelle trat ein Grübeln. Wie kam es, dass Travis Kendrik ihn so in Rage bringen konnte? Die Arroganz dieses Mannes, die sich zugegebenermaßen mit einem scharfen Intellekt verband, konnte es nicht sein. Zumindest hätte sie es nicht sein dürfen. Mit Männern seines Schlags war er in der Vergangenheit ebenso fertig geworden wie mit einfältigen Muskelprotzen.

Also woran lag es, dass dieser mausgesichtige Anwalt ihn derart aus der Fassung bringen konnte? Hatte er vielleicht berechtigte Angst, dass Kendriks Einfluss auf Valerie zu stark war? Oder fürchtete er gar, dass ihre Liebe zu ihm, Matthew, sich als zu schwach erwies, um die Belastungen, die vor ihnen lagen, zu bestehen? Doch es gab noch eine dritte Möglichkeit, nämlich, dass der Anwalt recht gehabt hatte, als er ihm vorwarf, er verwechsle Leidenschaft mit Liebe.

Aber nein, das war völliger Unsinn! Er liebte Valerie!

Doch eine gehässige Stimme in seinem Innern gab sich damit nicht zufrieden, sondern nahm den Vorwurf des Anwalts auf. »Eine schöne Liebe ist das! Du nimmst dir das Vergnügen, ersparst dir aber die Verantwortung. Was Kendrik dir an den Kopf geworfen hat, stimmt doch: Du genießt die Lust mit ihr im Bett, denkst jedoch nicht daran, ihr den Ehering an den Finger zu stecken. Und doch behauptest du, sie wirklich zu lieben. Aber warum machst du sie dann nicht zu deiner Frau?«, fragte ihn die Stimme seines Gewissens. »Warum zögerst du diese endgültige Entscheidung immer wieder hinaus? Wovor hast du Angst? Dass Valerie Cotton Fields mehr liebt als dich? Ist es das, was du nicht ertragen kannst? Oder befürchtest du, dass sie dich so enttäuscht, wie Sophie es damals in Kalifornien getan hat? Oder ist auch das nur eine Schutzbehauptung, um dich nicht binden zu müssen?«

Er starrte in die Nacht, als hoffte er, die Antwort aus den grauschwarzen Schleiern herauslesen zu können, die über dem Mississippi dahintrieben wie Geisterschiffe mit grotesken Formen. Doch alles, was er sah, war Nacht.

7

Wie eine Katze räkelte sich Rhonda auf dem Himmelbett, noch ein wenig verschlafen, doch schon voller Vorfreude auf die nächtliche Jagd. Die Vorstellung, dass Jamie sich gleich zu ihr ins Zimmer schleichen und ihr zu Willen sein würde, versetzte ihren Körper in Erregung. Endlich hatte sie den Mut gefunden, sich ihren lange gehegten Traum zu erfüllen.

Dieser Wunsch quälte sie schon, seit sie sich ihrer wilden sinnlichen Gelüste bewusst geworden war und ihnen zum ersten Mal in den Armen eines Sklaven nachgegeben hatte. Es war Bernard gewesen, ein ungewöhnlich muskulöser Sklave von zwanzig Jahren, der ihr unten am Fluss auf Cotton Fields gezeigt hatte, wie man das schmerzliche Verlangen nach verbotener Leidenschaft stillte. Er hatte sie die Sprache der Lust gelehrt – und sie hatte dafür gesorgt, dass er an einen Pflanzer nach South Carolina verkauft wurde, als sie seiner überdrüssig geworden war. Mit ihm und den anderen schwarzen Liebhabern, die ihm gefolgt waren, hatte sie sich an den unmöglichsten Orten getroffen. Doch von Anfang an hatte sie mit wachsender Intensität davon geträumt, im Herrenhaus von COTTON FIELDS in ihrem großen Himmelbett mit den luftigen Vorhängen und den kühlen weißen seidigen Laken zu liegen und *ihn* dort völlig nackt zu erwarten. Wie oft hatte sie sich sowohl im Traum als auch bei vollem Bewusstsein ausgemalt, wie es sein würde, wenn er zu ihr auf das Bett stieg, sich über sie kniete und sie nahm. Nie sah sie dabei ein Gesicht mit eindeutigen Zügen, das sie einem ihrer bekannten Sklaven zuordnen konnte, doch immer sah sie seinen Körper klar und deutlich vor sich: nackt und kräftig, erregt und von feinen Schweißperlen bedeckt, glänzende Muskeln und die Haut dunkel wie Ebenholz. Allein dieses Bild genügte, um in ihr ein Gefühl wollüstiger Schwäche auszulösen.

Und nun wurde ihr Traum wahr! Dass es hier auf DARBY PLANTATION geschah und nicht auf COTTON FIELDS, fiel dabei nicht weiter ins Gewicht. Es war ihr Schlafzimmer im Herrenhaus, und allein darauf kam es an.

In Rhondas Zimmer brannte eine einsame Kerze. Sie stand auf dem Sims des Kamins, in dem die Flammen längst zusammengefallen waren und warme Asche den Schein feuriger Glut begraben hatte. Die Kerze war bis auf halbe Daumenlänge heruntergebrannt und warf ihr bewegtes Licht auf die vergoldete Kaminuhr. Die Zeiger standen auf achtzehn Minuten nach Mitternacht. Sie hatte also fast zwei Stunden geschlafen, nachdem sie sich bettfertig gemacht und ihr Mädchen weggeschickt hatte. Aber ihre innere Uhr hatte sie geweckt!

Sie lauschte. Es war absolut still im Haus. Ihre Mutter und Justin Darby hatten sich kurz nach ihr zu Bett begeben. Halb zehn war es da gewesen. Sie hatte noch gehört, wie sie sich am anderen Ende des Flurs eine gute Nacht gewünscht und sich in ihre Zimmer zurückgezogen hatten. Und die Haussklaven hatten sich mittlerweile auch längst zur Ruhe begeben, denn der neue Arbeitstag begann für sie schon vor dem Sonnenaufgang.

Jetzt konnte sie es wagen!

Welch ein Glück, dass Stephen nicht auf DARBY PLANTATION ist, dachte Rhonda, als sie aus dem Bett glitt und ihren seidenen Morgenmantel mit den aufgestickten Kolibris umlegte. Ihr Bruder blieb stets die halbe Nacht auf. Das Billardzimmer war dann sein bevorzugter Aufenthaltsort und die Brandyflasche seine liebste Gesellschaft. Seit sie COTTON FIELDS hatten verlassen müssen, war eine merkwürdige Veränderung mit ihm vorgegangen. Auch sie, Rhonda, hasste Valerie aus tiefster Seele. Doch der unbändige Hass ihres Bruders erschreckte manchmal sogar sie. Wenn sie daran dachte, dass ihr Bruder die beiden Sklaven Edna und Tom kaltblütig erschossen hatte, einzig und allein, um Valerie einen Schmerz zuzufügen, lief ihr ein kalter Schauer über den Körper. Hätte er nur Valerie nach dem Leben getrachtet, hätte sie das nicht weiter berührt. Doch dass er keine Skrupel kannte und auch Unschuldige ermordete, um seinem Hass Luft zu machen, hatte sie zutiefst verstört – auch wenn es nur Nigger gewesen waren.

Doch Rhonda wollte jetzt nicht daran denken. Sie verbannte diese entsetzlichen Dinge aus ihren Gedanken und begab sich zur Tür. Ganz vorsichtig öffnete sie sie und trat auf den dunklen Flur. Dort blieb sie stehen und verharrte einen langen Moment regungslos und lauschend. Doch von nirgendwo drangen Geräusche, geschweige denn Stimmen an ihr Ohr. Das Herrenhaus von Darby Plantation lag wirklich in tiefstem friedlichem Schlaf.

Auf nackten Füßen huschte sie die Hintertreppe hinunter. Das Rascheln ihres seidenen Morgenmantels erschien ihr verräterisch laut. Mehrmals blieb sie stehen und hielt den Atem an. Doch alles blieb still.

Sie erreichte die Hintertür und schob vorsichtig die beiden schweren Riegel zurück. Sie wünschte, sie hätte sich am Nachmittag davon überzeugt, dass die Tür auch nicht quietschte. Es jetzt auszuprobieren, wagte sie jedoch nicht. Sie vertraute darauf, dass die Hauswirtschafterin, die für ihre Gewissenhaftigkeit bekannt war, auch diese Kleinigkeit nicht übersehen hatte.

So lautlos und unbemerkt, wie sie hinuntergeschlichen war, kehrte sie auch wieder in ihr Zimmer zurück. Die Tür schloss sie jedoch nicht, sondern ließ sie einen Spalt offen stehen.

Ihr Blick fiel auf die im Zugwind flackernde Kerze. Lange würde sie nicht mehr brennen. Vorsichtshalber entnahm sie einer Schatulle eine neue Kerze und legte sie hinter den Kerzenständer. Dann trat sie ans Fenster, schob Vorhänge und Gardinen beiseite und öffnete es leise. Kühle Nachtluft drang ihr entgegen.

Sie schaute angestrengt zu den Büschen hinüber, wo Jamie versteckt sein und ihr Fenster im Auge behalten musste. Doch sie konnte nichts entdecken. Kein Zweig bewegte sich verräterisch, nirgendwo zeichnete sich die Silhouette einer Gestalt ab.

Und wenn er gar nicht gekommen war?

Unsinn!, sagte sie sich. Das würde er nicht wagen. Er ist ein Nigger und weiß, dass er zu gehorchen hat!

Rhonda beugte sich vor, löste die Halterungen der Fensterläden und zog sie behutsam zu. Sie schloss das Fenster und ordnete Gardinen und schwere Vorhänge, sodass kein noch so schwacher Lichtschimmer nach draußen dringen konnte.

Als das getan war, setzte sie sich auf die Bettkante und wartete. Ihre Erregung verwandelte sich in Unruhe, als die Minuten verstrichen, ohne dass Jamie in ihr Zimmer trat. Sie zwang sich, still sitzen zu bleiben und sich in Geduld zu üben. Dass er nicht kommen würde, weigerte sie sich auch nur in Erwägung zu ziehen. Doch im Unterbewusstsein gärte dieser Gedanke wie scharfer Maisbrand.

Die Hände in den Schoß gepresst und den Blick wie gebannt auf die Tür gerichtet, saß sie auf dem Bettrand. Sie konzentrierte sich auf ihr Gehör, wartete mit wachsender Anspannung auf ein Quietschen der Tür oder zumindest doch das Knarren einer Treppenstufe. Aber beides blieb aus. Das Einzige, was sie hörte, war ihr eigener Herzschlag.

Rhonda erschrak im ersten Moment, als er dann plötzlich in der Tür stand. Ein lautloser schwarzer Schatten, wie aus dem Nichts. Dann empfand sie fast so etwas wie Dankbarkeit, dass er es doch gewagt hatte.

»Komm herein!«, raunte sie ihm zu, obwohl sie nicht befürchten musste, man könnte sie in den angrenzenden Zimmern hören. Das Zimmer links von ihr diente als Wäschekammer. Und rechts gab es keinen Raum mehr. Doch solange die Tür offen stand, hielt sie Flüstern für geboten.

Er zögerte.

Sie machte eine herrische Handbewegung, und er trat in ihr Schlafzimmer. Widerstrebend setzte er einen

Fuß vor den anderen, als wagte er sich in einen ihm unbekannten Sumpf, der ihn beim ersten falschen Tritt verschlingen und töten würde.

»Nun komm schon!«, zischte sie. »Und schieb den Riegel hinter dir zu.«

Er tat, wie ihm geheißen, und blieb dann abwartend stehen. Seinem Gesicht waren Angst und Erregung gleichermaßen abzulesen. Nervös irrte sein Blick durch den Raum. Noch nie in seinem Leben hatte er das Herrenhaus betreten, geschweige denn das Schlafzimmer einer Missy. Er war wie benommen von allem, was er sah. Die Teppiche auf dem Boden, die Kamineinfassung, die Uhr auf dem Sims und all die vielen anderen Kleinigkeiten, die er so schnell gar nicht einzuordnen vermochte, die kolorierten Stiche an den Wänden, der Frisiertisch mit all seinen weiblichen Utensilien und dem herrlichen Spiegel, der das Kerzenlicht wiedergab, die samtenen Vorhänge, das fantastische Himmelbett mit seinen hohen Pfosten und das im schwachen Licht wie Silber schimmernde Bettzeug. Und dann die Missy in ihrem seidenen Morgenmantel, den sie nur nachlässig geschlossen hatte! Er sah nackte Haut, die Ansätze ihrer Brüste!

Die Eindrücke raubten ihm fast den Atem und er senkte verstört den Blick zu Boden. »Ich bin gekommen. Wie Sie es befohlen haben. Ich habe Ihnen gehorcht. Nun schicken Sie mich wieder weg, Missy!«

Rhonda lachte leise auf und erhob sich. »Ich soll

dich wirklich wieder in deine schäbige Hütte zurückschicken, wenn wir es hier doch so schön haben können?« fragte sie belustigt.

»Ja, Missy!«

Sie trat zu ihm und legte ihre Hand auf seine Brust. Er zuckte bei der Berührung zusammen und wollte unwillkürlich zurückweichen. Doch sie schüttelte den Kopf, und er rührte sich nicht von der Stelle.

»Ich möchte aber, dass du bleibst, Jamie. Weißt du, ich habe mich sogar richtig darauf gefreut, mit dir hier in meinem Schlafzimmer zu sein«, sagte sie verführerisch.

»Bitte, Missy! Quälen Sie mich nicht! Es wird nur Unheil bringen. Kein Nigger nicht darf eine weiße Frau ... so ... so sehen. Mein Leben...«

»Ist bei mir in den besten Händen, Jamie«, fiel sie ihm unbeeindruckt ins Wort. »Und jetzt hör auf zu jammern. Dir wird nichts passieren. Niemand wird davon erfahren. Alle im Haus schlafen. Wir sind hier ganz sicher. In der Höhle des Löwen ist man stets am sichersten. Und nun mach nicht so ein Gesicht. Sonst müsste ich ja denken, du magst mich nicht. Sag, findest du, dass ich schön und verführerisch aussehe?«

Er schluckte schwer. »O ja, Missy! Natürlich tun Sie das, und jeder Gentleman ...«

Sie ließ ihn nicht ausreden. »Ich will keinen Gentleman, ich will dich, Jamie! Und ich will, dass du mich nicht mit Missy ansprichst, wenn wir unter uns sind, sondern mit meinem Namen. Du wirst Rhonda zu mir sagen. Los, sprich es aus!«

»Ja,... Rhonda«, flüsterte er.

Sie streichelte über seine Brust. Durch den Stoff seines Hemds hindurch fühlte sie seine kräftigen Muskeln. Sie konnte es nicht erwarten, ihn splitternackt zu sehen und ihn in sich zu spüren. Doch sie beherrschte sich. Jede Sekunde wollte sie genießen. »So ist es schon besser.«

Er öffnete den Mund, war jedoch zu verstört, als dass er eine Antwort hätte zustande bringen können.

»Zieh dich aus, Jamie.« Ihre Stimme war sanft, ließ aber dennoch keinen Widerspruch zu. »Zuerst das Hemd.«

Er zog das saubere Hemd aus und hielt es vor seine Brust. Rhonda lächelte. »Lass es fallen.«

Jamie öffnete die Hände, und das Hemd fiel mit leisem Rascheln zu Boden.

»Und nun die Hose.«

Nervös nestelte er an der Kordel, die ihm als Gürtel diente. Er zögerte, als er den Knoten geöffnet hatte und ihm die Baumwollhose von den schlanken Hüften zu rutschen drohte. Auf eine wortlose Geste von Rhonda hin ließ er es geschehen, und damit stand er nackt vor ihr. Er wagte es nicht, sie anzuschauen. Doch das Blut pochte nicht nur aufgeregt in seinen Halsschlagadern, sondern drängte sich trotz der Angst auch in seine Lenden. Er konnte es nicht verhindern, dass er vor ihren Augen hart wurde. Fast schämte er sich dafür, dass ihn sein Körper so verriet.

Rhonda betrachtete ihn einen Augenblick in stummer Erregung. Was für einen prächtigen Körper er doch hatte! Alles war Muskeln und Sehnen, wunderbar proportioniert und wie dazu geschaffen, höchste Lust zu bereiten.

»Du kannst stolz auf deinen Körper sein, Jamie«, sagte sie und vergaß für einen Augenblick völlig, dass er nur ein Sklave war. »Du siehst wunderbar aus. Und wie stark du bist... überall so wunderbar stark.«

Sie streckte ihre Hände aus, und er gab einen erstickten Laut von sich, als sie ihn streichelte. Ihm war, als schwelle er in ihren Händen noch stärker an und müsste jeden Augenblick explodieren.

»Gerade hast du gesagt, ich wäre schön und verführerisch. Aber wie kannst du das wissen, wenn du mich noch nie nackt gesehen hast?«

»Warum quälen Sie mich?«, stieß Jamie verzweifelt hervor, zwischen grässlicher Angst und einer bisher ungekannten Begierde hin und her gerissen.

»Du irrst, mein prächtiger Hengst. Ich will und ich werde dich nicht quälen«, raunte sie. »Ganz im Gegenteil. Ich werde dir den Himmel auf Erden bereiten, und du wirst nicht genug davon bekommen, das verspreche ich dir. Und nun vergiss endlich deine dumme Angst. Du bist hier, weil ich dich will, und dein Körper sagt mir deutlich, dass auch du mich willst. Und nun zieh mich aus!«

Seine Hände zitterten, als er den zur Schleife gebundenen Gürtel aufzog. Ihr Morgenmantel öffnete sich und ließ ein Nachtgewand von unschuldigem Weiß zum Vorschein kommen.

»Weiter, Jamie!«, drängte Rhonda.

Er streifte ihr den Morgenmantel von den Schultern, während das Ziehen in seinem Schoß immer stärker wurde. Er atmete hastig, als sie ihn aufforderte, ihr nun auch das duftige Nachthemd auszuziehen. Sie erschauerte wohlig, als er den Saum des Gewands anhob, es an ihrem Körper hochstreifte und dann über ihren Kopf zog.

»Gefalle ich dir, Jamie?«

»O Gott!«, stöhnte er und verschlang sie mit den Augen. Noch nie hatte er auch nur den nackten Fuß einer weißen Frau gesehen. Diese hellen spitzen Brüste! Und diese blonden Locken, die ihre Scham bedeckten! Sie nahm seine Hände und führte sie zu ihren Brüsten. »Berühr mich!«, flüsterte sie mit rauer Stimme. Wenig später führte sie seine Hand zu ihrem Schoß, presste sich dagegen und ließ ihn wahrnehmen, wie feucht und erregt sie war. »Da will ich dich gleich spüren, Jamie!«

Das war zu viel für ihn. »Ich ... ich kann es nicht länger halten!«, keuchte er.

Rhonda lachte leise. Sie hatte damit gerechnet. Bei Bernard und Tom war es nicht anders gewesen. Tom war es schon gekommen, als sie ihn berührt hatte.

»Lass es nur! Dafür bist du nachher umso ausdauernder«, sagte sie und umfasste ihn. Fast im selben Augenblick entlud er sich. In kleinen, milchigen Fontänen traf sein Samen sie auf Bauch und Schenkel. Sie machte auch keinen Versuch, seinem Erguss auszuweichen. Sie wollte es so, weil es ihre Erregung noch steigerte.

Danach stammelte er so etwas wie eine Entschuldigung, doch sie schüttelte lächelnd den Kopf. »Ich wusste, dass es passieren würde. Gleich wirst du wieder stark sein. Bevor du zu mir gekommen bist, hast du dich gewaschen, nicht wahr?«, fragte sie scheinbar völlig ohne jeden Zusammenhang.

»Ja, Mis ... Rhonda.«

»Das wirst du das nächste Mal bleiben lassen. Ich mag es, wenn du erhitzt bist und Schweißperlen auf dem Körper hast. Nicht dreckig, aber verschwitzt, verstehst du?«

Er verstand nicht, doch er nickte.

»Lass mich sehen, wie schnell du ins Schwitzen gerätst«, sagte sie und forderte ihn auf, Liegestütze zu machen. Jamie leistete ihrer Aufforderung Folge, streckte sich am Boden und machte Liegestütze. Rhonda stellte sich an sein Fußende und beobachtete das harmonische Spiel seiner Muskeln. Ihr Blick ging immer wieder zu seinem vollendet gerundeten Po, der sich ihr in einem gleichmäßig schnellen Rhythmus entgegenhob.

»Gut so, weiter!«

Endlich begann seine Haut zu schimmern, als Schweiß aus den Poren perlte. »Das reicht, Jamie.«

Er richtete sich auf, ohne jedoch völlig außer Atem zu sein. Sie stand noch immer hinter ihm. Sein Verlangen erwachte sofort wieder zu neuer Stärke, als sie sich an ihn schmiegte, ihre Brustspitzen über seinen Rücken streichen ließ, ihren Schoß an seinem Gesäß rieb und ihre Hände über seine feuchte Brust abwärts fahren ließ. Augenblicklich war er bereit, und sie konnte nun nicht länger warten.

Sie gab ihn frei, warf sich rücklings auf das Bett und schob mit den Füßen die Decke zur Seite. »Komm!«, forderte sie ihn mit vor Erregung belegter Stimme auf und streckte die Hände nach ihm aus. »Komm jetzt! Ich will dich!«

Er kam zwischen ihre bereitwillig geöffneten Beine, zögerte jedoch noch.

Rhonda drängte sich ihm entgegen. »Lass mich nicht länger warten! Nimm mich! Nimm mich!« Sie bettelte fast. Nun drang er in sie ein. Höchste Wollust, aber auch Unglauben, dass dies Wirklichkeit sein sollte, zeigte sich auf seinem Gesicht. Doch sowie sie sich unter ihm zu bewegen begann, vergaß er alles andere und nahm ihren Rhythmus auf.

»Küss meine Brüste!« Rhonda krümmte sich ihm entgegen, und schneller, als es jemals mit ihr geschehen war, trug sie die Ekstase fort.

Als später der zweite Höhepunkt sie erzittern ließ, bäumte sie sich auf und tat etwas, was sie noch nie zuvor getan, ja sogar all ihren Liebhabern ausdrücklich verboten hatte: Sie schlang nicht nur Arme und Beine um Jamies Leib, sondern sie folgte einem viel tieferen Verlangen als dem nach Wollust, als sie ihm ihre Lippen auf den Mund presste. Voller Leidenschaft und zum ersten Mal in ihrem Leben küsste sie einen Schwarzen, während sie im Feuer der Lust verbrannte.

8

Sie saßen in gepolsterten Korbstühlen auf der hinteren Veranda, deren Stufen in den Magnoliengarten führten. Zwischen den Büschen schimmerte im Licht der Nachmittagssonne die glitzernde Oberfläche eines kleinen Teichs hindurch. Ein Pavillon aus grazilen schmiedeeisernen Elementen lud in Ufernähe an besonders heißen Sommertagen zum Verweilen ein und hob sich mit seinem lindgrünen Anstrich von dem tiefen Grün und Erdbraun des sich dahinter anschließenden Zypressenhains ab.

»Um diesen paradiesischen Flecken Erde sind Sie zu beneiden, Miss Duvall«, sagte Sir Rupert mit unverhohlener Bewunderung und meinte damit nicht allein die reizvoll gestalteten Gartenanlagen, sondern ganz COTTON FIELDS. Seit dem frühen Mittag weilte er auf der

Plantage, zusammen mit Travis Kendrik und Matthew Melville, und gerade erst waren sie von einer ausgedehnten Rundfahrt, die sie zu den weiten Feldern hinausgeführt hatte, zurückgekehrt. Denn seine Rolle als angeblicher Baumwollaufkäufer verlangte von ihm, dass er einen scheinbar kritischen Blick auf die Baumwollstauden warf. Nun, das hatte er in aller Ausgiebigkeit getan und dabei, ganz frei von den risikoabwägenden Überlegungen eines tatsächlichen Aufkäufers, die landschaftliche Schönheit genossen – und natürlich die Schönheit und den Charme von Valerie Duvall. Sie entschädigte ihn voll und ganz für die unangenehme Spannung, die zwischen dem Anwalt und dem Captain herrschte und die auch hier auf der Terrasse gegenwärtig war.

Valerie lächelte gelöst. Seit Travis und Matthew mit Sir Rupert auf der Plantage eingetroffen waren und ihr mitgeteilt hatten, dass der Kredit nun endgültig gesichert war, schwebte sie wie auf Wolken. Dass Sir Rupert zudem ein sehr attraktiver und unterhaltsamer Mann war, machte die Angelegenheit noch erfreulicher. »Ja, es ist wahrhaftig ein Paradies. Und ich weiß auch, wie glücklich ich mich schätzen kann, diese Plantage mein eigen nennen zu dürfen.«

Nur ist der Mensch bisher noch aus jedem Paradies vertrieben worden, dachte Matthew bedrückt, während er schweigend an seinem Mint Julep nippte, den der Butler vor wenigen Minuten serviert hatte. Doch im Unterschied zum Paradies von Adam und Eva wartet im paradiesischen Garten von COTTON FIELDS nicht allein eine Schlange auf dich, sondern eine ganze Brut, zu der auch die meisten Pflanzerfamilien aus der Umgebung zählen. Doch diese destruktiven Gedanken behielt er für sich, weil er ihre Freude nicht trüben wollte. Ihn selbst aber machte die Vorstellung krank, dass Valerie nicht sah, dass sie sich eine Aufgabe aufgebürdet hatte, die einem Sisyphos zur Ehre gereicht hätte.

Es war, als hätte Travis seine Gedanken gelesen, denn er sagte: »Ein von Menschenhand geschaffenes Paradies ist immer das Ergebnis harter, unermüdlicher Arbeit gegen eine Unzahl von Widrigkeiten, die den gewöhnlichen Menschen zermürbt und schon auf halbem Weg zur Kapitulation gebracht hätten. Diese außergewöhnliche Leistung hat Ihr Vater vollbracht, Valerie. Doch als er COTTON FIELDS Ihnen vererbte, wusste er, warum er diese Entscheidung traf, die auf so viel Unverständnis und Ablehnung stieß. Denn es bedarf eines nicht minder großen Einsatzes und einer ebenso starken Persönlichkeit, um diese Plantage zu erhalten.«

»Danke für Ihr Vertrauen und Ihr Kompliment, das ruhig etwas bescheidener hätte ausfallen können, um der Wahrheit gerecht zu werden, Travis«, sagte Valerie fröhlich.

Matthew wusste, dass die Worte des Anwalts in erster Linie an seine Adresse gerichtet waren, dachte jedoch nicht daran, sich in dieser Runde von ihm provozieren zu lassen. Dies war Valeries Tag, und da würde noch nicht einmal ein Mann wie Travis Kendrik ihn zu Misstönen verleiten können.

Statt zu einer sarkastischen Bemerkung anzusetzen, wie der Anwalt es insgeheim wohl hoffte, hob er vielmehr sein Glas und sagte mit einem scheinbar sorglosen Lächeln: »Die Klippen der Finanzierung sind umschifft. Cotton Fields ist aus seiner Finanzklemme befreit. Ich denke, wir sollten nun auf den gelungenen Geschäftsabschluss trinken und Sir Rupert danken!«

Dieser winkte ab, hob jedoch geschmeichelt sein Glas. »Es ist mir eine Freude, meinen bescheidenen Teil dazu beitragen zu können, Ungerechtigkeiten auszugleichen. Also trinken wir auf Cotton Fields und auf die Frau, die diesem Paradies seinen besonderen Zauber gibt – Miss Valerie Duvall!«, brachte er einen galanten Trinkspruch aus.

Valerie errötete lächelnd.

»Dem möchte ich nichts hinzufügen, da Sie mir die Worte aus dem Mund genommen haben, Sir Rupert«, sagte Travis.

»Ja, auf dich, Valerie.« Matthew gab sich keine Mühe, den zärtlichen Unterton aus seiner Stimme herauszuhalten. Welche Intrige Travis auch immer schmieden mochte, sie würde ihr Ziel nicht erreichen, denn Valerie gehörte zu ihm, und das sollte jeder wissen.

Valerie fing seinen Blick auf, lächelte und stieß zuerst mit ihm an. Und in dem Moment, da sie sich in die Augen sahen, wusste Matthew, dass er seine Pläne über den Haufen werfen und die Nacht auf COTTON FIELDS verbringen würde.

Das Klingen der Kristallgläser drang von der schattigen Terrasse in den warmen Nachmittag hinaus. Wenig später bemerkte Sir Rupert, dass es wohl langsam Zeit sei, die Rückfahrt anzutreten.

»Ich hoffe, es macht Ihnen nichts aus, Sir Rupert in Ihrer Equipage mitzunehmen. Ich werde erst morgen nach New Orleans zurückkehren«, sagte Matthew zu Travis und genoss den kleinen Triumph, als er die Missgunst in den Augen seines Kontrahenten bemerkte. »Ihre Kutsche ist auch viel standesgemäßer als meine.«

»Gewiss«, erwiderte der Anwalt knapp.

Valerie ließ sich ihre freudige Überraschung nicht anmerken, sondern kam ihren Pflichten als Gastgeberin nach. Sie rief Albert und trug ihm auf, die Kutsche des Anwalts vorfahren zu lassen. Wenig später begleitete sie Travis und Sir Rupert vor das Haus. Matthew hatte sich schon vorher von ihnen verabschiedet. Mit Sir Rupert hatte er einen herzlichen Händedruck und einen freundschaftlich verständnisvollen Blick getauscht. Travis dagegen hatte für ihn nicht mehr als einen kurzen Gruß und ein steifes Kopfnicken übrig gehabt, was Matthew mit einem strahlenden Lächeln und den überaus freundlichen Wünschen für eine angenehme Rückfahrt und ein baldiges Wiedersehen beantwortet hatte.

Dass sie sich über ein baldiges Wiedersehen sehr freuen würde, versicherte auch Valerie Sir Rupert, nur entsprach dieser Wunsch der Wahrheit. »Ich hoffe, Sie werden das nächste Mal länger zu Gast auf Cotton Fields sein und mir Gelegenheit geben, Sie gebührend bewirten zu können.«

»Regelmäßige Besuche gehören zu den Pflichten eines Baumwollaufkäufers. Doch auf Cotton Fields werden diese Pflichten zu einem bezaubernden Vergnügen, sodass ich schon im Augenblick des Abschieds mit großer Ungeduld meinem nächsten Besuch bei Ihnen entgegensehe«, erwiderte er charmant und führte ihre Hand an seine Lippen.

Nachdem sie Travis ihre tiefe Dankbarkeit ausgesprochen hatte, dass er James Marlowe als Finanzgeber im Hintergrund gewonnen hatte, kehrte sie beschwingt zu Matthew auf die hintere Terrasse zurück.

»Ach, was für ein wunderbarer Tag!«, rief sie glücklich und sank in ihren Korbsessel, den er schon näher an seinen herangezogen hatte. »Du weißt ja gar nicht, wie befreit ich mich fühle, endlich keine Geldsorgen mehr zu haben! Wie eine Tonne Blei hat mich dieser gemeine Boykott der Banken und Agenten bedrückt. Aber dass Sir Rupert ein so umgänglicher, reizender Mann ist, hätte ich nicht gedacht. Er hat mich wirklich aufs Angenehmste überrascht.«

Matthew schmunzelte. »Ich glaube, er hat sich genauso befreit gefühlt wie du – nämlich befreit von akuten Geldsorgen. Was er da an Prämie und prozentualer Beteiligung ausgehandelt hat, kann sich sehen lassen, ganz besonders dann, wenn man so leere Taschen gehabt hat wie er. Aber weißt du, was der Witz an der ganzen Geschichte ist?«

»Nein. Was denn?«

»Dass er richtig auf den Geschmack gekommen ist. Auf der Fahrt hierher hat er mir erzählt, dass er sein Geld diesmal sinnvoll anlegen will – nämlich in Baumwolle. Er will nicht nur den Baumwollaufkäufer *spielen*, sondern tatsächlich einer werden. Große Ernten wird er zwar nicht vorfinanzieren können, aber wenn er es diesmal etwas geschickter anstellt, kann er zum Jahresende sein Geld gut und gern verdoppelt haben.«

»Ich wünsche es ihm.«

Matthew nickte. »Ja, ich auch. Normalerweise habe ich es mit Verschwendern und Faulenzern seiner Art nicht, aber er hat irgendwie etwas an sich, was ihn mir dennoch sympathisch macht.«

»Vermutlich seine lebensfrohe, warmherzige Natur.«

»Ja, er ist so das totale Gegenteil von Travis Kendrik, der sogar noch einen Eisblock mit seiner Arroganz zum Bersten bringen könnte.«

»Er mag seine Schwächen haben, doch er ist zuverlässig und hat Marlowe dazu gebracht, mir einen lebenswichtigen Kredit einzuräumen«, nahm Valerie den

Anwalt in Schutz. »Aber lassen wir das, Matthew. Erzähl mir lieber, was dich bewogen hat, bis morgen zu bleiben?«

»Freust du dich?«

Sie lächelte ihn zärtlich an. »Jede Stunde, die ich mit dir zusammen sein kann, macht mich glücklich. Am liebsten würde ich dich nie mehr von mir gehen lassen. Aber soviel ich für dich auch sein kann, so weiß ich doch, dass ich dir niemals die See zu ersetzen vermag.«

»Und ich werde dir nie COTTON FIELDS ersetzen können, nicht wahr?«, fragte er spontan und wünschte sofort, er hätte diese Frage unterlassen.

Wehmut huschte wie ein Schatten über ihr Gesicht. »Nicht, wenn du mich vor die Wahl stellst. Aber zwischen diesen beiden Extremen, deiner Leidenschaft zum Meer und meiner zu COTTON FIELDS, werden wir einen Kompromiss finden müssen.« Sie straffte sich. »Und das werden wir auch, nicht wahr?«

Er nickte. »Mein Haus in der Monroe Street wäre so ein erster Kompromiss.« Es war nicht wirklich sein Haus, sondern gehörte vielmehr Freunden, die nach Jamaika übersiedelt waren. Er hatte es ihnen abgemietet und sich ein Vorkaufsrecht einräumen lassen. In diesem Haus hatte er einige der schönsten Wochen seines Lebens mit Valerie verbracht, und er wünschte sich sehr, wieder an diese Zeit anknüpfen zu können.

Sie sah ihn mit einem überraschten Lächeln an, denn auch sie verband mit dem ruhig gelegenen Haus in

New Orleans überwiegend schöne Erinnerungen.
»Wie meinst du das?«

»Nun, Lewis Gray hat seine Krankheit einigermaßen auskuriert und sich wieder zum Dienst zurückgemeldet«, begann er.

Sie wusste sofort, was das bedeutete. »Dann wirst du bald mit der ALABAMA in See stechen?«

»Sie macht erst noch eine Fahrt nach Biloxi, um einen bestehenden Kontrakt zu erfüllen. Sie läuft schon übermorgen aus. Nach ihrer Rückkehr werden dann noch einige Reparaturarbeiten ausgeführt, bevor wir eine wirklich lukrative Fracht übernehmen und zu großer Fahrt aufbrechen können.«

»Europa?«, fragte sie nur.

Er nickte. »Die ALABAMA ist kein Küstenschoner...«

»... und du auf Dauer kein Flussschiffer«, fügte Valerie mit schiefem Lächeln hinzu. Sie seufzte. »Wir machen es uns gegenseitig wahrlich nicht leicht. Aber was hat das alles mit dem Haus in der Monroe Street zu tun?«

»Es ist gewissermaßen neutraler Grund«, sagte er scherzhaft, meinte es jedoch ernst. »COTTON FIELDS ist deine Domäne und das Deck des Clippers meine, und bisher fühlt sich auf Dauer keiner auf dem Terrain des anderen besonders wohl. Doch das Haus ist weder Plantage noch Schiff. Es steht außerhalb, und wir lieben es beide dort. Also warum schenken wir uns gegenseitig nicht zehn, zwölf Tage Zusammensein in diesem

Haus, bevor du dich in deine Arbeit auf der Plantage stürzt und ich über den Atlantik segle?«

»Du hast noch zwei Wochen Zeit?«

»Ja, schätzungsweise.«

Sie fasste nach seiner Hand. »Fast zwei Wochen mit dir zu verbringen, ist eine Verlockung, der ich nicht widerstehen kann.«

»Du kommst also morgen mit mir nach New Orleans?«

»Nein, morgen noch nicht. Ich werde noch ein, zwei Tage bleiben müssen. Jetzt, da ich endlich über das nötige Geld verfüge, kann ich die wichtigen Arbeiten in Angriff nehmen, die ich bisher habe zurückstellen müssen.« Das Einzige, was sie noch hatte bezahlen können, war die Aussaat gewesen. Den Rest ihres Geldes hatte sie als eiserne Reserve zurückbehalten, um die Versorgung der Sklaven mindestens ein halbes Jahr sicherzustellen und Rechnungen begleichen zu können, die in ihrem Haushalt anfielen. Zudem wollten Fanny, Jonathan Burke und einige freigelassene Neger ihren Lohn ausgezahlt bekommen. Überhaupt fielen auf einer Plantage wie COTTON FIELDS, auf der über dreihundertzwanzig Sklaven lebten, enorme Kosten an, und zwar regelmäßig. »Auf jeden Fall muss ich erst noch einige wichtige Dinge mit meinem Verwalter besprechen, bevor ich guten Gewissens nach New Orleans gehen kann.«

»Sicher, das verstehe ich. Aber warum rufst du diesen Jonathan Burke nicht zu dir und erledigst das jetzt gleich?«, schlug er vor.

»Ich wünschte, ich könnte es. Doch er würde weder kommen, noch ein Wort von dem begreifen, was ich ihm sage. Er ist nämlich sturzbetrunken und schläft seinen Rausch aus. Vor morgen früh ist er nicht ansprechbar, leider«, bedauerte sie. »Und so lange muss ich warten. Immerhin hat er mich vorgewarnt, bevor er gestern damit begann, sich systematisch zu betrinken.«

Matthew schüttelte verständnislos den Kopf. »Ein Quartalssäufer als Verwalter!«

Sie zuckte die Achseln. »Er versteht etwas von seiner Arbeit und weiß sich Respekt zu verschaffen, ohne dass er dazu der Peitsche bedürfte. Das hat mir der alte Samuel erzählt, und der weiß, was in der Sklavensiedlung gesprochen wird. Und wenn Burke nüchtern ist, arbeitet er für zwei.«

»Ja, *wenn!*«

»Gar so schlimm ist es nicht mit ihm, Matthew«, verteidigte sie ihren Verwalter. »Im Schnitt fällt er pro Woche nicht mehr als zwei Tage aus. Diesmal hat er sogar anderthalb Wochen lang keinen Tropfen angerührt. Außerdem hatte ich gar keine andere Wahl. Er war doch der Einzige, der eine Anstellung bei mir überhaupt in Erwägung gezogen hat, und ich muss ihm für jeden Monat dankbar sein, den er bei mir aushält. In Rocky Mount haben sie ihn auf offener Straße angespuckt und ihm sogar Prügel angedroht. Dass er dennoch bleibt, rechne ich ihm hoch an.«

»Tja, dieser Landstrich den Mississippi hoch ist nun mal das Herzstück der Pflanzeraristokratie, und in dem seid ihr zwei Ausgestoßene, die aufeinander angewiesen sind«, sinnierte er. »Es mag ja sein, dass der Einäugige unter den Blinden König ist, doch ich weiß nicht, ob mir so eine Situation, in der ich einem Quartalssäufer noch dankbar sein muss, schmecken würde. Irgendwie kommt mir das deiner unwürdig vor.«

»Ein ehrlicher Quartalssäufer mit Rückgrat ist mir immer noch zehnmal lieber als ein heuchlerischer Baptist, der es sehr wohl mit seinem Gewissen vereinbaren kann, mir übel mitzuspielen!«, antwortete Valerie heftiger, als es eigentlich ihre Absicht gewesen war. Und deshalb fuhr sie schnell, aber nun mit munterem Tonfall fort: »Wie dem auch immer sei, vorerst muss ich mit ihm vorliebnehmen. Und da sein Zustand einem so wichtigen Gespräch, wie wir es führen müssen, im Wege steht, werde ich mich eben bis morgen in Geduld üben. Aber ich freue mich sehr darauf, dass wir wieder einmal ganz für uns allein Zeit haben und von keinem gestört werden.«

Sein Gesicht hellte sich wieder auf.

»Es ist sowieso besser, wenn ich erst übermorgen nachkomme. Das Haus ist schon ein paar Monate unbewohnt«, fiel es Valerie ein, »und da kann es bestimmt nicht schaden, wenn du zuerst Emily und Liza mit in die Monroe Street nimmst, damit sie ordentlich lüften, die Schutzbezüge von den Möbeln entfernen und auch sonst überall nach dem Rechten sehen. Und Emily wird für die Küche einkaufen wollen. All das braucht seine Zeit.«

Er machte eine etwas verblüffte Miene. »Natürlich, die Zimmer sind vermutlich reif für einen gewissenhaften Frühjahrsputz. Himmel, daran habe ich nicht gedacht!«

»Schiffe liegen dir nun mal näher als Häuser«, neckte sie ihn, beugte sich vor und gab ihm einen liebevollen Kuss auf die Wange. »Aber halte dich nur an Emily. Sie wird dir schon sagen, was alles gemacht werden muss. Sie ist nicht nur eine gute Köchin, sondern auch in allen anderen Dingen des Haushalts sehr beschlagen.«

Er streichelte durch ihre Haare. »Also gut, machen wir es so. Ich nehm sie morgen mit nach New Orleans und bereite alles vor. Du kommst übermorgen nach.«

»Ich werde nicht eine Stunde vertrödeln!«

»Wenn das Wetter so gut bleibt, können wir ein paar Tage an den Lake Pontchartrain fahren. Es gibt drüben auf dem anderen Ufer ein neues elegantes Hotel, und es heißt, dass Männer und Frauen dort tatsächlich gemeinsam am Strand baden.«

Sie lachte. »Wie gewagt! Aber dafür dürfte das Wasser wohl noch zu kalt sein.«

»Mir reicht es, wenn du dich mir in einem dieser modisch frechen Badeanzüge zeigst, die den halben Schenkel entblößt lassen.« Er zwinkerte ihr zu.

»Ich werde mich dir so zeigen, wie du mich am liebsten hast«, flüsterte sie verführerisch. »Wann immer du willst...«

Sie sahen sich an, lächelten sich wissend zu, nahmen sich bei der Hand und gingen nach oben. Golden fiel die Nachmittagssonne durch die Gardinen ins Schlafzimmer, und wie kostbarer, leicht getönter Marmor schimmerte Valeries nackter Körper unter seinen Händen, die voller Zärtlichkeit und Verlangen waren.

Das Abendessen wurde an diesem Tag um einiges später als gewöhnlich serviert. Beide aßen mit großem Appetit. Die Liebe hatte sie hungrig gemacht.

9

Matthew brach am nächsten Tag in aller Frühe auf, begleitet von Emily und Liza, die voller Freude waren, dass sie wieder eine Zeit lang in dem Haus in der Monroe Street leben würden. Die Köchin und das Hausmädchen hatten schon seinen Freunden gute Dienste geleistet, und so hatte er sie gleich mit übernommen, als er den Mietvertrag unterschrieben hatte. Besonders Emily war froh, dass es nach New Orleans ging. Denn auf COTTON FIELDS spielte sie als Köchin nur die zweite Geige. Theda herrschte uneingeschränkt über das Küchenhaus und die Mädchen, die ihr zur Hand gingen. Da gab es für Emily nicht viel zu tun.

Valerie stand auf dem kiesbestreuten Vorplatz und schaute der Kutsche nach, wie sie in den Schatten der Roteichen eintauchte und sich schließlich am Ende der Allee aufzulösen schien. Nur das Rattern der Räder und der Hufschlag waren noch eine Weile zu hören.

Sie lächelte, als sie sich umwandte. Diese zwei Wochen in New Orleans würden ihnen guttun. Und sie überlegte ernsthaft, ob sie diesmal nicht auf die Begleitung ihrer Zofe verzichten sollte. Fanny war ihr zwar fast unentbehrlich geworden und ihr zudem wie eine treue Freundin ans Herz gewachsen, doch manchmal konnte auch die beste Freundin stören. Besonders dann, wenn es um Männer ging. Und je länger sie darüber nachdachte, desto ratsamer erschien es ihr, Fanny auf COTTON FIELDS zurückzulassen. Das Verhältnis zwischen ihrer Zofe und Matthew war nicht gerade herzlich zu nennen. Und so gut Fanny es mit ihr auch meinen mochte, diese beiden Wochen wollte sie völlig ungetrübt genießen – und sich nicht ständig von Fanny ins Gewissen reden lassen.

Zwei lange Wochen. Nur sie beide! Es würde sein wie damals, als sie auf Madeira himmlische Tage der Liebe und Leidenschaft erlebten. Losgelöst von allen Alltagssorgen und fern jeglicher Zweifel über die Dauerhaftigkeit ihrer Liebe. Eine wunderschöne Zeit wartete auf sie, das wusste sie. Denn was sie verband, war stärker als das, was sie trennte.

Valerie ahnte, dass die Tage nur allzu rasch vergehen würden und dass Matthew danach zu einer langen, vielleicht sogar gefahrvollen Reise aufbrechen würde. Monate des Wartens und des Bangens standen ihr dann bevor. Doch daran wollte sie jetzt nicht denken.

Fanny schmollte, als Valerie sie über ihre Absicht informierte, ohne sie nach New Orleans zu reisen. »Wenn Sie meiner Dienste nicht mehr bedürfen, sagen Sie es mir besser offen und ehrlich. Dann werde ich mich nach einer anderen Stellung umhören.«

»Findest du nicht, dass du reichlich überempfindlich reagierst?«, fragte Valerie mit sanftem Vorwurf. »Ich habe mit keinem Wort gesagt, dass ich deiner Dienste nicht mehr bedarf. Du weißt selbst, wie unsinnig das ist.«

»Aber als Ihre Zofe ...«, begehrte Fanny auf.

»Als meine Zofe allein würde ich dich nur über meine Absichten unterrichten, ohne jedoch auf den Gedanken zu kommen, mich vor dir rechtfertigen zu müssen, Fanny«, fiel sie ihr mit leichtem Ärger ins Wort. »Doch als eine Zofe, die mir zugleich Freundin ist, wirst du sicherlich verstehen, dass es Gelegenheiten gibt, in denen man allein sein möchte. Matthew wird bald mit der ALABAMA in See stechen, und die Zeit, die uns beiden bis dahin verbleibt, möchte ich eben allein mit ihm verbringen – und so ungetrübt wie möglich. Deine Meinung von ihm kenne ich. Ich respektiere sie auch. Ich bin jedoch ehrlich genug, dir zu sagen, dass ich in dieser Zeit nicht einmal daran erinnert werden möchte, wie wenig du von unserer Beziehung hältst. Warte! Ich bin noch nicht fertig! Ich akzeptiere deine Überzeugung, aber ich denke, auch du hast zu akzeptieren, dass ich mir deine Ansichten in diesem Punkt nicht zu eigen machen kann und will. Doch wenn du das Gefühl hast, meine leidenschaftliche Beziehung zu ihm mit deinen moralischen Überzeugungen nicht vereinbaren zu können, dann musst du es mir offen und ehrlich sagen. Aber dann bist du diejenige, die den Dienst quittiert und unsere Freundschaft aufkündigt.«

Fanny war im Gesicht hochrot angelaufen und senkte nun beschämt und betroffen den Blick. Sie erkannte, dass sie sich etwas herausgenommen hatte, das ihr weder als Zofe noch als Freundin zustand. »Es tut mir leid, Miss Valerie. Es war dumm und ungehörig, was ich gesagt habe«, entschuldigte sie sich mit leiser Stimme. »Ich weiß nicht, was in mich gefahren ist.«

»Wir wollen es auch besser nicht ergründen, sondern lieber schnell vergessen«, sagte Valerie versöhnlich, insgeheim ganz froh, dass es zu diesen klärenden Worten gekommen war. »So, und nun lass uns gemeinsam überlegen, was ich mitnehmen soll.«

Es war schon später Vormittag, als Valerie von Samuel Spencer die Nachricht erhielt, dass ihr Verwalter wieder auf den Beinen sei.

»Prissy hat ihn in seinem Haus wüst fluchen hören«, teilte der völlig ergraute Schwarze ihr mit, ein spöttisches Lächeln auf dem Gesicht. »Es sollen auch ein paar leere Flaschen hinter seinem Haus am Baum zerschellt sein. Ein ordentlicher Mann, dieser Massa Burke. Er räumt immer gleich auf, wenn er wieder sicher auf den Beinen steht.«

»Na, wenn er ›aufräumt‹, wie du es nennst, dann scheint er tatsächlich nüchtern zu sein«, meinte Valerie mit einem etwas gequälten Lächeln.

Dass Jonathan Burke fluchte und Flaschen aus dem Haus warf, war in der Tat ein gutes Zeichen – nämlich das von Nüchternheit. Denn wenn der Verwalter sich dem Alkohol hingab, dann wurde er dankenswerterweise nicht krakelig und aggressiv, wie es bei so vielen anderen Trunkenbolden der Fall war, sondern immer stiller und ruhiger. Er trank sich sozusagen in eine stumme und stupide Friedfertigkeit, bis er nicht mehr in der Lage war, die Flasche an den Mund zu heben.

Valerie zog es vor, ihn in seiner Unterkunft in der Nähe der Sklavensiedlung aufzusuchen, statt ihn zu sich ins Herrenhaus zu bitten. Die Erfahrung hatte sie gelehrt, dass sie sich beide keinen großen Gefallen taten, wenn sie die Belange der Plantage im Salon oder gar in der Bibliothek besprachen. In den geschmackvoll eingerichteten Räumen fühlte er sich spürbar unwohl und wusste mit Händen und Füßen nie wohin, und dieses Gefühl des Unwohlseins übertrug sich dann auch auf sie und ihr Gespräch.

Sie ging den Weg zu Fuß und schützte sich vor der

Helligkeit der Sonne mit einem fransenbesetzten Parasol, dessen Bespannung ein reizvolles Blumenmuster trug.

Das Haus, das Jonathan Burke bewohnte, war zwar solide und ansprechend gebaut und verfügte über eine hübsche Veranda, ließ aber in den Räumlichkeiten und der Ausstattung die Großzügigkeit vermissen, die für die Beherbergung weißer Personen auf COTTON FIELDS sonst so kennzeichnend war. Aber das fast quadratische, etwas gedrungene Gebäude hatte auch nie einem wirklichen Verwalter ein Zuhause bieten sollen, sondern war vielmehr für einen weißen Aufseher gedacht, und der nahm auf einer Plantage eine bedeutend geringere Stellung ein als ein Verwalter.

COTTON FIELDS hatte seit seiner Gründung nie einen Verwalter gebraucht. Seit Generationen leiteten die männlichen Duvalls die Plantage mit Hingabe selbst. Es war stets ihr Stolz gewesen, Reichtum mit harter Arbeit zu verbinden und die Geschicke der Plantage und ihrer Bewohner selbst zu lenken. Erst nach dem Tod von Henry Duvall, Valeries Vater, hatte es hier den ersten Verwalter gegeben. Catherine, seine zweite Frau, hatte James Inglewood eingestellt, da ihr Sohn Stephen nichts von der Arbeit verstand, die einem wahren Plantagenbesitzer abverlangt wurde, und sich auch nie dafür interessiert hatte, was mit ein Grund dafür gewesen war, weshalb Henry Duvall ein so ungewöhnliches Testament verfasst und nicht ihm, sondern Valerie die Plantage vererbt hatte.

Zügigen Schrittes, der einer Dame eigentlich nicht angemessen war, durchquerte Valerie den schmalen Waldgürtel, der als natürlicher Sichtschutz zwischen dem Herrenhaus mit seinen Nebengebäuden und der Sklavensiedlung lag. Das Haus des Aufsehers befand sich gleich auf der anderen Seite der Waldzunge, umgeben von fast einem Dutzend Schuppen, Scheunen, Lagerhallen und Werkstätten. Das Dorf der Schwarzen begann erst in einem respektablen Abstand von einer guten Viertelmeile. Ein Aufseher hatte, um seiner Aufgabe gerecht zu werden, in der Nähe der Sklaven zu wohnen, damit er ein scharfes Auge auf sie halten konnte. Doch als Weißer war er gleichzeitig auch auf Distanz zu ihnen bedacht. Die Lage des Hauses entsprach damit den Anforderungen seiner Arbeit und gleichzeitig auch dem zwiespältigen Ansehen, das ein Aufseher gemeinhin auf einer Plantage genoss: Weder gehörte er richtig zur weißen Herrschaft, die im Herrenhaus residierte, noch hatte er etwas mit den Sklaven gemein.

Jonathan Burke hatte sich nie darüber beklagt, nahe der Sklavensiedlung im Haus des Aufsehers wohnen zu müssen. Er war ein Mann, der es schon vor langer Zeit aufgegeben hatte, an sein Leben große Anforderungen zu stellen. Zwar hatte er seinen Stolz, aber er stellte ihn nie höher als das, was sein gesunder Menschenverstand ihm sagte, und daher war er bei all seinen Fehlern doch weitaus vernünftiger als die Mehrzahl der Menschen.

Auf dem Weg zum Haus kam Valerie an zwei Lagerhallen und einem Geräteschuppen vorbei. Die Schwarzen, die ihr begegneten, grüßten sie mit einer scheuen und teilweise besorgten Ehrerbietung. Dieses Verhalten brachte ihr augenblicklich wieder ein Problem zum Bewusstsein, das zu den vielen gehörte, mit denen sie sich in letzter Zeit auseinanderzusetzen hatte.

Sie war als Mistress beliebt, und das erfüllte sie mit Freude. Doch der Hass der anderen Duvalls, die COTTON FIELDS hatten räumen müssen und bittere Rache geschworen hatten, machte den Schwarzen Angst. Auf ihrem Rücken wurde seit jeher alles ausgetragen. In schlechten Zeiten waren sie es, die am bitterlichsten darunter leiden mussten, ohne jedoch in fetten Jahren den gerechten Ausgleich zu erfahren. Das bezog sich nicht allein auf die Ernten, sondern auch auf die persönlichen Katastrophen und Zwistigkeiten der Herrschaft untereinander. Edna und Tom bewiesen es doch. Sie hatten in dieser Auseinandersetzung ihr Leben lassen müssen, nur weil Massa Stephen Duvall der neuen Herrin hatte beweisen wollen, dass seine Macht noch längst nicht gebrochen war. Es hatte sich mittlerweile auch unter den Sklaven herumgesprochen, wie schwer die Mistress es hatte, die Plantage zu halten. Niemand wünschte, dass sie scheiterte und verkaufen musste. Doch nicht allein aus dem Grund, weil sie ihre Sympathie besaß, sondern in erster Linie aus Angst vor der ungewissen Zukunft. Besonders unter den Alten, die der Plackerei auf Feldern und Äckern nicht mehr gewachsen waren, war diese Angst groß. Denn sie zählten erfahrungsgemäß zu den Ersten, die nach einem Besitzerwechsel dem unbarmherzigen Besen zum Opfer fielen, wenn der neue Master bei einer unrentablen Pflanzung überall nach Möglichkeiten suchte, Kosten zu sparen. Und ein Sklave, der nicht mindestens seine zwölf Stunden auf dem Feld durchhielt und pro Jahr nicht seine vier Ballen Baumwolle Profit brachte, stand bei jedem Pflanzer auf der Liste derjenigen, die Verlust brachten – und derer man sich daher besser entledigte, indem man sie verkaufte. Aber auch manch einer der jungen, kräftigen Schwarzen fürchtete, vielleicht schon bald auf dem Sklavenblock eines Auktionators in New Orleans zu landen, um die Kasse von COTTON FIELDS zu füllen – wer auch immer Master oder Mistress auf der Plantage sein mochte. Valerie kannte die Sorgen der Schwarzen. Sie hatten sie in den vergangenen Wochen sehr bedrückt, denn sie fühlte sich mit ihnen viel stärker verbunden, als sie ahnten – und als sie ihnen zeigen konnte. Dass ihre Mutter eine Sklavin gewesen war, spielte dabei eine große Rolle. Doch die Erfahrungen, die sie am eigenen Leib gemacht hatte, waren bestimmender und hatten für immer ihre Spuren in ihrem Denken und Fühlen hinterlassen. Nie würde sie die Zeit vergessen, als der von Catherine Duvall gedungene Kopfjäger Bruce French sie von Bord der ALABAMA entführt und als Sklavin verkauft hatte. Der

Besitzer von MELROSE PLANTATION hatte sie auf einer Auktion ersteigert, und sie hatte erfahren, was es bedeutete, von Sonnenaufgang bis Sonnenuntergang auf den Feldern arbeiten und in den schäbigen Hütten der Siedlung leben zu müssen. Sie hatte sich damals geschworen, um ihr Erbe zu kämpfen. Nicht weil COTTON FIELDS ein kostbarer Besitz war, sondern weil es ihr darum ging, eine Schuld abzutragen, die jeder Sklavenhalter auf sich genommen hatte, auch ihr Vater. Dass sich in ihr die Erbanlagen der Duvalls bedeutend stärker durchgesetzt hatten als die ihrer schwarzen Vorfahren, ihre Haut nur eine ganz leichte Tönung aufwies und sie schon als Baby nach England gekommen war, wo sie die Erziehung einer Tochter aus gutem Haus genossen hatte, war nichts weiter als eine glückliche Fügung des Schicksals gewesen. Sie hätte auch ebenso gut als Bankert eines »Teemädchens«, wie die dunkelhäutigen Geliebten der jungen weißen Master genannt wurden, dort unten in der Sklavensiedlung von COTTON FIELDS aufwachsen können. Dann hätte ihr Glück vermutlich darin bestanden, als Zimmermädchen oder Zofe im Herrenhaus zu leben – und die heimliche Geliebte des Masters oder des Aufsehers zu sein. Dass es nicht so gekommen war, empfand Valerie nicht nur als persönliches Glück, sondern auch als Verpflichtung. Sie wollte das Beste für die Schwarzen von COTTON FIELDS tun. Dabei gab sie sich jedoch keinen Illusionen hin. Ihren ersten Gedanken, allen Sklaven die Freiheit zu schenken, hatte sie schon längst als völlig undurchführbar fallen lassen. Travis und auch Matthew hatten ihr vor Augen gehalten, dass ihre Freiheit nicht lange währen würde. Wovon sollte eine Familie mit zwei Kleinkindern und einer alten Mutter leben? Sie wären gezwungen, sich auf einer anderen Plantage für einen Hungerlohn zu verdingen, der eine nicht weniger schlimme Form der Leibeigenschaft begründen würde, als es die Sklaverei war. Travis hatte ihr Dilemma auf den Punkt gebracht. »Sie wollen ihnen die Freiheit schenken, doch unter den gegebenen Umständen könnten Sie ihnen gar nichts Schlimmeres antun. Sie könnten natürlich den jungen, kräftigen Männern und Frauen, die nur für sich sorgen müssen, den Freibrief ausstellen und hoffen, dass Sie nicht wegen Aufhetzung und Anstiftung zur Sklavenrevolte im Kerker landen und die Freibriefe nicht für nichtig erklärt werden.«

»Anstiftung zur Sklavenrevolte? Aber das ist doch völliger Unsinn!«

»Ganz und gar nicht, Valerie. Dies ist der Süden – die Konföderation derjenigen Staaten, die mit dem Blut ihrer Söhne für die Erhaltung der Sklaverei zu zahlen bereit sind, vergessen Sie das nicht. Jedem Weißen steht es frei, einem Sklaven die Freiheit zu geben oder ihn sich freikaufen zu lassen. Das wird gehandhabt, seit es die Sklaverei gibt. Aber wenn Sie das mit hundert, zweihundert Sklaven tun, ist das eine politische Demonstration, eine Ohrfeige ins Gesicht der Konföderation, die man Ihnen nicht durchgehen lassen wird. Man wird Sie bezichtigen, die bestehende Gesellschaftsordnung von innen heraus zerstören und dem Norden damit in die Hände arbeiten zu wollen. Man wird Ihnen vorwerfen, es wäre Ihre geheime Absicht, die Schwarzen auf den anderen Plantagen durch ihr Vorgehen in Aufruhr zu versetzen und zu Revolten gegen ihre Herren zu ermutigen. Nein, Sie haben nicht den Schimmer einer Chance, damit durchzukommen. Schon gar nicht jetzt, da der Krieg mit den Yankees vor der Tür steht. Aber einmal ganz davon abgesehen, dass Sie aus politischen Gründen scheitern würden und vom Blickpunkt der Gerechtigkeit es zudem auch Willkür wäre, eine solche Auswahl unter den Schwarzen zu treffen, würde der Weggang der Männer und Frauen zwangsläufig den Ruin von COTTON FIELDS bedeuten. Mit Kindern, Kranken und Alten lässt sich eine Plantage nun mal nicht bewirtschaften. Sie müssten also verkaufen, und dann kämen die nicht in die Freiheit entlassenen Sklaven vom Regen in die Traufe.«

»So, wie Sie es darstellen, bin ich also verurteilt, ein Sklavenhalter zu bleiben, wie es mein Vater war, um überhaupt etwas Gutes für sie tun zu können. Ist es das, was Sie mir beizubringen versuchen?«

»In der Tat. Es klingt vielleicht paradox, aber die Gesellschaft der Südstaaten ist nicht unbedingt auf Logik und schon gar nicht auf Gerechtigkeit aufgebaut. Freiheit ist ein abstrakter Begriff, mit dem sich Philosophen leichter tun als Gegner der Sklaverei. Es reicht nun mal nicht, Sklaven den Freibrief in die Hand zu drücken und ihnen zu sagen, dass sie nun über sich selbst bestimmen können, wenn sie weder daran gewöhnt worden sind, wie man sich der Freiheit bedient, noch die äußeren Umstände es zulassen, menschenwürdig in Freiheit zu leben. Wenn Sie also wirklich etwas für die Schwarzen auf COTTON FIELDS tun wollen, muss es Ihre erste Sorge sein, dass die Plantage Profit abwirft – und so auf gesunden Beinen steht. Denn Reformen und Großzügigkeit kosten Geld. Freiheit ist ein wertvolleres Gut, als es sich die meisten vorzustellen vermögen.« Bei dem letzten Satz hatte Travis sehr sarkastisch geklungen.

Valerie hatte oft darüber gegrübelt, welche Möglichkeiten ihr offenstanden. Doch stets war sie bei ihren Überlegungen an die Grenzen gestoßen, die die Gesellschaft des Südens aufgestellt hatte. Mittlerweile hatte sie sich damit abgefunden, dass sie sich nicht darüber hinwegsetzen konnte, wollte sie überhaupt etwas zum Guten für die Schwarzen auf COTTON FIELDS wenden. Und sie hatte eingesehen, dass sie Geld brauchte. Ein solides Finanzpolster war wichtig für das, was sie erreichen wollte.

Welch ein Glück, dass Travis dieser raffinierte Plan eingefallen ist und er James Marlowe dafür gewonnen hat. Endlich habe ich das Geld, das ich brauche, um das Leben auf COTTON FIELDS nach meinen Vorstellungen zu gestalten, dachte sie und machte sich damit Mut. Sie hoffte inständig, dass sie mit der bereitwilligen Unterstützung ihres Verwalters rechnen konnte. Ein Konflikt mit ihm würde ihre Pläne über den Haufen werfen.

Valerie stieß bei der Pferdetränke, die auf dem Platz zwischen Aufseherhaus und Lagerschuppen in etwa die Mitte markierte, auf Jonathan Burke. Breitbeinig und mit nacktem Oberkörper stand er über den langen Trog gebeugt, den Kopf unter der Wasserpumpe. Er stöhnte lang gezogen, während das kalte Wasser in stoßartigem Schwall aus der Pumpe schoss und über seinen Kopf floss. Es rann ihm auch über Brust und Rücken und tränkte schon den Bund seiner dunkelbraunen Hose. Aber der Wasserschwall schien ihm noch nicht zu genügen, denn nun tauchte er den Kopf bis über die Ohren in die Tränke, die randvoll mit frischem Wasser gefüllt war.

Ihren Schritt sehr verlangsamend, überquerte sie den staubigen Platz. Er konnte bemerkenswert lange die Luft anhalten. Luftblasen perlten rechts und links von seiner Schulter an die Oberfläche. Dann endlich schnellte sein Oberkörper wie eine Feder zurück, und sein Kopf schoss wassertriefend in die Höhe, als er sich aufrichtete. Er schüttelte sich wie ein nasser Hund, dass die Tropfen in einem dichten Schauer in alle Richtungen flogen.

Valerie zog gerade noch rechtzeitig den Parasol tiefer. »Erst dachte ich, Sie hätten vielleicht vor, sich zu ertränken. Doch vielleicht geht es Ihnen vielmehr darum, mir eine recht originelle Erfrischung zu bereiten«, sagte sie mit leichtem Spott.

Er riss überrascht die Augen auf. »Oh, Miss Duvall! Sie habe ich gar nicht bemerkt.«

»Den Eindruck habe ich auch.«

»Tut mir leid. Zu einem Mann wie mir hält man eben besser einen gewissen Abstand«, sagte er mit einem verlegenen Grinsen.

Jonathan Burke war erst Anfang vierzig, sah aber gut zehn Jahre älter aus. Groß, hager und sehnig stand er vor ihr. Sein Gesicht war hohlwangig und von zahlreichen geplatzten Äderchen durchzogen, die ihn als Trinker auswiesen. Dunkle Hautflecke sprenkelten seine Wangen. Unter borstigen Brauen lagen kleine graue Augen. Von Faustkämpfen platt gedrückt und aus der Mitte verschoben war die Nase. Seine Unterlippe zog sich als dünner Strich über ein lückenhaftes Gebiss. Er trug mehr Narben als Haare auf dem Kopf. Das Einzige, was den Eindruck eines gescheiterten Menschen, der sich zum größten Teil selbst zerstört hatte, ein wenig milderte, war der buschige Walrossbart über der Oberlippe, dessen pomadisierte Enden bis zum Kinn hinunterreichten. Wasser perlte von ihnen herab.

»Solange Sie nur mit Wasser in der Gegend herumspritzen und mit leeren Flaschen um sich werfen, habe ich keine Angst, mich in Ihre Nähe zu wagen, Mister Burke.«

Er verstand die Anspielung und zuckte in einer Geste, die mehr Gleichgültigkeit als Entschuldigung ausdrücken sollte, mit den nackten Schultern. »Ich hab's für diesmal hinter mir, Miss Duvall.«

»Und? Wie fühlen Sie sich?«

Er verzog das Gesicht und fuhr sich mit seinen knochigen Händen über den fast kahlen Schädel, den nur noch ein dünner Haarkranz säumte. »Um ehrlich zu sein, so als hätte mir der Schmied mit seinem Amboss den Schädel eingeschlagen, ihn mit Baumwolle ausgestopft und die Teile über der Stirn nicht ganz richtig zusammengesetzt.«

»Ich denke, so etwas nennt man einen Kater.«

»Ja, wenn man zu starken Untertreibungen neigt«, brummte Jonathan Burke.

»Dann sind Sie wohl kaum in der Stimmung für ein ernsthaftes Gespräch, oder?« Sie musterte ihn kritisch. Was sie mit ihm zu besprechen hatte, war zu wichtig, als dass sie es ihm im missmutigen Zustand alkoholischer Nachwehen unterbreiten konnte. Dann war es klüger, damit noch bis zum Nachmittag zu warten.

»Wie ernsthaft?«, fragte er, während er mit ihr auf sein Haus zuging.

»So ernsthaft, wie eine Menge Arbeit, die auf Sie zukommt, nur ernsthaft sein kann.«

Er warf ihr einen interessierten Blick von der Seite

zu. »Das klingt ja fast so, als hätten Sie gar nicht die Absicht, mich zu feuern?«

Valerie konnte die gute Nachricht nun nicht länger zurückhalten. »Ich habe den Kredit bekommen, Mister Burke!«

Er zeigte sich ehrlich überrascht. »Alle Achtung, Sie haben es also doch geschafft!«

»Haben Sie vielleicht daran gezweifelt?«

»Nein, *gezweifelt* habe ich nicht. Ich habe vielmehr fest damit gerechnet, dass Sie es nicht schaffen würden, im Umkreis von tausend Meilen auch nur einen halben Dollar Kredit für Cotton Fields aufzutreiben«, gab er unumwunden zu. »Mein einziges Paar Stiefel hätte ich darauf verwettet, dass Ihnen die Vorfinanzierung der Ernte nicht gelingen würde.«

»Das ist der Vorteil, wenn man unterschätzt wird: Man kann so manche Wette gewinnen.«

Burke schüttelte mit einem rauen, spöttischen Lachen den Kopf, als sie die Stufen zu seiner Veranda hochstiegen. »Bis heute habe ich mich für den größten Trottel von ganz Louisiana gehalten, weil ich die Stelle bei Ihnen angenommen habe und meinen Kopf für tausend Dollar riskiere. Aber offenbar gibt es noch einen größeren Trottel, der seinen Kopf *und* einige zehntausend Dollar aufs Spiel setzt. Wäre bestimmt amüsant, diesen Burschen kennenzulernen.«

»Seinen Besuch haben Sie schon verpasst. Er war gestern hier. Aber er wird wiederkommen. Doch ich glaube nicht, dass Sie Sir Rupert Berrington für einen Trottel halten werden.«

Er furchte die Stirn und sah sie an, als hätte er sich verhört. »Sagten Sie ›Sir‹?«

Valerie lächelte. »Nein, keine Sorge, es ist nicht die Baumwolle in Ihrem Schädel, Sie haben richtig gehört«, antwortete sie und informierte ihn, wieso Sir Rupert kein Trottel war und weshalb es niemand wagen würde, sich an der Baumwolle zu vergreifen, die schon in diesem Moment einem adligen Engländer gehörte. Dass in Wirklichkeit James Marlowe dahinterstand, verschwieg sie ihm natürlich.

Er hörte aufmerksam zu, und so schlimm schien sein Kater gar nicht zu sein, denn er begriff sofort, welch raffinierter Schachzug ihr da gelungen war. Sein Gesicht sah fast sympathisch aus, als ein breites Lächeln seine Mundwinkel auseinanderzog und Fältchen um die Augen legte.

»Es wird einigen aber verdammt sauer aufstoßen, dass Sie Ihren Kredit doch noch bekommen haben und sie dem Burschen, der seine Kasse für Sie geöffnet hat, nicht ans Fell können!« Er klang regelrecht vergnügt.

»Ich müsste schon sehr lügen, würde ich behaupten, es machte mir nichts aus.«

Sein Gesicht verlor den heiteren Ausdruck. Es wurde nun so finster wie ein Zypressensumpf kurz vor einem Januargewitter. »Okay, Sie haben das Spiel gewonnen«, stellte er fest. »Aber die Leute wird es höllisch in den Fingern jucken, ihrer Wut auf die eine oder andere Art Luft zu machen. Und das gefällt *mir* gar nicht. Denn weder bin ich ein Engländer, noch schützt mich ein Sir.«

Sie sah ihn hart an. »Ihnen bleiben noch Ihre Fäuste und Vorsicht – und wenn Sie keinem davon trauen, bleiben Ihnen noch immer Ihre Beine, um sich aus dem Staub zu machen!« Ihre Stimme war so herausfordernd wie ihr Blick. Sie wollte wissen, ob sie mit ihm rechnen konnte. Er wich ihrem Blick nicht aus, sondern erwiderte ihn mit einem kalten Funkeln in den Augen. Dann hatte er seine Entscheidung getroffen. »Ich denke, ich bleibe, Miss Duvall. Es scheint eine aufregende Zeit zu werden.«

»Damit könnten Sie recht behalten.«

»Also gut, reden wir. Ich ziehe mir nur ein Hemd an und bin gleich zurück.« Er wies auf die drei Korbsessel, die links von der Tür auf der Veranda vor einem wackligen Tisch standen. Der ehemals weiße Anstrich war fast gänzlich abgeblättert. Kein Verwalter mit guten Referenzen hätte derartige Möbel auf der Terrasse seines Hauses geduldet.

Valerie klappte ihren Parasol zusammen, setzte sich und wartete. Ihr Blick ging zur Sklavensiedlung hinunter, ein langer Schlauch von schäbigen Hütten entlang der Straße, die zu den Baumwollfeldern führte. An fast jede Hütte schloss sich ein kleiner Garten an.

Sie sah Kleinkinder halb nackt im Dreck der Straße spielen. Alte Männer und Frauen hantierten in den Gärten, trugen Reisig zusammen oder saßen vor ihren Hütten. Hunde streunten umher. Hühner gackerten. Hier und da stieg Rauch auf. Ein friedvolles Bild. Zumindest aus der Entfernung und im Sonnenschein, der auch dem größten Elend noch eine pittoreske Note verlieh, wenn man nicht genau hinschaute und ein sehr dehnfähiges Gewissen besaß.

Sie wandte den Blick ab, strich gedankenlos mit ihren cremeglatten Händen über den teuren Taftstoff ihres Kleides, ertappte sich dabei und empfand ein heißes Gefühl der Scham, dass es ihr gelungen war, dem Schicksal einer Feldsklavin entkommen zu sein.

Burke kehrte zu ihr zurück. Er trug nun ein sauberes Leinenhemd und auf dem Kopf seinen speckigen Filzhut mit breiter Krempe. In der Hand hielt er einen Krug. Valerie wusste, was drin war: purer Zitronensaft. Das Mittel gegen Kater, auf das er schwor. Er bot ihr nichts an, wusste er doch, dass sie ablehnen würde, und trank direkt aus dem Steinkrug. Dann setzte er sich zu ihr.

»Die Cotton Gin!«, begann er ansatzlos. »Die kommt zuerst. Die alte zu reparieren, ist unmöglich. Wer immer sich an ihr zu schaffen gemacht hat, er hat ganze Arbeit geleistet.«

»Vermutlich mein Halbbruder Stephen.«

»Sie ist jedenfalls nur noch Schrott wert. Wir brauchen eine neue. Ohne Entkörnungsmaschine bleiben Sie auf Ihrer Baumwolle sitzen. Wird ein teurer Spaß und sicherlich auch seine Zeit dauern, bis ich jemanden finde, der mir eine verkauft. Aber ich habe da noch ein paar alte Verbindungen in South Carolina. Wir können den Kauf vielleicht auch über Sir Rupert abwickeln. Er dürfte weniger Schwierigkeiten haben, eine Maschine für COTTON FIELDS zu erstehen, als ich oder Sie.«

Valerie nickte. »Gut, kümmern Sie sich darum. Je eher Sie damit anfangen, desto besser.«

Burke hatte noch eine ganze Liste von Dingen im Kopf, die Geld kosteten und nötig waren. Da es sich zumeist um kleinere Beträge handelte, mit denen seine Wünsche zu Buche schlugen, erteilte sie ihm ihre Zustimmung für alle diese lange aufgeschobenen Anschaffungen.

Schließlich kam sie auf das zu sprechen, das ihr wie nichts sonst am Herzen lag. »Wenn wir die Arbeitszeit im Schnitt um zwei Stunden verkürzen würden, was würde das bedeuten?«

»Täglich?«

»Die Erntezeit mal ausgenommen«, schränkte sie ein, wusste sie doch aus eigener Erfahrung, dass dann von Sonnenaufgang bis Sonnenuntergang jede Hand gebraucht wurde, um die Flocken schnell genug aus ihren Kapseln zu pflücken. Während dieser Wochen im Herbst waren die Sklaven sogar nachts auf den Feldern, sofern der Mond nur genug Licht hergab.

Er verzog das Gesicht. »Dass auf einigen Hundert Morgen Land die Arbeit liegen bleiben würde, ganz einfach.«

»Welche Auswirkung hätte das auf unseren Ertrag?«

Er zuckte die Achseln. »Sie würden eine Menge Geld in den Wind schreiben.«

»Wie viel?«, bohrte sie nach.

»Schwer zu sagen, aber auch bei einer guten Ernte wären dann vierzehnhundert Ballen ganz bestimmt nicht mehr drin.«

»Sondern?«

»Zwölfhundert vielleicht, mit viel Glück.«

Sie nickte beruhigt. »Das reicht. Schon bei tausend Ballen wirft COTTON FIELDS einen ordentlichen Gewinn ab.«

»Sie brauchen aber auch Rücklagen für schlechtere Jahre«, wandte der Verwalter ein.

Valerie ließ es erst gar nicht zu einer Diskussion kommen. Ihr Entschluss war gefasst. »Auch dafür bleibt noch genug übrig. Wir verkürzen den Arbeitstag also von heute an um zwei Stunden.«

»Ich weiß nicht, ob das eine kluge Entscheidung ist, Miss Duvall«, sagte er gedehnt. »Mir ist es egal, wenn Sie der Meinung sind, die Nigger müssten länger auf der faulen Haut liegen. Im Gegenteil, mir soll es nur recht sein, wenn Sie das so bestimmen. Denn wenn die früher vom Feld können, kann auch ich früher hier auf der Veranda sitzen, denn den Job des Aufsehers erledige ich ja hier gleich noch mit. Aber außerhalb von Cotton Fields machen Sie sich damit garantiert keine Freunde.«

»Auf diese Art Freunde kann ich auch verzichten!«

Er blickte sie finster an, dann nahm er einen großen Schluck Zitronensaft. Sein Gesicht sah danach kaum säuerlicher aus. »Also gut, wie Sie wollen ...«

»Die Hütten der Schwarzen ...«, begann sie.

»Was ist damit?«, fragte er argwöhnisch, bevor sie ihren Satz beenden konnte.

»Man sieht ihnen an, dass sie hastig zusammengezimmert worden sind, was schon etliche Jahre zurückliegen muss. Die meisten sind inzwischen verrottet, haben kein anständiges dichtes Dach, keinen ordentlichen Rauchabzug, keinen Boden und sind überhaupt zu klein für die vielen Personen, die sich eine dieser hässlichen Unterkünfte teilen müssen. Ich will, dass sie abgerissen und an ihrer Stelle neue, gut gebaute und geräumige Hütten errichtet werden.«

Er setzte den Krug ab, sagte jedoch nichts, sondern schaute sie nur sprachlos an.

»Außerdem möchte ich, dass ein kleines Schulhaus für die Kinder errichtet wird – und ein Gotteshaus«, fuhr Valerie fort. »Auch sollen die Gärten größer ausfallen, die ein jeder von ihnen bearbeiten darf. Ich erteile ihnen die Erlaubnis, sie auf die doppelte Größe auszudehnen.«

Er knallte den Krug auf den Tisch, dass Zitronensaft

über den Rand schwappte. »Eine prächtige Idee! Meinen Respekt! Sie haben nur vergessen, das Leinen und das Tafelsilber aus dem Herrenhaus sowie Teppiche und Möbel gerecht unter die Sambos verteilen zu lassen«, sagte Burke nun mit beißendem Sarkasmus. »Haben Sie sich auch schon überlegt, wem Sie Ihre Kutsche geben und wer den Buggy bekommt? Ich schlage vor, dass Sie mir das schnellste Pferd im Stall überlassen. Und für einen Teil der silbernen Leuchter wüsste ich auch eine gute Verwendung. Ich kenne da nämlich einen Pfandleiher in New Orleans, der mir dafür bestimmt ein Drittel ihres Wertes zahlen wird. Also vergessen Sie bitte nicht, mich auf Ihre Liste zu setzen.«

Das Blut schoss ihr ins Gesicht. »Mister Burke!«, rief sie scharf.

»Sie würden sich aber viel Arbeit sparen, wenn Sie COTTON FIELDS gleich verschenken und zu einer Stiftung für notleidende Nigger machen – und sich selbst frühzeitig eine Kugel durch den Kopf jagen würden!«, fuhr er gereizt fort. »Denn in dieser Gegend ist man mit Stricken schnell bei der Hand – vor allem bei Leuten, die auf so wahnwitzige Ideen kommen wie Sie!«

Sie beherrschte ihren aufsteigenden Ärger. »Mister Burke, ich bin auf meinem Land keinem Rechenschaft schuldig! Wenn ich mich entschließe, eine neue Sklavensiedlung zu errichten, dann ist das meine Sache! Den Schwarzen neue Hütten zu bauen, ist ja wohl kein Verbrechen, oder?«

»Nein«, räumte er ein, »aber es wird böses Blut schaffen, denn Sie haben ja nicht vor, es bei besseren Unterkünften zu belassen. Sie verkürzen ja auch noch die Arbeitszeit, erlauben ihnen größere Gärten ...«

»... Und ich werde auch die Zuteilung von Kleidung und Schuhwerk erhöhen!«, stellte sie klar.

Er seufzte. »Wissen Sie was? Sie rollen sich das Pulverfass nicht nur eigenhändig ins Haus, sondern Sie setzen die Lunte sogar noch selber in Brand! Wird einen hübschen Knall geben, mein Wort drauf!«

»Ich sehe das anders, Mister Burke.«

»Ja, scheint mir auch so«, sagte er kopfschüttelnd.

»Muss ich Ihrer Reaktion entnehmen, dass Sie nicht bereit sind, diese Änderungen auf COTTON FIELDS in Gang zu setzen?«, fragte sie direkt.

Seine Miene hatte einen bitteren Zug. »Mir liegt das Wohl der Nigger weder groß am Herzen, noch sind sie für mich der letzte Dreck, der nur für Knochenarbeit gut ist. Ob man die Sklavenhaltung aufhebt und den Sambos die Freiheit gibt, ist für mich keine Glaubensfrage. Es interessiert mich nicht, um Ihnen die Wahrheit zu sagen. Das Einzige, was mich interessiert, ist mein Hals, Miss Duvall.«

»Und um den fürchten Sie, ja?« Ihre Stimme hatte einen fast abfällig spöttischen Beiklang.

»Tausend Dollar Jahreslohn sind eine Menge Geld, und dafür riskiere ich schon was«, gab er zu. »Ich bin sogar bereit, das Niggerdorf abzureißen und Hütten zu bauen, in denen sich auch eine Sonntagslehrerin wohlfühlen würde. Aber wenn Sie auf dem Gotteshaus und der Schule bestehen, müssen Sie sich jemand anders suchen. Den Niggern Lesen und Schreiben beizubringen, ist verboten. Ihnen so ein Schulhaus hinzustellen, bedeutet garantierten Ärger – und zwar von der ganz üblen Sorte, die meist etwas tödlich Endgültiges an sich hat.«

Valerie überlegte. Wollte sie zu viel in zu kurzer Zeit erreichen? »Also gut, schließen wir einen Kompromiss: Das mit dem Gotteshaus und der Schule heben wir uns für einen späteren Zeitpunkt auf, einverstanden?«

»Einverstanden. Aber noch etwas.«

»Ja?«

»Die Gärten bleiben zunächst einmal so groß, wie sie sind, und Sonderzuteilungen gewähren Sie erst in ein paar Monaten. Und worauf ich als Ihr Verwalter ganz besonders bestehen muss: Für den Bautrupp stellen wir nicht mehr als zehn Mann ab. Es wird auch erst heißen, dass nur die morschen, wirklich baufälligen Hütten abgerissen und ersetzt werden.«

»Dagegen habe ich nichts einzuwenden.« Ihre Erleichterung war groß, dass Jonathan Burke ihr nicht die Arbeit aufgekündigt hatte. Sie brauchte auf COTTON FIELDS einen Mann wie ihn, der sich nicht nur mit der Führung einer so großen Plantage auskannte, sondern auch genügend Mut hatte, um den Einschüchterungsversuchen gewachsen zu sein – aber sich auch nicht scheute, ihr eine Grenze zu setzen, wenn sie den Bogen zu überspannen drohte. »Nehmen Sie die Projekte sofort in Angriff.«

Der Verwalter blickte in Richtung Sklavendorf, und nach einer Weile sagte er mit fast heiterer Versonnenheit: »Schätze, dass Sie mit diesen Neuerungen bei den umliegenden Pflanzern gleich hinter Lincoln und Harriet Beecher-Stowe, die *Onkel Toms Hütte* zusammengeschmiert hat, zur meistgehassten Person aufsteigen werden.«

»Die Zeiten werden sich ändern, Mister Burke. Und bis dahin kann ich mit dem Hass und der Verachtung dieser Leute sehr gut leben.«

Sein Blick war so intensiv und stechend, als wollte er in ihre tiefste Gedankenwelt vorstoßen. »Eines Tages wird sich zeigen, ob Sie auch wirklich so hart sind, wie Sie sich jetzt den Anschein geben.«

Sie lächelte kaum merklich. »Das setzt voraus, dass Sie dann noch auf COTTON FIELDS sind, Mister Burke.«

»Das werde ich, worauf Sie sich verlassen können!«

10

Der Pfad, der durch den Wald führte, war für zwei Pferde zu schmal. So ritt Catherine voran, während Justin ihr folgte. Sein Pferd kannte den Weg, sodass er seine Aufmerksamkeit uneingeschränkt Catherine widmen konnte. Wie stolz und aufrecht sie im Sattel saß! Und welch verführerisch schlanke Figur sie doch hatte.

Sein bewundernder Blick folgte ihrer rechten Hand, als sie sich eine Strähne aus der Stirn strich. Das Sonnenlicht, das durch die Bäume fiel, ließ ihr Haar golden aufleuchten und entlockte ihrem aquamarinblauen Reitkostüm einen wunderbaren Schimmer.

Und ich habe geglaubt, ich könnte nie wieder eine andere Frau lieben, ging es ihm durch den Kopf, als sie dem Weg folgten. Er lächelte dabei. Wie Catherine doch sein Denken und Fühlen und damit sein ganzes Leben verändert hatte. Und wie jung er sich wieder fühlte.

Wenige Minuten später machte der Waldpfad eine Biegung und führte dann in offenes Gelände. Wildblumen warfen einen bunten Teppich über das Land.

Sie ritten auf die Kuppe eines kleinen Hügels, auf dem eine einsame Sykomore stand. Der Ausblick von dieser Anhöhe war zauberhaft.

»Wunderschön!«, rief Catherine aus.

»Wollen wir eine kleine Rast einlegen?«, fragte er.

»Ja, gern.«

Justin sprang mit einer fast jugendlich schwungvollen Bewegung, die ihn innerlich mit Stolz erfüllte, vom Pferd und reichte ihr im nächsten Augenblick galant seine Hand, um ihr aus dem Damensattel zu helfen.

Sie lächelte ihn an. »Danke, Justin.«

Er erwiderte das Lächeln von ganzem Herzen. Der seidige Stoff ihres Kostüms raschelte, als sie aus dem Sattel glitt, und er spürte ihren festen Körper in seinen Händen. Diese Berührung, wie schicklich sie auch war, brachte sein Inneres noch stärker in Aufruhr.

»Es ist eine vorzügliche Idee gewesen, heute Morgen auszureiten, Justin«, sagte sie.

»Tage wie diese muss man nutzen.«

Catherine ließ ihren Blick über das Land schweifen, das sich weit unter einem klaren Morgenhimmel erstreckte, und seufzte dann.

»Bedrückt Sie etwas, Catherine?«

»Ich musste an COTTON FIELDS denken«, sagte sie versonnen.

Er nickte betrübt. »Ich weiß, dies ist ein großer Schmerz, Catherine. Das Schicksal hat Ihnen eine schwere Bürde aufgeladen, und ich bewundere die Haltung, mit der Sie sie tragen. Ich wünschte, ich könnte dieses Unrecht, das Ihnen angetan wurde, ungeschehen machen. Aber gegen die Gesetze und Gerichte unseres Landes bin ich leider machtlos.«

»Ach, Justin, Sie tun auch so schon mehr für mich und meine Kinder, als ich eigentlich verantworten kann. Wir nutzen Ihre Gastfreundschaft nun schon ein halbes Jahr aus und stellen Ihr ganzes Leben auf den Kopf! Ich weiß gar nicht, wie ich Ihnen jemals dafür danken soll.«

»Catherine! Ich bitte Sie! Sagen Sie so etwas nicht. Sie stellen mein Leben nicht auf den Kopf, sondern erfüllen es mit Freude und ... Wärme. Seit Sie auf DARBY PLANTATION sind, gehören die depressiven Stunden und Tage der Vergangenheit an«, erklärte er. »Dass Sie mein Leben verändert haben, ist wahr, doch Sie haben es zum Besseren verändert.«

Sie warf ihm einen lächelnden Blick zu. »Sie sind immer so verständnisvoll und charmant, Justin. Einen Freund wie Sie findet man selten.«

Er zögerte kurz. In den letzten Wochen hatte es mehrfach Situationen gegeben, die günstig gewesen waren, um sich ihr zu erklären. Doch er war jedes Mal davor zurückgeschreckt und hatte dieses Vorhaben auf einen späteren Zeitpunkt verschoben, aus Angst, dass sie seinen Antrag vielleicht zurückweisen würde. Catherine war eine gestandene Frau, die wusste, was sie wollte. Aber jetzt wurde ihm klar, dass er es wagen musste.

Einen Moment lang richtete er seinen Blick auf ihr hübsches Profil, forschte in ihren Gesichtszügen, wie ihre Entscheidung wohl ausfallen mochte. Dann gab er sich innerlich einen Ruck und sagte mit unverhohlen zärtlichem Tonfall: »Es ist zweifellos eine Ehre und ein Vergnügen, Ihr Freund sein zu dürfen. Doch im Grunde meines Herzens genügt mir das längst nicht. Auch auf die Gefahr hin, Ihren Unwillen zu erregen, möchte ich Sie jetzt endlich wissen lassen, dass es mein sehnlichster Wunsch ist und ich die tief empfundene Hoffnung hege, eines nicht fernen Tages noch mehr als nur ein guter und verlässlicher Freund für Sie zu sein. Ich möchte Ihnen mehr geben, sehr viel mehr.«

Catherine stand im Schatten der Sykomore und wandte sich nun ohne Hast zu ihm um. Forschend und mit dem Anflug eines schwer zu deutenden Lächelns sah sie ihm ins Gesicht.

»Ich bin etwas verwirrt. Wie soll ich Ihre Worte verstehen, Justin?«

Das Herz schlug ihm im Hals. Er fühlte sich wie ein Jüngling auf seinem ersten Ball. »Als die eines Gentlemans, der sich der Frau seines Herzens erklärt, Catherine.«

»Sie machen mir einen *Antrag?*«

Ernst sah er sie an. »Ja, ich bitte Sie, meine Frau zu werden, Catherine!«

Nun war es ausgesprochen, und sein Herz raste, während er auf ihre Reaktion wartete und kaum zu atmen wagte. War er zu vorschnell gewesen?

»O Justin, Sie sehen mich ... völlig überrascht und ... überwältigt«, sagte Catherine, obwohl sie weder das eine noch das andere war. Sein Antrag überraschte sie nicht. Sie hatte im Gegenteil schon längst damit gerechnet. Sein ganzes Verhalten hatte ihr bereits vor Wochen verraten, wie er zu ihr stand. Männer waren ja in Liebesdingen so leicht zu durchschauen, besonders Männer vom Schlag eines Justin Darby. Und so wenig sein Heiratsantrag sie daher überraschte, so wenig überwältigte er sie auch. Aus dem Alter war sie heraus, da ein Mann mit

Geld, weltgewandtem Auftreten und schönen Worten Eindruck auf sie machen konnte. Im Laufe der vergangenen zwanzig Jahre war sie zu einer Beurteilung der Männer gekommen, die für die Herren der Schöpfung alles andere als schmeichelhaft ausfiel. Doch sie war klug genug gewesen, sich in ihrer Gesellschaft nicht anmerken zu lassen, was sie von ihnen im Allgemeinen und im Besonderen hielt. Sie dachte auch nicht daran, bei Justin eine Ausnahme zu machen. »Darf ich dem entnehmen, dass Sie mein Antrag mehr *angenehm* überrascht?«, fragte er aufgeregt und mit erwartungsvoll leuchtenden Augen. »Sie würden mich damit zum glücklichsten Mann der Welt machen, Catherine! Sie wissen ja überhaupt nicht, was Sie mir bedeuten. Ich kann es mir gar nicht mehr vorstellen, ohne Sie zu sein! Das Glück, das ich nicht mehr für möglich hielt, ist in Ihrer Person doch noch in mein Leben getreten.«

Die Versuchung, in schallendes Gelächter auszubrechen, war groß. Ein Mann von seiner Herkunft und seinem Alter führte sich auf wie ein blutjunger Bursche, der noch den Illusionen von romantischer Liebe nachhing! Doch sie beherrschte sich und senkte vielmehr den Blick, weil das in solchen Momenten von Frauen erwartet wurde – sofern sie es nicht vorzogen, den Antrag ihres zukünftigen Ehemannes voller Glück und tränenfeuchten Augen mit einem gehauchten »O ja, mein Geliebter!« zu beantworten oder vor glückseligem Schreck in Ohnmacht zu fallen.

»Auch Sie bedeuten mir viel, Justin«, gab sie sich geziemend verwirrt. »Aber es kommt natürlich alles ein wenig schnell ...«

»Ja, ich weiß, der Tod Ihres Mannes liegt erst ein Jahr zurück, und ich hätte es unter normalen Umständen auch nicht gewagt, mich Ihnen schon so früh nach Ablauf des Trauerjahres zu erklären«, räumte er rasch ein. »Aber da wir in sehr unsicheren Zeiten leben ...«

»Ich habe nicht einen Tag um Henry getrauert!«, stellte Catherine sofort klar, und für einen Moment lang traten ihre übliche Reserviertheit und kalte Entschlossenheit deutlich zutage. »Er hätte meine Trauer auch nicht verdient, denn er hat mich und meine Kinder verraten – an ein Niggerbankert! Er hat meine Ehre verletzt und meine Familie um Cotton Fields gebracht. Nein, dieser Mann, der mir diese Schande angetan hat, war nicht eine einzige Träne wert, Justin! Deshalb kann von Trauer keine Rede sein. Möglich, dass Sie meine Worte schockieren, aber ich kann und will nicht so tun, als hätte mich sein Tod erschüttert. Kummer und Schmerz hat Henry mir nur durch das bereitet, was er mir all die Jahre verschwiegen und was er dann mit der Niederschrift seines Letzten Willens angerichtet hat!« Kurz flammte die Erinnerung in ihr auf, wie sich Henry vor ihren Füßen am Boden krümmte, sie röchelnd um seine Arznei anflehte – und wie sie tatenlos zusah, wie er vor ihren Augen starb. Damals wie heute rührte sich dabei nicht das geringste

Mitleid oder gar Schuldgefühl in ihr. Er hatte in ihren Augen einen viel zu leichten Tod gehabt!

Justin war im ersten Moment von ihrer heftigen Antwort irritiert. Der Letzte, über den er jetzt reden wollte, war Henry Duvall. Doch dann ging ihm auf, dass Catherines Einstellung zu ihrem verstorbenen Mann nur zu seinem Vorteil war. Sie verfluchte ihn, und so brauchte er nicht gegen die schönfärbenden Erinnerungen an einen Verstorbenen anzukämpfen, in die sich viele Witwen auch dann flüchteten, wenn ihre Ehe näher der Hölle als dem Himmel auf Erden gewesen war.

»Ich kann Sie nur zu gut verstehen, Catherine«, sagte er mitfühlend, jedoch in erster Linie darum bemüht, so schnell wie möglich von Henry wieder auf die Heirat von ihnen beiden zu sprechen zu kommen. »Sie haben so viel ertragen müssen. Aber Sie sind weder daran zerbrochen, noch haben Sie sich in Selbstmitleid geflüchtet. Sie haben vielmehr die Ihnen auferlegte Last auf bewundernswerte Weise getragen – nicht nur mit Stolz und Anstand, sondern auch mit unvergleichlicher Anmut. Das habe ich so sehr an Ihnen bewundert – wie so vieles andere auch.«

Ein Blick wie ein treuer Hund!, fuhr es Catherine spöttisch durch den Kopf, und sie erwiderte seinen eindringlichen Blick mit einem bewusst unsicheren Lächeln, als fühlte sie sich hin und her gerissen, und ließ ihn reden. Er wollte sie erobern und das Gefühl haben, einen Sieg errungen zu haben. Nun, den Wunsch konnte sie ihm erfüllen. Dabei hatte sie sich schon vor zwei Monaten dazu entschlossen, seine Frau zu werden, sollte er denn endlich den Mut finden, ihr einen Antrag zu machen. Doch so, wie er sie sah, durfte sie ihm nicht sofort ihr Jawort geben. Er erwartete, dass sie es sich gut überlegte. Zudem wollte sie bei dieser ihrer zweiten Ehe absolute Gewissheit, dass es später kein böses Erwachen gab – weder für sie noch für Stephen und Rhonda. Wenn COTTON FIELDS schon für sie und ihre Kinder verloren war, dann wollte sie wenigstens DARBY PLANTATION für ihren Sohn, auch wenn Justins Besitz um einiges kleiner war.

»Was mich betrifft, liegt der Tod meiner Frau und meines Sohnes schon so weit zurück, dass sie keinen Schatten auf das Glück werfen werden, das uns erwartet.« Er lächelte sie an und nickte nachdrücklich. »Ja, ich brauche Sie nur anzuschauen, um zu wissen, dass das Glück kein Vorrecht der Jugend ist.«

»Ach, Justin«, sagte sie betont wehmütig und schenkte ihm ein trauriges Lächeln. »Ich fühle mich geehrt, geschmeichelt und ... sehr berührt.« Sie schlug die Augen nieder, als schämte sie sich ihrer Gefühle für ihn. Es gelang ihr sogar, ein wenig zu erröten. »Aber hier geht es ja nicht allein um mich und um das, was mit uns sein könnte ...«

»Also könnten Sie es sich sehr wohl vorstellen, meine Frau zu sein?«, wollte er freudig erregt wissen.

»Hätten Sie mich denn gefragt, wenn Sie die Antwort nicht längst in sich gespürt hätten?«, fragte sie leise zurück, einer direkten Antwort geschickt ausweichend.

»Nein, ich hätte nie zu fragen gewagt, wenn ich nicht gespürt hätte, wie nah wir uns sind«, versicherte er mit feierlichem Tonfall.

Sie blickte kurz zu ihm auf und trat dann aus dem Schatten des Baums, ihr Pferd am Zügel hinter sich herführend. Justin blieb an ihrer Seite.

»Dann nehmen Sie meinen Antrag an, Catherine?«, fragte er, als sie etwa ein Dutzend Schritte gegangen war.

»Nein.«

Er blieb bestürzt stehen. »Aber gerade haben Sie doch gesagt...«

Sie legte ihm in einer berechnenden Geste die Hand auf den Arm, auf dem Gesicht einen Ausdruck schmerzlichen Bedauerns. »Ich darf Ihren Antrag nicht annehmen, Justin. Meine persönlichen Gefühle zu Ihnen spielen dabei überhaupt keine Rolle. Was allein zählt, ist die Verantwortung, die ich für meine Kinder trage. Wie kann ich an mein persönliches Glück auch nur einen einzigen Gedanken verschwenden, da ich COTTON FIELDS verloren habe und meine Kinder der Häme der Gesellschaft ausgesetzt sind? Die Zukunft der eigenen Kinder zu sichern, ist die erste und vornehmste Pflicht einer Mutter.«

»Aber Rhonda ist mit dem jungen Larmont doch schon so gut wie verlobt«, wandte er ein. »Eine bessere Partie kann sie kaum machen. Und Rhonda wird ihm eine standesgemäße Frau und Zierde seines Hauses sein.«

»Ja, sofern sie nicht wankelmütig wird – und Larmont es sich im letzten Moment nicht doch noch anders überlegt. Baton Rouge ist weit, und andere Mütter haben auch hübsche Töchter. Ich bin in dieser Hinsicht sehr realistisch.«

»Was ich tun kann, um Rhonda mit Edward Larmont zu verheiraten, werde ich mit Freuden tun, Catherine.«

»Ja, ich weiß, und ich danke Ihnen sehr für Ihr Verständnis und Ihre Hilfe. Doch es ist nicht Rhonda, die mir die größten Sorgen bereitet. Was mich viel mehr bedrückt, ist die quälende Frage, was denn nun aus meinem Sohn werden soll? Er ist im Bewusstsein aufgewachsen, eines Tages COTTON FIELDS zu übernehmen, und er hat dafür die besten Anlagen gezeigt«, log sie. »Doch der schändliche Verrat seines Vaters, der ihn grundlos verstoßen und ihn mit einem schnöden Pflichtanteil in barem Geld abgefunden hat, hat ihn aus der Bahn geworfen. Diese Sorge, wie Stephens Zukunft standesgemäß und ehrenvoll gesichert werden könnte, quält mich seit dem Tag, an dem wir unser geliebtes COTTON FIELDS räumen mussten. Und ich habe mir geschworen ...« Sie brach mitten im Satz ab, schüttelte scheinbar ungehalten den Kopf und sagte dann mit veränderter fester Stimme: »Nein, das genügt! Kein Wort mehr davon. Es tut mir leid, dass ich Sie immer wieder mit meinen Problemen belästige, Justin, tun Sie doch schon so unendlich viel für mich und meine Kinder. Ich glaube, ich muss lernen, mich besser unter Kontrolle zu halten.«

»Aber Catherine! Sie belästigen mich doch nicht damit! Im Gegenteil, es macht mich glücklich, dass Sie mich an Ihren verständlichen Sorgen teilhaben lassen und mir die Chance bieten, Ihnen zu helfen.«

»Sie sind ein wunderbarer Mann, Justin, aber es gibt auch eine Grenze für Anteilnahme und Hilfsbereitschaft«, sagte sie mit einem Selbstvorwurf in der Stimme, »und die ist längst überschritten. Kommen Sie, reiten wir zurück.«

»Nein, warte, Catherine!«

Sie verharrte in der Bewegung, einen traurigen Ausdruck in den Augen. »Bitte, Justin, es hat wirklich keinen Sinn. Vielleicht später, eines Tages, wenn all dies überstanden ist und ich mich frei fühle, meinem Herzen zu folgen.«

»Es gibt keinen Grund, weshalb du nicht schon jetzt deinem Herzen folgen könntest«, sagte er bewegt. »Denn wenn du meine Frau wirst, werden all deine Sorgen ein Ende haben.«

Sie triumphierte insgeheim, wusste sie doch, was nun kommen würde: Er würde ihr anbieten, Stephen zu seinem Alleinerben einzusetzen. Ihn dazu zu bringen, war ihre Absicht gewesen. Jede Ehe hatte ihren Preis, und der Preis, den Justin Darby zahlen musste, um sie zu bekommen, lautete nun mal DARBY PLANTATION für ihren Sohn. Für weniger würde sie sich nicht den Ring von ihm überstreifen lassen – und das Bett mit ihm teilen. Den Gedanken an Letzteres verdrängte sie schnell wieder.

Catherine hütete sich jedoch, auch nur den Schimmer einer Ahnung zu zeigen. Scheinbar verständnislos blickte sie ihn über die Schulter hinweg an. »Wie meinst du das?« Justin strahlte sie an. »Ganz einfach: Weil dann auch die standesgemäße Zukunft deines Sohnes gesichert sein wird. Denn wenn ich in ein paar Jahren die Leitung aus der Hand gebe, wird er sie übernehmen. Ich werde ihn in meinem Testament zu meinem Alleinerben bestimmen.« Sie gab vor, vor ungläubiger Überraschung sprachlos zu sein, und machte ihre Sache auch ganz ausgezeichnet. Ihre perplexe Miene hätte selbst bei einem weniger leichtgläubigen Menschen als Justin keinen Verdacht aufkommen lassen, diese Fassungslosigkeit könnte gespielt sein. »Ja, aber ... nein ... das kannst du doch nicht!«, stammelte sie schließlich.

Er lachte. »Warum sollte ich das denn nicht können?«

»Weil ... weil ... weil ...« Sie hob hilflos die Arme und schüttelte den Kopf.

»Du siehst, noch nicht einmal du findest einen Grund, weshalb ich das nicht kann.«

»Aber er ist nicht... dein Sohn!«

Ein Schatten legte sich kurz über sein Gesicht. »Stephen ist nicht mein leiblicher Sohn, das ist wahr. Aber einem toten Kind nützen irdische Güter nicht, Catherine. Ich bin allein und habe noch nicht einmal ferne Verwandte, denen ich meine Plantage hinterlassen könnte. Doch wenn du meine Frau wirst, werde ich deinen Kindern ein so guter Vaterersatz sein, wie ich es kann. Und dann soll Darby Plantation auch deinem Sohn zufallen, wenn ich eines Tages ... nicht mehr bin.«

»Sprich nicht so, es macht mir Angst!«, tat Catherine erschaudernd.

»Nein, darüber muss man offen sprechen. Ich möchte dich zur Frau, und damit übernehme ich auch bereitwillig die Mitverantwortung für den weiteren Lebensweg deiner Kinder!«

»Ich bin zutiefst bewegt, Justin«, flüsterte sie. »Ich weiß gar nicht, was ich zu diesem ... Versprechen sagen soll. Es zeugt von einer so unglaublichen Großherzigkeit.«

»Nein, nicht von Großherzigkeit, sondern von Liebe«, fiel er ihr ins Wort. »Und ich mache keine Versprechen, sondern garantiere dir Sicherheiten. Alles, was ich dir jetzt gesagt habe, werde ich vor unserer Eheschließung schriftlich niederlegen, damit du mehr als nur mein Wort in der Hand hast!«

Es fiel ihr schwer, jetzt nicht zufrieden zu lächeln. »Du beschämst mich, Justin.«

»Ich möchte dich nur glücklich sehen – an meiner Seite.«

»O Justin, ich bin so durcheinander, dass ich keinen klaren Gedanken fassen kann«, sagte sie, schloss die Augen und presste die Fingerspitzen gegen die Schläfen. »Es ist zu viel auf einmal ... dein Antrag, das mit DARBY PLANTATION und Stephen ... einfach alles. Wie kann ich jetzt so schnell darauf eine Antwort geben?«

Sanft berührte er ihre rechte Hand, die an der Schläfe lag. Als sie daraufhin die Augen öffnete, sagte er: »Entschuldige, ich wollte dich wirklich nicht überrumpeln. Ich wollte dir einfach nur sagen, was ich für dich empfinde und was ich für dich und deine Kinder tun möchte. Du brauchst mir nicht jetzt hier an Ort und Stelle eine Antwort auf meinen Heiratsantrag zu geben.«

Sie sah ihn fragend an.

»Ich werde heute nach New Orleans aufbrechen und dort ein paar Tage bleiben«, erklärte er. »Ich muss einige geschäftliche Belange regeln und Vorsorge tragen, falls es tatsächlich zum Krieg mit den Yankees kommt. Sind vier Tage Zeit genug, um zu einem Entschluss zu kommen?«

»Mehr als genug.«

»Gut, dann machen wir es so. Nur eine letzte Frage noch: Darf ich hoffen, dass deine Antwort eher positiv als negativ ausfallen wird, Catherine?«

Sie gönnte ihm ein sparsames Lächeln und legte Warmherzigkeit in ihre Stimme, als sie leise sagte: »Ich denke, das kannst du, Justin.«

Das glückliche Strahlen stand noch in seinen Augen, als er am frühen Nachmittag mit der Kutsche gen New Orleans fuhr, um die Fähre noch vor Einbruch der Dämmerung zu erreichen.

Catherine wartete bis nach dem Abendessen, um ihre Kinder von der Veränderung zu unterrichten, die ihnen allen bevorstand. Stephen hatte sich bei Tisch zusammengerissen und dem Wein nur mäßig zugesprochen. Doch sie wusste, dass er die Nacht mit den Söhnen anderer Pflanzer verbringen und dann dementsprechend mehr trinken würde. Seine leichtlebige Natur, die zum Zerwürfnis mit seinem Vater geführt hatte, machte ihr gelegentlich Sorgen. Doch dann beruhigte sie sich stets damit, dass er eben ein fröhlicher, lebenslustiger junger Mann und es sein gutes Recht war, gelegentlich über die Stränge zu schlagen. Das taten die Söhne der anderen Pflanzer ja auch. Dabei verdrängte sie jedoch den Umstand, dass die meisten anderen Söhne aus besserem Haus tatsächlich nur *gelegentlich* einmal Bordelle aufsuchten, beachtliche Summen am Spieltisch verloren und sich sinnlos mit Wein und Brandy betranken. Sie wollte einfach nicht daran denken, dass es bei Stephen schon vor Jahren an der Zeit gewesen wäre, auf COTTON FIELDS Pflichtbewusstsein und Verantwortungsgefühl zu entwickeln.

Wenn sie einmal wütend auf ihn war, brauchte sie meist nur in sein ebenmäßiges Gesicht zu sehen, das fast zu schön zu nennen war und einen leicht femininen Einschlag besaß, um ihm zu verzeihen und ihre Wut verrauchen zu lassen. Sie war stolz darauf, dass ihr Sohn ein so schlanker, gut aussehender Mann war. Seine ausdrucksstarken Augen waren beinahe so dunkel wie sein dichtes schwarzes Haar. Und was seinen Geschmack in Modedingen betraf, so verließ er sich lieber auf sein Urteil als auf das ihrer Schneiderin, und die hatte schon ein Auge für Farben und Schnitte. An diesem Abend trug er einen modischen Anzug aus hellblauem Tuch mit dunklem Revers und dazu ein blütenweißes Rüschenhemd mit einer mitternachtsblauen Krawatte.

»Ich habe etwas mit euch zu bereden«, sagte sie und bat sie in den kleinen Salon. Sie bemerkte, dass Rhonda ein Gähnen zu unterdrücken versuchte. Merkwürdig, dass ihre Tochter in letzter Zeit häufig unter Müdigkeit litt und morgens spät aus den Federn kam. Dabei ging sie doch meistens früh genug zu Bett. Vielleicht lag es am Wetter, am Wechsel der Jahreszeiten...

»Hat das nicht Zeit bis morgen?«, fragte Stephen ein wenig ungehalten, zog seine Taschenuhr hervor und klappte sie demonstrativ auf. Er war mit seinen Freunden verabredet.

»Nein, hat es nicht. Also setzt euch und hört mir zu!«

Rhonda zuckte nur die Achseln, nahm in einem Sessel Platz und war in Gedanken schon Stunden weiter – wenn DARBY PLANTATION in tiefstem Schlaf lag, ihr Bruder mit seinen Freunden zusammen war und Jamie zu ihr ins Zimmer schlich, um sie so zu befriedigen, wie es vor ihm noch keiner geschafft hatte. Oder war es schon viel mehr als die Befriedigung körperlicher Wollust? Was empfand sie wirklich in seinen Armen? Sie verscheuchte die beunruhigende Überlegung rasch aus ihren Gedanken. Catherine blieb stehen, sah ihre Tochter an und ließ ihren Blick dann auf dem verdrossenen Gesicht ihres Sohnes ruhen. Sie hatte für lange Umschweife nichts übrig und kam sofort zur Sache.

»Justin hat mir heute einen Heiratsantrag gemacht.«

»Tatsächlich?« Stephen grinste breit und fügte dann spöttisch hinzu: »Hat aber lange gedauert, bis er sich ein Herz gefasst hat.«

Rhonda nahm diese Neuigkeit fast gleichgültig auf. Wenn ihre Mutter wieder heiratete, würde das für sie kaum Veränderungen von Bedeutung nach sich ziehen – ganz im Gegensatz zu ihrem Bruder. Ihm würden aus dieser Verbindung beachtliche Vorteile erwachsen. »Und? Wirst du ihn heiraten?«, fragte sie mit mäßigem Interesse.

Catherine nickte. »Ja, genau das gedenke ich zu tun.«

»Aber das kannst du nicht machen!«, wandte Stephen nun ein. Das spöttische Grinsen war aus seinem Gesicht gewichen. »Zumindest nicht so schnell. Du musst ihn noch eine Zeit lang hinhalten.«

»Und weshalb sollte ich das tun?«

»Das weißt du doch ganz genau! Wegen COTTON FIELDS natürlich! Solange sich Justin deines Jawortes nicht völlig sicher ist, wird er sich viel mehr bereit zeigen, auf unserer Seite gegen Valerie vorzugehen und nichts unversucht zu lassen, um sie von der Plantage zu bekommen!«

»Und wie soll das geschehen? Du hast mir doch letzte Woche selbst erzählt, dass der Boykott der Banken und Baumwollaufkäufer nichts genützt und Valerie einen Kredit von diesem adeligen Engländer erhalten hat. Damit haben wir den Kürzeren gezogen und nun nichts mehr, womit wir sie nachhaltig unter Druck setzen können.«

Wut flammte in seinen Augen auf. »Wenn dieser Sir Rupert Berrington glaubt, er käme damit bei uns durch, dann hat er sich aber verdammt geirrt!«, stieß er hervor.

»Gewöhne dir das Fluchen ab!«, rügte Catherine ihren Sohn, und mit herrischer Stimme fuhr sie fort: »Und was den Engländer betrifft, so lässt du ihn in Ruhe! Der Skandal wegen der beiden Sklaven, die du vorgeblich in Notwehr erschossen hast...«

»Es *war* Notwehr!«, log Stephen, ohne auch nur mit der Wimper zu zucken.

»... hat mir genügt! Außerdem ist dieser Mann nicht irgendein hergelaufener Händler, der darauf bedacht ist, es sich ja nicht mit den anderen Pflanzern zu verderben, indem er mit diesem Niggerbastard Geschäfte macht. Bei Sir Rupert Berrington trifft das Gegenteil zu, so wie die Dinge nun mal liegen. Der Süden ist in diesem Konflikt mit den Yankees auf die Unterstützung Frankreichs und Englands angewiesen. Und du wirst dich hüten, womöglich einen internationalen Konflikt heraufzubeschwören!«

In zorniger Erregung sprang Stephen auf. »Willst du damit sagen, dass du COTTON FIELDS aufgegeben hast und dass du dich damit abfinden wirst, was Vater und dieses Miststück Valerie uns angetan haben?«

»Nein! Ich gebe COTTON FIELDS nicht auf, und ich finde mich auch nicht mit Valerie ab! Also erspar mir deine Entrüstung, die hier wirklich fehl am Platze ist! Zudem verbitte ich mir diesen respektlosen Ton, Stephen!«, herrschte sie ihn an. »Ich sehe die Dinge nur so, wie sie sind, und im Augenblick sieht es für uns nicht sehr gut aus, wieder in den Besitz unserer Plantage zu gelangen. Aber ich habe nicht die Absicht, untätig darauf zu warten, dass sich die Situation zu unseren Gunsten verändert – und deshalb werde ich Justins Antrag annehmen.«

»Justin Darby als Stiefvater!« Stephen machte eine geringschätzige Miene.

»Dir steht es am Allerwenigsten zu, dich über meine Entscheidung zu mokieren!«, sagte Catherine gereizt. »Denn was ich tue, tue ich nicht für mich, sondern im Interesse der ganzen Familie. Und du ziehst daraus den größten Nutzen, denn Justin wird dich als seinen Alleinerben einsetzen. DARBY PLANTATION wird nach seinem Tod an dich fallen.«

»Ein erstgeborener Sohn müsste man sein«, sagte Rhonda sarkastisch und mit etwas neidvollem Unterton. »Als Tochter kann man dagegen nur hoffen, so einen Erstgeborenen vor den Traualtar zu bekommen.«

Stephen warf ihr einen ärgerlichen Blick zu und erwiderte aufbrausend: »Ich will keine milden Gaben, und ich will auch nicht DARBY PLANTATION, sondern COTTON FIELDS.«

Catherine trat zu ihrem Sohn und packte ihn am Arm. Ihr Blick bohrte sich in seine Augen. »Du wirst beide Plantagen bekommen, begreifst du das denn nicht!? Ich verspreche dir, dass ich COTTON FIELDS niemals aufgeben werde. Aber bis sich uns eine Gelegenheit bietet, um Valerie zu verjagen, sollten wir das Beste aus der Situation machen. Und die Aussicht, eines Tages DARBY PLANTATION in COTTON FIELDS aufgehen zu lassen, müsste doch auch dir Vergnügen bereiten.«

Sein Gesicht entspannte sich. »Also gut, heirate ihn. Aber unser Zuhause wird immer das Land der Duvalls sein!«, sagte er entschlossen. »Und dieses Ziel werde ich nie aus den Augen verlieren!«

Catherine lächelte ihn an. »Ich auch nicht, mein Sohn. Gerade deshalb werde ich Justin auch heiraten. Denn um Valerie zu vernichten und ihr COTTON FIELDS wieder abzunehmen, können wir gar nicht genug Geld und Macht besitzen.«

11

»Kannst du diese Besprechung nicht auf später verschieben, Matthew? Nur um eine Stunde?«, bat Valerie und schmiegte sich mit ihrem vom Bett noch warmen Körper an ihn.

Er legte die Arme um sie. Seine Hände glitten ihren nackten Rücken hinunter und folgten den festen Rundungen ihres Gesäßes. Das Verlangen erwachte in ihm, und er war versucht, sich von ihr zum Bett ziehen zu lassen. Doch schließlich siegte seine Vernunft. Er gab ihr einen Kuss und löste sich dann sanft von ihr. Es fiel ihm sehr schwer, vor ihrer verführerischen Nacktheit nicht zu kapitulieren. »Tut mir leid, aber das geht wirklich nicht, mein Liebling. Ich werde in einer halben Stunde im Büro des Frachtagenten erwartet, und ich bin kein Mensch, der sich gern Unpünktlichkeit nachsagen lässt«, erklärte er und griff zur Krawatte.

Valerie seufzte bedauernd, hatte aber Verständnis. »Ich weiß, ich bin unvernünftig. Ach, ich wünschte, wir wären noch in dem Hotel am Lake Pontchartrain. Da gab es nur uns, New Orleans und die ALABAMA waren weit weg.«

Er lächelte. »Ja, es waren wirklich traumhaft schöne Tage. Das werden wir wieder einmal machen«, versprach er.

»Es fällt mir schwer zu glauben, dass die zwei Wochen in wenigen Tagen schon um sein sollen«, sagte sie betrübt, als sie ihm die Jacke reichte.

»Mach es dir und mir nicht noch schwerer, als es schon ist«, erwiderte er. »Lass uns die Zeit, die uns bis zu meiner Abreise bleibt, genießen. Und so lange werde ich gar nicht fort sein. Vermutlich bin ich Ende Juni schon wieder zurück. Die ALABAMA ist ein schnelles Schiff.«

»Und ich bin eine liebeshungrige Frau, die du in den letzten Tagen sehr verwöhnt hast«, neckte Valerie ihn.

Matthew lachte. »Ja, ich werde die Wochen brauchen, um wieder zu Kräften zu kommen.« Er zog sie an sich und gab ihr einen leidenschaftlichen Kuss.

Wenig später verließ er das Haus in der Monroe Street, in das sie erst am Vortag zurückgekehrt waren. Der Tag war klar und sonnig, sodass er darauf verzichtet hatte, die Kutsche zu nehmen. Bis zum Büro des Agenten war es nicht weit, und ein wenig Bewegung tat ihm gut.

Gedankenversunken und raschen Schrittes ging er die Straße hinunter. Ein Zeitungsverkäufer rief die Schlagzeilen des Tages aus. Er kaufte eine Zeitung und warf im Gehen einen Blick auf die wichtigsten Meldungen. Der Konflikt im Hafen von Charleston spitzte sich immer mehr zu. Den Soldaten der Union, die mitten im Herzen der Konföderation in Fort Sumter eingeschlossen waren und dort allen Aufforderungen zum Trotz, die Festung kampflos zu räumen und das Gebiet der Konföderation zu verlassen, auf Weisung von höchster Stelle ausharrten, ging mittlerweile der Proviant aus. Lincoln hatte daraufhin reguläre Versorgungsschiffe entsandt. Sie konnten jeden Tag vor Charleston auftauchen. Doch würde die Konföderation es zulassen, dass die Yankees im Fort mit frischem Proviant und womöglich auch noch mit Munition versorgt wurden? Alles sprach dagegen – und somit für einen baldigen Ausbruch des Kriegs.

Es ist gut, dass ich schon in ein paar Tagen mit der ALABAMA in See stechen kann, dachte Matthew und bog in die Saint Peter Street ein, die direkt zum Hafen führte. Wenn die ersten Schüsse gefallen sind, wird die Blockade von New Orleans nicht lange auf sich warten lassen.

Er sah schon den Jackson Square vor sich, als eine prächtige Kutsche an ihm vorbeizog und vier, fünf Längen vor ihm zum Halten kam. Der Schlag wurde von innen aufgestoßen, doch niemand entstieg der Kutsche.

Matthew dachte sich nichts dabei und ging im Kopf noch einmal die Konditionen durch, von denen er bei dem Gespräch mit Mister Erskins nicht abweichen wollte. Doch als er auf der Höhe der Kutsche war, brachte ihn eine Frauenstimme aus dem Innern des Gefährts dazu, erschrocken zusammenzufahren und abrupt stehen zu bleiben.

»Guten Morgen, Captain Melville!«

Die Stimme war ihm nur allzu vertraut. Sein Magen zog sich zusammen, und sein Puls beschleunigte sich spürbar, als er den Kopf wandte – und sein Blick auf Madeleine Harcourt fiel. Sie hatte sich auf der gepolsterten Rückbank etwas vorgebeugt und lächelte ihm zu.

»Oh, Madeleine!« Mehr brachte er im ersten Moment nicht heraus.

»Du scheinst es sehr eilig zu haben, Matthew.«

»Ja, ich habe eine wichtige geschäftliche Verabredung«, sagte er und hoffte, sich damit noch einmal aus der Klemme winden zu können. Noch ein paar Tage, und er war auf hoher See!

»Dann steig ein. Mit der Kutsche geht es schneller als zu Fuß.«

»Ach, so weit ist es nicht mehr«, versuchte er sich darum zu drücken, zu ihr steigen zu müssen.

»Aber Matthew!«, tadelte sie ihn. »Das wirst du mir doch wohl nicht antun wollen, nachdem wir uns so lange nicht gesehen haben. Ich freue mich so sehr, dass ich dich endlich wieder treffe. Geht es dir denn nicht auch so?«

»Doch, natürlich!«, beteuerte er hastig und rang sich ein Lächeln ab.

»Dann komm!« Sie streckte ihre Hand aus.

Mit einem lautlosen Seufzer der Resignation gab er seinen Widerstand auf. Er nannte dem Kutscher die Adresse des Agenten, stieg in die Kutsche und nahm ihr gegenüber Platz.

»Gut siehst du aus, Matthew.«

»Und du betörend schön wie immer, Madeleine«, antwortete er der Wahrheit entsprechend, und ebendieser Umstand bereitete ihm Beklemmungsgefühle.

Madeleine Harcourt, Tochter und einziges Kind von Richter Charles Harcourt, einer schillernden und höchst einflussreichen Persönlichkeit, besaß alle Attribute, die eine Frau zu einer Schönheit mit sinnlicher Ausstrahlung machten: Ihre Gesichtszüge waren harmonisch und weich, die Lippen voll, die lebensfrohen Augen von reizend geschwungenen Wimpern geschützt sowie Nase, Ohren und Gesicht anmutig geformt. Mit Valerie hatte sie das schwarze volle Haar gemein und die schlanke Figur. Ihr Busen jedoch war üppiger, und das Dekolleté ihres himbeerroten Seidenkleides ließ an diesem Morgen viel von ihren Brüsten sehen.

Madeleine war erst Mitte zwanzig, doch schon Witwe, wenn auch keine, die um ihren Mann trauerte. Er hatte den tödlichen Fehler begangen, zu glauben, sich wegen einer Lappalie duellieren zu müssen. Schon kurz nach seiner Beerdigung hatte sie wieder ihren Mädchennamen angenommen, weil sie nicht den Namen eines Tölpels tragen und täglich daran erinnert werden wollte, dass ihr Mann weniger Verstand und Verantwortungsbewusstsein als ein Gockel besessen hatte.

»Und? Willst du mir keinen Kuss geben?«

Er beugte sich zu ihr hinüber. Der Duft ihres Parfüms umhüllte ihn, und dann spürte er ihre weichen nachgiebigen Lippen sowie ihre Zunge, die sich ihm in den Mund drängte und ihn elektrisierte. Er hatte ihr nur einen kurzen Kuss geben wollen, doch sie legte ihm einen Arm um den Nacken, hielt ihn fest und ließ ihn spüren, wie bereit sie für ihn war. Und er schämte sich für die Reaktion seines Körpers.

Sie lächelte, als sie ihn schließlich freigab. »O ja, was dich betrifft, ist die Wirklichkeit schöner als die Wunschvorstellung, Matthew. Oder hast du den Morgen auf der River Queen schon vergessen? Nein, das glaube ich nicht. So etwas kann man nicht vergessen.«

Er lehnte sich zurück, erregt, aufgewühlt und von Schuldgefühlen geplagt. »Madeleine, du hast sehr viel für mich und Valerie getan ...«

»Richtig, ich habe ihr das Leben gerettet, und es war, wie du dich vielleicht noch erinnern wirst, alles andere als ein Kinderspiel, sie vor dem Galgen zu bewahren! Denn der Strick wäre ihr gewiss gewesen.«

Er nickte ernst: »Ja, ich weiß. Und ich werde dir auch immer dankbar für das sein, was du für uns getan hast.«

»Hast du mir nicht versprochen, mir deine Dankbarkeit nicht allein nur durch Worte auszudrücken, Matthew?«, erinnerte sie ihn erwartungsvoll.

Er wich ihrem Blick aus. »Ja, das habe ich ...«

»Nur ein paar Tage, Matthew, nur wir beide!«, flüsterte sie verführerisch und legte ihre Hand auf seinen Schenkel. »Das ist der Dank, den ich von dir möchte. Ich möchte noch einmal erleben, wie es ist, wenn du mich liebst. An jenem Morgen ging es zu schnell, auch wenn es wunderbar war. Aber ich möchte mehr Zeit mit dir haben.«

»Ich *liebe* Valerie!«, hielt er ihr gequält vor. »Dass du mich damals hast verführen können, ist schlimm genug gewesen.«

»Und ich liebe dich!«, erwiderte sie gereizt.

»Nein, du liebst mich nicht, Madeleine! Du begehrst mich bestenfalls! Dir geht es nur um die pure Lust – und um den Triumph zu sehen, dass ich deinen Verführungskünsten nicht widerstehen kann, wenn du dich mir nackt darbietest und mich berührst. Gut, ich reagiere dann wie ein Mann! Wie sollte ich auch anders? Aber mit Liebe hat das nichts zu tun. Und hinterher bleibt nichts weiter als ein schaler Geschmack und die Schuld!«

Sie machte eine unwillige Handbewegung, als wollte sie seinen Einwand wie eine lästige Fliege davonwischen. »Liebe ist ein großes Wort, in das man alles hineinlegen kann, was einem gerade in den Kram passt. Mein Mann hat mir auch immer ewige Liebe beteuert – und sich dann wegen einer lächerlichen Kleinigkeit eine Kugel in den Schädel jagen lassen. Ob ich dich nun liebe oder *nur* begehre, was macht das für einen Unterschied in meinem Verlangen, mit dir zusammen zu sein und dich als Mann zu spüren? Ich weiß, dass es wunderbar sein wird – für uns beide! Wir haben es schon einmal erfahren!«

»Wie kann ich mit dir ... zusammen sein, wenn ich doch eine andere Frau liebe?«, wandte er erneut ein.

Mit einem trotzigen Blick sah sie ihn an. »Als du mich um Hilfe gebeten und mir einige Tage der Leidenschaft versprochen hast, hast du sie da nicht auch schon geliebt?«

»Was für eine Frage!«

»Aber da war dir ihr Leben diesen Preis wert. Und jetzt, nachdem ich mein Wort gehalten habe, soll das, was du mir gesagt hast, nicht mehr gelten? Ist das die Art, wie du zu deinem Wort stehst, Matthew?« Sie stellte die Frage ganz ruhig und ohne Verärgerung in der Stimme, und das war schlimmer, als wenn sie ihm bittere Vorwürfe gemacht hätte.

Matthew schwieg bedrückt, weil er aus dem Dilemma keinen Ausweg wusste. Noch nie hatte er sein Wort gebrochen. Doch wie immer er sich jetzt auch entscheiden mochte, er würde Schuld auf sich laden. Wäre Madeleine alt und hässlich gewesen, hätte es sein Gewissen nicht berührt. Doch sie war jung, schön und von mitreißender Leidenschaftlichkeit. Sie körperlich zu lieben, würde ihn keine Überwindung kosten, wenn sie erst einmal nackt in seinen Armen lag, sondern ihm eine große Lust sein, wie er nur zu gut wusste. Und genau davor fürchtete er sich, denn schlimmer konnte er Valerie nicht betrügen ...

»Wenn du darauf bestehst, Madeleine ...«, sagte er schließlich.

»O nein, so leicht werde ich es dir nicht machen, Matthew. Ich bestehe nicht darauf, dass du zu deinem Wort stehst. Ich könnte es ja auch gar nicht. Du musst dich schon selber entscheiden, was dein Wort gilt und ob ich mir die Tage mit dir verdient habe oder nicht.« Sie lächelte ihn herausfordernd an. »Oder bist du dir deiner Liebe zu Valerie Duvall vielleicht gar nicht so sicher? Fürchtest du etwa, du könntest entdecken, dass wir beide ein noch viel besseres Paar abgeben als du und Valerie?«

»Mach dir keine Illusionen! Ich mag die Lust mit dir genießen, Madeleine«, antwortete er mit belegter Stimme, »doch meine Liebe gehört allein ihr!«

Sie zuckte die Achseln. Die Kutsche war vor dem Büro des Frachtagenten zum Stehen gekommen. »Wir werden ja sehen. Ich werde ab heute Abend in der komfortablen Jagdhütte meines Vaters am Bajou Lamillion sein. Du hast noch ein paar Stunden Zeit, um dich zu entscheiden und mir eine Nachricht zukommen zu lassen, ob ich dich erwarten kann oder nicht. Für den Fall, dass du kommst, habe ich dir den Weg dorthin aufgeschrieben.« Sie reichte ihm einen gefalteten Zettel. »Solltest du nicht kommen, wünsche ich dir eine gute Reise und eine sichere Rückkehr, denn du segelst nächste Woche ja mit der ALABAMA nach England, nicht wahr?«

Jetzt wusste er, dass sie sich genau über seine Pläne erkundigt hatte und dass dieses Wiedersehen auf der Straße kein Zufall gewesen, sondern planmäßig vorbereitet war. Er wollte etwas sagen, doch Madeleine kam ihm zuvor. Sie verschloss ihm mit ihren Lippen den Mund. Dann öffnete sie den Kutschenschlag.

»Sag jetzt nichts, Matthew! Ich bin ab heute Abend in der Hütte. Alles andere liegt bei dir.« Sie stieß ihn nun förmlich hinaus.

Benommen stand er auf der Straße und schaute der Kutsche nach. Noch immer hatte er den Duft ihres Parfüms in der Nase und schmeckte ihren Mund auf seinen Lippen, die Süße der Sünde.

Was sollte er bloß tun?

Matthew kehrte erst bei Einbruch der Dunkelheit zu Valerie zurück. Er entschuldigte seinen angetrunkenen Zustand damit, dass er wenigstens halbwegs mit seinen wichtigen Geschäftspartnern, die darauf bestanden hatten, den Geschäftsabschluss gebührend zu feiern, hatte mittrinken müssen. Dann teilte er ihr mit, dass er vor seiner Abreise noch für ein paar Tage mit der Eisenbahn nach Biloxi müsse, um dort einige wichtige Dinge zu klären, über deren Natur er sich jedoch nicht ausließ. Valerie schlug vor, ihn dorthin zu begleiten, doch er wollte davon nichts wissen.

»Das wäre Unsinn und würde keinem von uns etwas

bringen! Ich werde den ganzen Tag unterwegs sein. Nein, du bleibst besser hier!«, sagte er in einem schroffen Ton, der sie verwunderte. Doch sie schrieb das seinen Kopfschmerzen und dem übermäßigen Alkoholkonsum zu. Als sie am nächsten Morgen erwachte, hatte Matthew das Haus schon verlassen. Sie fand auf ihrem Nachttisch einen kleinen Strauß Seidenblumen und ein Schmuckkästchen vor, das einen kostbaren Rubinring barg, sowie seine Visitenkarte, auf deren Rückseite nur drei Worte geschrieben standen: *Ich liebe Dich.*

Sie lächelte glücklich und wünschte ihm in Gedanken eine gute Reise und schnelle Rückkehr. Doch er befand sich nicht im Zug nach Biloxi, sondern auf dem Weg zur Jagdhütte von Richter Charles Harcourt am Bajou Lamillion, um eine alte Schuld abzutragen – und eine neue auf sich zu laden.

12

Travis saß an seinem Schreibtisch und studierte einen komplizierten juristischen Vorgang, kam jedoch kaum von der Stelle, da es ihm an der nötigen Konzentration mangelte. Immer wieder ertappte er sich dabei, dass er zwar die Zeilen vor seinen Augen hatte, ihr Inhalt ihm aber nicht ins Bewusstsein drang, da seine Gedanken ganz woanders weilten.

Er schob die Papiere mit einer ungehaltenen Geste von sich und blickte auf die kolorierte Zeichnung, die in einem feinen Silberrahmen auf seinem Schreibtisch stand. Sie zeigte Valerie im Profil. Ein junger talentierter Künstler hatte in seinem Auftrag diese Zeichnung von ihr angefertigt. Ohne es zu wissen, hatte sie ihm Modell gesessen, damals im Gerichtssaal, als er, der Niggeranwalt Travis Kendrik, für sie den Erbschaftsprozess geführt, gewonnen und sie zur Herrin von COTTON FIELDS gemacht hatte.

Valerie lächelte auf dem Bild, blickte jedoch seitlich am Betrachter vorbei. Er nahm den ovalen Rahmen in die Hand und musterte ihr Abbild mit einem Gefühl der Unruhe und Unzufriedenheit. Schon seit fast zwei Wochen hatte er nichts mehr von Valerie gehört. Sie hatte ihm auch nicht auf den Brief geantwortet, den er ihr nach COTTON FIELDS geschickt hatte. Das entsprach so gar nicht ihrer Art. Ob womöglich Captain Melville etwas damit zu tun hatte? Aber nein, so weit ließ Valerie sich nicht einmal von ihm beeinflussen. Von keinem. Sie hatte einen sehr starken Willen. Außerdem war ihm ihre tiefe Sympathie gewiss, und sie würde nie etwas tun, was ihn verletzen konnte. Nur reichte ihm das nicht. Er wollte ihre Liebe, ihre Leidenschaft – er wollte sie ganz für sich, als Frau und Geliebte! Und er glaubte unerschütterlich daran, dass es ihm eines Tages auch gelingen würde, sie davon zu überzeugen, dass er der einzig wahre Mann für sie war.

Welch ein Glück, dass Captain Melville eine derartige Abneigung gegen die Ehe hegte! Damit spielte er ihm in die Hand.

Es klopfte, und Travis stellte das Bild schnell wieder vor das halbe Dutzend dicker juristischer Bücher, die er auf der linken Seite seines Schreibtischs aufgereiht hatte und die den kleinen Bilderrahmen vollständig vor den möglicherweise neugierigen Blicken seiner Kanzleibesucher schützten.

»Ja, bitte?«

Sein Sekretär steckte den Kopf zur Tür herein. »Ein Mister Duncan Parkridge wünscht Sie zu sprechen«, meldete er. Travis konnte mit dem Namen nichts anfangen. Zu seinen Klienten zählte er jedenfalls nicht. »Hat er einen Termin?«

»Nein. Er sagt, es handle sich um eine Angelegenheit von sehr privater Natur, die in Verbindung mit COTTON FIELDS stehe. Und es sei dringend.«

Travis furchte die Stirn. Alles, was mit COTTON FIELDS in Zusammenhang stand und zudem noch dringend war, beunruhigte ihn.

»Gut, führen Sie ihn herein.«

Der Sekretär nickte und geleitete Augenblicke später den unangemeldeten Besucher in das Arbeitszimmer des Anwalts. Dieser kam hinter seinem Schreibtisch hervor und begrüßte ihn mit höflicher Zurückhaltung.

Duncan Parkridge war ein junger gut aussehender Mann Anfang zwanzig und von schlanker, mittelgroßer Gestalt. Seinem Versuch, sich einen Oberlippenbart wachsen zu lassen, um den noch sehr jugendlichen Zügen ein mehr männlich erwachsenes Aussehen zu verleihen, war noch nicht viel Erfolg beschieden. Dünner Flaum bedeckte seine Oberlippe. Seine elegante Kleidung verriet, dass er sehr viel auf Äußerlichkeiten hielt und mit Sicherheit nicht Kunde bei einem billigen Hintertreppenschneider war.

»Was kann ich für Sie tun, Mister Parkridge?«, erkundigte sich Travis, nachdem er seinem Besucher einen gepolsterten Stuhl angeboten und sich wieder hinter seinen Schreibtisch begeben hatte.

»Ich bin nicht gekommen, um Ihre Dienste als Anwalt in Anspruch zu nehmen, sondern ich bin hier, weil ich der Überzeugung bin, dass ich etwas *für Sie* tun kann, Mister Kendrik«, antwortete Duncan und lächelte dabei.

»Interessant«, sagte Travis trocken.

Diese sehr gelassene Erwiderung enttäuschte Duncan sichtlich. »Wollen Sie nicht wissen, worum es geht?«

»Sie werden es mir schon nicht vorenthalten, Mister Parkridge. Denn deshalb sind Sie ja zu mir gekommen, nicht wahr?« Ein leicht spöttischer Unterton schwang in der Stimme des Anwalts mit.

»Natürlich.« Duncan räusperte sich. »Ja, also ... um genau zu sein ...«

»Im Büro eines Anwalts kann so etwas nur von Vorteil sein«, warf Travis ein.

Duncan zeigte erste Anzeichen von Nervosität. »Ich ... ich möchte Ihnen eine Information verkaufen!«, platzte er dann heraus.

»Und welcher Art ist diese Information?«

»Sie hat mit Captain Melville und Miss Valerie Duvall zu tun – und damit zwangsläufig auch mit Ihnen.«

»Wieso ›zwangsläufig‹?«

»Miss Duvall ist die Geliebte von Captain Melville, mit dem Sie auf keinem guten Fuß stehen, weil Sie diese Frau für sich wollen. Sie haben für sie COTTON FIELDS vor Gericht erstritten. Damit hat es bei Ihnen angefangen. Doch im Augenblick liegen die besseren Karten im Spiel um diese Frau bei Ihrem Kontrahenten, dem Captain.«

Der Anwalt hob leicht die Brauen. »Ich kenne Sie nicht, junger Freund. Deshalb möchte ich auch kein vorschnelles Urteil über Sie fällen. Doch mir scheint, dass Sie sich da in sehr private und delikate Belange hineinwagen, wo ein Fremder leicht Schiffbruch erleiden kann!«, warnte er ihn, ohne die Stimme zu heben. Die wahre Drohung stand in seinen Augen, die durchdringend und kalt auf seinen Besucher gerichtet waren.

Duncan zuckte die Achseln. »Das nehme ich in Kauf, Mister Kendrik. Ich bin ein Spieler«, erklärte er offen. »Und wenn ich mir nicht so sicher gewesen wäre, dass Sie mir meine Information abkaufen werden, wäre ich erst gar nicht gekommen.«

»Hätten Sie etwas dagegen, die Präliminarien zu beenden und zur Sache zu kommen? Oder müssen Sie sich erst Mut anreden?«, fragte Travis bissig.

Duncan grinste selbstsicher. »Im Rennen um Valerie Duvalls Gunst sind Sie zurzeit weit abgeschlagen, ja Sie liegen sozusagen auf verlorenem Posten.«

»Sie beginnen mich zu langweilen, Mister Parkridge. Ich gebe Ihnen noch eine Minute!«

»Keine Sorge, Sie werden schon auf Ihre Kosten kommen. Für zweihundert Dollar biete ich Ihnen die einmalige Gelegenheit, die Verbindung zwischen Captain Melville und Valerie Duvall zu zerstören und sich Ihren Widersacher ein für alle Mal vom Hals zu schaffen.«

Travis gab sich nun keine Mühe mehr, seinen Ärger zu verbergen. »Für hinterhältige Ränkespiele habe ich nichts übrig! Außerdem habe ich es nicht nötig, mich derartiger Methoden zu bedienen, um meine Ziele zu erreichen. Ich nehme an, Sie haben sich zuvor nicht gut genug über mich informiert, denn sonst hätten Sie gewusst, dass ich mir mit derartigen Dingen nicht die Hände schmutzig mache. Und nun verlassen Sie mein Büro!«

Duncan Parkridge erhob sich und zuckte scheinbar gleichgültig mit den Schultern. »Also gut, wenn Sie wirklich nicht wissen wollen, wo und mit wem Captain Melville gerade Valerie Duvall betrügt, gehe ich. Dann werde ich mein Wissen eben anderswo verkaufen. Sie sind bestimmt nicht der Einzige, der sich dafür interessiert. Ich denke, dass Miss Duvall ...«

Dass Captain Melville eine Affäre mit einer anderen Frau haben sollte, löste eine Art Schock in Travis aus. Im ersten Moment hielt er es für eine bösartige Unterstellung, und doch sprang er auf, von einer ungeheuren inneren Erregung gepackt. »Warten Sie!«

Duncan blieb an der Tür stehen, drehte sich um und sah ihn spöttisch an. »Haben Sie vielleicht doch Interesse, mehr über die Liebesabenteuer von Captain Melville zu erfahren?«

Travis mahnte sich zu größter Skepsis. »Ich warne Sie, Mister Parkridge! Wenn sich herausstellen sollte, dass Sie ein falsches Spiel getrieben haben, werden Sie mich kennenlernen!«

»Ich mag ein leidenschaftlicher Spieler sein und am Spieltisch nicht immer eine glückliche Hand beweisen, was auch zu meiner augenblicklichen angespannten Finanzlage geführt hat, aber mit gezinkten Karten spiele ich nicht«, versicherte Duncan.

»Setzen Sie sich wieder!«, forderte Travis ihn barsch auf. »Was hat das mit dem ... Betrug und dieser anderen Frau wirklich auf sich?«

»Es ist so, wie ich es gesagt habe: Captain Melville hat neben Miss Duvall noch eine andere Geliebte, und mit der ist er zurzeit zusammen. Mir ist auch bekannt, in welchem Haus sie sich aufhalten und wie lange der Captain bei ihr bleiben wird – nämlich bis übermorgen.«

Travis war voller Misstrauen. Melville sollte Valerie betrügen? Es kam ihm unvorstellbar vor. Allerdings, wer konnte schon in einen anderen Menschen hineinblicken und sagen, was wirklich in ihm vorging und was für einen Charakter er hatte? Es trug doch jeder auf die eine oder andere Art eine Maske. Und wenn dieser Duncan Parkridge tatsächlich die Wahrheit sagte und Valerie von diesem ungeheuerlichen Betrug erfuhr, war Captain Melville für sie gestorben. Einen schlimmeren Verrat könnte er ihr gar nicht antun. Sie würde ihm das niemals verzeihen. Und dann ...

Nein, so weit wollte und durfte er jetzt noch nicht denken! Noch war es viel zu früh, sich Hoffnungen zu machen, seinen Widersacher so unerwartet schnell und für alle Zeit aus Valeries Leben streichen zu können. Erst musste er sich vergewissern, dass er keinem haltlosen Gerücht oder gar einer gewissenlosen Lügengeschichte aufsaß!

»Wie heißt diese Frau? Und wo sind die beiden?«, fragte er und hatte sich äußerlich wieder gut unter Kontrolle.

»Sie werden verstehen, dass ich Ihnen darauf nicht so einfach antworten kann, denn genau das ist ja die Information, die ich Ihnen *verkaufen* möchte.«

»Ich bin es nicht gewohnt, die Katze im Sack zu kaufen, Mister Parkridge. Bevor ich Ihnen zweihundert Dollar gebe, werden Sie mich schon davon überzeugen müssen, dass ich auch den entsprechenden Gegenwert für mein Geld erhalte – und zweihundert Dollar sind eine beachtliche Summe!«

Duncan nickte verständnisvoll. »Also gut, ich werde Ihnen ein wenig Hintergrundinformationen geben, damit Sie sehen, dass ich weder ein Aufschneider noch ein Betrüger bin.«

»Das könnte sehr hilfreich sein, um an die zweihundert Dollar zu gelangen«, sagte Travis spitz.

Der junge Spieler nahm wieder Platz. »Die Affäre zwischen Captain Melville und jener Frau – nennen wir sie der Einfachheit halber Maddy – bahnte sich schon im letzten Jahr an. Und zwar an Bord der RIVER QUEEN, zwei Tagereisen vor St. Louis. Damals hatten sich Captain Melville und Miss Duvall ein wenig zerstritten. Der Grund ist COTTON FIELDS gewesen. Der Captain hatte ihr keine Chancen eingeräumt, gegen die mächtige Duvall-Sippe ihren Erbanspruch vor Gericht einzuklagen. Er wollte, dass sie das Angebot von Catherine Duvall, der damaligen Herrin von COTTON FIELDS, annahm und all ihre scheinbar nicht durchsetzbaren Erbansprüche gegen Zahlung einer beachtlichen Summe aufgab. Miss Valerie Duvall jedoch dachte nicht daran, sich auskaufen zu lassen, sondern vertraute vielmehr Ihrer Versicherung, dass sie sehr wohl gute Chancen hätte, diesen Prozess zu gewinnen – und damit Herrin von COTTON FIELDS zu werden.«

Ein selbstbewusstes Lächeln huschte kurz über das Gesicht des Anwalts. »So ist es ja auch gekommen«, sagte er. »Doch bisher erzählen Sie mir nichts, was nicht jeder in Erfahrung bringen könnte, wenn er sich nur ein wenig umhört. Was ist mit dieser Maddy? Sie sagten, ihre Affäre mit Captain Melville begann auf dieser Fahrt nach St. Louis?«

»Richtig«, bestätigte Duncan, obwohl er längst wusste, dass Matthew Melville zwar das Bett mit Madeleine geteilt hatte, aber so betrunken gewesen war, dass es zu keiner Intimität gekommen war. »Sie trafen sich auf dem Ball von André Garland wieder. Sie werden sich gewiss daran erinnern, dass Captain Melville und Miss Duvall dort eine heftige Auseinandersetzung hatten, an der Sie maßgebend beteiligt waren.«

Travis hob überrascht die Augenbrauen. »Sie sind in der Tat sehr gut informiert, Mister Parkridge«, räumte er ein. Duncan lächelte. »Captain Melville verließ den Ball in Begleitung dieser Maddy. Ich glaube, weitere Details kann ich mir ersparen. Sie ist jung, reich, Witwe und die Tochter eines sehr einflussreichen Bürgers dieser Stadt. Kein Wunder, dass Captain Melville ihr gelegentlich seine ... nun ja, Gunst schenkt, zumal sie keine Verpflichtungen und kein Eheversprechen von ihm erwartet. Und noch eine letzte Kostprobe meiner Glaubwürdigkeit: Er war bis vor wenigen Tagen mit Miss Duvall am anderen Ufer vom Lake Pontchartrain. Sie sind im HOTEL WASHINGTON abgestiegen, unter dem falschen Namen Monroe, danach sind sie in das gemietete Haus in der gleichnamigen Straße zurückgekehrt. Und jetzt nimmt der Captain Abschied von seiner anderen Geliebten, denn nächste Woche begibt er sich ja mit der ALABAMA auf eine lange Reise.«

Mit wachsender Erregung hatte Travis ihm zugehört. Jetzt wusste er auch, weshalb Valerie ihm nicht auf seinen Brief geantwortet hatte. Sie war mit ihm am Lake Pontchartrain gewesen! Und dort hatten sie Ehepaar gespielt! »Ich muss zugeben, dass Sie mich überzeugt haben. Aber eine Frage noch: Woher wissen Sie das alles, Mister Parkridge?«

»Ganz einfach, ich bin ein entfernter Verwandter von ihr, und sie hat mich ins Vertrauen gezogen.« Es war eine Halbwahrheit. Madeleine hatte sich seiner bedient, um alles über Captain Melville, Valerie, den Anwalt und die andere Seite der Duvalls in Erfahrung zu bringen, ohne ihn jedoch wirklich ins Vertrauen zu ziehen. Doch mit der Zeit hatte er sich alles zusammengereimt. Aber diese Feinheiten hatten in seinem Gespräch mit Travis Kendrik nichts verloren, zumal sie nichts an der wichtigsten Tatsache änderten, dass Captain Melville mit Madeleine einige Tage in der Jagdhütte ihres Vaters verbrachte. Er brauchte dringend Geld, denn Tante Prudence, die ihn bisher finanziell über Wasser gehalten hatte, lag nach einem Schlaganfall gelähmt im Bett, und ihre Schwester, die jungfernhafte knöchrige Sarah Belfield, dachte nicht daran, Tante Prus großzügige Zuwendungen fortzuführen. Leider hatte er auch schon das Geld verspielt, das

Madeleine ihm dafür gezahlt hatte, dass er sie ständig darüber informierte, was Captain Melville gerade tat und wo er sich aufhielt.

»Ein Vertrauen, das Sie jetzt schändlichst missbrauchen«, warf Travis ihm vor.

»Ein Vertrauensmissbrauch, aus dem Sie offenbar bereitwillig Nutzen ziehen!«, konterte Duncan gelassen.

Travis lachte kurz auf. Der junge Mann hatte recht. Ein jeder von ihnen hatte allein seinen Vorteil im Auge. »Also gut, lassen wir moralische Bewertungen aus dem Spiel – und kommen wir zum Geschäft.«

»Mit Vergnügen.«

Travis zog eine Schublade auf und entnahm einer flachen Holzschatulle mit Intarsienarbeiten, in der er stets einen Betrag um die tausend Dollar in bar zur Verfügung hielt, die verlangte Summe. Er schob die Scheine Duncan Parkridge über den Schreibtisch zu. »Jetzt sind Sie an der Reihe!«, forderte er ihn auf und griff zu Papier und Stift.

»Der Name der Frau ist Madeleine Harcourt.«

Travis stutzte und blickte auf. »Sie ist doch nicht etwa die Tochter von Richter Charles Harcourt, oder?«

Duncan grinste. »Doch, das ist sie.«

»Interessant!« Er ahnte nun, wie es dazu gekommen war, dass Stephen Duvall seine Anklage auf versuchten Mord gegen Valerie so plötzlich und scheinbar so willkürlich zurückgezogen hatte. Durch die Verbindung zwischen Captain Melville und der Tochter dieses mächtigen Mannes wurde diese nebulöse Geschichte schon ein wenig klarer. Irgendwie musste diese Madeleine ihren Vater dazu gebracht haben, Druck auf Stephen Duvall auszuüben und ihn zur Rücknahme der Anklage zu bewegen. Allein dieses Wissen war für ihn als Anwalt schon ein Vielfaches der zweihundert Dollar wert!

»Richter Harcourt besitzt am Bajou Lamillion eine Jagdhütte, die sich WILLOW GROVE nennt. Man erreicht sie mit der Kutsche in weniger als einer Stunde, wenn man erst mal am anderen Ufer ist«, fuhr Duncan nun fort. »Es ist auch nicht schwer, die Hütte zu finden. Man hält sich auf der Landstraße nach Marleville und nimmt hinter der Ortschaft die erste Abzweigung, die zur Rechten liegt. Die Straße führt eine Meile durch Wald und endet dann vor dem Anwesen des Richters. Man kann es gar nicht verfehlen.«

Travis machte sich Notizen. »Also dorthin haben sich die beiden zurückgezogen«, brummte er.

»Ja, Madeleine ist schon seit gestern Abend da. Captain Melville hat ihr gestern Nachmittag eine Nachricht zukommen lassen, dass er heute dort sein würde. Ich war zufällig im Haus von Madeleine, als sie sein kurzes Schreiben erhielt – und ich fand eine günstige Gelegenheit, dieses an mich zu bringen. Ich dachte, es könnte ganz natürlich sein, um den Wahrheitsgehalt meiner Worte zu untermauern.«

»Darf ich es sehen?«

»Sicher.« Duncan zog einen kleinen, zweifach gefalteten Briefbogen aus seiner Jackentasche und reichte ihn dem Anwalt. »Sie können ihn behalten. Er ist in den zweihundert Dollar drin«, sagte er großzügig.

Travis faltete das Papier auf. Es war eindeutig die Handschrift von Captain Melville, auch wenn die wenigen Zeilen keine Unterschrift trugen. Für einen Liebhaber, der sich mit seiner Geliebten zu einem leidenschaftlichen Tête-à-tête verabredete, waren sie in Ton und Inhalt jedoch sehr nüchtern abgefasst. Die knappe Nachricht, die jedoch eindeutiger nicht sein konnte, lautete: *Halte mein Versprechen. Komme morgen für drei Tage nach W. G. Sorge dafür, dass kein Personal im Haus ist und wir absolut allein sind!*

»Captain Melville ist vor wenigen Stunden bei ihr eingetroffen«, bemerkte Duncan. »Ich habe es mir nicht nehmen lassen, mich persönlich davon zu überzeugen, bevor ich zu Ihnen gekommen bin. Natürlich habe ich dafür gesorgt, dass weder Madeleine noch Captain Melville etwas davon mitbekommen haben. Er wird also bis übermorgen Abend bleiben. Ich denke, das gibt Ihnen Zeit genug, um sich zu überlegen, in welcher Weise Sie von Ihrem Wissen Gebrauch machen wollen.«

»Bitte warten Sie noch!«, sagte Travis, als Duncan Anstalten machte, sich zu erheben. »Ich glaube, Sie können mir einen Gefallen tun – natürlich gegen entsprechendes Entgelt.«

»Und wie soll dieser Gefallen aussehen?«, erkundigte sich Duncan interessiert.

Travis faltete die Nachricht wieder zusammen und überlegte einen Augenblick. Wenn er zu Valerie ging und ihr von Captain Melvilles Affäre mit Madeleine Harcourt berichtete, setzte er sich der Gefahr aus, ihre Zuneigung und ihr Vertrauen zu verlieren. Denn nicht selten wurde der Überbringer einer schlechten Nachricht mit derselben in einen unmittelbaren und negativen Zusammenhang gebracht. Zweifellos würde Valerie es ihm sehr übel nehmen, dass er Captain Melville nachspioniert und die Liebesbeziehung zu dieser anderen Frau aufgedeckt hatte. Auch wenn er ihr sagte, wie er an diese Information gelangt war, würde er noch immer wie ein von Missgunst und Eifersucht getriebener Intrigant dastehen. Und das war keine gute Ausgangslage, um Valerie später über die bittere Enttäuschung hinwegzutrösten, die Captain Melville ihr zugefügt hatte, und ihre Liebe zu erringen. Nein, das Beste war, wenn er bei dieser hässlichen Geschichte überhaupt nicht in Erscheinung trat und es einer anderen Person überließ, nämlich Duncan Parkridge, ihr die Augen über den Betrug ihres Geliebten zu öffnen.

»Sie deuteten vorhin an, dass Sie Ihr Wissen Miss Duvall angeboten hätten, wäre ich an Ihren Informationen nicht interessiert gewesen, nicht wahr?«

»Richtig.«

»Nun, dann dürfte es Ihnen gewiss nicht schwerfallen, Miss Duvall aufzusuchen und sie so eingehend über die Beziehung zwischen Captain Melville und Madeleine Harcourt zu unterrichten, wie Sie es bei mir getan haben, ohne jedoch Geld von ihr zu verlangen. Ich bin bereit, Ihnen dafür noch einmal hundert Dollar zu zahlen«, bot Travis ihm an. »Vorausgesetzt, mein Name und die Tatsache, dass Sie auch mich unterrichtet haben, bleiben völlig aus dem Spiel. Ob Sie sich daran gehalten haben, werde ich an Miss Duvalls Auftreten mir gegenüber sehr leicht ablesen können.«

Duncan lächelte frech. »Ich verstehe. Sie möchten bei ihr nicht in den Verdacht geraten, diese Affäre aus sehr egoistischen Motiven heraus aufgedeckt zu haben.«

»Ihr Scharfsinn ist bewundernswert«, sagte Travis bissig. »Nun, wie stellen Sie sich zu meinem Angebot?«

»Ich bin gern bereit, anderen Menschen einen Gefallen zu tun. Zumal es hier ja um eine gute Sache geht.«

»Natürlich, auch mir geht es nur darum, der Gerechtigkeit zum Sieg zu verhelfen«, meinte Travis sarkastisch und holte weitere hundert Dollar aus seiner Geldschatulle. »Ich denke, Sie werden auch diesen Brief benötigen, um Miss Duvall von der Wahrheit Ihrer Worte überzeugen zu können.«

Duncan steckte das Geld und die handschriftliche Nachricht von Captain Melville an Madeleine ein und erhob sich. »Sie werden mit mir zufrieden sein, Mister Kendrik. Es war mir ein Vergnügen, Ihnen zu Diensten sein zu können.

»Das bezweifle ich nicht«, erwiderte der Anwalt und übersah die ihm zum Abschied dargebotene Hand. »Halten Sie sich an unsere Abmachung, und Ihr Vergnügen wird auch ungetrübt bleiben.«

»Ich habe nicht die Absicht, mir einen Mann wie Sie zum Feind zu machen, Mister Kendrik.«

»Ein löblicher Vorsatz, der für Ihre Zukunft nur von Vorteil sein kann. Einen guten Tag, Mister Parkridge.«

Allein in seinem Zimmer, nahm Travis wieder das Bild von Valerie zur Hand. Der kühle Ausdruck wich einem zufriedenen Lächeln. Welch merkwürdige Wege das Schicksal doch manchmal einschlug. Wie oft hatte er über eine Möglichkeit gegrübelt, Captain Melville aus dem Feld zu schlagen, ohne bei Valerie an Respekt und Zuneigung zu verlieren. Und nun lieferte er sich selbst ans Messer!

Er hatte ihn von Anfang an als einen verantwortungslosen und unsteten Abenteurer eingeschätzt, auf den kein Verlass war und der ihre Liebe nicht verdiente. Er hatte gewusst, dass er sie eines Tages bitter enttäuschen würde. Doch er hatte ihn nie für einen Dummkopf und Narren gehalten, der sich noch eine weitere Geliebte nahm – und das bei einer Frau wie Valerie! Nun wusste er es besser.

»Du wirst ihn schon verschmerzen, Valerie«, sagte er leise. »Und ich werde noch bei dir sein, wenn Captain Melville schon seine letzte Reise gemacht hat, das verspreche ich dir!«

13

Die Häuser, Werkstätten, Kneipen und Läden von Marleville, einer verschlafenen Ortschaft von nicht einmal zweihundert Seelen, zogen im Dämmerlicht des anbrechenden Abends am Fenster der Kutsche vorbei. Widerwillig gaben drei abgemagerte Hunde mit verfilztem Fell, die mitten auf der Main Street gedöst hatten, die staubige Fahrbahn frei. Aus einer Schmiede drang der rhythmische Klang des Hammers, der mit gleichmäßigem Schwung auf den Amboss niedersauste und wohl ein Stück rot glühendes Eisen in die gewünschte Form brachte. Drei Frauen standen vor einem Kolonialwarenladen und waren in ein angeregtes Gespräch vertieft, während zwei Häuser weiter ein Fuhrwerk mit leeren Fässern beladen wurde und ein schnauzbärtiger Mann einen jungen Schwarzen zu schnellerer Arbeit antrieb. Ein kleiner Platz tauchte auf, der rundum mit Blaupappeln bestanden war und direkt vor den Stufen der Kirche lag. Eine weitere Häuserzeile huschte vorbei, ein Mietstall und das Balkenskelett eines sich im Rohbau befindlichen Lagerschuppens, dann war das andere Ende von Marleville schon erreicht, und die Landstraße mit ihren Zedern, Zypressen und Lebenseichen zu beiden Seiten hatte sie wieder.

Valerie hatte die ganze Zeit aus dem Fenster geschaut, doch die vor ihren Augen vorbeiziehenden Bilder hatte sie schon in dem Moment vergessen, als sie aus ihrem Blickfeld verschwanden. Ihr Gedächtnis nahm nicht einen Eindruck von der Ortschaft als bleibende Erinnerung auf. Diese Fahrt war wie ein Traum, an den man sich schon wenige Momente nach dem Erwachen nicht mehr erinnern kann und von dem bestenfalls eine Art Gefühl zurückbleibt, ob es ein guter oder ein schlechter Traum gewesen ist.

Es war eindeutig ein Albtraum.

Die Kutsche schwankte durch eine scharfe Kurve, und Valerie wurde gegen die Seitenpolsterung gedrückt. Wenige Augenblicke später kam ein scharfer Ruf vom Kutschbock. Der von zwei Falben gezogene Wagen wurde langsamer und bog dann nach rechts ab.

Kalter Schweiß brach ihr plötzlich aus. Was hatte sie bloß in dieser Kutsche verloren? Es war der reinste Irrsinn, dass sie diesem fremden jungen Mann auch nur ein Wort geglaubt und sein Angebot angenommen hatte, sie zu dieser Jagdhütte am Bajou Lamillion zu fahren. Sie schämte sich, dass sie sich auf dem Weg nach WILLOW GROVE befand. Ihr war, als würde sie damit Matthew hintergehen und ihm das Vertrauen aufkündigen. Sie hasste sich, dass sie Matthew eines solch unglaublichen Betrugs für fähig hielt. Doch dieser Zettel in ihrer Hand mit den wenigen Zeilen wog um vieles schwerer als alles andere, was sie bedrückte.

»Captain Melville betrügt Sie mit einer anderen Frau!« Diese Behauptung war ihr im ersten Moment so absurd vorgekommen, dass sie beinahe gelacht hätte. Sie hatte den Mann aufgefordert, ihr Haus zu verlassen und es nicht wieder zu wagen, ihr unter die Augen zu treten.

Doch statt ihrer Aufforderung Folge zu leisten, hielt er ihr diesen Zettel hin, während er nicht aufhörte, ihr von dieser Madeleine Harcourt und ihrer angeblichen Affäre mit Matthew zu erzählen.

Sofort erkannte sie Matthews Handschrift. *Halte mein Versprechen. Komme morgen für drei Tage nach W. G. Sorge dafür, dass kein Personal im Haus ist und wir absolut allein sind!* Für diese Nachricht, wem auch immer sie gelten mochte, musste es eine harmlose Erklärung geben, sagte sie sich, während sich ein entsetzliches Gefühl der Leere in ihrer Magengegend ausbreitete – und der Angst. Es war Duncan Parkridge, der für die Erklärungen sorgte, doch sie stellten sich als keineswegs harmlos heraus. W.G. war die Abkürzung für WILLOW GROVE, ein Jagdhaus, das dem Vater dieser Madeleine gehörte. Er bohrte den Stachel des Misstrauens und der Angst mit jedem Wort tiefer. Wenn es allein um ein geschäftliches Treffen ging, weshalb durfte dann kein Personal im Haus sein? Und wer traf sich schon in einem einsam gelegenen Jagdhaus mit einer bildhübschen Frau, um über Geschäfte zu reden? Außerdem: Er hatte sie dort zusammen gesehen.

Und auf einmal bekam Matthews überstürzte Abreise nach Biloxi und seine schroffe Ablehnung ihres

Vorschlags, ihn dorthin zu begleiten, eine völlig neue Bedeutung. Wenn er sich wirklich mit dieser Madeleine verabredet hatte, erklärte das so manches. Doch sollte sie sich wirklich derart in ihm getäuscht haben? Es erschien ihr unvorstellbar, dass er sie betrog – und das schon seit vielen Monaten, wie Duncan Parkridge behauptete.

»Was hält Sie davon ab, selbst festzustellen, wer hier der Lügner ist – ich oder Captain Melville? Ich bin gern bereit, Sie nach WILLOW GROVE zu bringen. Und ich rate Ihnen, mein Angebot anzunehmen, Miss Duvall. Denn wenn Sie nicht fahren, werden Sie nie wissen, was dort tatsächlich geschehen ist – und diese Frage wird Sie von heute an nicht mehr in Ruhe lassen, wenn Sie es vorziehen, hierzubleiben und den Kopf in den Sand zu stecken. Gut, Sie sagen, dass Captain Melville Sie nie betrügen würde, aber der Zweifel, ob er es nicht vielleicht doch getan hat, wird sich in Ihnen festsetzen und Sie quälen. Und wenn er Sie wirklich hintergangen hat, können Sie seinem Betrug gar nicht früh genug auf die Spur kommen, nicht wahr? Sie können also nur gewinnen, wenn Sie nach WILLOW GROVE fahren.«

»Und was gewinnen Sie dabei?«

»Die Genugtuung, eine Rechnung beglichen zu haben, Miss Duvall. Wie gesagt, Sie werden garantiert verlieren, wenn Sie die Augen vor der Wirklichkeit verschließen und hierbleiben. Wenn wir dagegen jetzt sofort aufbrechen, können wir noch vor der Dunkelheit zurück sein.«

Und sie war mit ihm gegangen ...

Warum nur?, fragte sich Valerie, als die Kutsche dem schmalen Waldweg folgte. Wie hatte es passieren können, dass sie an Matthews Liebe Zweifel hegte? Musste ihr Herz ihr nicht sagen, dass sie ihm blindlings vertrauen konnte? Wie konnte sie sich so erniedrigen und seine Liebe infrage stellen, indem sie zu dieser Jagdhütte fuhr?

Wenn er allein mit diesem Zettel gekommen wäre, hätte sie ihm wirklich die Tür gewiesen. Doch er hatte zu viele Details über sie und Matthew und Madeleine zu erzählen gewusst. Es waren zu viele kleine Teile, die sich zu einem hässlichen Bild zusammenfügten. Nur zu gut erinnerte sie sich noch an die hübsche Frau, mit der Matthew nach ihrem Streit den Ball von André Garland verlassen hatte. Und sein Verhalten in der Nacht vor seiner merkwürdig überstürzten Abreise nach Biloxi ging ihr auch nicht aus dem Kopf. Warum hatte er ihr diesen teuren Ring gerade am Morgen seines Aufbruchs geschenkt, statt damit bis zu seiner Rückkehr zu warten? Und weshalb hatte er sie nicht wenigstens geweckt? Vielleicht aus Schuldgefühl? Weil er ihr nicht in die Augen sehen konnte?

Doch schon im nächsten Moment schämte sie sich zutiefst, dass sie ihm etwas derart Charakterloses unterstellte. Sie liebte ihn doch! Wo blieb nur ihr Vertrauen?

Warum nur war sie auf einmal von so viel Zweifel befallen? Hatte er ihr in den letzten beiden Wochen nicht zur Genüge bewiesen, wie sehr er sie liebte? Warum hörte sie denn nicht auf die Stimme ihres Herzens, statt den hässlichen Unterstellungen dieses jungen Schnösels Glauben zu schenken?

Diese quälenden Fragen machten Valerie fast verrückt. Ihre Gefühle waren in einem wilden Aufruf. Immer wieder stand sie kurz davor, Duncan Parkridge zu bitten, umzudrehen und sie nach New Orleans zurückzubringen. Doch seine giftige Saat der Verdächtigungen war schon in ihr aufgegangen.

Es wird sich als Irrtum herausstellen! Es ist gut, wenn ich mich mit meinen eigenen Augen davon überzeuge, dass nichts von diesen lächerlichen Anschuldigungen wahr ist!, sagte sie sich immer wieder, wenn sie zum wiederholten Mal das Verlangen unterdrückte, Duncan Parkridge zur sofortigen Umkehr aufzufordern.

Doch sie fühlte sich elend dabei, und je länger die Fahrt andauerte und je näher sie damit ihrem Ziel kamen, desto schlimmer wurde es. Die innere Anspannung und Zerrissenheit war so stark, dass ihr fast übel wurde.

Die Kutsche ratterte über eine Holzbrücke, die mit ihrem primitiven Bogen aus dicken Bohlen einen schmalen Seitenarm des Bajous überspannte. Wenig später blieben sie stehen, und Duncan Parkridge sprang vom Kutschbock. Er trug eine einfache Joppe, die ihm reichlich weit war, und eine speckige Lederkappe. Damit war er von einem wirklichen Kutscher aus der Entfernung nicht zu unterscheiden. Doch aus der Nähe verrieten seine teuren Tuchhosen, die eleganten Schuhe und sein Hemd, dass er einer anderen Gesellschaftsschicht angehörte und eigentlich nichts auf dem Bock einer Kutsche verloren hatte.

Er öffnete den Schlag. Als er Valeries blasses Gesicht sah, hatte er fast Mitleid mit ihr. Aber Geschäft war nun mal Geschäft. Außerdem tat er ihr ja wirklich einen Gefallen, indem er ihr die Augen über ihren geliebten Captain Melville öffnete.

Valerie stieg widerstrebend aus und ignorierte dabei seine hilfreich ausgestreckte Hand. Sie sah sich um. Jenseits des Weges erstreckte sich ein Stück Wiese, an das sich aber gleich der Wald anschloss. Wie schmutzige Lumpen hing das Spanische Moos von den dunklen, borkigen Ästen der Lebenseichen. Von einer Jagdhütte war nichts zu sehen.

»Ich habe hier schon angehalten, weil ich ja schlecht bis vor das Haus fahren kann, wenn wir sie nicht warnen wollen«, erklärte er. »Aber es ist nicht mehr weit. WILLOW GROVE liegt hinter der nächsten Wegbiegung. Zu Fuß sind es von hier aus keine zehn Minuten mehr. Kommen Sie, ich bringe Sie hin.«

Wortlos folgte sie ihm. Es war, wie er gesagt hatte. Sie waren höchstens fünf Minuten gegangen, als sich das dichte Unterholz vor ihnen lichtete. Und nach der nächsten Biegung des Weges lag die Waldlichtung mit der Jagdhütte WILLOW GROVE vor ihnen.

Es war mehr ein ansehnliches Landhaus als eine bescheidene Hütte. Mehrere alte Weiden standen auf der Westseite des Hauses. In ihrem dichten, zu Boden hängenden Geäst nisteten schon die ersten Schatten der Nacht. Das Haus war bewohnt, denn hinter den Gardinen brannte Licht, und Rauch stieg aus dem Kamin in den Abendhimmel.

»Das ist es – WILLOW GROVE«, sagte Duncan überflüssigerweise.

Valerie blickte zum Haus hinüber, die Lippen zusammengepresst. War Matthew tatsächlich mit einer anderen Frau in diesem einsam gelegenen Haus? Und was sollte sie tun, wenn das der Fall war? Noch konnte sie sich umdrehen und alles vergessen. Nein, dafür war es jetzt schon längst zu spät.

»Möchten Sie, dass ich Sie begleite?«

Sie schüttelte nur den Kopf.

»Es kann sein, dass sie die Haustür abgeschlossen haben. Hier ist ein Zweitschlüssel. Aber wie ich Maddy kenne, fühlt sie sich hier viel zu sicher, um an so etwas zu denken.«

Wortlos nahm Valerie den Schlüssel entgegen und ging dann auf das Haus zu. Das Herz schlug ihr bis zum Hals, und ihre Lippen bewegten sich in einem tonlosen flehentlichen Gebet, während der Schlüssel wie glühendes Eisen in ihrer Hand brannte.

14

Madeleine beobachtete mit einem amüsierten Lächeln, wie Matthew vor dem Kamin hockte, in der Glut stocherte und sich mit dem Nachlegen des Holzes viel Zeit ließ.

»Ich glaube, das reicht. Die Frühlingstage, als es nachts noch empfindlich kühl war, liegen zum Glück hinter uns. Aber auch dann wäre mir bei dir nicht kalt. Ich brauche dich nur anzusehen, und schon spüre ich, wie mich diese herrliche Hitze überfällt. Es ist ein ganz wunderbares heißes Kribbeln in den Brüsten und im Schoß«, sagte sie mit deutlichem Verlangen in der Stimme.

Matthew gab ihr keine Antwort, sondern starrte in die hochzüngelnden Flammen.

»Findest du es schamlos, dass ich so etwas sage?«, fragte sie. Er richtete sich auf und drehte sich zu ihr um. Sie hatten sich nach dem Essen gleich ins Schlafzimmer begeben und sich umgezogen, besser gesagt ausgezogen, denn dieses wallende Negligé aus durchsichtigem rougefarbenem Chiffon war kaum als Kleidungsstück zu bezeichnen. Ihr anmutiger, sinnlicher Körper war seinem Blick so gut wie nackt preisgegeben, wie es auch ihre Absicht war.

»Es kommt immer darauf an, wer etwas sagt, Madeleine«, erwiderte er verschlossen, wandte den Blick schnell von ihr ab und nahm sein Brandyglas vom Kaminsims.

»Ich schäme mich nicht, dass ich so offen zu dir bin und dir sage, wie wunderbar ich es mit dir finde«, sagte sie zärtlich.

»Ich hole mir noch einen Brandy«, erklärte er und wandte sich zur Tür.

Sie legte ihm ihre Hand auf den Arm und hielt ihn mit dieser sanften Berührung zurück. »Meinst du nicht, dass du schon genug Brandy getrunken hast?«

»Nein.«

»Ist es so schlimm?«

Er sah sie an und wollte lügen, doch was hätte es genützt? Er konnte weder ihr noch sich selbst etwas vormachen. »Es ist schlimm, dass du so schön und unverschämt leidenschaftlich bist, Madeleine!«, stieß er hervor. »Ich wünschte, ich könnte dich hassen oder doch wenigstens abscheulich finden.«

Ihr Mund verzog sich zu einem reizvollen Lächeln, während ihre Augen strahlten. »Und das gelingt dir nicht?«, fragte sie fast neckend.

»Nein«, sagte er ernst. »Das Einzige, was ich empfinde, ist Schuld und Abscheu vor mir selbst, dass mein Körper vor dir kapituliert hat.«

»Das ist doch schon mal ein Anfang«, sagte sie und fuhr mit ihrer Hand über seine Brust.

»Und das Ende.«

Sie zuckte die Achseln. »Warten wir es ab, Liebster. Wir werden ja sehen, ob du es schaffst, mich nach diesen Tagen aus deinem Leben zu streichen.«

Matthew ließ es geschehen, dass sie ihm das Glas aus der Hand nahm und wieder auf den Kaminsims stellte. Er gebot ihr auch keinen Einhalt, als sie ihn nun zu entkleiden begann. Wie sehr er Valerie auch liebte, es war doch sinnlos, sich ihren Verführungskünsten widersetzen zu wollen. Wenn er ihre Hände auf seinem nackten Körper spürte und ihren Mund, der ihn ohne jede Scham liebkoste, dann blieb das naturgemäß nicht ohne die von ihr erwünschte Wirkung. Das Gefühl der Lust konnte er dann einfach nicht unterdrücken, und er hätte wohl ein anderer Mann sein müssen, wenn er in den Armen einer so begehrenswerten und liebeskundigen Frau wie Madeleine völlig unbewegt von ihren zielgerichteten Zärtlichkeiten geblieben wäre. Unter anderen Umständen wäre er zu ihr möglicherweise in leidenschaftlicher Liebe entbrannt. Sie streifte ihm das Hemd von den Schultern, öffnete seinen Gürtel und schob ihm die Hose von den Hüften. Auch mit seiner Leibwäsche hielt sie sich nicht lange auf. »Ich glaube, er dürstet nach etwas Zuwendung«, sagte sie, als sich ihr seine Männlichkeit unter ihren Händen entgegenstreckte.

Madeleine zog ihn zum breiten Bett, das sie schon aufgeschlagen hatte. Obwohl er wusste, wie unsinnig es war, der aufkommenden Lust trotzen zu wollen, schloss er die Augen und versuchte verzweifelt, ihr Streicheln zu ignorieren. Doch als ihre Zunge an ihm entlangglitt und sich dann ihre Lippen um ihn schlossen, war es mit der

Selbstbeherrschung vorbei. Das Blut drängte mit aller Kraft in seine Lenden, und er wurde in ihrem Mund so hart, wie es die Natur nur zuließ.

Er stöhnte unterdrückt auf, und es war eine andere Form der Kapitulation. Erneut hatte sie seinen Widerstand gebrochen.

»Ja, so ist es schön, Matthew! Er fühlt sich wunderbar an. Mein Gott, ich wünschte, ich könnte ein Kind bekommen!«, stieß sie erregt und hastig hervor, während ihre Hände ihn streichelten und zärtlich seine Hoden drückten. »Vielleicht haben wir wirklich nur diese paar Tage, aber wir werden sie bis zum letzten auskosten, und ich verspreche dir, dass du mich niemals vergessen wirst, was immer auch geschehen mag ... Bitte, schließe nicht die Augen. Schau mich an, bitte, Matthew!«

Er öffnete die Augen. Sie kniete mit gespreizten Beinen über ihm, sein aufgerichtetes Glied in den Händen. Der untere Teil ihres duftigen Negligés bauschte sich auf seinen Hüften. Ihre üppigen Brüste schmiegten sich gegen den dünnen Stoff.

»Sag mir, wie ich aussehe.«

»Du weißt es.«

»Bitte sag es!«

»Wie die leibhaftige Verführung«, antwortete er mit belegter Stimme.

Sie lächelte und senkte sich ganz langsam auf ihn, ohne dass sie ihn dabei losließ. Als er in sie eindrang, umhüllte ihn dieselbe feuchte, anschmiegsame Wärme, mit der ihr Mund ihn gerade erst umfangen hatte. Sie nahm ihn so tief in sich auf, wie es nur ging.

Einen Moment lang verharrte sie so, das Gesäß an ihn gepresst, während ihre Hände über seinen Oberkörper strichen. »Weißt du, dass ich dich überall spüre? Bis in die Brust. Ich glaube, es könnte mir allein schon so kommen, so intensiv ist dieses Gefühl«, hauchte sie, überwältigt von der Intensität ihrer Lust.

Sie öffnete die Schleifen ihres Negligés, zog es sich mit einer ungeduldigen Bewegung vom Körper und warf es achtlos hinter sich. Langsam beugte sie sich vor.

»Küss meine Brüste!«, raunte sie ihm zu. »Nimm sie in deine Hände und küss sie! Ich weiß, dass du es liebst. Wehr dich nicht gegen das, was du fühlst. Komm!« Sie begann, sich auf ihm zu bewegen.

»O mein Gott«, stöhnte er, vermochte seine Hände jedoch nicht länger bei sich zu behalten. Er legte sie auf ihre vollen, festen Brüste, nahm ihre rechte Warze in den Mund und wehrte sich nicht mehr dagegen, sich mit ihr in der Ekstase der Wollust zu verlieren.

Keiner von ihnen hörte die Schritte auf der kleinen Veranda. Madeleines Stöhnen übertönte auch das Knarren der Dielenbretter. Sie trieb ihrem zweiten atemnehmenden Höhepunkt entgegen.

Als sich schließlich auch bei Matthew die fast unerträgliche Lust zuckend entlud, hielt er ihre Pobacken mit beiden Händen umklammert. Er unterdrückte den Schrei der Lust, der in seiner Kehle saß, und drehte den Kopf zur Seite. Er wollte nicht in diesem Moment völliger Hilflosigkeit und lustvoller Verzückung in Madeleines strahlende Augen sehen.

Sein Blick ging dabei unwillkürlich zur Tür.

Und dort stand Valerie. Totenbleich, das Gesicht zu einer einzigen Maske der Fassungslosigkeit und des Schmerzes verzerrt, den Mund zu einem stummen Schrei geöffnet.

15

Wie gelähmt starrte Valerie auf das nackte Paar im Bett. Das Stöhnen der Frau, die breitbeinig auf Matthew saß und deren makelloser Körper den feuchten Schimmer bis an die Grenze der Erschöpfung ausgekosteter Lust trug, schien das ganze Haus zu erfüllen. Wie Hohn schallte es in ihren Ohren. Unerträglich jedoch war das lustverzerrte Gesicht von Matthew, der das Gesäß dieser fremden Frau umfasste und sich unter ihr bewegte. Und jeden Stoß begrüßte sie mit einem wollüstigen Laut, während ihre vollen Brüste auf und ab wippten.

Der Anblick traf sie mit einer Macht, dass sie wie benommen in der Tür verharrte, unfähig, einen klaren Gedanken zu fassen. Sie sah die Bewegungen der nackten Leiber, hörte das Klatschen von Haut auf Haut und konnte doch nicht reagieren, als wäre sie in einem Albtraum gefangen, in dem andere Gesetze herrschten und wo der eigene Wille ausgeschaltet war. Sie verlor auch das Gefühl für die Zeit. Ob sie ein, zwei Minuten in der Tür gestanden hatte oder nur zehn, zwanzig Sekunden, wusste sie später nicht mehr zu sagen.

Erst als Madeleine sich auf seine Brust sinken ließ, er den Kopf wandte und ihre Blicke sich trafen, wich die Lähmung von ihr – und gleichzeitig setzte der Schmerz ein. Ihr ganzer Körper zog sich innerlich zusammen, als wäre ein Hagel von Peitschenschlägen auf sie niedergegangen, während sich ihr Gesicht verzerrte. Der Schlüssel, den sie nicht gebraucht hatte, da die Tür unverschlossen gewesen war, entglitt ihrer Hand und polterte zu Boden.

Sie sah das Entsetzen in Matthews Augen. »Valerie!«, rief er. Seine Stimme war nur ein hilfloses Krächzen.

Madeleine merkte erst jetzt, dass etwas nicht stimmte. Sie drehte sich um und stieß einen kurzen Schrei des Erschreckens aus, als sie Valerie in der Tür erblickte.

Valerie hatte in diesem Moment das Gefühl, als wäre sie diejenige, die bei einer unverzeihlichen Schamlosigkeit ertappt worden wäre. Sie wankte zwei Schritte rückwärts, stieß im Durchgang gegen eine Kommode, riss dabei eine Vase um, die auf den Dielenbrettern mit lautem Klirren zu Bruch ging, und rannte dann aus dem Haus.

Fast wäre sie auf der Veranda gestürzt, als sie auf den Saum ihres Kleides trat. Gerade rechtzeitig bekam sie noch das Geländer zu fassen. Sie hastete die Stufen hinunter und lief den Weg zurück, so schnell sie konnte.

Sie weinte nicht. Noch nicht. Dafür war das, was sie gesehen hatte, zu ungeheuerlich, fegte es doch all das innerhalb weniger Augenblicke hinweg, was bisher scheinbar unerschütterliche Grundlage ihres Lebens gewesen war, nämlich, dass Matthew bei all ihren Differenzen, was Cotton Fields und die Ehe betraf, allein sie liebte und sie auf diese Liebe zählen konnte. Doch nun hatte sie ihn in lustvoller Vereinigung mit dieser Madeleine Harcourt gesehen, mit der er damals den Ball von André Garland verlassen hatte. Noch immer hörte sie ihr Stöhnen, und die Lust auf Matthews Gesicht verfolgte sie, war wie ein Würgegriff um ihren Hals. Der Schmerz, der in ihr zu wachsen begann, wurde im Augenblick noch von einem entsetzlichen Gefühl der Übelkeit übertroffen.

Duncan Parkridge wartete am Waldrand auf sie. »Mein Gott, Sie sehen ja blass wie ein Leichentuch aus!«, rief er ernsthaft besorgt, als sie auf ihn zugerannt kam. Gleichzeitig war er jedoch auch erleichtert zu sehen, dass ihr niemand auf den Fersen folgte. Sie taumelte auf einen Baum zu, und er packte sie rasch mit festem Griff am Oberarm. »Sie hätten mir von Anfang an glauben sollen, dann wäre der Schock nicht ganz so groß gewesen.«

»Lassen Sie mich!«, keuchte sie, riss sich los und übergab sich im nächsten Moment. Ihr Magen schien sich umzustülpen. Sie erbrach immer und immer wieder, bis nur noch bittere Galle kam. Zitternd stützte sie sich am Baum ab.

Duncan trat unruhig von einem Fuß auf den anderen und schaute immer wieder zum Haus hinüber. Zu gern hätte er erfahren, was sich dort zugetragen und was Valerie Duvall beobachtet hatte. Aber jetzt war Eile geboten. »Hier, nehmen Sie das, Miss Duvall.« Er reichte ihr sein Taschentuch, das parfümiert war.

Valerie wischte sich den Mund ab. Ihre Augen waren blutunterlaufen, und ihre Gesichtshaut, von kaltem Schweiß bedeckt, sah noch kränker aus.

»Wir sollten sehen, dass wir von hier verschwinden! Ich möchte mich weder mit Captain Melville noch mit Maddy anlegen«, drängte er. »Kommen Sie! Die Kutsche steht da drüben. Ich bringe Sie nach New Orleans zurück.«

Diesmal wehrte sie sich nicht dagegen, als er sie stützend am Arm faßte und zur Kutsche führte. »Nicht nach New Orleans! Bringen sie mich nach Cotton Fields!«, stieß sie mit zitternder Stimme hervor. »So schnell Sie können! Ich bezahle Sie dafür. Sagen Sie mir, wie viel Sie wollen, und Sie bekommen es!«

Duncan Parkridge witterte eine Chance, sich zu dem fürstlichen Honorar, das der Anwalt ihm gezahlt hatte, noch ein weiteres hübsches Sümmchen verdienen zu können.

Er gab sich unentschlossen. »Das ist aber ganz schön riskant für mich. Captain Melville wird uns bestimmt folgen.«

Sie schluckte. »Das ... das wird etwas dauern. Er ... er war mit ihr im Bett!«, flüsterte sie mit rauer Stimme. Sie brachte es kaum über die Lippen. Der ekelhaft saure Geschmack in ihrem Mund rührte nicht allein vom Erbrochenen her.

Er verkniff sich ein mitleidiges Grinsen. »Trotzdem, er hat ein schnelles Pferd und wird unseren Vorsprung rasch aufholen. Fahren wir nach New Orleans, kann ich ein Zusammentreffen mit ihm vermeiden, weil ich mich mit den Straßen und Waldwegen in der Gegend gut auskenne. Aber wenn sie nach COTTON FIELDS wollen, muss ich auf der regulären Landstraße bleiben, und dann ...«

»Zehn Dollar!«, fiel sie ihm ins Wort.

»Wissen Sie, ich brenne wirklich nicht darauf, Captain Melville näher kennenzulernen.«

»Ich zahle Ihnen fünfzig Dollar!«

»Das ist wirklich großzügig, Miss Duvall, und ich weiß Ihr Angebot sehr zu schätzen, aber wenn er uns einholt und mich zum Anhalten zwingt, wird er sehen, dass ich kein wirklicher Kutscher bin, und sich einiges zusammenreimen. Dann geht es mir an den Kragen. Und aus Prügeleien habe ich mir noch nie sonderlich viel gemacht.« Er lächelte entschuldigend.

»Hundert! Ich flehe Sie an!«

Er seufzte scheinbar resigniert. »Das ist schon immer mein größter Fehler gewesen: Ich kann einfach nicht Nein sagen, wenn jemand in Not ist. Also gut, ich bringe Sie nach COTTON FIELDS. Aber ich warne Sie! Eine gemütliche Fahrt wird es ganz sicher nicht. Ich werde alles aus den Falben herausholen müssen, um uns Captain Melville vom Hals zu halten.«

Sie stieg in die Kutsche. »Was immer Sie tun müssen, um ihn daran zu hindern, dass er Sie zum Stoppen zwingt, tun Sie es!«, beschwor sie ihn, bevor er den Schlag zuwarf und auf den Kutschbock kletterte.

In nächsten Augenblick knallte die Peitsche über den Köpfen der Pferde, und die Kutsche setzte sich mit einem heftigen Ruck in Bewegung, der Valerie gegen die Polsterung der Rückwand warf.

Es war die Stunde der Dämmerung. Die Dunkelheit hatte sich schon in den Wäldern am Bajou festgesetzt und sickerte nun wie schwarze Tinte aus dem Gehölz hinaus auf die Lichtungen, Felder, Äcker und Wege.

Valerie saß im Dunkel der Kutsche, wurde von dem dahinjagenden Gefährt hin und her geworfen – und konnte das Bild, das sich ihr im Schlafzimmer des Jagdhauses dargeboten hatte, einfach nicht verdrängen. Wie ein glühendes Brandzeichen hatte es sich in ihr Gedächtnis eingebrannt und stand nun vor ihrem geistigen Auge, als wollte es von dort nie wieder weichen.

Es war die Wahrheit gewesen! Matthew hatte sie betrogen! All die Zeit schon! Seine Liebesschwüre waren nichts als Lügen gewesen! Er hatte sie gemein und vorsätzlich hintergangen! Travis und Fanny hatten all die Zeit recht gehabt: Sie war für ihn nur ein leidenschaftliches Abenteuer gewesen, das ihm noch nicht einmal seine Treue wert gewesen war!

Sie krümmte sich wie unter körperlichen Schmerzen auf dem Sitz und schlug die Hände vors Gesicht, als ein Weinkrampf sie nun überfiel. Sie schluchzte und wimmerte, während ihr die Tränen über das Gesicht liefen und die Hände nässten. Ihre große Liebe hatte sich als billige Affäre erwiesen. Matthew hatte ihre vorbehaltlose Hingabe skrupellos ausgenutzt und sich sein Vergnügen genommen, ohne je wirklich ernste Absichten gehabt zu haben. Nach zwei leidenschaftlichen Wochen, die sie zusammen verbracht hatten, suchte er sofort seine nächste Geliebte auf, um auch mit ihr im Bett Abschied zu feiern! Wie konnte jemand nur so gefühllos sein? Er hatte sie getäuscht und ausgenutzt! Von Anfang an.

Valerie schrie ihren Schmerz und ihre Verzweiflung unter Tränen hinaus. Das Rattern der Räder und der wilde Hufschlag der dahingaloppierenden Falben übertönten diese schreckliche Mischung aus Wimmern, Weinen und verzweifelten, tränenerstickten Schreien.

Duncan konzentrierte sich indessen ganz auf die Straße. Das letzte Licht verblasste am Horizont, und die Schatten waren auf der Landstraße im Vormarsch. Er war froh, dass er als junger Bursche oft auf dem Kutschbock eines Gespanns gesessen und reichlich Erfahrung gesammelt hatte. Was war das für eine Plackerei gewesen, bevor Tante Pru ihn unter ihre Fittiche genommen hatte!

Er jagte die Kutsche durch Marleville, ohne das Tempo zu verringern. Die wütenden Schreie und Drohgebärden der Männer und Frauen auf der Straße, die er in eine dichte Staubwolke hüllte, kümmerten ihn so wenig wie die Steine, die der Kutsche nachgeworfen wurden.

Hundert Dollar zusätzlich waren eine Menge Geld, mit der sich so manches Spiel bestreiten ließ, aber andererseits doch auch nicht der Rede wert, wenn man mit gebrochenen Knochen und ausgeschlagenen Zähnen irgendwo am Straßenrand lag. Er traute Captain Melville nämlich schon zu, dass er gewalttätig wurde, wenn er ihn als falschen Kutscher entlarvte und zu der naheliegenden Folgerung kam, dass er ihm und Maddy nachspioniert und Valerie nach WILLOW GROVE geführt hatte. Bestimmt war es seiner Gesundheit daher zuträglicher, wenn er New Orleans noch in dieser Nacht für eine Zeitlang den Rücken kehrte und sich in den Spielclubs anderer Städte umsah. Aber zuallererst musste er dafür sorgen, dass der Captain ihn nicht vor seine Fäuste bekam!

Immer wieder blickte er sich um, ohne dass er einen Verfolger hinter sich ausmachen konnte. COTTON

Fields war inzwischen nur noch eine halbe Stunde entfernt, und von Captain Melville war noch immer nichts zu sehen.

Als sie die Ortschaft Rocky Mount passierten, wo ihm beinahe ein Betrunkener unter Hufe und Räder gekommen wäre, wurde die Hoffnung, ein Zusammentreffen mit Captain Melville vermeiden zu können, fast zur Gewissheit. Vielleicht war er der Landstraße nach New Orleans gefolgt. Dann würde er sie nicht mehr einholen. Das war ihm die liebste aller Möglichkeiten, bot sie ihm doch die Chance, sich unerkannt und in aller Stille abzusetzen. Miss Duvall würde schon einen ihrer Knechte damit beauftragen, die Kutsche für ihn nach New Orleans zurückzubringen. In ihrem Zustand würde sie ihm nichts abschlagen, was ihnen beiden half, sich Captain Melville vom Hals zu halten.

Irgendwie hatte er Mitleid mit ihr. Sie war eine Frau von ungewöhnlicher Schönheit und Ausstrahlung, und er verstand nicht, was den Captain bloß veranlasst haben mochte, sie mit Madeleine zu betrügen. Nicht, dass Maddy nicht auch ihre überaus erregenden weiblichen Vorzüge gehabt hätte, aber diese Valerie Duvall strahlte sogar auf ihn, der er sich doch im Bett nichts aus Frauen machte, einen ganz besonderen Reiz aus. Doch letztlich ging es ihn ja nichts an, wer wen betrog und warum. Er musste seinen eigenen Vorteil im Auge behalten, solange Tante Pru krank war und ihre misslaunige Schwester sich von der zugeknöpften Seite zeigte. Er konnte nur hoffen, dass Tante Pru sich wieder von ihrem Schlaganfall erholte. Es war ihr zuzutrauen. Sie gab nicht so leicht auf und besaß eine enorme Willensstärke.

Duncan glaubte schon, sich wieder einmal geschickt vor einer ungemütlichen Konfrontation bewahrt zu haben, als trommelnder Hufschlag jegliche Hoffnung zunichte machte. Schnell warf er einen Blick zurück über die Schulter, obwohl es schon viel zu dunkel war, um mehr als die Konturen eines Reiters erkennen zu können. Er wusste jedoch auch so, dass dies nur Captain Melville sein konnte. »Miss Duvall, er ist uns auf den Fersen!«, rief er nach unten und griff zur Peitsche, um das Letzte aus den Falben herauszuholen. COTTON FIELDS war nicht mehr weit! Höchstens noch zwei, drei Meilen! Vielleicht konnte er es doch noch schaffen. Auf der Plantage war er sicher!

Aber mit der Schnelligkeit von Captain Melvilles Pferd vermochte das Gespann, das eine schwere Kutsche auf der holprigen Landstraße zu ziehen hatte, es nicht aufzunehmen. Wenig später hatte er die letzten fünfzig Yards Vorsprung wettgemacht und setzte sich rechts neben die Kutsche.

»Anhalten! ... Halt sofort die Kutsche an, Mann!«, schrie Matthew ihm zu und war mit seinem Pferd dann auf der Höhe des Kutschenschlags. »Valerie ... *Valerie!* ... Befiehl ihm, dass er anhält! ... Ich muss mit dir sprechen! ... Ich kann dir alles erklären! ... Gib mir eine Chance, dir zu sagen, was passiert ist! ... Ich flehe dich an!«

»Verschwinde!«, schrie Valerie zurück. »Wage es nie wieder, mir unter die Augen zu treten, hörst du? Ich will dich nie wieder sehen, du ... du verlogener Lump!« Sie zog das Rollo vor dem rechten Fenster herunter, denn sie wollte ihn weder hören noch sehen. Sie brauchte keine Erklärungen. Alles, was sie wissen musste, hatte sie mit ihren eigenen Augen gesehen! Was gab es da noch zu erklären?! Doch Matthew dachte nicht daran, ihrer Aufforderung Folge zu leisten. Er gab seinem Pferd die Sporen und führte es ganz nahe an die Trittstufe zum Kutschbock heran.

»Ich warne dich, Kutscher!«, brüllte er zu Duncan hoch, der sich die Kappe tief in die Stirn gezogen hatte und den Kopf leicht abgewandt hielt. »Wenn du nicht sofort die Tiere zum Stehen bringst, komme ich zu dir hinauf und erledige das selber! Und anschließend nehme ich mir dich vor! Also angehalten!«

Valerie schob nun das linke Fenster hoch und rief mit sich überschlagender Stimme: »Nein! Nicht anhalten! ... Weiter! Er hat kein Recht, uns zum Halten zu zwingen! ... Er soll uns in Ruhe lassen! ... Schaff ihn mir vom Hals! Koste es, was es wolle! ... Und nimm die Peitsche, wenn er nicht hört!«

Duncan hätte sich so oder so mit der Peitsche zur Wehr gesetzt, denn die Angst saß ihm im Nacken. Nun aber konnte er von ihr Gebrauch machen und sich notfalls darauf berufen, nur ihrem Befehl gehorcht zu haben. Zudem kam das, was Captain Melville versuchte, einem Überfall gleich. Es war somit reine Notwehr, wenn er zur Peitsche griff und sich mit aller Kraft seiner Haut wehrte.

Und das tat er dann auch. Wild schlug er nach Matthew und dem Pferd. Die ersten Schläge trafen nicht, da sein Verfolger zu nahe war. Doch dann zog er die Falben nach rechts, drängte ihn fast von der Landstraße und zwang ihn, hinter die Kutsche zurückzufallen. Als er wieder aufholte, schlug Duncan erneut auf ihn ein. Diesmal trafen die Peitschenhiebe, da nun die Entfernung stimmte. Matthew versuchte, den Schlägen auszuweichen, und duckte sich tief über den Hals des Pferdes. Doch er entkam dem Lederriemen nicht. Er schrie auf, als ihn das Ende der Peitsche ins Gesicht traf. Es war mehr ein Schrei aus wilder, unbändiger Wut, denn in seiner Erregung verspürte er keinen großen Schmerz. Dabei platzte die Haut unter seinem rechten Wangenknochen auf, als hätte ein Rasiermesser ihm die Wange aufgeschnitten. Er spürte, wie ihm das Blut warm über das Gesicht lief. Doch der Schmerz blieb aus. Er kannte nur einen Gedanken: Er musste die Kutsche anhalten und Valerie dazu bringen, ihn anzuhören!

Matthew feuerte sein Pferd an. Gleich würde er den Haltegriff am Kutschbock zu fassen bekommen und sich aus dem Sattel hinüber auf die Kutsche schwingen. Auf hoher See hatte er in manchen Stürmen schon bedeutend gefährlichere Klettermanöver gewagt, um sein Schiff und damit auch sein Leben sowie das seiner Crew zu retten. Er hatte die Hand schon nach der Eisenstange ausgestreckt und die Füße aus den Steigbügeln genommen, als ein wuchtiger Peitschenschlag sein Pferd quer über den Kopf traf. Mit einem schrillen schmerzerfüllten Wiehern brach es aus und stieg auf.

Matthew registrierte mit jähem Entsetzen, wie er das Gleichgewicht verlor. Er hatte nicht die geringste Chance, sich im Sattel zu halten. Und die Haltestange der Kutsche befand sich augenblicklich außer Reichweite. Seine rechte Hand, die instinktiv nach der Mähne des Tiers griff, fasste daneben. Im nächsten Moment wurde er vom Rücken des Pferds geschleudert, stürzte schwer in den Sand der Straße und wirbelte mehrfach um seine eigene Achse, bis ein Dickicht am Straßenrand seine rasante Sturzbahn beendete. Reglos blieb er liegen.

Duncan sah ihn vom Pferd stürzen und war im ersten Moment versucht, sich keinen Deut darum zu scheren, wie schwer der Sturz gewesen war, und die Falben laufen zu lassen. Aber das konnte er mit seinem Gewissen dann doch nicht vereinbaren. Er mochte ja einen sehr unbekümmerten Lebenswandel führen, sich von Freunden und Verwandten aushalten lassen und das Geld, das er sich zu beschaffen wusste, in den Spielclubs fröhlich unter die Leute bringen. Aber das hieß noch lange nicht, dass er jemanden hilflos am Straßenrand liegen ließ, der sich nach einem Schlag von seiner Hand beim Sturz möglicherweise schwer verletzt hatte!

Und was war, wenn sich Captain Melville das Genick gebrochen hatte? Mit einem entsetzlich flauen Gefühl in der Magengegend griff er fest in die Zügel und nahm die Falben aus dem Galopp. Nur zu bereitwillig brachen sie ihren fliegenden Lauf ab.

»Nicht anhalten!«, drang Valeries Stimme, die einen hysterisch schrillen Klang hatte, aus dem Innern der Kutsche, als die Räder knirschend ausrollten.

»Ich muss, Miss Duvall! Er ist vom Pferd gestürzt und liegt dort hinten am Straßenrand, ohne sich zu rühren!«, antwortete Duncan, zog die Bremse an und sprang vom Kutschbock. Die Peitsche behielt er in der Hand. Vielleicht schauspielerte der Captain auch nur und hoffte, ihn ganz nahe heranzulocken, um sich dann auf ihn stürzen zu können. Er musste vorsichtig sein. »Ich sehe nur nach, ob er sich ... verletzt hat!«

»Von mir aus kann er tot sein!«, stieß Valerie in ihrem grenzenlosen Schmerz hervor. »Ich will nach COTTON FIELDS! Fahren Sie sofort weiter!«

»Ich bin gleich wieder da«, sagte Duncan und lief zurück. Captain Melvilles Pferd kam ihm auf halbem Weg entgegen. Es schnaubte nervös, und die schweißnassen Flanken zitterten.

Er lockte es an. »Ganz ruhig ... Komm her zu mir! ... Na komm schon, ich tu dir auch nichts ... Ja, so ist es gut ... Ganz brav«, sagte er, tätschelte den Hals des Tiers, als es ihn endlich an sich heranließ, und öffnete dann die Sattelgurte. Den Sattel warf er kurzerhand ins Gebüsch. Er nahm dem Pferd auch noch das Zaumzeug ab und schleuderte es dem Sattel hinterher. Er fühlte sich gleich viel sicherer. Jetzt sollte Captain Melville mal versuchen, ihn zu verfolgen!

Dennoch näherte er sich überaus wachsam der am Boden liegenden Gestalt. Matthew Melville lag auf der Seite, mit einem Arm im Gebüsch, während die Füße in Richtung Landstraße zeigten. Schritt um Schritt ging Duncan auf ihn zu, angespannt und bereit, augenblicklich zurückzuspringen, sich mit der Peitsche gegen einen Angriff zu verteidigen und zur Kutsche zu rennen. Doch der Mann rührte sich nicht von der Stelle.

Schließlich hatte er sich bis auf anderthalb Yards an ihn herangewagt. Es war zu dunkel, als dass er noch viel hätte sehen können. Er stieß ihn mit dem Peitschenstiel gegen den rechten Fuß. Nichts geschah. Sein Mund wurde ganz trocken. Wenn Captain Melville sich beim Sturz tödlich verletzt hatte, konnte das eine Menge Unannehmlichkeiten für ihn bedeuten. Er wünschte plötzlich, er hätte sich nicht von den zusätzlichen hundert Dollar dazu verlocken lassen, seinen ursprünglichen Plan aufzugeben, auf Seitenstraßen so schnell wie möglich nach New Orleans zurückzukehren. Aber es war nun mal geschehen.

Er musste sich davon überzeugen, ob der Captain noch lebte und ob er ärztlicher Hilfe bedurfte. Und das konnte er nicht aus sicherer Entfernung tun.

Duncan trat noch einen halben Schritt näher. Seine Nerven waren auf das äußerste angespannt. Sein Magen war wie ein abgrundtiefes Loch, und in seiner Kehle schien auf einmal sein wild pochendes Herz zu sitzen. Es kam ihm wie ein Wunder vor, dass seine Beine ihm nicht den Dienst versagten.

Lautlos formten seine Lippen ein Gebet, während er sich hinunterbeugte und nach Melvilles rechter Hand fasste. Seine Finger suchten den Puls – und fanden ihn zu seiner großen Erleichterung. Er lebte also noch!

Er nahm nun all seinen Mut zusammen, packte den am Boden Liegenden an der Schulter und drehte ihn auf den Rücken. Das blutüberströmte Gesicht von Matthew Melville entsetzte ihn nicht halb so sehr wie das Stöhnen, das dieser plötzlich von sich gab, als er aus der Bewusstlosigkeit erwachte.

Wie von der Tarantel gestochen, sprang Duncan mehrere Schritte zurück und blieb dann abwartend stehen. Matthew Melville stöhnte erneut, während er sich mit der Hand über das Gesicht fuhr. »O verdammt!«, fluchte er und setzte sich nun auf.

Duncan wich weiter zurück und beobachtete ihn. Matthew kam nur mühsam auf die Beine. Seinen unsicheren Bewegungen war die Benommenheit anzusehen, die ihn noch umfangen hielt. Er presste sich unter einer Mischung aus Stöhnen und Fluchen die rechte Hand auf die Seite, wo er sich beim Sturz offenbar schmerzhafte Prellungen zugezogen hatte. Er wankte zurück auf die Landstraße – und bemerkte erst jetzt die Gestalt, die ihn zehn Schritte entfernt beobachtete, sowie die Umrisse der Kutsche weiter hinten.

»Warte, Kutscher! ... Ich will mit dir reden!«, stieß er mit rauer Stimme hervor.

Duncan hatte genug gesehen. Er wusste nun, dass Captain Melville noch einmal glimpflich davongekommen war, und er dachte nicht daran, mit ihm auch nur ein Wort zu wechseln. Er hatte sein Glück schon stark genug strapaziert. Deshalb wandte er sich wortlos um und rannte zur Kutsche zurück.

»He, warte!«, schrie Matthew ihm hinterher und wollte ihm nach, doch eine Fußverstauchung ließ nur ein mühseliges Humpeln zu. »Verdammter Mistkerl!«

»Der Captain ist in Ordnung, Miss!«, rief Duncan gedämpft, als er die Kutsche wieder erreicht hatte. »Ist noch mal mit ein paar Prellungen und blauen Flecken davongekommen. Aber einholen kann er uns jetzt nicht mehr.«

»Fahren Sie endlich weiter!«, drängte Valerie mit zitternder Stimme. »Ich will ihn nicht sehen!«

»Da haben wir etwas gemeinsam«, brummte Duncan und schwang sich auf den Kutschbock. Wenig später bog er in die lange Allee ein, die bei Dunkelheit einem Tunnel glich, an dessen Ende der warme Lichterglanz der Lampen lockte, die das Portal des Herrenhauses erhellten.

Als die Kutsche vor dem Verandaaufgang hielt, ging die Tür auf – und heraus trat Travis. Kendrik, gefolgt von Valeries schwarzem Butler.

Der Anwalt tauschte einen raschen Blick mit Duncan, während er die Stufen zur Kutsche hinuntereilte. Dieser nickte ihm zu.

»Valerie! Was für ein wunderbarer Zufall, dass wir uns doch noch treffen!«, rief Travis freudig und öffnete den Schlag. »Ich hatte Ihnen einen Überraschungsbesuch abstatten wollen und war enttäuscht, Sie nicht auf COTTON FIELDS vorzufinden. Gerade wollte ich mich auf den Rückweg machen, als ich ...« Er brach mitten im Satz ab, als er ihr tränenfeuchtes Gesicht sah. »Um Gottes willen, was ist passiert?«

»O Travis! Es war fürchterlich!«, rief Valerie mit einem tränenerstickten Aufschluchzen und fiel ihm fast in die Arme.

»Sie erschrecken mich, Valerie«, sagte Travis besorgt und führte sie, seinen Arm stützend um ihre Schulter gelegt, die Treppe hoch. »Ist Ihnen etwas zugestoßen?«

»Matthew!«, flüsterte sie. »Er ... er hat mich all die Zeit betrogen. Ich habe es nicht glauben wollen, doch ... doch heute habe ich den Beweis dafür erhalten. Ich ... ich habe ihn mit seiner ... anderen *in flagranti* ertappt.«

»O mein Gott!« Es fiel Travis nicht sehr schwer, den Erschütterten zu spielen.

»Es war entsetzlich, Travis«, schluchzte Valerie, und die Tränen liefen wieder über ihr Gesicht. »Ich fühle mich so elend, so erniedrigt und beschmutzt. Bitte fahren Sie noch nicht zurück! Bleiben Sie auf COTTON FIELDS!«

»Wenn Sie mich brauchen, bleibe ich selbstverständlich bei Ihnen, solange Sie wollen«, beruhigte er sie. »Sie wissen doch, dass Sie immer auf mich zählen und ganz über mich verfügen können. Kommen Sie, ich bringe Sie in Ihr Zimmer. Sie müssen sich jetzt hinlegen und Ruhe finden. Ein wenig Laudanum wird dabei ganz hilfreich sein.«

»Bitte zahlen Sie den Kutscher für mich aus. Ich schulde ihm hundert Dollar.«

»Ich kümmere mich gleich darum.«

Das Gefühl der Geborgenheit und Sicherheit machte sich in ihr, wenn auch nur schwach, bemerkbar, als die vertraute und geliebte Atmosphäre des Hauses sie umfing.

»Er wird nach COTTON FIELDS kommen.«

»Melville?«

»Ja.«

»So dumm wird er wohl nicht sein, wenn sein Betrug so ... so eindeutig war, wie Sie gesagt haben.«

»O doch, er wird kommen, ich weiß es. Er ist uns auch gefolgt, dann aber vom Pferd gestürzt! Bitte tun Sie alles, damit er mir nicht mehr unter die Augen tritt!«, flehte sie Travis an. »Ich will ihn nie wieder sehen. Für mich kann er genauso gut tot sein!«

Travis lächelte. »Ihr Wunsch ist mir ein Befehl, Valerie.«

16

Matthew machte sich erst gar nicht die Mühe, in der Dunkelheit nach Sattel und Zaumzeug zu suchen. In den wilden, abenteuerlichen Jahren, die er auf den Goldfeldern Kaliforniens verbracht hatte, hatte er gelernt, sich auch ohne Sattel und Zügel auf einem Pferd zu halten.

Die Angst, Valeries Liebe verloren zu haben, saß wie ein eisiger Dorn in seiner Brust, ließ ihn all seine physischen Schmerzen vergessen und trieb ihn nach COTTON FIELDS. Obwohl mittlerweile Stunden vergangen waren, seit sein fassungsloser Blick auf Valerie in der Schlafzimmertür von WILLOW GROVE gefallen war, saß ihm der Schock, das Entsetzen, noch genauso stark in den Gliedern wie in den ersten Schrecksekunden. Und er konnte ihren qualvollen Blick einfach nicht vergessen. Er war wie ein unsichtbares Messer, das sich ihm tief in die Seele gebohrt hatte.

Wie konnte er das je wiedergutmachen? Würde Valerie ihm überhaupt noch eine Chance dazu geben? Bestimmt dachte sie, er hätte sie mit Absicht betrogen. Sie musste erfahren, wie es zu diesem Versprechen und dieser unseligen Verbindung mit Madeleine gekommen war – und dass sie ihm einfach keine andere Wahl gelassen hatte! Die Frage, wie es überhaupt zu dieser entsetzlichen Begegnung in W<small>ILLOW</small> G<small>ROVE</small> hatte kommen können, beschäftigte ihn nur am Rand. Damit würde er sich später auseinandersetzen. Wenn Madeleine dieses Zusammentreffen absichtlich herbeigeführt hatte, um einen Keil zwischen ihn und Valerie zu treiben, würde sie es bitterlich bereuen, sich diese unverzeihlich infame Intrige ausgedacht zu haben. Das schwor er sich, als er sich auf den Rücken des Pferds schwang. Danach vergeudete er jedoch keinen weiteren Gedanken an die Rolle, die Madeleine möglicherweise dabei gespielt hatte. Er dachte allein an Valerie und das, was dieser Anblick, der sich ihr im Schlafzimmer des Jagdhauses geboten hatte, in ihr angerichtet haben mochte.

War ihr Glück damit ebenfalls in tausend Scherben zersprungen wie die Vase, die Valerie im Durchgang umgestoßen hatte? Würde sie verstehen und ihm verzeihen können, was er getan hatte? War ihre Liebe stark genug, um dieses entsetzliche Geschehen zu überwinden?

Das setzte voraus, dass sie erfuhr, wie es zu diesem Fehltritt gekommen war und dass er eine Schuld hatte einlösen müssen, ja dazu gezwungen worden war. Dies allerdings bedingte, dass sie ihm eine Gelegenheit gab, ihr alles über Madeleine und das zu erzählen, was sie für sie, Valerie, getan hatte, um sie vor dem Galgen zu bewahren. Doch was war, wenn sie ihm diese Möglichkeit nicht einräumte?

Er verbot sich hastig jegliche Zweifel.

Sie wird mich anhören! Sie muss mir zumindest einmal die Chance geben, ihr alles zu erklären, bevor sie ihr endgültiges Urteil über mich fällt!, sagte er sich immer wieder wie eine Beschwörungsformel. Das ist sie mir und auch sich selber schuldig! Mein Gott, sie muss doch wissen, wie sehr ich sie liebe! Und nur sie allein!

Seine Angst wuchs, je näher er Cotton Fields kam. Als er vor dem Herrenhaus vom Pferd rutschte, war ihm fast schlecht vor innerer Anspannung und Zerrissenheit. Würde Valerie ihn anhören? Sie musste!

Albert kam ihm entgegen. Seine sonst so beherrschte Miene zeigte Bestürzung, als er die klaffende Wunde auf der Wange und das viele Blut sah.

»Ich muss mit Valerie sprechen!«, stieß Matthew hervor und wollte an ihm vorbei.

Der Butler stellte sich ihm in den Weg. In seinem Gesicht arbeitete es. »Tut mir leid, Mister Melville, aber die Mistress lässt Ihnen ausrichten, dass Sie auf Cotton Fields ... nicht mehr willkommen sind und ... und die Plantage unverzüglich zu verlassen haben. So ... so hat die Mistress es mir aufgetragen.« Es fiel ihm sichtlich schwer, ihm diese Nachricht zu überbringen.

»Das ist lächerlich, Albert. Geh mir aus dem Weg. Ich muss sie sprechen! Und sie wird mich, zum Teufel noch mal, auch anhören. Das ist sie mir schuldig!« Damit schob er ihn beiseite und ging auf die Tür zu.

Doch da tauchte Travis auf. »Sie ist Ihnen nicht das Geringste schuldig, Captain! Ist sie nie gewesen. Und wenn Sie auch nur einen Funken Ehre und Anstand im Leib gehabt hätten, wären Sie nicht hierhergekommen!«, hielt er ihm mit schneidender Stimme vor.

»Mischen Sie sich nicht in Angelegenheiten ein, die Sie einen feuchten Kehricht angehen, Mister Kendrik!«, fauchte Matthew ihn an. »Und geben Sie jetzt endlich die Tür frei, sonst lernen Sie mich kennen!«

»Nur zu, versuchen Sie es, Captain!«, forderte Travis ihn mit kühler Ruhe auf – und hielt im nächsten Moment einen doppelläufigen Derringer in der Hand.

Matthew starrte überrascht auf die kleine Waffe, die aus dieser Entfernung jedoch von genauso tödlicher Wirkung sein konnte wie ein großkalibriger Revolver. Dann aber lachte er geringschätzig auf. »Mit dem Spielzeug können Sie mich doch nicht einschüchtern! Die einzige Gewalttätigkeit, mit der Sie sich auskennen, ist die der verletzenden Worte und der vernichtenden Kreuzverhöre vor Gericht! Nein, ein Mann wie Sie, der allein mit Paragrafen und Rechtsverdrehungen kämpft, wird nicht abdrücken!«

»Sie irren, Captain. Ich *werde* abdrücken!«, erwiderte Travis. »Und kein Gericht der Welt wird mich deshalb zur Verantwortung ziehen. Valerie hat Sie von ihrem Land weisen lassen! Damit ist COTTON FIELDS von diesem Moment an für Sie verbotenes Land! Versuchen Sie nur, sich jetzt gegen ihren Willen und mit Gewalt hier Zugang zu verschaffen! Es gibt genug Zeugen, die gegen Sie aussagen werden!«

Matthew bemerkte Fanny Marsh. Sie stand in der Halle und blickte ihn feindselig an, als hätte sein schändlicher Verrat auch ihr gegolten.

»Ich bin kein Mann, der leere Drohungen ausstößt! Das sollten Sie wissen!«, erinnerte ihn Travis, und in seinen Augen stand ein unbeugsamer, entschlossener Ausdruck. »Aber stellen Sie mich nur auf die Probe, wenn Sie meinen Worten keinen Glauben schenken!«

Matthew begriff, dass Travis nicht bluffte. »Worauf warten Sie dann noch? Schießen Sie schon!«, schrie er den Anwalt in ohnmächtiger Wut an. »Dann haben Sie mich endlich aus dem Weg geräumt und können Valerie ganz ungestört den Hof machen! Aber lieben wird Valerie Sie nie!«

»Ich brauche Sie nicht aus dem Weg zu räumen, Captain«, erwiderte Travis beinahe gelangweilt und mitleidig. »Dafür haben Sie schon selbst gesorgt. Irgendwie habe ich immer gewusst, dass es eines Tages so oder ähnlich kommen würde. Erinnern Sie sich noch, als ich Ihnen sagte, Ihr größter Feind seien Sie selbst?

Ich habe Sie richtig eingeschätzt. Und nun verlassen Sie COTTON FIELDS gefälligst. Sie haben doch gehört, dass Sie hier nicht mehr erwünscht sind.«

Matthew ballte die Fäuste. »Sie wird mich anhören! Wenn nicht heute, dann eben morgen!«, presste er hervor. »Es ist ganz anders, als sie denkt!«

»Ist es das nicht immer?«, fragte Travis sarkastisch. »Eine gute Reise, Captain. Möge Ihren Abenteuern auf See mehr Glück beschieden sein.«

Matthew wandte sich abrupt um und torkelte die Stufen hinunter. Er legte einen Arm um den Hals seines Pferds und blickte zu Valeries Zimmer hoch. Es brannte Licht. Sein Herz zog sich zusammen, als er sich vorstellte, was sie von ihm dachte und dass sie dort oben weinend auf ihrem Bett lag, dem Bett, in dem ihre Liebe sie so oft zu wunderbaren Gipfeln der Leidenschaft geführt hatte.

Es krampfte sich in ihm zusammen. Der innere Schmerz trieb ihm die Tränen in die Augen. Einen Moment rang er mit sich selbst. Dann vergaß er seinen Stolz und all die Augen und Ohren, die diese demütigende Szene beobachteten. Es war ihm egal, was die Schwarzen, Fanny Marsh und der Anwalt von ihm dachten.

»Valerie!«, schrie er verzweifelt zu ihrem Fenster hoch. »Valerie ... Ich muss mit dir reden! ... Ich liebe dich! ... Ich kann dir alles erklären! Ich flehe dich an, gib mir eine Chance! Nur fünf Minuten!«

Das Licht in ihrem Zimmer erlosch. Das war die einzige Antwort, die er von ihr erhielt. Sie hätte nicht eindeutiger und vernichtender ausfallen können.

»Auch wenn Sie Rotz und Wasser heulen und die ganze Nacht auf Knien verbringen, es wird Ihnen nichts helfen!«, rief Travis ihm zu. »Was Sie Valerie angetan haben, wird sie Ihnen nie verzeihen. Sie hat mit Ihnen abgeschlossen. Für immer. Sie will Sie nicht mehr sehen und sich ganz sicher nicht Ihre sinnlosen Erklärungen anhören. Sie haben Valerie verloren! Finden Sie sich damit ab! Ihre andere Geliebte wird Sie bestimmt bestens trösten.«

»Nichts wissen Sie, Kendrik!«, stieß Matthew heiser hervor. »Gar nichts!«

»Sie beginnen, mich zu langweilen, Captain. Verschwinden Sie!«

Matthew hatte Tränen in den Augen, zog sich unter Schmerzen auf sein Pferd und ritt wie ein geprügelter Hund davon. In New Orleans suchte er die erstbeste Taverne im Hafen auf, betrank sich systematisch und provozierte eine Schlägerei mit drei kanadischen Seeleuten, die nur darauf brannten, es einem dieser arroganten Südstaatler einmal gehörig zu zeigen. Er wehrte sich tapfer seiner Haut, hatte gegen sie letzlich jedoch keine Chance. Dass sie ihn nicht zu Brei schlugen, verdankte er dem zufälligen Auftauchen eines Aufsehers einer Kolonne schwarzer Schauerleute, der die Beladung der ALABAMA überwacht hatte und ihn gut kannte.

Er schickte einen seiner Männer zu Timboy auf die RIVER QUEEN, damit dieser ihn abholte und sich um einen Arzt für seinen Captain kümmerte, und griff dann in die Schlägerei ein, als Matthew zum wiederholten Mal zu Boden ging und kaum noch aus seinen zugeschwollenen Augen blicken konnte. Dass Timboy und der Vormann ihn auf den Raddampfer brachten, nahm er schon nicht mehr bewusst wahr. Auch nicht, dass der Arzt ihn untersuchte, seine Wunde im Gesicht säuberte und nähte und es Timboy überließ, den geschundenen Körper seines Masters mit kühlender Salbe einzureiben.

Der Peitschenhieb, der Sturz vom Pferd und die Schlägerei mit den Seeleuten hatten ihn übel zugerichtet. Sein Körper war mit Blutergüssen und sich verfärbenden blauen Flecken übersät, als er am nächsten Morgen stöhnend auf der RIVER QUEEN erwachte. Sein Gesicht sah nicht viel besser aus. Doch weder der Kater noch die Schmerzen hielten Matthew im Bett.

Er sollte sich damit abfinden, dass er Valerie verloren hatte? Niemals! Die Vorstellung war zu grausam, als dass er sie auch nur in Erwägung gezogen hätte. Sicher dachte Valerie jetzt schon ganz anders über ihre gestrige Anweisung, ihm den Zutritt zu verwehren. Sie würde ihm eine Chance geben, sich zu rechtfertigen!

Timboy musste ihn nach COTTON FIELDS fahren. Doch seine Hoffnung, dass Valerie ihm gegenübertreten und ihn zumindest anhören würde, erfüllte sich nicht.

Wieder wurde ihm vom Anwalt schroff und kühl die Tür gewiesen. Er rief nach ihr. Doch weder zeigte sie sich ihm, noch erhielt er eine Antwort. Es war noch niederschmetternder als am Abend zuvor. Aber er gab nicht auf, wenn auch die Angst in ihm wuchs. Tags darauf erschien er erneut vor dem Herrenhaus und verlangte mit unerschütterlicher Hartnäckigkeit, endlich mit Valerie reden zu dürfen. Er war entschlossen, diese Aussprache notfalls zu erzwingen. Sie musste erfahren, was wirklich passiert war – und warum!

»Ich werde jeden Tag kommen, bis du mich endlich hereinlässt und mich anhörst!«, schrie er, so laut er konnte, damit sie ihn auch hörte, egal, wohin im Haus sie sich zurückgezogen hatte. »Wenn du je etwas für mich empfunden hast, gibst du mir die Chance und hörst mir nur fünf Minuten zu! Hörst du mich, Valerie? Fünf Minuten ist alles, was ich von dir will!«

Diesmal übernahm Travis es nicht selbst, ihn von der Plantage zu jagen. Er zeigte sich genauso wenig wie Valerie, sondern bediente sich des Verwalters, den er in weiser Voraussicht instruiert hatte. Jonathan Burke stand schon bereit, als er auf COTTON FIELDS eintraf. Er stieß Matthew den Kolben seiner Schrotflinte vor die Brust, als er aus der Kutsche steigen wollte, und gab Timboy den guten Rat, dem Pferd augenblicklich die Peitsche zu schmecken zu geben, wenn er nicht selber versessen darauf war, sich einige Dutzend Hiebe mit der Neunschwänzigen einzuhandeln.

Matthew ließ sich auch davon nicht beirren. Er kehrte am Vormittag des nächsten Tages zurück, zu Pferd, um Timboy vor möglichen Strafen zu bewahren. Der Ritt war eine Qual. Und dabei kam er noch nicht einmal bis zum Herrenhaus.

Sheriff Stuart Russell, ein bulliger Mann in den Vierzigern mit den kantigen Gesichtszügen eines groben Klotzes, erwartete ihn schon am Beginn der Allee. Dough Catton, sein Stellvertreter, hielt sich an seiner Seite.

»Ich denke, Sie sind weit genug geritten, Captain«, begrüßte er ihn bissig, das Gewehr in beiden Händen. »Sie kehren jetzt besser um und lassen sich nie wieder auf COTTON FIELDS blicken. Es sei denn, Sie brennen darauf, ins Jail zu kommen.«

»Ich fänd's gut, wenn er es doch noch versuchen würde«, meinte Dough Catton gehässig und blickte Matthew dabei herausfordernd an.

Matthew sagte man nach, sich gelegentlich von seinem hitzigen Temperament fortreißen zu lassen. Doch er war nicht so dumm, diese Herausforderung anzunehmen, denn er wusste, dass er gegen Sheriff Russell und seinen Stellvertreter nicht gewinnen konnte. Ihnen ging es nicht darum, Valerie ihren Schutz angedeihen zu lassen. Für sie war und blieb sie wie für die Mehrzahl der Weißen in diesem Teil des Südens trotz der legitimen Eheschließung der Eltern ein Niggerbastard, dem man aus politischen Gründen im Erbschaftsprozess COTTON FIELDS zugesprochen hatte. Und jeder, der mit ihr verkehrte, war ihnen verhasst. Das schloss ihn genauso ein wie Travis Kendrik und Jonathan Burke. Deshalb warteten sie nur darauf, dass er ihnen eine Handhabe bot, ihn in Haft nehmen zu können.

»Na los, versuch doch, zu deinem läufigen Teemädchen zu kommen!«, hetzte Dough Catton ihn weiter auf. »Aber es sieht so aus, als wärst du im Augenblick abgeschrieben und der Niggeranwalt bei ihr am Zug. Würde mir auch mächtig stinken, gegen so ein Rattengesicht den Kürzeren gezogen zu haben – und dann auch noch bei einem Niggerflittchen. Bestimmt treibt sie es auch mit diesem Hurensohn von Aufseher, was meinst du, Stuart?«

»Wird wohl so sein«, sagte der Sheriff nicht minder bösartig. »Was könnte ihn sonst auf COTTON FIELDS halten?«

Matthew hielt sich unter Kontrolle. Er ließ sich noch nicht einmal zu einer zornigen Erwiderung hinreißen, denn darauf warteten sie ja nur. Diesen Gefallen wollte er ihnen auf keinen Fall tun. Es blieb ihm daher nichts anderes übrig, als klein beizugeben und zähneknirschend nach New Orleans zurückzureiten.

In einem Zustand angestauten Zorns suchte er Madeleine auf und stellte sie lautstark zur Rede. Als sie beteuerte, nichts mit der Sache zu tun zu haben und auch nicht zu wissen, von wem Valerie ihre Informationen erhalten hatte, war er im ersten Moment versucht, sie zu schlagen. »Verfluchte Lügnerin!«, brüllte er und stürmte um den Tisch herum, der wie eine letzte Schutzbastion zwischen ihnen stand. »Du hast dir das ausgedacht, um mich und Valerie auseinanderzubringen! Als du mich mit meinem unsäglichen Versprechen erpresst hast, warst du schon entschlossen, unser Glück zu zerstören!«

»Nein! Das ist nicht wahr! Ich habe zu niemandem auch nur ein Wort unserer Verabredung in WILLOW GROVE gesagt! Von mir hat sie es nicht! Ich schwöre es bei Gott und allem, was mir heilig ist!«, schrie Madeleine zu Tode erschrocken, als sie sein verzerrtes Gesicht sah. Er flößte ihr maßlose Angst ein. Und sie sank vor ihm in die Knie. »Ich schwöre es, Matthew! Ich habe nichts damit zu tun!«

Als er sie mit angstgeweiteten Augen und zitternd vor sich knien sah, fiel sein wildes Verlangen, sie zu schlagen, wie ein Strohfeuer in sich zusammen. Kraftlos sank die zum Schlag erhobene Hand hinunter, und er schämte sich insgeheim, dass er einen Moment lang versucht gewesen war, seine Verzweiflung an ihr auszulassen. Er sah ihr an, dass sie ihn nicht anlog.

»Duncan!«, rief sie und sprudelte eilfertig hervor: »Ja, es kann nur Duncan gewesen sein. Er war zufällig bei mir im Haus, als ich deine Nachricht bekam. Ich habe ihm nichts gesagt, doch er weiß alles über dich und mich und Valerie. Er muss uns heimlich nach

Willow Grove gefolgt und dann mit seinem Wissen zu Valerie gegangen sein. Ja, nur so kann es sich abgespielt haben.«

»Duncan wer?«, fragte er knapp.

»Parkridge. Er ist ein entfernter Verwandter von mir. Ein junger Bursche. Er ... er ist seinem eigenen Geschlecht zugetan, wie ich vermute, und ein Spieler.«

Wortlos wandte sich Matthew von ihr ab und verließ ihr Haus. Seinem Versuch, Duncan Parkridge zu finden, war kein Erfolg beschieden. Es verwunderte ihn nicht, betrieb er diese Suche doch ohne großen Nachdruck. Letztlich interessierte ihn dieser fremde junge Mann nicht, der sein Wissen offensichtlich skrupellos zu Geld gemacht hatte. Was würde es ihm schon bringen, wenn er diesen Mann fand? Er konnte ihm die Prügel seines Lebens verpassen, ja er konnte ihn sogar zum Duell zwingen und dabei töten. Aber was hätte er damit gewonnen? Außer dem schalen Gefühl der Vergeltung absolut nichts.

Noch zweimal versuchte er, zu Valerie vorzudringen. Er schlich sich bei Nacht an das Herrenhaus heran. Doch beide Versuche, sich wie ein Verbrecher Zugang zu verschaffen, scheiterten kläglich. Travis Kendrik und Jonathan Burke hatten damit gerechnet und entsprechende Vorbereitungen getroffen. Der Vorplatz und die Gärten um das Haus waren von Lampen erleuchtet. Zudem waren Wachen aufgestellt. Als er sich das zweite Mal nachts anzuschleichen versuchte, entkam er nur um Haaresbreite den geballten Ladungen Schrot, die Jonathan Burke auf ihn abfeuerte.

Die Tage verstrichen, und Lewis Gray wurde immer ungeduldiger. Die ALABAMA hatte die Fracht längst an Bord genommen, und die Mannschaft wartete darauf, dass die Anker gelichtet wurden.

»Sie müssen sich endlich entscheiden, ob Sie das Kommando übernehmen oder mich allein segeln lassen wollen!«, drängte der Erste Offizier. »Die politische Lage wird immer brisanter! Wir müssen auslaufen, sonst verpassen wir unsere letzte Chance, der Blockade zu entgehen!«

»Noch einen Tag, Lewis!«

Der Erste raufte sich fast die Haare. »Mein Gott, das höre ich von Ihnen schon seit einer geschlagenen Woche! Die Zeit zerrinnt uns zwischen den Fingern. Ich appelliere an Ihre Vernunft, endlich die ...«

»Noch einen Tag!«, fiel Matthew ihm schroff ins Wort. »Und jetzt lassen Sie mich mit dieser verdammten Blockade, die die Yankees über New Orleans verhängen können, ein für alle Mal in Ruhe! Wir kommen hier schon noch früh genug heraus! Und was ist schon eine Blockade!«

Kopfschüttelnd ließ Lewis Gray ihn allein.

Matthew war in diesen Tagen ungemein reizbar und für alle, die mit ihm zu tun hatten, ungenießbar. Allein Timboy ließ die Gefühlsausbrüche und ungerechte Behandlung seines Masters mit Ruhe über sich ergehen.

»Weiber sind wie Ebbe und Flut, Massa«, unternahm er einmal den Versuch, ihn zu trösten. »Sie kommen und gehen, und man muss ihnen ihren Weg lassen.« Er konnte gerade noch schnell genug den Kopf zur Seite reißen, um der fast leeren Flasche Brandy auszuweichen, die dann hinter ihm an der Wand zerschellte. Wie der Blitz flitzte er aus der Kabine, und er beließ es bei diesem einen gescheiterten Versuch, seinem Master einige seiner Lebensweisheiten anzudienen.

Matthew wurde zwischen Hoffnung und grenzenloser Verzweiflung hin und her gerissen. Er schrieb Valerie ein halbes Dutzend Briefe, in denen er ihr wieder und wieder erklärte, wie sich alles ereignet hatte und dass seine Liebe immer nur ihr gehörte.

Ein Bote überbrachte ihm schließlich ein kleines Päckchen von ihr. Sein Herz schlug wie wild, als er es aufschnürte. Es enthielt all seine Briefe, die sie ungeöffnet zerrissen hatte. Inmitten dieser Brieffetzen lagen der Rubinring, den er am Morgen seines angeblichen Aufbruchs nach Biloxi als Geschenk auf ihrem Nachttisch zurückgelassen hatte, sowie eine knappe Nachricht von ihr. Sie lautete: *Belästige mich nicht länger! Ich will Dich nie wieder sehen, noch von Dir hören. Ich habe Dich aus meinem Leben gestrichen. Für mich könntest Du ebenso gut tot sein!* Und wie tot fühlte sich Matthew auch, als er diese Zeilen gelesen und begriffen hatte, dass er all seine Hoffnungen auf eine Aussprache und Versöhnung begraben musste.

Noch am selben Nachmittag begab er sich an Bord der ALABAMA. Lewis Gray erschrak, als er sein totenblasses Gesicht sah. Und ihm war, als wäre jegliches Leben aus den Augen dieses Mannes gewichen, den er so sehr respektierte und dem er so brennend gern geholfen hätte. Doch er wusste, dass Captain Melville den Verlust seiner großen Liebe allein verkraften musste.

»Wir laufen aus!«, teilte Melville ihm knapp mit, schloss sich in seiner Kajüte ein und entkorkte eine Flasche Wild Turkey. Er leerte sie, ohne einmal abzusetzen.

17

Die ALABAMA hatte das Delta des Mississippi schon hinter sich gelassen und schnitt im Golf von Mexiko auf südöstlichem Kurs durch die tiefblauen Fluten, als gut siebenhundert Meilen von New Orleans entfernt in Charleston, der Wiege der Konföderation, die endgültige Entscheidung über Bürgerkrieg oder Frieden in der gespaltenen Nation fiel.

Die Garnison von Fort Sumter, mitten in der Hafeneinfahrt gelegen und von drei anderen Festungen sowie zwei kanonenbestückten Verschanzungen umgeben, wurde von einer zahlenmäßig lächerlich kleinen US-Truppe gehalten. Major Anderson befehligte ganze vierundachtzig Soldaten unter dem Sternenbanner, das über der fünfeckigen Inselfestung wehte und von den sezessionsbegeisterten Bewohnern von Charleston als Herausforderung empfunden wurde. Aber nicht nur die Bevölkerung der Stadt, sondern fast der gesamte Süden brannte darauf, dass die Yankees für diese Schmähung ihrer erklärten Eigenstaatlichkeit endlich die einzig passende Antwort erhielten – und zwar mit den Kanonen von Fort Ripley, Fort Johnson und Fort Moultrie.

General Pierre Gustave Toutant Beauregard, ein Kreole aus Louisiana, der noch wenige Monate zuvor Direktor der US-Militärakademie in West Point gewesen war, befehligte die konföderierten Truppen im Hafen von Charleston. Der Mann, der ihm auf der Inselfestung als Gegner gegenüberstand und nicht daran dachte, der erdrückenden Übermacht der Konföderierten zu weichen, war ihm kein Fremder. Im Gegenteil. Als Beauregard in den Dreißigerjahren in West Point als Kadett die Schulbank der Militärakademie drückte, freundete er sich mit seinem Artillerielehrer an – Major Robert Anderson.

Am 11. April, es war ein warmer, dunstiger Tag, schickte der General um zwei Uhr mittags seinen Adjutanten Colonel James Chesnut nach Fort Sumter und forderte seinen ehemaligen Ausbilder und Freund zum letzten Mal zur Kapitulation auf.

Major Anderson zog sich mit seinen Offizieren zurück, um das Ultimatum der Gegenseite mit ihnen zu diskutieren. Alle stimmten darin überein, die Kapitulationsaufforderung zurückzuweisen.

»Wird General Beauregard das Feuer ohne vorherige Nachricht eröffnen?«, fragte der Major.

»Nein, das glaube ich nicht«, erwiderte Colonel Chesnut. »Ich werde den ersten Schuss erwarten«, sagte Major Anderson und fügte hinzu: »Und wenn Sie uns nicht in Stücke schießen, werden wir in wenigen Tagen ausgehungert sein.«

Colonel Chesnut verstand den versteckten Hinweis, dass dem Süden das Fort kampflos in die Hände fallen würde, wenn sie nur warteten, bis ihnen der Proviant ausging. Er unterrichtete General Beauregard davon, woraufhin dieser dem Kriegsminister Leroy Walker eine entsprechende Nachricht telegrafierte und um Anweisung bat, wie er vorgehen solle.

Der Kriegsminister hielt eine Bombardierung von Fort Sumter für sinnlos, sofern Major Anderson bereit war, den genauen Tag festzulegen, an dem er seine Truppe evakuieren würde.

Um ein Uhr in der Nacht vom 11. auf den 12. April ruderte Colonel Chesnut erneut mit den ihn begleitenden Offizieren zur Inselfestung hinüber, um dem Kommandanten des Forts das neue Angebot der Konföderation zu unterbreiten.

Major Anderson debattierte mehrere Stunden mit seinen Offizieren. Dann teilte er Colonel Chesnut mit, dass er willens sei, am 15. April das Fort zu räumen – es sei denn, seine Regierung erteile ihm andere Befehle oder er erhalte auf irgendwelchem Weg zusätzlichen Proviant.

Das waren Colonel Chesnut zu viele Hintertüren, die Major Anderson sich offenhalten wollte. Deshalb schrieb er nun, von General Beauregard dazu ermächtigt, eine Erklärung aus, in der es hieß: »Wir haben die Ehre, Sie davon in Kenntnis zu setzen, dass wir das Feuer auf Fort Sumter in einer Stunde eröffnen werden.«

Es war genau drei Uhr dreißig.

Anderson eskortierte die Konföderierten zu ihrem Boot zurück und verabschiedete sich mit den Worten: »Sollten wir uns nicht mehr in dieser Welt begegnen, möge es mit Gottes Hilfe in der nächsten sein.«

Auf die Minute genau um vier Uhr dreißig wurde das Feuer eröffnet. Kurz vor Sonnenaufgang zerriss der erste Signalschuss der Mörser-Batterien von Fort Johnson die friedliche Stille der Nacht. Das Geschoss zog seine bogenförmige Bahn, explodierte über Fort Sumter und prasselte krachend mitten auf den Exerzierplatz.

Wenig später lag die Festung unter dem dichten Beschuss aller Kanonenstellungen. Die Unionssoldaten hielten sich tapfer und beantworteten das Feuer nach besten Kräften. Die Bombardierung währte den ganzen Tag und wurde auch in der Nacht fortgesetzt. Am frühen Morgen des 13. April wurde das Feuer noch lebhafter. Tausende von Granaten und Kanonenkugeln gingen auf Fort Sumter nieder, richteten enorme Schäden an, vermochten aber nicht die unteren Kasematten zu erreichen, in die sich Major Anderson mit seinen Männern zurückgezogen hatte.

Gegen acht Uhr wurde durch ein Brandgeschoss das Quartier der Offiziere in Brand gesteckt. Es folgten weitere Brandgeschosse. Das Feuer breitete sich im Fort aus und wurde verheerend. Der Wind trieb den Rauch in jenen Teil der Festung, in dem die Soldaten ausharrten und noch immer erbitterten Widerstand leisteten.

Um zwei Uhr mittags nahm Major Anderson die Bedingungen einer ehrenvollen Kapitulation mit freiem Abzug an. Nicht einer von seinen Männern hatte in dem Kugelhagel der Konföderierten den Tod gefunden. Auch auf der Seite von General Beauregard war der Kampf unblutig verlaufen. Als die abziehenden Unionssoldaten ihre Flagge mit einem Salutschuss grüßten, führten Funken zur Explosion von Pulverfässern. Dabei wurden zwei Soldaten tödlich verwundet. Es waren die ersten beiden Toten des Bürgerkriegs, der mit dem Beschuss von Fort Sumter begonnen hatte.

Wie ein Rausch erfasste den Süden wie auch den Norden die Kriegseuphorie, als sich die Kunde von den Geschehnissen in Charleston in den Staaten ausbreitete. Und während Major Anderson in New York von Hunderttausenden stürmisch als Held von Charleston gefeiert wurde, erhob der Süden General Beauregard zu seinem Nationalhelden.

18

Sowohl in der Union als auch in der Konföderation der Südstaaten herrschte die Überzeugung vor, den Gegner schon im Sommer in die Knie gezwungen zu haben. Auch Stephen Duvall hegte nicht den geringsten Zweifel daran, dass der Krieg nur wenige Monate dauern würde. Er spielte sogar mit dem Gedanken, sich freiwillig zu melden.

»Jetzt wird sich uns auch Virginia anschließen, vielleicht sogar noch Maryland, und damit ist der Norden erledigt!«, tönte er im Kreis seiner Freunde, mit denen er in einer Taverne in Rocky Mount den ersten Sieg der Konföderation feierte. »Ich sage euch, in ein paar Wochen ist unsere Kavallerie in New York eingeritten! Zuvor legen wir natürlich Washington in Schutt und Asche! Und Lincoln hängen wir auf!«

»Ja, zur Ernte sind wir wieder auf unseren Pflanzungen, und die Welt wird endlich wissen, wozu der Süden fähig ist und dass von nun an mit uns zu rechnen ist!«, fiel sein Freund Edmund Leffy begeistert ein. »Wir brauchen weder die Franzosen noch die verdammten Engländer. Den Yankees schlagen wir schon allein die Schädel blutig!«

Lautes zustimmendes Gejohle erhob sich.

Stephen sah seinen untersetzten, bullig gebauten Freund verdutzt an. »Du hast recht, Eddy, wir sind auf Hilfe von außerhalb nicht angewiesen. Wir zeigen es den Yankees schon allein«, sagte er, und ein breites Grinsen trat auf sein Gesicht, denn er hatte auf einmal einen grandiosen Gedanken, wie er fand. »Hört mal her, mir ist da gerade eine Idee gekommen, wie wir unserer Siegesfeier noch ein richtiges Glanzlicht aufsetzen können.«

»So, wie denn?«, wollte James Tanglewood, der drittgeborene Sohn eines Pflanzers in Lafayette, wissen.

»Indem wir einen kleinen nächtlichen Ausritt unternehmen, Freunde.«

»Und wohin?«

»Nach Cotton Fields. Ich gehe jede Wette ein, dass da heute Nacht keine Freudenfeuer brennen. Aber da können wir doch ein bisschen nachhelfen, was meint ihr?« Er schaute mit einem bösartigen Grinsen in die Runde seiner Freunde und erklärte ihnen, wie er sich diesen »nächtlichen Ausritt« vorstellte. Sie zeigten sich von seinem Vorschlag hellauf begeistert.

Die sieben jungen Männer, die ausnahmslos aus vermögendem Haus kamen und leidenschaftliche Anhänger der Sezession waren, stärkten sich für ihr Vorhaben noch mit einer Runde, die Stephen in seiner gewohnten Großzügigkeit spendierte.

Wenig später verließen sie die Kneipe. Zwei Flaschen vom selbst gebrannten Brandy des Wirts nahmen sie als Wegzehrung mit. Zwei Dutzend Pechfackeln und ein paar Tücher waren rasch besorgt. Dann machte sich die Gruppe auf den Weg nach Cotton Fields.

Stephen ritt an der Spitze der ausgelassenen Reiterschar. Die Luft war mild und der Himmel sternenklar. Eine Nacht wie dazu geschaffen, um Valerie daran zu erinnern, dass der Kampf um COTTON FIELDS noch längst nicht beendet war, sondern im Gegenteil jetzt erst richtig begann! Und wie sehr er darauf brannte, endlich wieder etwas gegen sie unternehmen zu können. Dass seine Mutter den Antrag von Justin Darby angenommen und sich mit dem Gedanken angefreundet hatte, DARBY PLANTATION zu ihrem Zuhause zu machen, erfüllte ihn mit Wut und nur mühsam verhohlener Verachtung. Die Vorteile, die ihm diese zweite Ehe seiner Mutter brachte, änderten an seiner inneren Ablehnung dieser Verbindung nichts. Er hielt Justin Darby für einen ausgemachten Schwächling und nicht für wert, sein Stiefvater zu werden. Und was interessierte ihn schon DARBY PLANTATION! Er war ein Duvall, und im Vergleich zu COTTON FIELDS nahmen sich Justins Pflanzungen und auch sein Herrenhaus wie ein Esel neben einem Rassepferd aus!

Außerdem fand er es lächerlich, dass seine Mutter in ihrem Alter noch eine zweite Ehe eingehen wollte. Der Gedanke, dass Justin schon in wenigen Monaten mit ihr das Bett teilen würde, bereitete ihm Unbehagen. In ihrem Alter hätte sie sich in ihr ehrenvolles Schicksal als Witwe schicken müssen. Nun, die Hochzeit sollte irgendwann im Herbst stattfinden, nach der Ernte. Es blieb also noch Zeit genug, um eine Situation zu schaffen, die seine Mutter anderen Sinnes werden ließ.

Die erste Flasche Brandy kreiste schon, kaum dass sie Rocky Mount hinter sich gelassen hatten. Doch Stephen machte sich keine Sorgen, dass seine Freunde gleich zu betrunken sein würden, um ihr Vorhaben auszuführen. Jeder von ihnen konnte eine Menge vertragen, und zum Glück war ihm die Idee gekommen, bevor sie mit dem verschärften Zechen begonnen hatten.

Es ging schon auf ein Uhr zu, als sie die erste Abzweigung zur Plantage erreichten, die nach einigen Windungen in die Allee der Roteichen überging. Auf ein Zeichen von Stephen hin ritten sie jedoch daran vorbei. Erst fast eine Meile weiter oberhalb führte er seine Freunde von der Landstraße in den Wald.

»Der Pfad ist schmal!«, rief Stephen gedämpft. »Wir müssen in einer Reihe reiten! Und haltet euch still, sonst sind sie schon gewarnt, bevor wir noch nahe genug herangekommen sind!«

»Zu Befehl, Lieutenant!«, rief James spöttisch.

Leises Gelächter erhob sich. Ein letztes Mal machte die Flasche die Runde. Dann flog sie leer ins Gebüsch, und das ausgelassene Stimmengewirr verstummte. Der weiche Waldboden dämpfte den Hufschlag der Tiere, und außer einem gelegentlichen Schnauben und einem geflüsterten Zuruf war nichts zu hören.

Als sich der Wald vor ihnen zu lichten begann, zügelte Stephen sein Pferd. »Absitzen!«, rief er seinen nachfolgenden Freunden zu.

»Was jetzt, General?«, fragte Edmund Leffy.

Stephen blieb am Waldsaum im tiefen Schlagschatten eines Baums stehen. Vor ihnen erstreckte sich freies Feld. Dahinter zeichneten sich die dunklen Silhouetten mehrerer Gebäude ab.

»Das da drüben ist das Haus, in dem der Hurensohn Jonathan Burke wohnt! Die Sklavensiedlung liegt weiter unten«, erklärte Stephen seinen Komplizen. »Wenn wir freie Hand haben wollen, müssen wir ihn zuerst ausschalten. Er soll ein verdammt kräftiger Bursche sein. Wir müssen also aufpassen. Und es muss schnell gehen.«

James Tanglewood spuckte geringschätzig aus. »Überlass ihn mir, Stephen. Ich brech ihm die Knochen, bevor er merkt, dass er nicht mehr träumt.«

»Was ein guter Freund ist, der denkt nicht immer nur an sich«, meldete sich Edmund großspurig zu Wort. »Ich bin nicht mitgekommen, um hier den Zuschauer zu spielen.«

»Es gibt für alle genug zu tun«, beruhigte Stephen ihn. »Eddy, James – ihr kommt mit mir. Wir schleichen uns ins Haus und überrumpeln das Dreckstück von Verwalter, das mit dem Niggerbastard gemeinsame Sache macht.« Und zu den anderen gewandt, sagte er: »Ihr kommt mit den Pferden nach, sowie ihr seht, dass wir im Haus sind.«

»In Ordnung.«

Stephen und James holten Revolver aus ihren Satteltaschen. Edmund begnügte sich mit seinem Messer, mit dem er besser umzugehen wusste als mit einer Schusswaffe. Um unerkannt zu bleiben, band sich nun jeder ein Tuch vor das Gesicht, das nur die Augen unbedeckt ließ. »Los jetzt!«, rief Stephen leise und trat aus dem Wald auf das freie Feld hinaus. James und Edmund folgten ihm auf den Fersen. In leicht gebückter Haltung liefen sie auf die Rückfront des Aufseherhauses zu.

Das aufgeregte Klopfen in seiner Brust und sein schneller Atem erschienen Stephen verräterisch laut. Erschrocken zuckte er zusammen, als er im Dunkeln auf einen trockenen Ast trat und dieser unter seinem Stiefel durchbrach. Doch es blieb finster und still im Haus.

»So weit, so gut«, raunte Edmund grinsend, als sie an der Hauswand am Boden kauerten.

»Worauf warten wir?«, drängte James. »Machen wir dem Niggerfreund unsere Aufwartung.«

»Wir hätten einen Strick mitnehmen sollen«, flüsterte Edmund. »Unter klarem Himmel baumelt es sich doch so herrlich.«

»Das werden wir schön sein lassen!«, fuhr James ihn leise, aber eindringlich an. »Ein Mord kommt nicht infrage! Verdammt, er ist und bleibt ein Weißer! Legen wir ihn um, kann der Sheriff die Augen nicht zudrücken und so tun, als wäre gar nichts passiert. Dann wird es eine richtige Untersuchung geben, und darauf bin ich nicht scharf.«

Stephen zögerte, nickte dann aber. »James hat recht. Das ist der Schweinehund nicht wert. Es reicht, wenn wir ihn übel zurichten und ihm eine Lehre erteilen, die er sein Leben lang nicht vergisst!«

»Kennst du dich im Haus aus?«

»Sicher.«

»Dann geh du vor!«, forderte James ihn auf.

Wenige Augenblicke später schlichen sie die Stufen zur Veranda hoch. Stephen hielt den Atem an, als er die Hand auf den Knauf der Tür legte. Sie war nicht verriegelt. Ganz langsam zog er sie auf.

Jonathan Burke lag in einem unruhigen Schlaf, als die drei Männer in sein Haus eindrangen. Das Knarren eines Dielenbretts weckte ihn. Verschlafen richtete er sich im Bett auf, ohne im ersten Moment zu wissen, was ihn aus dem Schlaf geholt hatte. Seit Travis Kendrik die Nachricht nach COTTON FIELDS gebracht hatte, dass Captain Melville mit seinem schnellen Baltimoreclipper gen England ausgelaufen war, hatten sie den nächtlichen Wachdienst eingestellt. Doch sein Schlaf war noch immer leicht und sein Körper noch an den Vier-Stunden-Rhythmus der Wachablösung und -kontrolle gewöhnt. Er nahm daher an, dass seine innere Uhr ihn geweckt hatte, und wollte sich schon wieder auf die Seite drehen, als sich die Tür zu seinem Schlafzimmer knarrend öffnete.

Er stieß einen unterdrückten Fluch aus, sprang mit einem Satz aus dem Bett und griff nach der doppelläufigen Schrotflinte, die schussbereit an der Wand in einem offenen Gewehrregal hing.

Seine Hände spürten schon das kalte Metall der Flinte. Doch er bekam sie noch nicht einmal mehr aus der Halterung. Als ihn ein wuchtiger Schlag in die Nierengegend traf, wusste er, dass er einen schweren Fehler begangen hatte. Statt nach der Waffe zu greifen, hätte er sich auf die vermummten nächtlichen Eindringlinge stürzen sollen. Dann hätte er vielleicht noch eine Chance gehabt.

Als Jonathan Burke aufschrie und herumfuhr, schlug James erneut zu. Der Revolvergriff traf den Verwalter diesmal seitlich am Kopf. Fast gleichzeitig rammte er ihm seine linke Faust in den Magen.

»Macht ihn fertig!«, feuerte Stephen seine Freunde an, als sich nun auch Edmund auf den Verwalter stürzte.

Jonathan Burke stand auf verlorenem Posten. Benommen von dem Hieb an den Kopf, wankte er förmlich in die Schläge seiner Angreifer hinein. Seine Reflexe funktionierten noch, doch sie waren nicht mehr schnell genug, um mit zwei Gegnern auf einmal fertig zu werden. Einen Treffer nach dem anderen steckte er ein. Dann zog ihm James den Revolverlauf quer über das Gesicht, während Edmund ihm von der Seite seine Faust mitten aufs Ohr hämmerte. Dieser Doppeltreffer schickte den Verwalter mit einem erstickten Aufschrei zu Boden. Stiefel bohrten sich mit voller Wucht in seinen Leib, rissen seinen Kopf nach hinten und ließen ihn sein eigenes Blut schmecken. Er hatte schon nicht mehr die Kraft, sich zu wehren.

»Bring ihn nicht um!«, rief Stephen seinen Freunden warnend zu, als sie nicht aufhörten, brutal auf ihn einzuschlagen. »Er ist schon bewusstlos!«

»Keine Sorge, er wird es überleben!«, stieß Edmund hervor. Er griff nun zu seinem Messer und hinterließ auf der Brust und dem Rücken des Verwalters ein tief in die Haut eingeschnittenes N, aus dem das Blut quoll. »Damit er eine bleibende Erinnerung an unsere besondere Zuwendung hat und ihn auch jeder als Niggerfreund erkennt!«

James lachte gemein. »Ein bisschen grob, deine Handschrift, aber doch auf faszinierende Weise nachdrücklich.«

Indessen waren die anderen mit den Pferden eingetroffen. Stephen fand in der Feuerstelle wie erwartet noch genügend Glut, um im Handumdrehen ein Feuer zu entfachen. Die erste Fackel flammte auf. Stephen trug sie vor das Haus zu seinen Komplizen. Im Nu brannten alle Fackeln.

»Wir sollten den Niggerfreund da rausholen!«, schlug Edmund vor und deutete auf das Haus, in dessen Schlafzimmer Jonathan Burke nun bewusstlos und in seinem eigenen Blut lag. »Dann könnten wir es auch gleich in Flammen aufgehen lassen.«

»Dafür ist jetzt keine Zeit mehr!«, rief James. »Wir müssen uns beeilen.«

»James hat recht!«, erklärte Stephen und schwang sich mit drei Fackeln in der linken Hand auf sein Pferd, das angesichts der Flammen nervös schnaubte. Doch es scheute nicht. »Auf zur Sklavensiedlung!«

Unter lautem Gejohle und Hochrufen auf die Konföderation galoppierten die sieben Reiter mit lodernden Fackeln die Straße zur Siedlung der Sklaven hinunter. Sie hatten das Dorf noch nicht erreicht, als schon die ersten Schwarzen erschrocken aus ihren Hütten gerannt kamen. Als sie die heranjagende, fackelschwingende Reitergruppe sahen, schrien sie zu Tode entsetzt auf und suchten ihr Heil in der Flucht. Ihre angsterfüllten Schreie rissen die Siedlung endgültig aus dem friedlichen Schlaf.

Stephen ritt an der Spitze. Er war es auch, der die erste Fackel warf. Sie blieb auf dem Dach einer Hütte liegen, aus der gerade ihre Bewohner in panischer Angst ins Freie stürmten und mit gellenden Schreien durch den Garten davonrannten.

»Lauf nur, verdammtes Niggerpack!«, schrie Stephen. »So wie euch werden wir allen Yankees und ihren Freunden Beine machen!« Er schleuderte seine zweite Fackel, die vor der Wand einer der neu errichteten Unterkünfte liegenblieb. Die Flammen leckten augenblicklich an den Brettern hoch.

Als sie das untere Ende der Sklavensiedlung erreicht hatten, wendeten sie ihre Pferde und ritten noch einmal die sandige Straße hoch, um die restlichen Fackeln loszuwerden. Das prasselnde Feuer von mehreren brennenden Hütten tauchte die Sklavensiedlung in lodernden Flammenschein.

Stephen begnügte sich diesmal nicht damit, seine letzte Fackel vom Pferd zu schleudern. Auf der Höhe des Brunnens, der in etwa die Mitte der Siedlung markierte, sprang er aus dem Sattel, lief in die nächste Hütte und steckte sie von innen in Brand. Die mit trockenem Moos, Gräsern und Stroh gefüllten Jutesäcke auf den Bettstellen entzündeten sich in Sekundenschnelle. Dann rannte er zur nächsten. Einige seiner Freunde folgten seinem Beispiel, sodass wenig später fast alle Hütten in Flammen standen.

»Tod allen Yankees und allen Verrätern!«, schrie Stephen mit sich überschlagender Stimme. Hass und wilde Befriedigung zugleich verzerrten sein Gesicht zu einer Grimasse, der der rote Widerschein des Feuers um ihn herum eine zusätzliche diabolische Note verlieh.

»Verschwinden wir!«, rief James und gab seinem Pferd die Sporen.

Eine doppelte Flammenwand leckte mit baumhohen Feuerzungen in den Himmel, als die Brandstifter davongaloppierten. Links und rechts der Straße standen die Hütten lichterloh in Brand. Das Feuer war nicht mehr zu löschen. Von der Sklavensiedlung würden nur noch ein paar verkohlte Balken übrig bleiben.

Bevor Stephen mit seinen Freunden im Wald untertauchte, warf er noch einen Blick zurück auf das Werk der Zerstörung, das sie angerichtet hatten. Das Prasseln der Flammen und das Bersten von Holz waren weithin zu hören. Ein Funkenregen stob in den Himmel, als das Dach des erst kürzlich erbauten Gotteshauses in sich zusammenfiel.

»Nimm das als eine erste Warnung, Valerie!«, stieß er mit einer hasserfüllten Inbrunst hervor, die so heftig in ihm loderte wie das Feuer vor seinen Augen. »Du bist ein Dorn in unserem Fleisch, wie es Fort Sumter gewesen ist. Auch deine Kapitulation wird nicht mehr lange auf sich warten lassen. Aber für dich wird es keinen ehrenvollen Abzug geben, das schwöre ich dir!«

19

Die Erschöpfung stand Valerie ins Gesicht geschrieben. Wirr und in schmutzigen Strähnen hing ihr das Haar in die Stirn. Asche und Dreck hatten überall ihre hässlichen Spuren hinterlassen. Und das Kleid, das sie sich hastig übergezogen hatte, als Samuel Spencer im Herrenhaus Feueralarm gegeben hatte, konnte bestenfalls noch als Putzlappen Verwendung finden, denn es wies zahllose Brandlöcher und Risse auf. Ihre Augen brannten noch vom Rauch, doch die Tränen, die in ihnen schimmerten, waren Tränen ohnmächtigen Zorns.

Auch Travis, der auf einem umgestülpten Wassereimer saß, machte einen äußerst mitgenommenen Eindruck. Sein Gesicht schien in dieser langen Nacht noch spitzer geworden zu sein. Er trug einen provisorischen Verband um die rechte Hand, an der er sich Brandverletzungen zugezogen hatte. Das ehemals weiße Hemd war völlig durchgeschwitzt und verschmutzt. Es würde wie Valeries Kleid zu den Putzlappen wandern.

Stumm blickte Valerie im Licht des heranbrechenden Tages auf die verbrannte Stätte, an der sich noch gestern eine Siedlung für über dreihundert Schwarze befunden hatte. Von den Hütten war kaum etwas übrig geblieben. Hier und da ragten noch ein paar verkohlte Balken oder die Reste jener primitiven Kamine aus Feldsteinen, die bis auf wenige Ausnahmen eingestürzt waren, aus dem Boden. In einem Umkreis von fast fünfzig Yards hatte das Feuer die Erde geschwärzt.

»Noch Kaffee?«, fragte Travis und hob die einfache Kanne hoch, die ihnen Theda vor Kurzem gebracht hatte.

Valerie schüttelte den Kopf. Die Müdigkeit, die sie in sich spürte, ließ sich auch nicht mit dem stärksten Kaffee der Welt vertreiben.

»Es täte Ihnen aber bestimmt gut.«

»Es gibt so einiges, was mir guttun würde, Travis«, erwiderte sie müde und fuhr sich über die Augen.

Er stellte die Kanne wieder in den Sand, erhob sich und trat zu ihr. »Es war eine schlimme Nacht«, sagte er mitfühlend. »Wir haben getan, was wir konnten. Keiner hat sich geschont, Valerie. Aber bei so einer Feuersbrunst war die Siedlung nicht zu retten. Wir können vom Glück im Unglück reden, dass wir das Feuer zumindest daran hindern konnten, auf den Wald überzugreifen. Denn dann wäre womöglich auch noch das Herrenhaus in Gefahr gewesen.«

»Ja, wir haben mal wieder Glück gehabt«, sagte sie mit bitterem Zorn. »Glück! Mein Gott! Über hundert Unterkünfte sind vernichtet, Travis! Gut ein Drittel der Hütten war davon neu erbaut. Und die neue Kirche ist auch den Flammen zum Opfer gefallen. Die Schwarzen haben zudem alles verloren, was sie besessen haben.«

Travis nickte schwer. »Gewiss, aber das Feuer hätte auch noch schlimmere Folgen haben können. Es ist ein wahres Wunder, dass keiner der Sklaven dabei ums Leben gekommen ist. Sie haben sich alle rechtzeitig in Sicherheit bringen können, und dafür sollten wir dankbar sein. Diese Tragödie hätte auch ein ganz anderes Ausmaß ...«

»Nicht Tragödie, Travis!«, fiel sie ihm heftig ins Wort. »Tragödie klingt nach unabwendbarem Schicksal. Dies hier ist dagegen ein kaltblütig begangenes Verbrechen. Sie wissen so gut wie ich, wer hinter diesem Brandanschlag steckt!«

Er zuckte nur mit den Achseln, als wollte er sagen: Und was nützt uns dieses Wissen? Ihnen beiden war klar, was die Ermittlungen, sollte es überhaupt welche geben, zutage bringen würden – nämlich gar nichts. Denn seit dem 12. April hatten Sheriff Russell und sein Stellvertreter noch weniger Interesse, es sich mit der Pflanzeraristokratie zu verderben, indem sie ihre Aufgabe, dem Recht Geltung zu verschaffen, im Falle von Valerie Duvall zu ernst nahmen. Nein, die Brandstifter würden offiziell unerkannt und ungestraft davonkommen. Aber was hatten sie denn erwartet?

»Sicher, es war Stephen oder seine Mutter. In ihrer Skrupellosigkeit sind sie sich gleich. Aber wir hätten es wissen müssen. Es war allein unser Fehler, dass der Anschlag gelingen konnte«, machte sich Travis Vorwürfe. »Wir hätten darauf vorbereitet sein müssen. Jetzt im Nachhinein erscheint mir das, was heute Nacht geschehen ist, als völlig logisch. Ja, diese Brandstiftung ist sogar von Anfang an vorhersehbar gewesen.«

Valerie sah ihn verdutzt an. »Aber wieso denn das? Sie haben doch stets behauptet, niemand würde es wagen, Sir Ruperts Engagement auf COTTON FIELDS in Gefahr zu bringen.«

Travis lachte freudlos auf. »Ja, daran halte ich auch fest. Aber es gibt da kleine und zugleich gewichtige Unterschiede, wie wir diese Nacht haben feststellen müssen: Niemand hat die Felder angerührt, in die Sir Rupert sein Geld investiert hat. Aber was hat die Sklavensiedlung oder das Herrenhaus mit der Baumwolle zu tun, die er vorfinanziert hat? Gar nichts! Alles, was außerhalb der Baumwollfelder liegt, ist demnach in Gefahr.«

»Auf erschreckende Weise macht es Sinn«, sagte Valerie betroffen, hatte sie sich seit James Marlowes Kreditzusage und Sir Ruperts Einverständnis, bei diesem riskanten Geschäft als Strohmann zu fungieren, doch so sicher wie nie zuvor auf der Plantage gefühlt.

»Bis auf einige Ausnahmen natürlich«, schränkte der Anwalt ein. »Die Entkörnungsmaschine und die Lagerschuppen für die Ballen werden sie nicht antasten. Dasselbe trifft mit fast absoluter Sicherheit auf das Herrenhaus zu.«

»Wieso sind Sie sich dessen so gewiss?«, fragte Valerie skeptisch. »Ich jedenfalls bin es nicht mehr.«

»Weder Stephen noch seine Mutter kämen auf den Gedanken, dieses Gebäude in Brand zu stecken«, versicherte Travis. »Sie betrachten es noch immer als ihr legitimes Zuhause, als ihren Familiensitz, und den brennt man nicht nieder.«

Valerie gab einen schweren Stoßseufzer von sich. »Hoffentlich behalten Sie recht. Ich traue ihnen jedoch jede noch so abscheuliche Tat zu. Denken Sie doch nur daran, wie schrecklich sie meinen Verwalter zugerichtet haben. Wenn Lettie sich nicht sofort um ihn gekümmert hätte, wäre er womöglich verblutet! Wie die Tiere müssen sie auf ihn losgegangen sein.«

»Sie tun der Natur unrecht, Valerie. Tiere kennen diese Art der vorsätzlichen Quälerei und Grausamkeit nicht«, korrigierte er sie grimmig. »Sie kämpfen und töten allein, um zu überleben, ihren Nachwuchs zu schützen oder ihr Revier zu verteidigen. Das blutrünstige, grausame Tier ist vielmehr eine Erfindung der Spezies Mensch.«

Hufschlag und das Rattern von Wagenrädern näherten sich ihnen aus der Richtung, in der das Haus von Jonathan Burke und die Nebengebäude unbeschadet standen.

Sie drehten sich um. Es war Samuel Spencer, der den offenen Einspänner lenkte. »Mistress! ... Mistress!«, rief er schon von Weitem und winkte aufgeregt.

»Nicht noch eine Hiobsbotschaft!«, flehte Valerie leise und wappnete sich innerlich gegen die nächste schlechte Nachricht. Für einen winzigen Moment flackerte ein Gedanke an Matthew in ihr auf. Das Glück schien sich wahrlich von ihr abgewandt zu haben. Erst sein ungeheuerlicher Betrug mit dieser vollbusigen Schönheit Madeleine – und dann dieses verheerende Feuer. Was hielt das Schicksal noch an Prüfungen für sie bereit?

Travis legte ihr beruhigend seinen Arm um die Schulter. »Es wird schon nichts Schlimmes passiert sein.«

Valeries Befürchtung erwies sich in der Tat als grundlos. Der alte Schwarze mit dem kurzen grauen Haupthaar brachte vielmehr eine gute Nachricht.

»Doktor Rawlings ist eingetroffen!«, teilte er ihnen mit. »Ihre Zofe hat ihn gleich zu Mister Burke geführt, Mistress. Hat aber keine gute Miene nicht gemacht.«

»Hauptsache, er hat sich endlich nach COTTON FIELDS bequemt«, sagte Valerie erleichtert, aber auch mit einem grollenden Unterton. Als sie Jonathan Burke in der Nacht bewusstlos und schwer blutend in seinem Haus gefunden hatten, hatte sie sofort einen Boten zu Doktor Rawlings geschickt und ihn eindringlich gebeten, umgehend zu kommen und sich um den Verletzten zu kümmern. Zudem hatte sie befürchtet, dass das Feuer seinen Tribut an schweren Verletzungen fordern würde. Doktor Rawlings hatte jedoch abgelehnt, auf der Stelle nach COTTON FIELDS zu reiten. Und er hatte ihr ausrichten lassen, dass er es sich am Morgen überlegen werde, ob er es sich leisten könne, die Behandlung ihres weißen Verwalters zu übernehmen. Diese Antwort aus dem Mund eines gemäßigten Mannes, wie der Arzt einer war, hatte mehr Angst vor der Zukunft als Empörung in ihr ausgelöst. Keine Frage, seit dem 12. April blies ihr der Wind noch schärfer ins Gesicht. Und manchmal hatte sie das beklemmende Gefühl, auf COTTON FIELDS wie auf einer Insel zu leben, die mitten in Feindesland lag – wie es bei Fort Sumter in Charleston der Fall gewesen war. Diesen Gedanken, der sie innerlich erschauern ließ, vermochte sie jedoch noch jedes Mal schnell zu verdrängen.

Travis half Valerie in den Wagen und setzte sich zu ihr. Er war froh, den Ort des Brandes endlich verlassen und sich im Haus waschen und umziehen zu können. Die endlosen Stunden an Valeries Seite, die sich nicht davon hatte abbringen lassen, aktiv an der Bekämpfung des Feuers teilzunehmen, hatten ihm alle Kräfte abverlangt. Er hatte ja schlecht hinter ihr zurückstehen und sich auf die Rolle des Zuschauers beschränken können. Er hatte sich nicht geschont und war ihr nicht von der Seite gewichen. Nicht eine Minute hatte er vergessen, wofür er sich abrackerte. Ton musste geformt werden, solange er weich war. Und er war fest entschlossen, die für ihn günstige Situation, die Matthew durch seine unverständliche Affäre mit Madeleine Harcourt geschaffen hatte, zu jeder Zeit nach besten Kräften zu nutzen.

»Wir müssen noch heute mit der Errichtung neuer Unterkünfte beginnen«, sagte Valerie, als sie zum Haus des Verwalters kamen. Auf der Veranda lagerten Familien mit Kleinkindern, deren Geschrei fast das einzige Geräusch war, als Samuel Spencer den Wagen durch das Gedränge der Sklaven lenkte, die sich auf dem Vorplatz um mehrere Dutzend Kochfeuer versammelt hatten. In den umliegenden Schuppen und Lagerhallen hatte nur ein Teil der Sklaven, vornehmlich die Alten und Kranken, ein Dach über dem Kopf gefunden.

Schweigend, doch mit einer unmissverständlichen Anklage in den Augen, wie es Valerie schien, blickten ihre Schwarzen, deren Wohl ihr doch so sehr am Herzen lag, zu ihr hoch, als sie vorbeifuhr. Ihr war, als stünde sie am Pranger. Es schnürte ihr die Kehle zu. Sahen sie in ihr die Schuldige, die für den nächtlichen Terror und den Verlust ihrer gesamten Habe letztendlich verantwortlich war? Die Vorstellung, diese Menschen dort könnten sich insgeheim ihre frühere Herrschaft zurückwünschen und sie verfluchen, verursachte in ihr einen Hitzeschwall, und sie hatte Mühe, die Tränen zurückzuhalten.

»Haben Sie gesehen, wie sie mich alle angeschaut haben?«, stieß sie mit zitternder Stimme hervor. »Als hätte *ich* ihnen das alles angetan!«

»Das bilden Sie sich nur ein, Valerie. Sie sahen mir vielmehr erschöpft und einfach nur niedergeschlagen aus, und darin unterscheiden sie sich wahrlich in nichts von uns. Wir sind alle erschöpft. In so einem überreizten Zustand legt man leicht etwas in einen Blick oder eine Stimme hinein, was in Wirklichkeit gar nicht vorhanden ist«, beruhigte er sie. »Das ist ganz normal. Sie sollten gleich ein Bad nehmen und sich dann ein paar Stunden Schlaf gönnen. Sie werden sehen, danach sieht alles anders aus.«

Valerie warf ihm einen zweifelnden Blick zu, beließ es jedoch dabei. Sie wollte ihm nur zu gern glauben. Wie gut, dass er noch nicht nach New Orleans zurückgekehrt war. Welch zuverlässige Stütze er ihr doch in den letzten beiden Wochen gewesen war, als die Verzweiflung über Matthews Betrug sie fast um den Verstand gebracht hätte. Stets war er in ihrer Nähe gewesen, wenn sie ihn gebraucht hatte. Er hatte sie über den ersten, scheinbar unerträglichen Schmerz hinweggetröstet, ohne dabei jedoch über Matthew ein schlechtes Wort zu verlieren. Er hatte seinen Namen nicht einmal erwähnt, sondern ihr immer wieder auf verschiedenste Art und Weise zu verstehen gegeben, dass sie die Kraft, das Leben zu meistern, allein in sich selbst finden konnte, in ihrem Glauben an sich selbst und das, was ihrem Leben einen tiefen Sinn gab – nämlich COTTON FIELDS.

»Danke, Travis«, sagte sie unwillkürlich und mit warmherziger Stimme.

Überrascht blickte er sie an. »Wofür?«

»Für so vieles«, antwortete sie ein wenig verlegen und war froh, dass der Wagen im nächsten Moment vor dem Herrenhaus hielt.

Sie eilte die Stufen hinauf. In der Eingangshalle traf sie auf Rawlings, einen stämmigen und missmutig dreinschauenden Mann in den Fünfzigern.

»Wie geht es ihm, Doktor?«

»Er sieht böse aus, aber er wird es überleben«, sagte er mit dem ihm eigenen knurrigen Tonfall, der jeder Antwort den Charakter einer barschen Zurückweisung gab, so als wäre man ihm mit der Frage schon zu nahegetreten.

Valerie ließ sich von seiner schroffen Art nicht einschüchtern. Dafür kannte sie ihn zu lange. Er versuchte zwar alles, um einem Besuch auf COTTON FIELDS auszuweichen, und er hegte nicht gerade übermäßige Sympathie für sie, doch sein Gewissen war letztlich immer noch stark genug ausgeprägt, um ihn in wirklich ernsten Fällen seine gesellschaftlichen Vorbehalte vergessen zu lassen. »Seine Verletzungen ...«, setzte sie zu einer weiteren Frage an. Er fuhr ihr unfreundlich ins Wort. »Vier gebrochene Rippen, den rechten Arm gebrochen, ein paar Zähne ausgeschlagen, mehrere Platzwunden sowie mehr Schnittwunden und Prellungen, als ich Lust und Zeit zum Aufzählen habe. Habe ihm den Arm gerichtet und geschient, Brustkorb und Messerwunden verbunden und ihm genügend Laudanum gegeben. Er wird wohl bis in den Abend schlafen. Was dann zu tun ist, kann Lettie erledigen. Gesund werden muss er von allein. Reicht Ihnen das als Krankenbulletin?«

»Das heißt also, dass Sie nicht wieder nach ihm sehen werden, ist das richtig?« Sie schaute ihn herausfordernd an.

Er zuckte unter ihrem Blick nicht mit der Wimper. »Ich bin dann immer noch einmal mehr an seinem Krankenlager gewesen als jeder andere Arzt in dieser Gegend! Von denen hätten Sie keinen auf COTTON FIELDS zu Gesicht bekommen, wie Sie sehr wohl wissen!«, erwiderte er kühl. »Hat er Ihnen gesagt, wer es gewesen ist?«

»Nein! Und wenn er es getan hätte, hätte ich es nicht zur Kenntnis genommen!«, antwortete er abweisend.

»Richtig, so viel Ehrgefühl und Gerechtigkeitssinn wäre ja auch zu viel verlangt«, erwiderte Valerie mit bitterem Vorwurf.

»Ich bin Arzt, und ich tue meine Pflicht in Einklang mit meinem Gewissen. Wenn Sie jedoch Gerechtigkeit suchen, dann sind Sie bei mir an der falschen Adresse. Außerdem: Wer die Hand in ein Hornissennest steckt, soll sich nicht darüber beklagen, wenn er gestochen wird! Einen guten Tag noch, Miss Duvall!«, sagte er schroff und eilte an ihr vorbei aus dem Haus, ohne ihren Abschiedsgruß abzuwarten.

»Ein reichlich grober Klotz, aber ein guter Arzt«, bemerkte Travis.

Valerie atmete hörbar aus. »Ja, die Freundlichkeit in Person ist er nicht gerade, aber er ist zumindest doch gekommen. Allein das zeichnet ihn schon aus.« Sie lachte kurz auf. »Ist es nicht beschämend, dass man schon für solche Gefälligkeiten dankbar sein muss, die anderenorts eine Selbstverständlichkeit sind?«

»Beschämend für wen?«

»Für uns alle«, antwortete Valerie niedergeschlagen. »Entschuldigen Sie mich jetzt, Travis. Ich halte es in diesen Kleidern keine Sekunde länger aus. Und warten Sie nicht auf mich. Theda hat bestimmt ein üppiges Frühstück für uns vorbereitet, aber mir steht der Sinn jetzt nicht nach Essen. Ich würde keinen Bissen hinunterbekommen. Ich fühle mich schrecklich müde.«

Er nickte ihr zu. »Das ist kein Wunder, Valerie. Sie

haben sich völlig verausgabt. Legen Sie sich schlafen.« Es schmerzte ihn zu sehen, wie sie ganz grau im Gesicht und mit hängenden Schultern die breite Treppe ins Obergeschoss hinaufging.

In ihrem Zimmer zerrte sich Valerie die Kleider vom Körper. Fanny wollte ihr ein Bad richten, doch sie war zu müde, um noch darauf zu warten, bis der Bottich gefüllt war.

»Später, Fanny. Mir fallen schon im Stehen die Augen zu. Ich möchte jetzt nur schlafen«, wehrte sie deshalb ab und begnügte sich damit, sich Gesicht und Hände zu waschen, bevor sie in ihr Nachthemd schlüpfte und mit einem langen Seufzer ins Bett sank. Sie zog die Decke bis zum Kinn hoch, rollte sich wie ein Ball zusammen und bat ihre Zofe, das Zimmer zu verdunkeln.

Sie war schon eingeschlafen, bevor Fanny noch alle Vorhänge zugezogen hatte. Ihr Schlaf war tief und fest. Als sie erwachte, war es stockdunkel in ihrem Zimmer. Auch hinter den Gardinen zeichnete sich kein Licht ab.

Valerie klingelte nach ihrer Zofe und erfuhr von ihr, dass sie tatsächlich bis in den späten Abend geschlafen hatte. »Ich war mehrmals in Ihrem Zimmer, aber Sie haben nichts davon bemerkt. Wie ein Murmeltier haben Sie geschlafen. Es hat Ihnen bestimmt gutgetan«, sagte Fanny mit betonter Munterkeit, während sie die Lampen im Zimmer ansteckte. »Bleiben Sie ruhig noch im Bett, bis Clover mir geholfen hat, den Badebottich zu füllen.«

»Wie geht es Mister Burke?«, wollte Valerie wissen. Fanny wiegte den Kopf. »Er hat wohl Schmerzen, wie ich von Lettie hörte. Aber sie tut ihr Bestes.«

Am liebsten hätte Valerie nur ihren Morgenmantel übergeworfen und wäre sofort zu ihm gegangen. Doch dann sagte sie sich, dass es wohl keinen großen Unterschied machte, ob sie ihn unverzüglich aufsuchte oder erst, nachdem sie gebadet und sich richtig angezogen hatte. Sie genoss das duftende Bad und die liebevolle Fürsorge, die Fanny ihr angedeihen ließ. Seit Matthew ihre Liebe mit Füßen getreten und sie sich geschworen hatte, ihn nie wiederzusehen, war ihr Verhältnis viel inniger geworden. Bei ihr und Travis hatte sie den nötigen Trost und Zuspruch gefunden, der sie in den ersten Tagen des unsäglichen Schmerzes und Nichtverstehens davor bewahrt hatte, ihrem Leben, das ihr auf einmal so leer und sinnlos erschien, etwas anzutun. Wie oft hatte Fanny sie in ihren Armen gehalten, wenn ihre Tränen kein Ende hatten nehmen wollen. Und was hatte sie nicht alles getan, um in der Dunkelheit ihrer Verzweiflung neues Licht aufleuchten zu lassen und sie auf andere, lebensbejahende Gedanken zu bringen.

Nicht, dass sie Matthews Betrug und das jähe Ende ihrer Liebe schon überwunden hätte. Sie litt noch immer darunter, und es verging kaum eine Nacht, in der sie nicht Tränen vergoss, und kein Tag, an dem sie nicht die immer wiederkehrende Frage quälte, warum er sie mit dieser anderen Frau betrogen hatte und weshalb ihm ihre Liebe und Leidenschaft nicht genügt hatten. Aber so tief und heftig der Schmerz auch noch in ihr brannte und wohl auch noch lange Zeit ihr Leben begleiten würde, so hatte er doch mittlerweile jene gefährliche Intensität verloren, die einen Menschen innerlich völlig zerbrechen konnte. Dass es dazu nicht gekommen war, verdankte sie ganz besonders Fanny und Travis.

Der Schlaf, das Bad, Fannys Fürsorge, die frische Wäsche und die neuen Kleider – all das zusammen erwies sich als das beste Mittel gegen die Erschütterung und Beklommenheit, die das niedergebrannte Dorf der Schwarzen in ihr hervorgerufen hatte.

Als sie jedoch nach einem kurzen Gespräch mit Lettie das Krankenzimmer von Jonathan Burke betrat, gerieten ihre gerade erst zurückgewonnene Selbstsicherheit und Zuversicht erneut ins Wanken.

Sie war zugegen gewesen, als zwei kräftige Schwarze den Verwalter aus dem Haus getragen und auf die Ladefläche des Fuhrwerks gelegt hatten. Der Anblick des bewusstlosen, halb nackten und blutüberströmten Mannes war schrecklich gewesen. Doch die Dunkelheit der Nacht und das viele Blut hatten seine Verletzungen nicht so deutlich hervortreten lassen. Zudem war alles sehr schnell gegangen, denn jede Hand wurde gebraucht, um den Vormarsch des Feuers aufzuhalten.

Valerie hatte dennoch geglaubt, auf seinen Anblick gut genug vorbereitet zu sein, zumal sie ja mit Doktor Rawlings und auch mit Lettie gesprochen hatte. Als sie ihn jedoch im Bett des Gästezimmers liegen sah, traf es sie wie ein Schock.

Der Verband um seine Brust reichte ihm bis unter die Achseln und war blutgetränkt. Sein rechter Arm war geschient und verbunden. Auch hier sickerte Blut durch den weißen Verbandstoff. Es war jedoch das Gesicht ihres Verwalters, das Valerie vor Entsetzen bleich werden ließ. Es war angeschwollen und hässlich verfärbt. Beide Lippen waren aufgeplatzt und hatten genäht werden müssen. Eine Schwellung hatte das linke Auge völlig geschlossen, während das rechte noch halb offen war.

»O mein Gott!«, stieß sie unwillkürlich hervor.

Das Gesicht verzog sich zu einer Grimasse, und dann öffnete sich der Mund. »Entschuldigen Sie ... wenn ich mich nicht erhebe, Miss Duvall. Fühle mich ein ... wenig zerschlagen nach der Nacht... Hatte unerwarteten Besuch.« Seine schwache Stimme war eine nur schwer verständliche Mischung aus Krächzen und Lallen, denn es war ihm kaum möglich, die Lippen zu einer richtigen Artikulation zu bewegen.

»Um Gottes willen, sprechen Sie nicht, Mister Burke!«, rief Valerie erschüttert. Sie sah, wie sich seine linke Hand in das Bettlaken krallte, und wusste, dass er starke Schmerzen hatte.

»Kein schöner Anblick ...«

»Es tut mir so leid, Mister Burke. Ich weiß gar nicht, wie ich es wiedergutmachen kann.« Sie schluckte mehrmals, um ihrer Gefühlsregung Herr zu werden. »Was man Ihnen angetan hat, ist ... barbarisch, ja, das ist das richtige Wort – barbarisch! Haben Sie die Männer wenigstens erkannt, die Sie überfallen und so ... so zugerichtet haben?«

»Bei Nacht ... sind alle Katzen grau«, krächzte er. »Aber auch wenn ... sie sich mir ... vorgestellt hätten ... was würde mir das nützen?«

Sie senkte den Blick. »Ja, wenig.«

»Nein, nichts!«

Valerie wusste nicht, was sie darauf sagen sollte.

Er war es, der das Schweigen brach. »Die Sklavensiedlung ...«, setzte er zu einer Frage an.

»Sie ist abgebrannt, bis auf den letzten Hühnerstall. Wir können noch von Glück reden, dass wir das Feuer rechtzeitig unter Kontrolle bringen konnten. Nicht auszudenken, was passiert wäre, wenn es auf den Wald übergesprungen wäre.«

»Die Arbeit von Wochen ... zum Teufel!« Wieder verzog sich sein Gesicht zu einer Grimasse des Schmerzes.

»Wenn Sie möchten, lasse ich Sie in ein paar Tagen, wenn Ihr Zustand es erlaubt, nach New Orleans transportieren oder in eine andere Stadt, wo niemand weiß, dass Sie es gewagt haben, für mich zu arbeiten«, bot

Valerie ihm an. »Da sind Sie nicht nur sicherer als hier, sondern können auch ärztliche Pflege in Anspruch nehmen. Natürlich komme ich für die Kosten bis zu Ihrer Genesung auf.«

Jonathan Burke deutete ein Kopfschütteln an und winkte mit der linken Hand ab. »Kommt ... gar nicht infrage! ... Bleibe hier! ... Ich komme schon wieder auf die Beine, Miss Duvall. Und dann bauen wir ... das verdammte Niggerdorf wieder auf!«, stieß er hervor. »Was sind schon hundert Hütten? ... Die neue Siedlung steht noch ... vor dem Sommer. Sie haben mein Wort drauf!«

Valerie sah ihn ungläubig an. »Sie ... Sie wollen trotz allem auf COTTON FIELDS bleiben? Auch wenn Sie sich erholt haben?«

»Haben Sie sich ... denn schon entschlossen, die Plantage zu verkaufen?«, antwortete er mit einer Gegenfrage.

»Nein, natürlich nicht.«

»Dann müssen Sie ... vergessen haben, was ich Ihnen damals gesagt habe, ... als Sie den ... Kredit bekamen ... und wir über den Hass und die Verachtung ... der Leute hier sprachen.«

»Vergessen habe ich es nicht«, sagte Valerie. »›Eines Tages wird sich zeigen, ob Sie auch wirklich so hart sind, wie Sie sich jetzt den Anschein geben.‹ Ich denke, das waren Ihre Worte, nicht wahr?«

Er nickte. »Vor Ihnen ... gehe ich nicht, das habe ich Ihnen ... damals schon gesagt, und dabei ... bleibe ich auch. Ich mag ... ein Quartalssäufer sein, aber ein Feigling ... bin ich nie gewesen.«

Valerie biss sich auf die Lippen, um die Tränen zurückzuhalten. »Sie haben recht, Mister Burke, wir lassen uns nicht von ein paar Verbrechern in die Knie zwingen, sondern bauen das Dorf wieder auf!«

»Und ein zweites Mal ... überraschen uns diese feigen Hunde nicht! Sagen Sie Abner und Gordon ... sie sollen einen Wachdienst aufstellen. Sie gehören zu meinen ... Aufsehern und zu den wenigen Sambos, auf die ... Verlass ist.«

»Machen Sie sich darüber mal keine Gedanken, Mister Burke. Ich werde zusammen mit Mister Kendrik und Ihren Aufsehern schon dafür sorgen, dass sich so etwas nicht wiederholt«, beruhigte sie ihn. »Denken Sie allein daran, dass Sie gesund werden und wieder auf die Beine kommen. Nur das ist jetzt für Sie von Bedeutung.«

»Dass wir es ihnen ... zeigen ... *das* ist von ... Bedeutung«, antwortete er mühsam und unter Schmerzen.

Als Valerie sein Zimmer verließ, wirkte in ihr noch immer die tiefe Bestürzung nach, die sein Anblick in ihr hervorgerufen hatte. Gleichzeitig fühlte sie sich aber auch gestärkt und ermutigt von seiner Entschlossenheit, der Gegenseite die Stirn zu bieten. Dabei hatte er zehnmal mehr zu verlieren als zu gewinnen.

»Ich muss gestehen, dass ich mein Urteil über diesen Mann einer deutlichen Revision unterziehen muss«, sagte Travis, als er von Jonathan Burkes mutigem Entschluss erfuhr. »Ich habe von seiner Haltlosigkeit im Umgang mit Alkohol fälschlicherweise auf seinen Charakter geschlossen. Meine Hochachtung. Er ist offenbar aus einem ehrbaren Holz geschnitzt. Nun, Männer seines Schlages können wir jetzt auf COTTON FIELDS mehr denn je gebrauchen.«

Nach Absprache mit den beiden Schwarzen Abner und Gordon wurde noch am selben Abend ein Wachdienst eingerichtet, der auch tagsüber beibehalten wurde. Am nächsten Morgen erteilte Valerie ihnen den Befehl, zwanzig kräftige Männer von den Feldern abzuziehen, damit sie Bäume fällten und sie zu Brettern und Balken zersägten.

»Wir fangen sofort mit dem Wiederaufbau an!« Die Tatkraft und der Optimismus, die Valerie auszustrahlen sich bemühte, erzielten die erhoffte Wirkung auf die Schwarzen. Der gewisse Funke sprang über, und die zuversichtliche Stimmung, die einem forcierten Wiederaufbau zu eigen ist, überwog bald den Schmerz über den materiellen Verlust. Das Leben auf COTTON FIELDS kehrte allmählich in seine geregelten Bahnen zurück.

20

Jonathan Burke ließ es sich nicht nehmen, Valerie nach besten Kräften mit praktischen Ratschlägen zu unterstützen und den Bau der neuen Sklavensiedlung sozusagen vom Krankenbett aus zu überwachen. Erst glaubte Valerie, ihm diese zusätzliche Anstrengung nicht zumuten zu können, doch dann begriff sie, dass er es brauchte, daran beteiligt zu sein, und dass es für ihn kein besseres Mittel gab, um mit den Schmerzen und dem langsamen Genesungsprozess fertig zu werden.

Valerie hatte den Sheriff von dem verbrecherischen Brandanschlag unterrichtet und ihn aufgefordert, seines Amtes zu walten und die Täter ausfindig zu machen, über deren Identität es gewisse Mutmaßungen gäbe. Stuart Russell hielt es nicht einmal für nötig, nach COTTON FIELDS zu kommen und die Aussage ihres Verwalters zu Protokoll zu nehmen. Er teilte ihr nach einer Woche lapidar mit, dass es sich seinen angeblich »intensiven Ermittlungen« zufolge bei den Tätern um Fremde aus dem Norden gehandelt habe, deren Strafverfolgung bedauerlicherweise unmöglich sei, da es ihnen gelungen sei, noch rechtzeitig an Bord eines britischen Seglers New Orleans zu verlassen.

Travis Kendrik empörte sich über das Schreiben. »Fremde aus dem Norden, die eine Sklavensiedlung in Brand steckten? Einfach so? Wenn das nicht eine mit Händen zu greifende Frechheit wäre, würde ich das für einen Witz halten!«

»Was haben Sie denn erwartet? Ich bin überrascht, dass er sich überhaupt die Mühe gemacht hat, zu antworten«, sagte Valerie.

Es gab aber auch eine angenehme Überraschung in den Tagen, die auf den Brand der Sklavensiedlung folgten, nämlich dass Sir Rupert COTTON FIELDS einen unerwarteten Besuch abstattete. Als ihm zu Ohren gekommen war, was sich auf der Plantage ereignet hatte, hatte er sofort seine Kutsche vorfahren lassen, um sich mit eigenen Augen davon zu überzeugen, dass Valerie wohlauf war. Auch Travis Kendrik freute sich, ihn wiederzusehen. Dass Matthew Melville es gewesen war, der ihn als Strohmann für den Kredit gewonnen hatte, stand seiner Sympathie nicht im Wege. Was zu einem Gutteil auch daran lag, dass Sir Rupert das nötige Fingerspitzengefühl besaß und den Captain mit keinem Wort erwähnte. Dass er und Valerie Duvall sich wegen einer anderen Frau entzweit hatten, hatte ihm der gehässige Klatsch in New Orleans schon in den Tagen zugetragen, als Matthew noch vergebliche Versuche unternommen hatte, Valerie zu einer Aussprache zu bewegen.

Die Einladung des Anwalts an Sir Rupert, doch ein paar Tage zu bleiben und die viel zu kurze Zeit des Frühsommers, in der die Temperaturen noch angenehm waren, bei gemeinsamen Ausritten und anderen Aktivitäten zu genießen, nahm dieser mit dem größten Vergnügen an – in der festen Überzeugung, dass Travis Kendrik diese Einladung selbstverständlich zuvor mit Valerie abgesprochen hatte und damit auch ihren ausdrücklichen Wunsch zum Ausdruck brachte. Valeries Reaktion ließ auch nichts anderes vermuten. In Wirklichkeit war sie von der Einladung genauso überrascht wie Sir Rupert, auch wenn sie sich das nicht anmerken ließ.

»Ich weiß, ich habe Sie nicht nur überrumpelt, sondern mir auch ein Recht angemaßt, das mir nie und nimmer zustand«, erklärte Travis später, als Sir Rupert seinen Kutscher mit einer Liste all jener Dinge nach New Orleans zurückschickte, die dieser ihm noch am selben Tag nach COTTON FIELDS bringen sollte. »Auch bin ich nur ein Gast, aber ich hielt die Gelegenheit, Ihnen zu ein wenig Abwechslung und Zerstreuung unter Ihrem eigenen Dach zu verhelfen, für günstig, als dass ich sie ungenützt hätte verstreichen lassen können. Ich hoffe, Sie können mir meine Anmaßung, in Ihrem Namen gesprochen zu haben, noch einmal verzeihen und mir mildernde Umstände zubilligen.« Er neigte in einer leicht devoten Haltung den Kopf, doch das lustige Funkeln in seinen Augen gab deutlich zu verstehen, dass er selbst der festen Überzeugung war, dass es da eigentlich nichts zu verzeihen gab.

Valerie schüttelte lächelnd den Kopf. »Welches Gericht könnte Ihrem Plädoyer schon widerstehen?«

»Bisher ist mir keins bekannt.« Bescheidenheit war nie seine Stärke gewesen.

»Wenn Sie nur ein Gast wären, hätten Sie sich diese Freiheit gewiss nicht herausgenommen, Travis. Sie sind ein Freund, und als Freund danke ich Ihnen für die reizende Idee, Sir Rupert zum Bleiben zu bewegen.«

Travis' spontane Idee stellte sich in der Tat als eine anregende Bereicherung für ihrer aller Leben heraus, ganz besonders für Valerie. Es war nicht allein die galante Aufmerksamkeit, mit der Travis und Sir Rupert ihr begegneten, obwohl ihr die schmeichelhaften Bemerkungen in ihrer derzeitigen Gemütsverfassung sehr guttaten. Dass Matthew es für erstrebenswert, ja vielleicht sogar für nötig erachtet hatte, mit einer anderen Frau sexuelle Leidenschaft zu erfahren, hatte ihr Selbstwertgefühl stärker erschüttert, als ihr anfangs zu Bewusstsein gekommen war. Nein, es war einfach das Gefühl, nicht mehr ganz so von dem Leben jenseits der Grenzen von COTTON FIELDS abgeschnitten zu sein und die zerstreuende Gesellschaft von guten Freunden genießen zu können.

Welche Freude bereitete es ihr, wieder einmal stundenlang auszureiten und sich dann im Schatten einer alten Lebenseiche zu einem Picknick niederzulassen, das Fanny schon bis auf das letzte Detail vorbereitet hatte, wenn sie an der vereinbarten Stelle eintrafen. Ein ganz neues Gewicht bekam auch die blaue Dämmerstunde des Abends. Dann saßen sie auf der Terrasse, tranken ihren Mint Julep, den keiner so gut anzurichten verstand wie der alte Samuel, und redeten über Gott und die Welt, wobei sie es jedoch vermieden, auf den Bürgerkrieg zu sprechen zu kommen. Auch die Blockade, unter der New Orleans lag, war ein Thema, das zwar täglich in den Zeitungen erörtert, von den Männern jedoch konsequent gemieden wurde. Manchmal war die Illusion einer friedvollen Welt, die ihre Gespräche und ihr harmonisches Beisammensein erweckten, geradezu perfekt. Valerie war ihnen dankbar dafür.

Ihre anregenden, oftmals sogar regelrecht heiteren Gespräche führten sie meist auch bei Tisch weiter, um dann nach dem Essen gemeinsam Karten zu spielen oder sich auf andere angenehme Art und Weise die Stunden zu vertreiben, bis die französische Kaminuhr sie mit elf oder gar auch zwölf hellen Glockenschlägen gemahnte, nun endlich zu Bett zu gehen.

Sir Rupert machte schon nach fünf Tagen den zugegebenermaßen nicht sonderlich nachdrücklichen Versuch, seinen Besuch zu beenden. Zu Beginn der zweiten Woche stieß er sowohl bei Valerie als auch bei Travis auf denselben, beinahe empörten Protest, der bei einem nicht eingeweihten Zuhörer den Eindruck hätte erwecken können, als wollte Sir Rupert ihnen Gott weiß was für ein Unrecht antun.

Zwei volle Wochen und einen Tag blieb er letztlich auf COTTON FIELDS, ohne dass einem von ihnen die Zeit langweilig geworden wäre. Dann aber zwangen ihn persönliche Verpflichtungen, die den Namen seiner mittlerweile ergrimmten Geliebten trugen, zurück nach New Orleans. Bei aller Zerstreuung, die Valerie in diesen Wochen genoß, kam jedoch auch die Arbeit nicht zu kurz. Nicht allein ihr Pflichtgefühl, sondern auch ihr Verwalter sorgte dafür. Er gestand sich nicht mehr als vier Tage Schonung zu. Als Sir Rupert auf der Plantage eintraf, trieb es ihn schon aus dem Bett.

»Um Gottes willen!«, rief Valerie erschrocken, als sie ihn das erste Mal auf einen Gehstock gestützt vor der Tür seines Zimmers erblickte. »Was machen Sie denn da? Sie dürfen doch noch gar nicht aufstehen!«

»So? Wer hat das gesagt?«

»Lettie! Aber auch Doktor Rawlings würde die Hände über dem Kopf zusammenschlagen, wenn er Sie jetzt so sähe! Sie müssen sich sofort wieder hinlegen!«, beschwor sie ihn.

»In der Kiste liege ich noch lange genug«, brummte Jonathan Burke, »nämlich bis zum Jüngsten Tag. Nein, ich kann nicht Tag für Tag die Decke anstarren, während ich da draußen gebraucht werde.«

»Bis Sie wieder richtig auf den Beinen sind, kommen wir auch so ganz gut zurecht.«

»Davon will ich mich doch lieber mit meinen eigenen Augen überzeugen«, erwiderte er halsstarrig. »Außerdem möchte ich in mein Haus zurück. Ich weiß, dass Sie es nur gut gemeint haben, aber jeder hat so seine eigene Umgebung, in der er sich wohlfühlt, und so ein Herrenhaus ist nicht der richtige Ort für einen Mann wie mich.«

Valerie konnte ihn nicht davon abbringen, schon jetzt in die ihm vertrauten Räume des Aufseherhauses auf der anderen Seite der Waldzunge zurückzukehren.

Es drängte ihn danach, unter freiem Himmel zu sein und wieder die Zügel seiner Aufgaben als Verwalter fest in die Hände zu nehmen. Da ihm sowohl das Gehen als auch das Reiten starke Schmerzen verursachte, wie er sehr schnell feststellen musste, nahm er Valeries Angebot, ihm ihren offenen Einspänner zur freien Verfügung zu stellen, gern an. Sein erster Weg führte ihn an den Ort des Brandes. Die verkohlten Bretter und Balken waren schon weggeräumt worden, während die wiederverwendbaren Feldsteine der Feuerstellen zu mehreren kleinen Pyramiden von Brusthöhe aufgeschichtet waren. Unter der Aufsicht der beiden Schwarzen Abner und Gordon – der erste so hellhäutig wie der andere dunkel – hatte die Baukolonne der Sklaven schon damit begonnen, die neuen Parzellen abzustecken.

»Die Bäume stehen voll im Saft. Das Holz wird deshalb in der Sommerhitze austrocknen und um ein gutes Stück zusammenschrumpfen. Das sollten wir beim Bau der Häuser beachten«, sagte Valerie, als sie mit Jonathan Burke jenes Waldstück aufsuchte, in dem die Bäume gefällt und mit Fuhrwerken zur Sägemühle transportiert wurden.

Der Verwalter warf ihr einen fast belustigten Blick zu. »Keine Sorge, die Schwarzen werden schon nicht durch fingerbreite Ritzen zwischen den Brettern nach draußen blicken können. Andere Plantagenbesitzer würden sich natürlich nicht weiter drum kümmern, sondern ihren Sklaven den billigen Rat geben, die Lücken mit Lehm zu verschmieren, wenn sich das Holz zu sehr zusammengezogen hat. Aber wenn wir die Bretter ein gutes Stück überlappen lassen, erübrigt sich das. Diese Bauweise verschlingt eine Menge mehr Holz und damit auch mehr Arbeitszeit, doch wie ich Sie kenne, wird Sie das nicht hindern, die Hütten so und nicht anders errichten zu lassen.«

Sie schmunzelte. »Ich bin angenehm überrascht, wie gut Sie mich inzwischen kennen, Mister Burke.«

Obwohl Sir Rupert und Travis wahrscheinlich nicht zu kurz kamen, verbrachte Valerie in den folgenden Wochen täglich mehr Stunden mit ihrem Verwalter als früher in einer ganzen Woche. Dabei lernten sie sich nicht nur näher kennen und schätzen, sondern Jonathan Burke ließ sie auch an seinem Wissen teilhaben. Wenn sie zu den Feldern hinausfuhren, um das Wachstum der Stauden und die Arbeit der Sklaven zu kontrollieren, lernte sie nicht nur jedes Mal etwas Neues über das »weiße Gold«, das da vor ihren Augen heranreifte, sondern auch viel über die Menschen, die auf ihrer Plantage arbeiteten und lebten. Er zeigte ihr die Faulen und Fleißigen, die rauflustigen Hitzköpfe und die flinksten Pflücker, wer wen umwarb und wer mit wem im Streit lag. Er wusste alle möglichen Anekdoten über ihre Schwarzen zu erzählen, lustige und bedrückende. Gleichzeitig schärfte er ihr Auge für das Land, für den Zustand der Stauden und für Anzeichen von drohenden Schäden in Form von Käfern, Unkraut und mangelhafter Bearbeitung des Bodens.

»Wie fruchtbar die Erde auch sein mag, ein Land ist letztlich doch immer nur so gut oder so schlecht wie die Menschen, die es bearbeiten«, lautete sein Credo. »Geben Sie einem faulen und dummen Mann zehn Morgen bestes Ackerland, und er wird verhungern, wenn er den Boden nach einigen Jahren Misswirtschaft ausgelaugt hat. Mit der Baumwolle verhält es sich nicht viel anders. Nur kann hier der Bankrott noch viel schneller kommen, wenn man zulässt, dass sich Fehler und Nachlässigkeiten häufen.«

Valerie stellte zu ihrem größten Erstaunen und mit stiller Beschämung fest, wie wenig sie bisher doch über die lebenswichtigen Abläufe auf ihrer Plantage außerhalb des Herrenhauses und über die Schwarzen wusste, die auf COTTON FIELDS lebten, manche von ihnen schon in der vierten Generation. Von da an fasste sie den Entschluss, diese Wissenslücken systematisch nach und nach auszumerzen. Deshalb hielt sie auch nach seiner vollständigen Genesung daran fest, ihn täglich aufzusuchen, mit ihm die anfallenden Arbeiten zu besprechen und ihn auch häufig bei seinen Inspektionsfahrten zu den Feldern zu begleiten. Es wurde zu einer Gewohnheit, die sie nicht mehr missen wollte, zumal es sie noch stärker mit COTTON FIELDS verband, sowohl mit dem Land als auch mit den Menschen.

Ihr wachsendes Interesse an seiner Arbeit und das damit einhergehende Eingeständnis, das Ausmaß seiner Aufgaben bis dahin völlig verkannt zu haben, taten dem Selbstwertgefühl ihres Aufsehers außerordentlich gut. Die Anerkennung, die sie ihm zollte, hatte einen zusätzlichen positiven Effekt: Die Häufigkeit seiner Alkoholexzesse nahm deutlich ab. Hatte er sich früher mit schöner Regelmäßigkeit beinahe jede Woche einmal dem Suff ergeben, wurde die Zeitspanne zwischen seinen Ausfällen von Mal zu Mal länger, bis er gerade noch einmal im Monat zur Flasche griff und sich sinnlos betrank.

Der Sommer war schon mit aller Macht über den Süden des Landes hereingebrochen und ließ Mensch wie Tier unter seiner feuchten, drückenden Hitze leiden, als Valerie ihren Verwalter eines Abends dabei überraschte, wie er sich hinter dem Haus wusch. Bis dahin hatte sie seine Narben auf Brust und Rücken nicht zu Gesicht bekommen. Nur Doktor Rawlings und Lettie hatten sie gesehen. Danach hatte sich Jonathan Burke nie ohne Hemd gezeigt, ja selbst bei solcher Hitze wie jetzt trug er es fast bis zum Hals geschlossen.

Valerie konnte noch im letzten Moment den Schrei unterdrücken, der aus ihr herauswollte, als sie die hellen, leicht wulstigen Narben sah, die sowohl auf dem Rücken als auch auf der Brust ein großes, zackiges N bildeten und seinen Körper bis zu seinem Tod auf grässliche Weise verunstalten würden. Es wurde ihr fast übel, und mit einem Schlag war die lange Nacht des Feuers wieder lebendig in ihr.

Jonathan Burke hatte sie noch nicht bemerkt, und hastig zog sie sich zurück. Sie vergaß völlig, weshalb sie mit ihm hatte sprechen wollen. In dieser Nacht spürte sie die Last der Einsamkeit besonders stark, und wieder einmal quälte sie die Frage, warum Matthew sie bloß betrogen und damit ihr Glück zerstört hatte. Nie würde sie einen anderen Mann so vorbehaltlos und so innig lieben können wie ihn. Was immer sie später für eine Beziehung eingehen würde, sie würde im Schatten dieser Liebe stehen.

Das wusste auch Travis. Er kümmerte sich weiterhin mit rührender Zuverlässigkeit und Beständigkeit um sie, fuhr selten einmal nach New Orleans und vernachlässigte seine Anwaltskanzlei, wollte aber nichts davon wissen, wenn sie das Gespräch darauf brachte. Er unterließ jedoch jede noch so dezente Art, um sie zu werben, und zeigte sich ihr als vollendeter Gentleman. Das änderte aber nichts an der Tatsache, dass sie beide wussten, welche Hoffnungen er für die Zukunft hegte – für eine gemeinsame Zukunft, in der sie seine Frau war. Schon am Tag des Gerichtsprozesses hatte er ihr gesagt, dass es seine erklärte Absicht sei, sie zu seiner Frau zu machen. Damals hatte sie es für den ungewöhnlichen Scherz eines exaltierten, erfolgreichen Anwalts gehalten. Inzwischen wusste sie längst, dass es ihm damit ernst gewesen war.

Auch Sir Rupert ließ sich gelegentlich auf Cotton Fields blicken. Einmal brachte er, nach vorheriger Absprache mir ihr, sogar über das Wochenende Freunde mit, die Künstlerkreisen entstammten und es mit den strengen Konventionen und Tabus der Südstaaten-Aristokratie nicht so genau nahmen. Es war die erste richtige Abendgesellschaft, die Valerie gab, und sie wurde ein voller Erfolg. Der exzentrische Schriftsteller, der mit seiner jungen zauberhaften Frau, einer Kreolin, gekommen war, verstand sich auf die amüsante Kunst der spontanen Rede zehnmal besser als auf das Schreiben von Dramen, dem er sich dank einer genügend großen Erbschaft auch bei sehr mäßigem Zuspruch sorglos widmen konnte. Bei den beiden anderen Gästen handelte es sich um einen schmächtigen, aber überaus talentierten Pianisten, der in Begleitung seines Agenten gekommen war. Dass die beiden mehr als nur Liebe zur Musik teilten, konnte einem aufmerksamen Beobachter kaum verborgen bleiben.

Valerie fand die Vorstellung gleichgeschlechtlicher Liebe zwar befremdlich, ließ sich davon jedoch nicht das Vergnügen ihrer Gesellschaft trüben. Jeder musste seinen eigenen Weg zum Glück finden. Dennoch wünschte sie am späten Vormittag nach dem gelungenen Abend, Sir Rupert hätte zwei andere Freunde mitgebracht, denn es war der Pianist, von dem sie zum ersten Mal wieder etwas von Matthew hörte – unfreiwillig.

»Hast du gestern die Zeitung gelesen, Ronnie?«, hörte sie den Musiker fragen, als sie auf die Terrasse hinaustrat, um ihre dort in den weißen Korbstühlen sitzenden Gäste an den Frühstückstisch zu bitten.

»Nein, ich bin nicht mehr dazu gekommen. Steht denn etwas Interessantes drin, Dean?«, fragte der Agent, das Gesicht in der Sonne, die Hände hinter dem Nacken verschränkt und die Beine weit von sich gestreckt.

»Und ob!« Der Pianist schlug nachdrücklich auf die Titelseite der Zeitung, zu deren Lektüre auch er erst jetzt Zeit fand. »Dieser Teufelskerl hat es schon wieder geschafft!«

»Welcher Teufelskerl hat was geschafft?«, fragte sein Freund mäßig interessiert.

»Na, dieser Captain Melville von der ALABAMA! Er hat mal wieder die Blockade durchbrochen. Farraguts Schiffe haben ihn unter Beschuss genommen, aber er ist ihnen erneut durch die Lappen gegangen. Und er hat es nicht bei Nacht, sondern am hellichten Tag gewagt!«

Der Agent lachte vergnügt auf. »Das ist natürlich schon ein tolles Bravourstück – und peinlich für Kommodore Farragut.« Und nachdenklich fügte er hinzu: »Aber um sich am hellichten Tag mit der Blockadeflotte anzulegen, muss man schon reichlich tollkühn sein.«

»Ich sage ja, er ist ein Teufelskerl. Hier steht, dass er es nicht erwarten kann, zur nächsten Fahrt aufzubrechen und der Union wieder durchs Netz zu gehen.«

»Ein bisschen Patriotismus finde ich ja ganz schön, aber darauf zu brennen, sich in den nächsten feindlichen Kugelhagel zu begeben, ist nicht nach meinem Geschmack.«

»Ach, ich finde so ein Leben unheimlich erregend und romantisch«, sagte der Musiker fast sehnsüchtig.

»Am Tod ist nichts Erregendes und schon gar nichts romantisch, du Träumer«, erwiderte sein Freund nüchtern. »Er ist kalt, schmutzig, voller Schmerzen – und endgültig. Und nun lies mir vor, was dieser bestechliche Mistkerl von einem Kritiker über Claire Donovans Vorstellung zusammengeschmiert hat.«

Valerie hatte dem Wortwechsel mit angehaltenem Atem zugehört. Mit rasendem Herzen trat sie nun schnell ins Haus zurück und flüchtete förmlich in den kleinen Salon. Sie schloss die Tür hinter sich, lehnte sich zitternd dagegen und presste die Stirn an das glatte Holz.

Matthew! Matthew!

Der Schmerz war wieder da, die Sehnsucht nach dem verlorenen Glück und die Verzweiflung, die sie schon überwunden geglaubt hatte. Die Tränen drängten empor. Nur das nicht! Sie schloss die Augen, kniff sie fest zusammen und wartete darauf, dass das wilde Pochen ihres Herzens nachließ und der scharfe Schmerz abebbte.

21

Mit dem Bombardement von Fort Sumter hatte der bewaffnete Konflikt zwischen der Union und der Konföderation begonnen. Doch beide Seiten waren auf einen regelrechten Krieg nicht vorbereitet. Die USA unterhielten, da sie keinen halbwegs ebenbürtigen Gegner an ihren Grenzen stehen hatten, für die Größe ihres Landes eine lächerlich geringe Armee: Die regulären Truppen hatten eine Gesamtstärke von gerade sechzehntausend Mann und waren entlang der Westgrenze stationiert, um den Schutz der Siedler vor den Indianern zu sichern. Obwohl sich in den Jahren vor 1861 die Spannungen zwischen dem Süden und dem Norden ständig verschärft hatten und die Wahrscheinlichkeit eines Krieges immer größer geworden war, hatten beide Seiten daraus keine Konsequenzen gezogen. Der tatsächliche Kriegsausbruch überraschte die gespaltene Nation daher völlig unvorbereitet.

Dieses militärische und rüstungswirtschaftliche Vakuum galt es zu füllen. Ausgebildete, kampfstarke Armeen konnte man jedoch nicht von heute auf morgen aus dem Boden stampfen. Am 15. April erließ Präsident Lincoln eine Proklamation, in der er fünfundsiebzigtausend Freiwillige für die Miliz aufrief, da nach dem Angriff auf Fort Sumter der Missachtung der Gesetze in den abgefallenen Staaten nicht mehr auf dem Rechtsweg, sondern nur mehr mit Waffengewalt entgegenzutreten sei. In dem festen Glauben, dass es sich lediglich um einen sehr kurzen und räumlich begrenzten Feldzug handeln würde, wurden die zu den Waffen Eilenden nur für drei Monate verpflichtet. Das hatte zur Folge, dass am Vorabend der ersten Schlacht die meisten der Freiwilligen schon wieder nach Hause gingen.

Bis auf einige unbedeutende Scharmützel in den Grenzstaaten fand der Krieg in den ersten Monaten praktisch nicht statt, obwohl jetzt auch Virginia, Tennessee, Arkansas und North Carolina der Konföderation beigetreten waren. Der Süden war sich seiner Sache sogar so sicher, dass er die Hauptstadt der Konföderation von Montgomery in Alabama nach Richmond in Virginia verlegte – gerade mal hundert Meilen von Washington, der Hauptstadt der verhassten Yankees, entfernt.

Im Norden Virginias, fast vor den Toren von Washington, kam es am 21. Juli auch zum ersten Waffengang zwischen den hastig aufgestellten und kaum gedrillten Armeen. Die erfahrenen Kommandeure der Truppen auf beiden Seiten hätten damit lieber noch einige Monate gewartet, doch der Druck der Presse, der Politiker und der breiten Massen ließ das nicht zu. Die alles entscheidende Schlacht sollte endlich stattfinden!

Über mehrere Tage hinweg sammelten sich die Regimenter und Truppeneinheiten und bewegten sich aufeinander zu. Dabei gab es hier und da schon kleinere

Schießereien. Bei Manassas am Bull Run, einem unscheinbaren Flüsschen fünfundzwanzig Meilen südlich von Washington, kam es dann zur ersten regulären Schlacht. Sie begann mit herben Rückschlägen für die Konföderierten.

Tausende von Schaulustigen hatten sich auf den Hügeln unweit des Schlachtfeldes aus Washington eingefunden. In der Stadt gab es kein Pferd, keine Kutsche, kein Fuhrwerk und kein Gig mehr zu mieten. Es schien, als hätte sich halb Washington dort eingefunden, um Zeuge dieses »einmaligen Spektakels« zu werden. Die Bessergestellten hatten sogar Personal mitgebracht, damit es ihnen auch nicht am nötigen Komfort mangelte.

Was für die Zuschauer ein aufregend grandioses Schauspiel darstellte, das auch die beste Theateraufführung übertraf, bedeutete für die Soldaten in der Ebene einen blutigen Kampf auf Leben und Tod.

»Die Johnny Rebs laufen davon! ... Der Krieg ist vorbei! ... Morgen sind wir in Richmond und hängen Jefferson Davis an den nächsten Apfelbaum!«, schallte es durch die Reihen der Nordstaatler, als die Truppen der Konföderation zurückwichen. Und von den »Zuschauerrängen« auf den umliegenden Hügeln erhob sich siegesgewisser Jubel.

Doch nach stundenlangem Hinundhergewoge wendete sich das Kriegsglück am frühen Nachmittag zugunsten des Südens. Der tolldreiste Angriff eines konföderierten Regiments auf die Batterien von Ricketts und Griffin, die mit ihren Kanonen den Gipfel von Henry Hill besetzt hielten, brachte den Umschwung.

Ricketts und Griffin hielten das über freies Gelände anrückende Regiment für ihren eigenen Batterienachschub. Nicht einmal der tollkühnste Gegner würde es wagen, wie sie meinten, über derart offenes Gelände anzurücken. Griffins Kartätschen hätten das Regiment restlos vernichtet, bevor es auch nur auf Schussweite herangekommen wäre. Doch der Befehl erfolgte nicht. Als die Offiziere ihren Fehler erkannten, war es schon zu spät. Mit einer einzigen Salve aus siebzig Yards Entfernung löschte das konföderierte Regiment die beiden Batterien aus.

Aus einem anfangs noch geordneten Rückzug wurde bald eine heillose Flucht, in deren Sog auch die Zuschauer gerieten, unter denen eine Panik ausbrach. Eine riesige Menge von Flüchtlingen verstopfte die Straßen und stob in Richtung Washington davon. Die Armee des Nordens war zerschlagen und demoralisiert. General Beauregard, der Held von Fort Sumter und nun auch von Bull Run, hätte nur mit seinen Truppen vorrücken müssen, um die Hauptstadt des Gegners noch am selben Tag erobern zu können. Noch Tage später schien die Einnahme von Washington unvermeidlich, sogar aus der Sicht der Unionsführung. Aber die feindlichen Truppen nahmen die Verfolgung nicht auf. Die Soldaten waren, bis hinauf in die höchsten

Ränge, wie berauscht von ihrem Triumph über die Yankees. Sie waren die wahren Kämpfer und die Helden Amerikas, das hatten sie aller Welt mit dieser Schlacht bewiesen. Wozu also noch eine Stadt einnehmen, an der sie überhaupt nicht interessiert waren? Und was die Kriegführung des Nordens anfangs kaum zu glauben wagte, trat ein: Kein Johnny Reb, wie die Sezessionisten bei den Yankees hießen, überquerte die Brücke nach Washington. Es blieb ruhig am Potomac.

Im Süden herrschte die unerschütterliche Meinung vor, dass dieser Sieg das Ende des Krieges bedeutete. Und das Volk stand nicht allein mit diesem Glauben. Der Präsident selbst versicherte seinen Freunden gegenüber, dass die Konföderation nun bestimmt von den europäischen Ländern als souveränes Land anerkannt würde und sich der Norden endgültig damit abfinden werde, dass es zwei unabhängige amerikanische Nationen gab. Die Zeitungen erklärten ohne Ausnahme, dass der blutige Wettstreit um die größere Tapferkeit zwischen Nord und Süd ein für alle Mal und in aller Deutlichkeit entschieden worden sei. Der Satz »Ein Südstaatler wiegt fünf Yankees auf!« wurde von allen Kriegsrednern und patriotischen Journalisten adoptiert, wenn auch niemand eine exakte Erklärung darüber abgegeben hatte, auf welche Beweise sich diese Behauptung gründete.

Die Schlacht von Manassas am Bull Run wurde mit den berühmtesten Siegen der Geschichte verglichen, und was man in den Zeitungen las oder in den Salons und auf der Straße zu hören bekam, war die allgemein verbreitete Überzeugung, dass es von jetzt ab in dem Krieg nur noch eine Reihe von Begegnungen ohne Wichtigkeit geben würde, die alle auf den Frieden mit dem Norden hinzielten.

Diesem Sieg folgte eine Periode falscher Sicherheit und Erschlaffung, die dazu führte, dass sich weniger Freiwillige zu den Fahnen meldeten. Wer wollte auch in einen Krieg ziehen, der schon beendet war, bevor man den Treueeid geschworen und den ersten Schuss abgefeuert hatte?

Man war von den Auswirkungen des Sieges und vom Überleben der Konföderation so überzeugt, dass die Politiker bereits begannen, wegen der Nachfolge von Präsident Jefferson Davis, die noch sechs Jahre entfernt war, die ersten Intrigen zu spinnen.

Es gab unter den elf Staaten der Konföderation auch schon einen Streit um den endgültigen Sitz der Regierung. Einigen war Richmond für die Kapitale des Südens zu weit im Norden gelegen. Dass die Hauptstadt immer noch vom Krieg bedroht war, schien man gänzlich vergessen zu haben.

Alles in allem sollte sich herausstellen, dass der Sieg von Manassas am Bull Run das größte Unglück war, das der Konföderation zustoßen konnte.

22

Mit mühsam unterdrücktem Stöhnen wand sich Rhonda unter Jamies Stößen, die sie bis in die Haarspitzen hinein vor Lust erbeben ließen.

»O ja, so ... so mag ich es!«, keuchte sie ihm ins Ohr und schob ihm ihr Becken entgegen. Ihre Hände fuhren über seinen nackten Körper, der im Licht der tief heruntergedrehten Lampe so feucht glänzte, als hätte man soeben einen Kübel Wasser über ihn geleert. Auch sie war in Schweiß gebadet, denn die Hitze ihrer ungezügelten Leidenschaft vermischte sich mit der Augusthitze, die auch so spät in der Nacht nur wenig von ihrer drückenden Schwüle verloren hatte, die den ganzen Tag im Freien fast unerträglich gemacht hatte.

Es beeinträchtigte ihre Lust nicht, dass ihr der Schweiß aus allen Poren drang. Es steigerte vielmehr ihre Erregung, das Gefühl zu haben, als würde sie sich in seinen Armen förmlich auflösen.

Jamie küsste ihre Brüste, nagte vorsichtig an ihren prallen Warzen, um sie im nächsten Augenblick mit dem sanften Spiel von Lippen und Zunge zu liebkosen. Längst hatte er gelernt, was sie besonders gern mochte und wann seine Zärtlichkeiten weich und wie hingehaucht und wann sie etwas grob und fordernd sein sollten.

Noch immer erfüllte ihn panische Angst, wenn er weit nach Einbruch der Nacht im Gebüsch kauerte, von dem aus er ihr Fenster beobachtete und auf das Zeichen wartete, dass es still im Haus war und er sich zu ihr ins Zimmer schleichen konnte. Jedes Mal stand er tausend Todesängste aus. Doch wenn er bei ihr war, sie ihn berührte und küsste, dann blieb von seiner Angst nichts mehr übrig. Dann tauchte er willenlos ein in den Sinnestaumel, den Rhonda ihm bereitete. Er hatte auch aufgegeben, darüber zu grübeln, ob er nur ein lustvolles Spielzeug für sie war oder ob dieses verklärte Lächeln und die leidenschaftlichen Küsse und Zärtlichkeiten, mit denen sie ihn von Mal zu Mal mehr überraschte, vielleicht doch ihre Quelle in ihrem Herzen hatten.

Rhonda zog seinen Kopf zu sich, als sie spürte, dass sie den Höhepunkt nicht länger hinauszögern konnte. Mit aller Macht drängte es ihren Körper, sich in einer endgültigen Konvulsion der Lust von der lange durchgehaltenen Spannung Befreiung zu verschaffen.

»Jamie! ... Küss mich!«, stieß sie kurzatmig hervor und schlang ihre Arme um seinen Nacken. »Küss mich!«

Er presste seine Lippen auf ihren Mund und gab ihr seine Zunge, nach der sie so heftig verlangte wie nach seinem Glied. Doch sie schloss dabei nicht die Augen, auch nicht, als es sie überkam, sondern sie sah ihn an, während sie sich unter ihm aufbäumte. Ihre Lider flackerten nur, und wieder trat dieses verklärte Lächeln auf ihr Gesicht. Er spürte, wie sie danach in seinen Armen weich wurde, wie sich all ihre Glieder entspannten. Er glaubte, es noch eine gute Weile zurückhalten zu können. Doch als sich ihre Lippen ganz langsam von seinen lösten und sie ihm in einer seltsamen Geste der Zärtlichkeit die Hand auf die Wange legte, bewirkte diese Berührung, dass ein Schauer durch seinen Körper ging und es ihm kam.

»Ja, Jamie«, hauchte sie nur und lächelte ihn an, während er sich in ihr ergoss. Dann gab sie einen lang gezogenen Seufzer von sich, drehte sich mit ihm auf die Seite, ohne ihn jedoch freizugeben, und schloss die Augen.

Sie versuchte, dieses sinnlich träge, gesättigte Gefühl, in das sich auch eine sonderbare Art der Zärtlichkeit und Geborgenheit mischte, so lange wie möglich in ihrem Körper und ihren Gedanken zu bewahren. Doch in dieser Nacht gelang es ihr nicht.

Edward Larmont drängte sich in ihre Gedanken – und die bevorstehende Hochzeit ihrer Mutter, die in der letzten Oktoberwoche stattfinden würde. Dass ihre Mutter es für nötig erachtet hatte, ein zweites Mal zu heiraten, berührte sie wenig. Justin Darbys gesellschaftliche Stellung und seine soliden finanziellen Verhältnisse machten ihn sogar zu einem überaus attraktiven Ehekandidaten, den manch jüngere unverheiratete oder früh verwitwete Frau gern zum Mann genommen hätte. Was sie viel mehr beschäftigte, ja ihr sogar wachsende Beklemmung verschaffte, waren die Erwartungen ihrer Mutter, ihrem Beispiel so bald wie möglich zu folgen. Der Druck auf sie, sich mit Edward zu verloben und ihre Hochzeit auf den Frühling nächsten Jahres festzusetzen, wurde immer stärker, von allen Seiten. Von ihrer Mutter, aber auch von Justin Darby ermuntert, ging wohl selbst Edward schon stillschweigend davon aus, dass ihre Ehe eine beschlossene Sache war. Und das Bedrückendste daran war, dass sie keinen Ausweg aus ihrem Dilemma wusste. Es gab keinen vernünftigen Grund, weshalb sie seinen Heiratsantrag ablehnen konnte. Und sie musste davon ausgehen, dass der Tag nicht mehr fern war. Natürlich würde er das Gebot der Schicklichkeit einhalten und damit bis nach der Hochzeit ihrer Mutter warten, um dann bei ihrem Stiefvater um ihre Hand anhalten zu können. Dass sie Edward Larmont nicht liebte, war ohne Bedeutung. Von Liebe hielt ihre Mutter sowieso nichts, das hatte sie ihr deutlich genug zu verstehen gegeben.

»Rhonda Larmont«, murmelte sie und versuchte sich vorzustellen, welches Leben sie wohl an seiner Seite erwarten mochte.

»Was hast du gesagt?«, fragte Jamie schläfrig.

»Wenn es denn schon sein muss, werde ich dafür sorgen, dass du mitkommst«, sagte sie und lachte auf.

Verständnislos sah er sie an. »Mitkommen? Wohin?«

»Ach, das wirst du noch früh genug erfahren. Mir wird schon etwas einfallen.«

In dem Moment klopfte jemand an die Tür. »Rhonda?«, rief eine leise Stimme. »Rhonda, bist du noch wach?«

Rhonda erstarrte. Es war ihr Bruder! Er hatte die Nacht doch bei Colin auf STANLEY HALL verbringen wollen? Hatte sie sich in Jamies Armen so sehr gehen lassen, dass sie noch nicht einmal mehr Hufschlag auf dem Hof mitbekam? Der Gedanke erschreckte sie.

Auch Jamie verharrte eine Schrecksekunde lang wie gelähmt. Dann trat Todesangst in seine Augen, und er wollte in Panik aus dem Bett springen. Ihre Hand hielt ihn jedoch zurück. »Rühr dich jetzt bloß nicht von der Stelle, wenn du nicht hängen willst!«, zischte sie. Dann hob sie ihre Stimme etwas und fragte: »Bist du es, Stephen?«

»Sicher bin ich es, Schwesterherz. Wer sollte denn sonst um diese Uhrzeit an deine Tür klopfen?«

»Was willst du?«

»Mit dir reden. Ich habe gesehen, dass bei dir noch Licht brennt.«

»Ich konnte nicht einschlafen und habe gelesen.«

»Kann ich reinkommen?«

Rhonda überlegte. »Warte einen Moment. Die Tür ist verriegelt. Ich muss mir nur etwas überziehen.«

Jamie sah sie entsetzt an. »Heiliger Lazarus, wenn Master Stephen …«

Sie fiel ihm ins Wort. »Du versteckst dich in der Kammer nebenan und gibst keinen Ton von dir!«, flüsterte sie ihm zu. »Und lass hier bloß nichts liegen!«

Jamie rutschte vom Bett und hätte in seiner angsterfüllten Nervosität fast nicht die Öffnung des feinen Moskitonetzes gefunden, das wie ein milchiger Schleier vom Baldachin des Himmelbetts an allen Seiten bis auf den Boden herabfiel.

Rhonda folgte ihm rasch, griff nach ihrem Nachthemd und sagte in Richtung Tür, um mögliche Geräusche ihres schwarzen Geliebten zu übertönen und ihren Bruder noch etwas hinzuhalten: »Eigentlich sollte ich dich jetzt ja nicht mehr in mein Zimmer lassen.«

»So, warum denn nicht?«

»Weil ich müde bin und es einfach zu spät ist«, antwortete sie und fuhr in ihren Morgenmantel aus moosgrünem Damast, während Jamie rasch seine Sachen vom Boden auflas und die schmale Tür öffnete, die neben der Waschkommode in eine kleine Kammer führte.

»Du klingst aber noch sehr wach«, meinte Stephen mit gedämpfter Stimme. »Und jetzt lass mich nicht länger hier im Flur stehen, sonst wecke ich noch jemanden auf. Du weißt doch, wie krankhaft neugierig und schwatzsüchtig die Nigger sind. Also mach schon!«

»Du wirst dich wohl noch gedulden müssen, bis ich mir was übergezogen habe!«

»Du brauchst dich vor mir doch nicht zu zieren! Und ich versprech dir auch, dass ich Mom nichts davon verrate, dass du nachts um halb drei noch in irgendeinem deiner Schauerromane liest – statt deinen

Schönheitsschlaf zu halten, damit dein Zukünftiger sich stets an deinem betörenden Anblick berauschen kann.« Er lachte leise.

Jamie verschwand in der Kammer. Rhonda schob nun den Riegel zurück und ließ ihren Bruder herein. »Aber nur für ein paar Minuten!«

»Klar doch, Schwesterherz.« Stephen trat mit einem breiten Grinsen ein, und sie roch sofort, dass er Alkohol getrunken hatte. Konnte man auch riechen, dass sie gerade einen Nigger auf schweißtreibende Art geliebt hatte?

»Mein Gott, du siehst ja ganz schön verschwitzt aus, Rhonda, so als hättest du einen scharfen Ritt hinter dir«, sagte er überrascht, streckte die Hand nach ihr aus und wickelte sich eine ihrer blonden Locken, die ihr feucht in die Stirn hingen, um den Finger. »Und ich dachte immer, dir würde die Hitze viel weniger ausmachen als mir.«

Obwohl er nicht den Hauch eines Verdachts haben konnte, fühlte sie sich ertappt und schlug seine Hände weg. »Lass das!«, fauchte sie ihn an und wich schnell zum Bett zurück. Sie schlug den hauchzarten Gazevorhang hoch und setzte sich auf die Decke. »Was gibt es überhaupt so Wichtiges, was du mit mir bereden willst und was nicht bis morgen warten kann? Und wieso bist du so spät noch zurückgekommen? Wolltest du denn nicht auf STANLEY HALL bleiben?«, deckte sie ihn mit Fragen ein, um von sich abzulenken.

Stephen verzog das Gesicht und ließ sich in den zierlichen Polstersessel fallen, der neben der Kommode stand. »Colin war gar nicht zu Hause. Als ich mit Wade, Dick und Edmund auf STANLEY HALL eintraf, teilte man uns mit, er wäre am frühen Nachmittag nach New Orleans aufgebrochen. Wir sind dann nach Rocky Mount geritten und haben uns da ein wenig amüsiert. Aber irgendwie war heute keiner groß in Stimmung. Colin hat einfach gefehlt. Angeblich wollte er mit Major Pearce reden, der doch dabei ist, ein Freiwilligen-Regiment aufzustellen.«

»Colin will zur Miliz?«

»Gegen Pearces Zusage, ihn schon nach kurzer Dienstzeit in den Offiziersrang zu erheben, soll er sich einschreiben wollen. Na ja, zumindest glauben das seine Eltern.« Er lachte belustigt auf.

»Und was glaubst du?«, fragte Rhonda.

»In Wirklichkeit ist er wegen dieser Schauspielerin Rose Carmel in New Orleans, nach der er so verrückt ist, seit sie im Lesterfield Theater auftritt. Dabei könnte sie fast seine Mutter sein! Colin und Offiziersanwärter im Freiwilligen-Regiment von Major Pearce! Dass ich nicht lache. Das einzige Gefecht, das er im Kopf hat, findet auf einem ganz anderen Schlachtfeld statt«, spottete er. »Und das Einzige, was ihm da gefährlich um die Ohren fliegen kann, sind keine Kugeln aus Blei, sondern höchstens ihre reichlich prallen ...«

»Stephen!«, fiel sie ihrem Bruder zurechtweisend ins Wort.

»Komm, tu nicht prüder, als du in Wirklichkeit bist«, sagte er grinsend.

Rhonda bog dieses gefährliche Thema sofort ab. »Hast du dich nicht auch einmal mit dem Gedanken getragen, dich einer dieser Milizen anzuschließen, die jetzt überall aufgestellt werden?«

Er verzog das Gesicht und winkte ab. »Wozu denn noch? Damit ich mir ein paar Wochen unnützes Exerzieren an den Hals hänge und dann tatenlos in irgendeinem Camp auf halbem Weg von hier nach Virginia die Zeit totschlagen darf? Der Krieg ist doch schon vorbei.«

»Ja, das hat Edward Larmont bei seinem letzten Besuch auch gesagt«, erinnerte sich Rhonda.

»Wir haben die Yankees bei Manassas vernichtend geschlagen!«, prahlte ihr Bruder voller Stolz, als hätte er Lincolns Armeen eigenhändig in die Flucht geschlagen. »Damit ist der Norden erledigt. Vielleicht sind unsere Truppen inzwischen schon in Washington einmarschiert. Auf jeden Fall ist der Krieg vorbei! Und an irgendwelchen kleinen Scharmützeln teilzunehmen, erscheint mir wenig erstrebenswert.«

»Na, umso besser«, meinte Rhonda.

»Ich weiß wirklich nicht, was daran gut sein soll«, erwiderte ihr Bruder verdrossen. »In letzter Zeit ist überall der Wurm drin. Nichts läuft so, wie ich es mir wünsche – mal von dem lustigen Feuerchen abgesehen, mit dem ich dem Valerie-Bastard die neuen Niggerhütten niedergebrannt habe. Aber das liegt jetzt auch schon einige Monate zurück, und mir ist in der Zwischenzeit nichts Neues eingefallen, um diesem Dreckstück beizukommen. Und Mom ebenfalls nicht. Aber sie bemüht sich auch gar nicht mehr! Manchmal habe ich den Verdacht, sie hat sich damit abgefunden, dass dieser Niggerbankert sich COTTON FIELDS erschlichen hat! In letzter Zeit heißt es nur noch Justin hier und Justin dort. Sie verschwendet ihre ganzen Gedanken an ihre Heirat mit Justin und an die Organisation dieses Festes. Fast schäme ich mich für sie, wie wichtig ihr diese ... Sache ist.«

»Vielleicht erlebt sie den zweiten Frühling ihres Lebens?«, spottete Rhonda.

Er warf ihr einen bösen Blick zu. »Komm mir bloß nicht mit diesem Schwachsinn! Mom liebt ihn nicht. Das hat sie doch selbst zugegeben. Sie hat nicht einmal Vater geliebt. Es geht ihr einfach um das gesellschaftliche Ansehen.«

»Und wenn schon. Sie weiß auf jeden Fall, warum sie seinen Antrag angenommen hat. Und ein so übler Bursche ist Justin Darby nun wahrlich nicht. Ich mag ihn. Er hat so eine ruhige Art. Also warum soll Mom ihn nicht heiraten? Sie ist doch noch viel zu jung, um den Rest ihres Lebens allein zu bleiben. Außerdem verstehe ich nicht, wieso gerade du dich so darüber aufregst?

Du kommst doch blendend dabei weg«, hielt sie ihm vor. »Du wirst Darby Plantation erben, ohne dass du dafür auch nur den kleinen Finger rühren musst. Du hast also wirklich keinen Grund, dich zu beklagen.«

»Darby Plantation kann mir gestohlen bleiben!«, sagte er gereizt. »Ich bin der einzige männliche Duvall, der einzig rechtmäßige Erbe, und mein Platz ist auf Cotton Fields! Und wenn Justin sonstwas gehören würde, nichts kann wichtiger sein als diese Plantage. Es ist und bleibt Duvall-Land!«

Rhonda verdrehte die Augen und zuckte mit den Schultern. »Mein Gott, dann unternimm etwas, um Valerie endlich von der Plantage zu jagen, statt mitten in der Nacht bei mir zu lamentieren!«

»Pah! Du hast gut reden. Kannst du mir vielleicht mal verraten, wie ich das anstellen soll?«, fragte er grimmig. »Du weißt genau, dass ich sie nicht einfach umlegen lassen kann.« Seit Richter Harcourt ihm zu verstehen gegeben hatte, dass er Valerie und das Geschehen auf Cotton Fields scharf im Auge behalten werde, war er in seinen Möglichkeiten, sie zu vernichten, reichlich beschränkt. »Also wie soll ich sie von der Plantage jagen?«

»Was weiß ich. Ich denke, *du* bist der einzige männliche Duvall? Also benimm dich auch so und streng dich an, Stephen! Irgendetwas wird dir ja wohl noch einfallen«, sagte sie ungehalten und wünschte, sie hätte seine Probleme. »Und wenn alle Stricke reißen, würde ich mal mit diesem Engländer reden, von dem ihr, du und Mom, gesprochen habt.«

»Du meinst Sir Rupert Berrington?«

»Ja, der ihr den Kredit gegeben hat.«

»Und? Was soll das bringen?«

»Mein Gott, ob er nun Engländer, Südstaatler oder sonstwas ist, er hat ihr das Geld doch bloß gegeben, weil er ein besonders gutes Geschäft gewittert hat, oder?«

Stephen zuckte die Achseln. »Anzunehmen.«

»Dann mach ihm ein Angebot, das noch um einiges besser ist als das Geschäft, das er mit Valerie abgeschlossen hat.«

»Dieser Berrington soll ein Niggerfreund sein. Und wenn er so mit ihr befreundet ist, wie man es sich in New Orleans erzählt, weist er mir schon die Tür, bevor ich ihm mein Angebot unterbreiten kann.«

Rhonda verdrehte die Augen. »Mein Gott, dann musst du ihn eben dazu zwingen, dass er dich anhört. Hast du mir nicht selber mal gesagt, dass man manche Menschen zu ihrem Glück zwingen muss – die einen mehr, die anderen weniger? Vielleicht gehört er zu den Letzteren.«

Er grinste. »Du hast recht. Das wäre eine Möglichkeit. Da wir den Krieg gewonnen haben, brauchen wir den Engländer ja auch nicht mehr mit Samthandschuhen anzufassen. Aber viel wird es dennoch nicht nützen, auch wenn er mir die Wechsel verkauft. Cotton Fields hat eine gute Ernte vor sich, und Valerie wird den Kredit leicht zurückzahlen können.«

Für einen kurzen Moment blitzte Verachtung in ihren Augen auf. Die geistige Trägheit ihres Bruders war mit ein entscheidener Grund gewesen, warum ihr Vater nicht ihn, sondern Valerie zum Erben von Cotton Fields eingesetzt hatte. Stephen hatte sich nie ernsthaft um etwas bemüht. Körperliche wie geistige Arbeit hatte er stets verabscheut. Es machte sie wütend, dass er sich noch nicht einmal jetzt der Mühe unterzog, zwei, drei Schritte im Voraus zu denken.

»Streng deinen Grips an, Stephen! Wovon soll sie die Wechsel einlösen, wenn sie im wahrsten Sinne des Wortes abgebrannt ist?«

Er furchte die Stirn. »Abgebrannt? Wie meinst du das?«

»Mein Gott, du hast die Sklavensiedlung niedergebrannt! Da wirst du es mit deinen Freunden doch wohl auch noch schaffen, die Baumwollfelder und das Herrenhaus in Brand zu setzen, oder? Brenn Cotton Fields nieder!«

Ungläubig sah er sie an. »Ich soll Cotton Fields niederbrennen? Samt dem Herrenhaus? Ja, bist du denn verrückt geworden?«, stieß er hervor.

»Nein, ich habe nur Augen im Kopf und bin wohl der Einzige, der seinen Verstand noch einigermaßen zu gebrauchen weiß«, erwiderte sie gereizt. »Was bleibt dir denn für eine andere Wahl, wenn du sie ein für alle Mal ruinieren willst? Wenn die Baumwollfelder in Flammen aufgehen, nimmst du ihr das Geld. Aber wenn du gleichzeitig noch das Herrenhaus in Schutt und Asche legst, brichst du ihr das Kreuz. Dann ist sie erledigt. Denn dann kann ihr auch keiner ihrer Freunde mehr beistehen, weder dieser Captain Melville noch der Anwalt. So viel Geld, um den Wiederaufbau bezahlen zu können, bringt keiner auf. Wir jedoch haben genug, das heißt du und Mom. Das letzte Mal hat Mom ihr doch eine halbe Million geboten, weißt du noch? Mein Gott, vergiss das alte Herrenhaus und bau dir ein eigenes, das noch größer und schöner ist!«

Stephen schaute sie einen Augenblick sprachlos an. Dann sprang er auf, stürmte zum Bett und riss das Moskitonetz zur Seite, um seine Schwester umarmen zu können. »Das ist die Idee, Schwesterherz! Du hast recht, was zählt schon das verdammte Haus? Wir haben Geld genug, um ein noch schöneres bauen zu können! Ich schnappe mir diesen Berrington, und dann rechne ich mit Valerie ab!«

»Erdrück mich nicht!«

Lachend gab er sie frei. »Rhonda, du hast es wirklich faustdick hinter deinen hübschen Ohren. Ich glaube, Edward Larmont ahnt gar nicht, was alles in dir steckt.«

»Mit Sicherheit nicht«, antwortete sie trocken. »Und wenn du nichts dagegen hast, möchte ich jetzt endlich schlafen.«

»Natürlich.«

»Stephen?«

Er blieb an der Tür stehen. »Ja?«

»Wenn es funktioniert, und ich bin überzeugt, dass es das wird, bist du mir etwas schuldig.«

Er lächelte. »Sicher, Schwesterherz. Du kannst immer mit mir rechnen. Aber jetzt brauche ich erst einmal einen Brandy. Gute Nacht.«

Rhonda wartete einen Augenblick, bis ihr Bruder sich auf dem Flur entfernt hatte. Dann rutschte sie vom Bett, verriegelte wieder die Tür und schaute nach Jamie. Er kauerte in der hintersten Ecke der Kammer.

»Du kannst herauskommen. Er ist weg.«

Jamie seufzte erlöst. »Eines Tages wird es ein schlimmes Ende nehmen«, brummte er.

»Komm ins Bett.«

»Ich muss jetzt gehen, Rhonda!«

»Mein Bruder geistert jetzt noch eine Weile unten herum. Du wirst also noch etwas bleiben müssen. Du kannst gehen, wenn ich eingeschlafen bin. Aber blas schon mal die Lampe aus.«

Als Jamie zu ihr kam, schmiegte sie sich an ihn. »Hast du gehört, was wir gesprochen haben?«, fragte sie flüsternd und streichelte ihn.

»Ich habe nichts gehört, nur mein Herz.«

»Das ist gut so.«

»Außerdem habe ich ununterbrochen gebetet. Ich bin vor Angst fast gestorben.«

Sie lächelte. »Aber jetzt bist du wieder sehr lebendig, nicht wahr?« Ihr Mund verschloss seine Lippen, während sie sich auf ihn schob. Sie war so bereit für ihn wie er für sie, und ihre Leiber verschmolzen in der Dunkelheit. Danach lag sie noch eine Weile ermattet an seiner Brust, schmeckte seine Haut auf ihren Lippen und spürte seinen Atem in ihrem Haar. So schlief sie ein und wachte auch nicht auf, als er wenig später von ihr abrückte und sich aus dem Bett schwang. Auf Zehenspitzen verließ er ihr Zimmer und schlich über die Hintertreppe aus dem Haus. Als er die schützenden Sträucher des Gartens erreicht hatte, blieb er kurz stehen und schaute sich um. Das Haus lag in tiefstem Schlaf – bis auf das Billardzimmer, dessen Fenster hell erleuchtet waren. Die Silhouette von Master Stephen Duvall zeichnete sich hinter den Gardinen ab. Schnell huschte er davon.

Stephen blieb in dieser Nacht bis in den Morgen auf. Rhondas Anregungen fielen bei ihm auf fruchtbaren Boden. Diesmal unterzog er sich der Mühe, jeden möglichen Schritt auf seine Konsequenzen hin zu durchdenken und einen richtigen Plan auszuarbeiten. Dann weihte er Colin und Wade ein, die mit ihren Ideen dem Plan noch seinen letzten Schliff gaben.

Zur Begegnung mit Sir Rupert Berrington kam es dann sieben Tage später. Es war ein leicht bewölkter, warmer Septembertag. Sir Rupert hatte Valerie einen seiner regelmäßigen Besuche abgestattet und die Nacht auf Cotton Fields verbracht. Nach einem reichhaltigen Frühstück trat er die Rückfahrt nach New Orleans an. Doch schon nach kurzer Fahrt auf der Landstraße blockierte ein umgestürztes Fuhrwerk die Fahrbahn. Eine andere Kutsche stand davor und schien darauf zu warten, dass die Männer, die sich am Fuhrwerk zu schaffen machten, das umgestürzte Gefährt zur Seite schoben.

Als Sir Rupert den Schlag öffnete und aussteigen wollte, verstellte ihm ein hochgewachsener, gut aussehender Mann den Weg.

»Sie erlauben, dass ich Ihnen ein wenig Gesellschaft leiste?«, fragte er mit spöttischem Unterton und stieß ihn in die Kutsche zurück.

Sir Rupert wurde von dem groben Stoß so überrascht, dass er auf die Rückbank fiel. »Was soll das?«, fragte er verstört, während der fremde junge Mann schnell zu ihm in die Kutsche sprang und den Schlag zuzog.

»Ich freue mich, endlich Ihre Bekanntschaft zu machen, Sir Rupert. Erlauben Sie, dass ich mich Ihnen vorstelle: Stephen Duvall.«

Sir Rupert erschrak, versuchte jedoch, sich nichts anmerken zu lassen. Er war kein Feigling, aber auch kein großer Held. »Sind Sie von allen guten Geistern verlassen? Machen Sie sofort, dass Sie aus meiner Kutsche kommen!«, ersuchte er ihn. »Auf Ihre Bekanntschaft verzichte ich mit dem größten Vergnügen!«

Stephen zeigte sich unbeeindruckt. »Aber ich bitte Sie, Sir Rupert. Das sind reichlich unfreundliche Töne für einen Mann Ihrer Abstammung. Außerdem sind Sie doch Geschäftsmann, nicht wahr? Nun, ich möchte Ihnen das Geschäft Ihres Lebens anbieten.«

Sir Rupert brach der Schweiß aus. »Ich habe nicht die Absicht, mit Ihnen irgendein Geschäft abzuschließen, Mister Duvall. Und nun verschwinden Sie endlich!«

Stephen zog einen Revolver unter seiner Jacke hervor. »Ich werde Sie schon davon überzeugen, dass es das Geschäft Ihres Lebens ist. Es liegt natürlich ganz bei Ihnen, wie lange dieses Gespräch dauert und wie strapaziös es für Sie wird, bis Sie endlich unterschreiben. Aber unterschreiben werden Sie, das ist schon jetzt eine unabänderliche Tatsache«, sagte er mit einem gemeinen Lächeln.

Sir Rupert starrte voller Todesangst in den dunklen Lauf der Mündung und wusste in diesem Moment, dass er James Marlowes Geheimnis preisgeben und Valerie damit verraten würde.

23

Auf dem besonders festlich gedeckten und mit Blumen geschmückten Tisch stand vor dem Gedeck der Mistress von COTTON FIELDS eine kleine Silberschale. Sie war mit weißen, noch mit Körnern durchsetzten Baumwollflocken gefüllt.

»Guten Morgen, Travis!«, grüßte Valerie den Anwalt, als sie zum Frühstück in das sonnendurchflutete Esszimmer trat. »Ja, Ihnen auch, Valerie.«

Er lächelte, unverhohlene Bewunderung in den Augen. Das burgunderrote Taftkleid, das sie an diesem Morgen trug, mochte er besonders gern an ihr. Es bedeckte ihre schlanken Schultern und ließ mit seinem dezenten Ausschnitt kaum mehr als die Ansätze ihrer Brüste frei. Aber gerade diese Zurückhaltung brachte ihre erregende Figur und Sinnlichkeit auf zauberhafte Weise zur Geltung. Ja, sie war eine Frau, die ihre Vorzüge nicht herauskehren und zur Schau stellen musste. Die besondere Ausstrahlung, die ihr von Natur aus gegeben war, verfehlte ihre Wirkung auch dann nicht, wenn sie ein weniger vorteilhaft geschnittenes Kleid trug. Er brauchte bloß an jenen Morgen vor fast einem halben Jahr zurückzudenken, als sie verschwitzt und verdreckt auf die verkohlten Ruinen der niedergebrannten Sklavensiedlung geblickt hatten. Sogar da hatte sie in seinen Augen trotz Übermüdung und Niedergeschlagenheit eine Haltung bewahrt und dieses gewisse Etwas ausgestrahlt, das so schlecht zu erklären war. Ach, und wie anmutig sie sich bewegte! Das leise Rascheln des Taftes brachte sein Blut in Wallung. Wie er diese Frau begehrte!

Sie kam um den Tisch herum. »Fanny hat mir erzählt, dass Sie heute schon in aller Herrgottsfrühe auf den Beinen und aus dem Haus waren?«

»So ist es.«

»Und was hat Sie hinausgetrieben?«

»Das weiße Gold des Südens«, sagte er ein wenig pathetisch und wies nun auf die Silberschale an ihrem Platz. »Mister Burke hat heute schon vor Sonnenaufgang mit dem ersten Picking begonnen. COTTON FIELDS macht seinem Namen alle Ehre.«

Ihre Augen leuchteten auf. »O Travis, ist das ...?«

»Ja, frisch vom Baumwollfeld am Westwood Creek. Es ist sozusagen die allererste Ernte, denn ich war schon vor Burke und den Sklaven auf dem Feld!«, erklärte er stolz und strahlte sie an. »Diese Flocken habe ich eigenhändig gepflückt. Mögen sie Ihnen alles Glück dieser Welt bringen!«

Einer spontanen Regung folgend, trat Valerie zu ihm und gab ihm einen Kuss auf die Wange. »O danke, Travis. Dass Sie sich diese Mühe gemacht haben.«

»Für Sie würde ich keine Mühe in der Welt scheuen, Valerie!«

Valerie lächelte und nahm die Flocken aus der Schale. So leicht wie Daunenfedern lagen die flauschigen Baumwollbäusche in der Hand. Sie drückte sie zart. Dann hauchte sie einen Kuss auf die Flocken. »Die erste Baumwolle, die ich auf COTTON FIELDS ernte. Ich kann es noch gar nicht glauben, dass es nun so weit ist.«

»Ja, manch eine Reise scheint nie ein Ende nehmen zu wollen«, sagte er und dachte an die langen Sommermonate, die hinter ihnen lagen. So drückend und lähmend wie die Hitze waren der Schmerz und die Verzweiflung gewesen, mit denen Valerie hatte fertig werden müssen.

»Travis, am liebsten würde ich auf der Stelle hinausfahren und bei der Ernte selbst Hand anlegen!«, rief sie mit überschwenglicher Freude.

»Ich glaube kaum, dass Mister Burke das für eine große Hilfe halten würde. Hinausfahren werden wir natürlich. Aber auf das Frühstück sollten Sie deshalb nicht verzichten. Die Baumwollernte wird sich bis in den November hineinziehen. Es steht also nicht zu befürchten, dass Sie viel verpassen, wenn Sie nicht sofort aufbrechen – höchstens einen prächtig duftenden Kaffee und all die Köstlichkeiten, die Theda heute Morgen aufgetischt hat«, zog er sie auf.

»Ach, Travis, wenn ich Sie nicht hätte«, sagte sie halb lachend, halb seufzend. »Wo wäre ich heute, wenn Sie nicht vom ersten Tag an an mich geglaubt ... und dann auch später fest zu mir gestanden hätten.«

»Wir wollen den Gedanken besser nicht weiterführen, Valerie. Ich wüsste auch nicht, wie das geschehen sollte. Es gibt einfach Dinge, die wegzudenken paradox wären. Ich käme ja auch nie auf den Gedanken, mir vorzustellen, ich dürfte nicht mehr atmen.«

Sie schenkte ihm ein warmherziges Lächeln.

Nach dem Frühstück, für das sich Travis viel zu viel Zeit nahm, wie Valerie sich mehrmals wie ein ungeduldiges Kind beklagte, ließ sie den Einspänner mit dem Sonnendach vorfahren. Travis lenkte den leichten Wagen zum Baumwollfeld Westwood Creek, das sich meilenweit ausdehnte und zu den größten von COTTON FIELDS gehörte.

»Ist das nicht ein grandioser Anblick? Baumwolle, so weit das Auge reicht!«, rief Travis begeistert aus, als das Feld in Sicht kam. Dicht an dicht standen die gut hüfthohen Stauden, und dort, wo die Baumwolle reif zum Pflücken war, quollen hühnereigroße Flocken aus den braunen, aufgeplatzten Kapseln. Es war ein riesiges Feld, auf dem eine seidige weiße Decke zu liegen schien. Und obwohl es doch fast zweihundert Schwarze waren, die sich da auf der anderen Seite in breiter Front mit einem vor die Brust gebundenen Sack langsam durch die Reihen vorarbeiteten und die reifen Flocken pflückten, machten sie in dem weißen Meer auf die Entfernung einen verlorenen Eindruck.

Valeries Herz schlug höher, als ihr Blick über das leuchtende Feld schweifte. Es war wahrhaftig ein grandioses, berauschendes Bild, das sich ihr darbot. Wenn das Wetter auch nur halbwegs beständig blieb und die Baumwolle nicht von lang anhaltenden Regenschauern im Wert gemindert wurde, bedeutete diese Ernte die endgültige Befreiung von allen finanziellen Sorgen.

Dann war sie nicht länger vom Wohlwollen eines Bankiers oder Baumwollagenten abhängig.

»Meine erste Ernte«, murmelte sie versonnen. »Es ist tatsächlich weißes Gold, was da aus den Kapseln quillt. Was für eine Pracht und einen Reichtum das Land doch hervorbringt!«

»Ja, es ist Ihr Gold, Valerie«, sagte Travis nicht weniger bewegt, »und Sie haben es sich mehr als verdient. Diese Ernte wird Ihnen die Freiheit und Selbständigkeit bringen, die Sie sich gewünscht haben und für die Sie so viel haben erdulden müssen. Sie haben es geschafft.«

All das ist mein! Diese endlosen Baumwollfelder, diese Morgen um Morgen Land gehören mir, und die Frucht der Erde wird mich von all meinen Geldsorgen befreien!, ging es ihr durch den Kopf, und es kam ihr irgendwie unwirklich vor. Als sie von ihrem Erbe erfahren hatte, hatte sie es erst nicht glauben können, und wie überwältigt war sie gewesen, als sie zum ersten Mal die Allee hochgefahren war und vor dem Herrenhaus gestanden hatte. Doch erst jetzt, da sie ihre erste Ernte auf COTTON FIELDS erlebte, kam ihr so richtig zu Bewusstsein, was dieses Erbe wirklich bedeutete. Ein Schauer lief ihr über Rücken und Arme und hinterließ eine Gänsehaut.

Langsam und ohne zu sprechen, fuhren sie am Feld entlang, bis sie auf die ersten Schwarzen stießen, die im Schweiße ihres Angesichts und mit gekrümmten Rücken das weiße Gold von den Stauden pflückten. Die

Erinnerung, welch eine Schinderei es für die Sklaven bedeutete, während der Erntezeit bis zur physischen Erschöpfung auf den Baumwollfeldern zu arbeiten und die Flocken abzuernten, setzte bei Valerie ein. Und wieder überkam sie das Schuldgefühl, dass sie die Mistress von COTTON FIELDS war und doch nicht über genügend Macht verfügte, um das Los der Sklaven entscheidend zum Besseren zu wenden.

Jonathan Burke ritt zu ihnen herüber. »Ist das nicht ein wunderbarer Anblick, der für so vieles entschädigt?«, fragte er fröhlich.

»Ja, wenn man auf der richtigen Seite des Feldes steht«, gab sie ernst zu bedenken.

Er lachte nur. »Sicher, wenn man zwischen den Stauden steht und sich den Rücken krummschuftet, um später nicht zu weit unter dem Tagessoll zu stehen, sieht es natürlich schon etwas anders aus. Aber ich habe die Welt nicht so eingerichtet, Miss Duvall. Ich halte mich an die Regeln, die ich vorgefunden habe. Außerdem kann ja nun nicht jeder Master oder Mistress sein. Der eine ist der Amboss, der andere der Hammer. So ist es nun mal.«

Ja, aber so müsste es nicht bleiben!, dachte Valerie, behielt diesen Gedanken jedoch für sich. Der Tag war zu schön, um sich gerade jetzt mit Dingen zu belasten, die zu ändern zurzeit nicht in ihrer Hand lag.

»Wir werden eine prächtige Ernte haben, Miss Duvall«, fuhr ihr Verwalter auch schon gleich voller

Stolz fort. »Ich bin froh, dass Sir Rupert noch rechtzeitig die Cotton Gin aus Savannah besorgen konnte. Es war gut, gleich eine neue zu kaufen. Ich sage Ihnen, sie wird in diesen Wochen eine Menge zu arbeiten bekommen.«

Travis nickte zustimmend. »COTTON FIELDS wird seinem Namen alle Ehre machen, und so einige hier in der Umgebung und in New Orleans werden langsam begreifen, dass von nun an Valerie Duvall und COTTON FIELDS ein und dasselbe sind!« versicherte er im Brustton der Überzeugung. »Und das ist beinahe so viel wert wie tausend Ballen Baumwolle.«

24

Valerie ließ sich gern von der Freude und dem Optimismus der beiden Männer anstecken und wünschte, Sir Rupert wäre zugegen. Am frühen Nachmittag schrieb sie ihm einen Brief, und die Zeilen flossen ihr so fröhlich und munter aus der Feder, wie den Vögeln auf den Hecken des Labyrinths das helle Getriller aus den kleinen Kehlen drang.

Danach brachte sie die Wirtschaftsbücher auf den neuesten Stand, besprach sich mit Mabel Carridge, ihrer Hauswirtschafterin, und unternahm anschließend mit Travis einen frühabendlichen Spaziergang durch die Gärten.

Dass sie minutenlang in Gedanken versunken nebeneinanderher gegangen waren, ohne dabei das Gefühl zu haben, irgendetwas sagen und das Schweigen mit oberflächlichem Geplauder füllen zu müssen, wurde Valerie erst bewusst, als Travis nachdenklich sagte: »Der Sommer war lang und heiß, war für mich voller Bangen und Ungewissheit und für Sie voller Schmerz und Bitterkeit, voller Ungewissheit und quälender Fragen. All das ist auch an mir nicht spurlos vorübergegangen, aber dennoch war es der schönste Sommer meines Lebens, der mir unvergesslich bleiben wird.«

Valerie blieb stehen und sah ihn mit einem verblüfften Lächeln an. »Und was hat diesen Sommer trotz allem so unvergesslich schön gemacht, Travis?«

»Sie«, antwortete er schlicht.

»Ach, Travis, Sie alter Schmeichler. Jetzt haben Sie sich aber in Schwierigkeiten gebracht, denn nächstes Jahr haben wir wieder Sommer, und dann lasse ich Ihnen dieses Kompliment natürlich nicht ein zweites Mal durchgehen. Und ich warne Sie, ich habe ein sehr gutes Gedächtnis!«, versuchte sie, seine Antwort ins Scherzhafte zu ziehen, und ging wieder weiter, ohne jedoch das Tempo zu beschleunigen, wie sie es früher in einer derart heiklen Situation wohl unwillkürlich getan hätte.

Er ging nicht darauf ein. »Ich denke, wir brauchen uns nach dem, was wir gemeinsam erlebt und durchgestanden haben, nichts mehr vorzumachen, Valerie«, sagte er ernst. »Ich weiß, wie schwer Sie unter dem Betrug von Captain Melville gelitten haben. Oft genug habe ich in Ihren Augen wie in einem offenen Buch der inneren Marter lesen können – und ich habe mit Ihnen gelitten, soweit man die seelischen Schmerzen eines anderen durch tief empfundenes Mitgefühl teilen kann.«

»Ja, ich weiß«, sagte sie ein wenig beschämt, dass sie den Versuch unternommen hatte, so leichtfertig über seine Worte hinwegzugehen.

»Sie wissen auch, dass ich Sie liebe, Valerie«, fuhr er ruhig fort. »Ich habe Sie vom ersten Tag unserer Begegnung an nicht nur begehrt, wie es wohl jeder gesunde Mann tut, der das Glück hat, Sie kennenzulernen, sondern damals auch schon instinktiv gefühlt, dass Sie die einzige Frau sind, die zu mir passt. Und ich habe es Ihnen auch gesagt, als wir den Prozess um COTTON FIELDS gewannen, erinnern Sie sich noch?«

Ein schwaches Lächeln huschte über ihr Gesicht. »O ja, ich habe es nicht vergessen.«

Er nickte. »Und ich habe niemals die Hoffnung aufgegeben, dass ich Ihnen eines Tages einmal mehr bedeuten würde als nur ein treuer, verlässlicher Freund.«

»Travis, ich ...« Valerie suchte nach den passenden Worten.

»Sie brauchen nicht zu befürchten, ich würde Ihnen jetzt einen Antrag machen und Sie damit zu einer Entscheidung zwingen. Eine solche Dummheit würde ich nie tun. Sie wissen, dass es gar keines Antrags mehr bedarf. Ich brauche mich Ihnen nicht mehr zu erklären, weil ich es schon längst getan habe – und zwar jedes Mal, wenn wir uns in die Augen blicken. Ich sage Ihnen das alles, eben weil der Sommer, den ich ja fast gänzlich hier auf COTTON FIELDS verbracht habe, so wunderschön war – und zwar deshalb, weil ich immer mit Ihnen zusammen sein konnte. Das wird ihn mir so kostbar und unvergesslich machen.« Valerie war von seinen ruhigen, aber inhaltsschweren Worten sehr berührt. Sie schluckte mehrmals. Dann erwiderte sie: »Sie sagen das so, als wäre dieser Sommer etwas ... Endgültiges, ein abgeschlossenes Kapitel der Vergangenheit, das in der Gegenwart keine Fortsetzung findet.«

»Das ist er auch«, bestätigte er. »Im letzten halben Jahr war mein Platz hier an Ihrer Seite, als treuer Freund. Doch diese Aufgabe sehe ich als abgeschlossen an, denn ich weiß Sie mittlerweile gefestigt. Und als Mann, der sich Sie zur Frau wünscht, gehöre ich nicht länger nach COTTON FIELDS. Es ist nicht meine Art, jemandem buchstäblich den Hof zu machen. Dafür schätze ich Sie viel zu sehr, um mich auf so ein niederes Niveau zu begeben. Zudem *muss* ich jetzt wieder nach New Orleans zurückkehren und mich meiner Anwaltskanzlei widmen, die ich doch sehr vernachlässigt habe. Es gibt da einige interessante Fälle, die meiner vollen Hingabe harren, und ich muss gestehen, dass ich diese berufliche Herausforderung auch brauche.«

»Das verstehe ich sehr gut, Travis.«

»Selbstverständlich werde ich Sie gelegentlich besuchen. Doch zwischen diesen Besuchen können dann schon Wochen, wenn nicht gar Monate vergehen. Sie kennen ja meine Art zu arbeiten.«

»Wenn Sie etwas anpacken, geben Sie sich nur mit dem Sieg zufrieden.«

Er schmunzelte. »Und ich habe eine Vorliebe für scheinbar hoffnungslose Fälle, das gehört untrennbar zusammen. Aber wie gesagt«, fuhr er wieder ernst fort, »ich werde nicht mehr so oft auf COTTON FIELDS sein können, wie mein Herz es vielleicht möchte. Vergessen Sie jedoch nicht, dass die Hand, die Ihnen am Altar den Ehering an den Finger stecken möchte, immer zu Ihnen ausgestreckt ist. Das wollte ich Ihnen vor meiner Abreise unbedingt gesagt haben.«

»Ihre Offenheit geht mir tief unter die Haut, Travis«, gab Valerie zu, und sie schwiegen, bis sie das Portal des Herrenhauses erreicht hatten, das schon in die langen Schatten des Abends getaucht war. Dann sagte sie wohlüberlegt: »Fanny hat einmal erklärt, dass man ein gutes Jahr braucht, um über den Verlust einer großen Liebe hinwegzukommen und bereit für eine neue zu sein, aber dass manchmal ein Leben zu kurz ist, um den Verrat seines besten Freundes zu verschmerzen. Ich glaube, ein Jahr ist im Verhältnis zum Leben keine allzu lange Zeitspanne.« Seine Augen leuchteten auf, denn er hatte verstanden, was sie ihm zwischen den

Zeilen hatte mitteilen wollen. »Nein, und schon gar nicht, wenn von dem Jahr bereits fast sechs Monate verstrichen sind.«

Valerie ging an diesem Abend früh zu Bett, konnte jedoch nicht einschlafen. Was Travis ihr gesagt hatte, ging ihr nicht aus dem Kopf. Unruhig wälzte sie sich hin und her. Schließlich stand sie auf, zog ihren Morgenmantel an und öffnete die bodenlange Sprossenfenstertür.

Sie trat auf die Galerie hinaus, lehnte sich gegen das geschnitzte Geländer und atmete die milde Luft ein, die noch vom Zirpen der Grillen erfüllt war. Wolkenfelder zogen über einen sternenklaren Nachthimmel.

Sie dachte an Matthew und spürte einen Stich in der Herzgegend. So würde es wohl immer sein, und mit der Zeit würde sie sich gewiss daran gewöhnen, dass dieser Schmerz sie für immer begleiten würde. Keine Frau vergaß den ersten Mann ihres Lebens, der sie zur Frau gemacht hatte, schon gar nicht, wenn er ihre große, leidenschaftliche Liebe gewesen war. Doch sie dachte auch daran, dass tiefe Sympathie und starke innere Verbundenheit, gepaart mit gegenseitigem Respekt und gemeinsamen Zielen, ein starkes, dauerhaftes Band für eine gemeinsame Zukunft sein konnten.

Sie seufzte wehmütig. Mit ihrer Antwort hatte sie ihre Entscheidung zwar noch um ein halbes Jahr hinausgezögert, aber wenn sie ehrlich zu sich selbst war, hatte sie diese Entscheidung doch schon längst getroffen.

Eine ganze Weile stand sie noch dort draußen in der Dunkelheit der oberen Galerie und blickte in die Nacht hinaus, während sie über alles Mögliche nachdachte.

Zur selben Zeit versammelten sich vierzehn Reiter, die noch vier Packpferde mit sich führten, in einem abgelegenen Waldstück an der Grenze von DARBY PLANTATION und COTTON FIELDS, während sich im Golf von Mexiko die ALABAMA mit gerafften Segeln dem Blockadegürtel näherte, den Kommodore Farragut mit seinem Geschwader und einer Flottille Kanonenbooten vor das Delta des Mississippi gelegt hatte.

Eine friedvolle Stille herrschte auf COTTON FIELDS, als Valerie sich schließlich wieder zu Bett begab. Sie ahnte nicht, wie trügerisch diese Stille war ...